改变，从阅读开始

漢唐陽光 · HTYG

韩松精选集 Ⅱ

火星照耀美国

又名：二〇六六年之西行漫记

江苏凤凰文艺出版社
JIANGSU PHOENIX LITERATURE AND ART PUBLISHING, LTD

总序：怀着感激地活着并写作

今年是我写作科幻小说三十六年。感谢汉唐阳光、未来事务管理局与江苏凤凰文艺出版社的编辑和工作人员，他们以极大的热情和友情，为我出版这个精选集。它包含长篇小说《红色海洋》及《火星照耀美国》，这两部是再版，因为之前的已经卖完了，有读者希望重印；中短篇小说集《苦难》和《冷战与信使》，前者是新作，大多还没有正式发表过，后者包含了我获中国科幻银河奖、全球华语科幻星云奖、世界华人科幻文艺奖、星空奖、引力奖等的作品；随笔杂文集《我一次次活着是为了什么》和诗选《假漂亮和苍蝇拍手》，这两部是新尝试，收录了一些“另类”之作。

这是我第一次出版“文集”，六个封面都是布兔画的，非常精彩，她也是我的作品《地铁》、《高铁》、《火星照耀美国》首版的封面画师。布兔敏感、细腻而神秘，她好像长有另一双眼睛，能见到凡人见不到的世界，她笔下展现出来的艺术魅力，已远远超越科幻。我对她满怀钦佩和感激。

我初中写科幻到现在，一直没有中断。我见证了中国科幻在改革开放后的高潮、跌落与复兴，它是这个国家现代化的晴雨表，也是大国崛起雄心的表达，乃至苦难风暴过后的彩虹映射。大概因为如此，科幻才在今天成了一种火热的社会和文化现象，被许多人讨论。不少人还正在把科幻小说改编拍成电影，以创造一个史无前例的新局面，这里面，就包括我的《红色海洋》、《火星照耀美国》和《冷战与信使》。又一次，中国科幻似乎进入了一个繁华喧腾的时期。我生逢其时，内心弥布纠结的感激。

今年是世界科幻诞生两百周年。这我也赶上了。今年初，我赴瑞士，感谢施建国先生和聂晓阳先生的帮助，我得以来到日内瓦湖畔，谒访了一八一八年玛丽·雪莱女士写作《弗兰肯斯坦》时住过的旧居。湖光山色，宇宙在上，我所看到的万物已存在了一百三十七亿年，人类在这颗星球上也出现了五百万年，我凑巧出生在这段可以用科幻来表达对世界的感触的片刻时光中，参与人类对宇宙的终极思考，怎能不心存感激呢？这似乎专属于西方的科幻，在一百多年前进入中国，如今，中国科幻又反向输入西方。像这部精选集里的一些作品，也被译成外文在国外发表出版。我对译者们致以衷心的谢意，他们证明了科幻是一种世界语言。

也有人担心，科幻在中国的进程，会不会像历史上反复发生的那样，再一次被打断。对此我不能确定，正如难以回答人类未来的命运将会怎样一般。许许多多的科幻已经描述了人类结局的种种可能，有的悲观，有的乐观。不管今后会是怎样，我都要对我现在作为人的活着而拱手称谢，因为我或许本来可能成为一头猪、一只羊的，那样我哪怕对世界有所体悟，也无法用文字表达出来。

这些年里，常常有人问我为什么要写作科幻，怎么坚持下来的，如何跟本职工作协调的。我有时说是因为兴趣和爱好，有时说是由于家人、朋友、同事和领导的鼓励支持，有时说是作为现代人需要有丰富的想象力并关注科技对人性的改变，有时说是我们不应该停留在过去而应该面向未来，有时说是因为要让自己拥有一个跟别人不一样的世界。最近我则是这样觉得的：每个人都有责任，把自己在这个片断宇宙中的经历，尽可能记录下来，留给另一个宇宙中的我看。因此，我要代表那个未知的我，对此刻的我，道一声谢谢。

韩　松

二〇一八年九月二十七日

三版自序：未来仍让人顾虑重重

这部书的初版，到现在已过去十八年。

距它首次再版，也七年了。

初版时，除了几个科幻迷评论外，几乎寂无声息，再版时引起了较多关注。《洛杉矶时报》的专题报道说，韩松在“九一一”事件一年之前就预言了世贸双子塔的倒塌。这部小说关注了一个热点话题：中国不可阻止的崛起和美利坚帝国的终结。广院张宜春的博客说，这本书是知乎上有人推荐的，楔子是关于美国大选搅局的川普。知乎上说，这本书讲到的乱象，在今日美国都逐一应验。哈佛大学王德威教授主编的《新编现代中国文学史》，将时间结束于未来时的二〇六六年，也取自这部小说。宋明炜先生则在《中国当代科幻小说的乌托邦变奏》的论文里对这部书做了评介。刘慈欣也在《南方周末》撰文称：《火星照耀美国》同韩松的其他作品一样，同样是难以解读的，我们需要的只是去感觉。我们像主人公一样漫游在末世的美国大地上，在天空中硕大火星诡异的红光中充满迷茫和恐惧，在洪水中幸存，在城市的废墟中战斗，在尘土飞扬的难民潮中结识异类的朋友，在尸横遍野的战场上长大成人。

承蒙尚红科先生和江苏凤凰文艺出版社的好意，以及未来事务管理局的支持，如今有了第二次再版的机会。除了文字上的一些修订，我没有改动内容，以保持原貌。

回想这部书的出版，最初颇费周折。它是一九九七年应北京某出版社的邀约而写的。当时《科幻世界》杂志主办国际科幻大会，掀起了科幻创作和出版热潮。这家出版社策划了一套科幻丛书，叫“风暴系列”，有北美风暴、南美风暴、欧洲风暴、亚洲风暴，主题是展望这些大洲的未来变化，邀约科幻作家来写。彼时我比较气盛，一口气承领了北美风暴和南美风暴两部。

其中的南美风暴，我和同事张丹一同完成，就是《在未来世界的日子里》（编辑要求改的名，不知为何，不能再用南美风暴），于一九九八年由那家出版社出版。它一开头讲的便是巴西里约热内卢奥运会。没有想到，二十年后，那里真的举办了奥运会，我还去了现场。

北美风暴也很快写完了，但那家出版社却不愿出版，原因不明。别人写的欧洲风暴和亚洲风暴也都没有下落。

刚好另一位出席了《科幻世界》国际科幻大会的南方某出版社编辑向我约稿，我就将北美风暴交给了他。他读后给我写了一封信，说小说内容太敏感，涉及美国的混乱冲突、恐怖袭击、种族排外等，所以不能出版。

不久后，中部某省一家出版社的编辑说可以为我出书，但要缴纳一万元“赞助费”。我还是很想出这部书，便缴了钱，把书稿寄过去。他看后说不行啊，像这种反映美国遭遇灾难陷入困境的内容，他们出版社承受不起。他要退我钱。我让他留下了两千元审稿费。

我不甘心，这时想到了黑龙江人民出版社。该社副社长韩继海先生，不久前出版了我和同事聂晓阳合著的反映中美关系的《YES，克林顿；NO，航空母舰》一书。我便给他写了一封信，说有一本新的关于中美关系的书。他说没问题，把书稿发来吧。

这回我发去的书稿，把名字改为《二〇六六年之西行漫记》（又名《火星照耀美国》），而不是之前的《北美风暴》或《美国崩溃》。这时已是一九九九年下半年。书于二〇〇〇年二月面世，一个字也没有改没有删，当然也没有缴纳任何“赞助费”。次年，便发生了“九一一”事件。

韩继海副社长很快离开了黑龙江人民出版社，到北京任职。他交代好让社里付我稿费。但是，由于他走了，这笔稿费便一直拖着没付。我觉得，大约也跟书销得不好有关。

韩继海是个仗义的人，他不停催促黑龙江人民出版社付我稿费。他每年都要给我打电话，说这事太抱歉了，遇到一些困难，但不管怎样，他一定要负责把我的稿费追回来。我说，不要了，书能出版，已经非常感谢。但他说：“你等着我。”

二〇一〇年的某一天，他欣喜地告诉我，稿费讨回来了。这年七月十四日，我收到黑龙江人民出版社寄来的《二〇六六年之西行漫记》稿费汇款单。一共二千二百九十二元。此时距书的出版已过去整整十年。

我觉得，科幻在中国的写作和出版，还是很艰难的。现在有了一些改观，但也没有完全顺畅。科幻是一种关于未来的文学，但不少人对于未来，仍然顾虑重重。今后会怎样呢？仍然难说。对于现实主义文学而言，这也许是一种无以忍受的不确定性，但它却恰恰给科幻留下了悬念和空间。

十八年过去，这个星球发生了很多变化，比如，互联网和人工智能日益覆盖着我们的生活，中国崛起成为世界第二大经济体，孔子学院开始助力“围棋世界行”并主办“孔子学院杯”国际围棋赛。中国人不仅走向了全球，还计划着前往火星。有消息说，中国将在二〇二〇年发射火星探测器，在二〇五〇年把人送上火星。

在那颗红色星球上，我们必定会有新的发现，其中之一大概是看到美国留下的痕迹。

韩　松

二〇一八年四月三十日

再版自序：当强盛中的强盛一去不再

这是二〇〇〇年二月出版的一本旧书，这次再版时，我原封不动保留了原有的结构、情节，而只对细节、文字做了一些修饰和补充。另外，原来的书名是《二〇六六年之西行漫记》（又名《火星照耀美国》），再版时，根据出版方面的建议，换了一种新的趣味，反转过来成了《火星照耀美国》（又名《二〇六六年之西行漫记》）。

顾名思义，这是一部描写发生在二〇六六年美国的故事的小说。我写作它的时间，大致是一九九八年至一九九九年。我当时写下的一些猜想，随后都在现实中发生了，或正在变为现实，其中比较典型的是纽约世贸中心被恐怖分子炸毁。这本书再版时，刚好是“九一一”事件十周年，也算是一个巧合的奠祭吧。

另外，我在书中指出，美国将会发生金融危机并波及全球，美元地位丧失，美国衰落成三流国家，甚至陷入动荡崩溃，强盛中的强盛一去不再。而中国迅速崛起成一流大国。中国之能渡过危机，在于启动了建于二〇〇九年的“自力更生”系统。最后，中国成为了拯救危机中的美国及世界的最主要力量。

日本则在大地震、大海啸中毁灭了。

未来的城市中是滔天的大洪水，摧枯拉朽……

我还在书中，探讨了今天在越来越多的场合被人们热烈谈论的一些话题：

世界末日。世界是否会毁灭？人类是否已走到了它的终点？人类面临的最大威胁是什么？来自自身还是来自地球以外？

新人类。如果能够渡过即将来临的灾难，未来的人类形态是什么？

传统安全和非传统安全问题。特别是非传统安全，现在被谈论得越来越多，但十年前还不是这样。

恐怖主义泛滥。在书中，恐怖分子炸毁了纽约世贸中心。但在这本书中，这些恐怖分子来自于美国内部，而不是中东。不过，我在一九九九年出版的另外一本书《YES，克林顿；NO，航空母舰》中，写到了中东国家恐怖分子用便携式核炸弹炸毁了世贸中心。

战争形态。战争的本质究竟是什么？未来战争发生了，如果失去了网络信息，大家会回到血腥的原点，而让陆地决战重新虎虎生威吗？

大规模杀伤性武器扩散。我想说明，特别是核武器，仍然是人类最可怕的达摩克利斯之剑。

大规模群体事件。在动荡来临时，人们会形成各种派别和组织，发动骚乱，要挟和对抗政府。

自然灾害和生态灾难。比如气候变暖导致的灾难，还有大地震、洪涝等，对政治经济社会的影响非常大。我写到了海水倒灌造成的严重后果。

能源安全。如今，这个问题越来越突出了。

金融安全。我写到了花旗银行的倒掉，以及美元地位衰落。

难民问题。战争、灾害和国内动荡都会造成大量难民的全球流动。

国家和民族分裂。与此相关的，是族裔冲突以及国民身份认同等问题。

人工智能。人工智能会威胁人类吗？为防止机器人造反，日本政府最近甚至着手进行了机器人方面的立法，这听上去好像只是科幻小说中才有的事情。

网络安全。我们时代最大的问题之一是，互联网发展太快了。有人说，网络使人类变成傻子，网络自身成为了人类最大的敌人。

信息威胁。与网络发展相适应，这种威胁亦有别于传统的威胁。

外层空间开发。我写到了月球和火星的开发，以及外星人的到来。值得注意的是，日本早在一九六九年就制定了《宇宙基本法》，最近又出台了新的《宇宙基本法》，突破了和平利用太空的原则。对日本这个科幻感很强的国家，我们仍然了解得很不够。

海洋战略。与外层空间一样，海洋可能是决定人类命运的关键。

软实力。我写到，围棋成为了中国征服世界的工具。未来中国真正影响世界的，不是衬衣皮鞋，不是人民币，也不是航母，而是围棋。我看到，中国正在把孔子学院设到了世界各地。我想，为什么不开棋院呢？智力游戏更好玩，也更易被接受。

海外利益。在二十一世纪，中国人已经遍布世界各地。我写到，中国的庞大代表团，在美国遇难，这里就有一个保护和救援的问题。

……

这些话题，现在回头来看，我自己感到，有的比较有意思。这里面透露出了我对未来的忧心忡忡。这是一本关于危机的书。当然了，那都是上个世纪的想法了。而要在二十一世纪的今天，再来预言未来，又会是怎样的呢？这方面，我觉得还难有答案。一个原因是，随着“强盛”的到来，人们普遍变得愈加骄傲，对危机视若无睹。

这本书的书名中出现了“美国”，但全书的主角实际上是两个国家：中国和美国。这颇似后来人们提出的“中美国”，或者G2。

这两个国家，是合作伙伴，也是竞争对手，是世界上最复杂的一对关系。我试图努力去解读它们，却感到困难重重。这也许超出了科幻作家的能力。

这本书的背景，与我一九九六年作为访问学者短暂游历美国，回国后又参与《妖魔化中国的背后》的写作，有一定渊源。

二〇〇九年，我作为中方新闻协调小组成员，参加奥巴马总统访华的有关工作。从中，我对中美两国关系又有了一些新认识。我在现场，看到年轻的奥巴马意气风发、昂首阔步走过我三军仪仗队时，心情是复杂的。

年初，《中国日报》的印度籍记者采访我，问我在这本书中，有什么预言错了。我说，我预言未来的美国总统将是一位女性，却没料到是一位黑人。

不过，这并不是一本讨论大国崛起的政论性读物，而是一本作为类型小说的科幻小说。既然是科幻小说，我想，读者应该知道那是什么。

这本书的出版和再版，我特别要感谢中央编译出版社副社长兼副总编辑韩继海先生（十多年前，他在黑龙江人民出版社工作时，是这本书的责编），以及果壳阅读、世纪文景的朋友们。

韩　松

二〇一一年七月

目录

围棋的声音

二〇六六年三月，我十六岁，我准备去美国。

季节正值初春，一切都很绚丽。我们中国围棋代表团一行三十六人，在北京西郊的国家航空航天港等待转运。

航空航天港是一个一公里深的大坑，里外都很忙碌。GE 栅格蒸发出璀璨银光，吐出一架架垂直起降通勤器。坑口周围飘扬着一千多面二阶光学非线性五星红旗，如同男人们临风舒展的长长辫子，壮观无比。

旅客们从不同颜色的链混合导管中涌流而出，除了中国公民，还有来自世界各地以及月球基地和拉格朗日点太空城的游民。有一些是基因重组人或者克隆人。他们基本上来自欧洲，因为生物工程人在亚洲和非洲受到法律禁止。他们走过我们面前时，都低垂脑袋，显出自卑的样子。

我和同伴们身穿政府统一定购的白色长袍制服，胸前别着“中国围棋代表团”的光电子标志牌，满脸光宗耀祖的表情。

只是，这次旅行有些不同寻常。临行前我们接到“阿曼多”通知，不允许使用私人交通工具，而必须组团行动。因此，我们才汇聚到这里。

我们正准备享受集体活动的乐趣，不料，又出了一样异事：转运迟迟也不开始。在我们这个时代，并没有航班延误一说。那是六十年前，才会发生的荒唐事情。但现在是怎么回事呢？大家很无聊，就找办法打发时间。

我看见女棋手赵小故正跟国家转运公司随机提供的电子虚拟人下棋。虚拟人艳冶地摇着扇子，神情古朴。它是以上个世纪某位著名棋手的形式出场的。聂卫平还是马晓春？我嫉妒地猜测。代表团的领队余潜风九段在一侧走来走去，长辫子在腰后一甩一甩。这是二十一世纪中叶中国男人流行的发式，起源于成都，后来普及到全国。

"有谁能讲个笑话？有谁能讲个笑话？"是米遇春九段细声细气在嚷嚷。

"哪种倾向的？什么高度的？我看你不要着急……这不是在线状态。"余潜风嗔怪地瞪他一眼。

"已经等了一个半小时。我的双脚还踩在实相地面，感到很不踏实。有这会儿工夫，我们早已到了华盛顿。"曹克己九段颤声尖叫。

"你难道不知道网络快要成为一个过时的词汇？你这么说有没有一点儿不虚心？"余潜风忽然嘶吼起来。

的确，这是一段心烦意乱的时刻，破坏了大家的情绪。似乎出了什么事，用那个年代的话来说。

跟六十年后不同，中国的实相首都北京当时还只是一个国际城市和亚星际城市。它同时很好地保持着悠久的民族文化传统，比如讽刺与幽默。而国家在网络结点三〇二上建立的首都，就完全不一样了。

气温稍凉。国家气候兼情绪控制局没有工作。这天是法定"享受大自然日”。这样的日子每月有四天。一定是受到了“阿曼多”的好心暗示，转运公司的机器侍者送来了健力宝饮料。我打开一罐，闻听李宁先生的电子模拟声从罐底“嗡嗡”传来：

“喝清凉的健力宝，做合格的中国人！”

忽然，一个大蜘蛛网似的黑东西自天而降。那正是来接我们的磁喷流飞行器。

六十年后，世界已是一片福地。我躺在我的壳中，用艾科迈克语书写这篇故事。我可能是世界上唯一能用这种神奇语言流畅写作的人。而其他好手均放弃了它，或者其人已成为骨殖。

艾科迈克语是英语、老式计算机语言、古藏语和上海话的混合语。它具有不发音的前缀和充分展开的敬语。作为旧时代厌世情绪的产物，艾科迈克语的非公开性存在曾经非常“端的”。但它很快就要从宇宙中消亡了，就像现在的年轻人抛弃掉一重又一重的躯壳，去寻求量子化转世。因此，山姆上校的一番心血，将在我死后，仅存在这部书中。我在此感谢译者——我自己。

我的本土名叫唐龙，曾经是一个中国人。我叙述的都是六十年前的往事。如果你们觉得太遥远、太陌生，没有关系。许多事情就是这样子的。

在我的那个时代，人类生活在“阿曼多”梦幻社会的最后一个门户结构中。我们大部分时间像蜘蛛一样黏附在网络上，偶尔才用身体外出，俗称“实相旅行”。我们这次旅行的目的地，是地球西部那个名叫美国的去处。

我们前往那儿参加世界围棋锦标赛。中国派出了规模最大、水平最高的代表团。

跟中国一样，美国也是一个国家，但我们对它不是十分熟悉，因为美国闭关自守很长时间了，拒绝外国人访问。我们是第一次去。

“难道这次不能不去？”前些天，我的妈妈杨阿妹从上海向我切入，满怀关爱地询问。上海是我的肉体的诞生地。我觉得，妈妈的全息影像经过中微子－生物网络处理器的情感修饰，虽然显得真实，但是比较唐突。

“不。我已经很久没有进行实相旅行了。我的骨骼正在变得疏松。”我恼火地拒绝。

“听说美国很乱哪。我不是指网络。”

“但这是以国家的名义。经过了三次公民投票表决。另外，我必须在一年中提升三次棋力！”

二〇六六年，我正感到过早成名的压力。这是一种火燎屁股的感觉。我们那个时代流行早熟综合征。这些，你们现在可能觉得难以思议。因为你们的周围，是一片福地。而我们那时，一切别无选择。

就说我吧，我是北京大学高级围棋系的大二学生和中国围棋队的队员。国家让我干的唯一事情便是专心下棋。也就是说，别的什么也不用干。在我们那个伟大而光荣的时代，为了国家的繁荣和进步，每个人一生中被分派了一件固定的事情做。有人经商，有人做官，有人教书，有人下棋。我们每人一门心思做好一件事情，国家就强大了。

什么？你们不信？没有关系，慢慢会信的。

不过，妈妈提出的问题，也把我搞糊涂了。

为什么美国一定要承办世界围棋锦标赛？为什么世界也同意它来承办？为什么我们决定集体去美国下棋？

有些事情，要到六十年后才能弄明白。那是你们的问题。

且说，在国家航空航天港，我们终于获准进行实相转运。我根本没有想到，这趟旅行会打根儿上改变我的命运。

你们都没有听说过磁喷流飞行器吧。那可是当时世界上最先进的通勤工具，五年前才经过“军转民”的方式投放市场。这主要是中国人民解放军驻月部队的倡议，后来由全国人大常委会表决通过。它利用人造磁场，产生反重力。但由于是技术过渡期，并担心刺激邻国，我们同时还使用普通的氢动力和高温等离子聚变空天飞机。

这些你们听了都会笑话。但是，在星球还没有变成福地之前，这的确是事实。

我们在飞行器上刚刚坐好，就上来了十几个一毛不长的男人，他们的辫子是假的。他们朝我们微笑，可是笑得像狗子一样。从他们的反应敏捷度上看，大脑皮层上一定植入了特种生物芯片。我们也不能肯定他们是不是电子虚拟人。

余潜风故作神秘地告诉大家：“不是虚拟人，而是生物有机体。确切来讲，他们是国家保全委员会一〇八局的便衣。我们耽搁，就是因为接到通知，要增加他们几个人。”

“难道他们具备很高的棋力？”棋手们拖着袅袅长音一齐发问。

“当然不是。可是，他们是散手九段！”

“出了什么事？出了什么事？”

“美国昨天又发生了骚乱！”

便衣们的到来，使我既紧张又兴奋。二十一世纪中叶，围棋已成为全球第一大运动。下棋是最受欢迎的体育项目，这有点儿像二十世纪的足球。围棋高手作为最有钱、最有身份的人，在世界各地最受尊敬、最受爱戴，当然也最受保护。我们绝对不能受到丝毫伤害。所以哪里有围棋比赛，哪里就有大批便衣。当然，他们同时也监控我们的行为，看我们是不是确实只干下棋这一件事情。

神情木然的便衣像大桶一样"轰"的一声坐在我们这些亿万富翁身边。大家互相传递起喜悦的眼色，却暂时停止了说笑，这使我略感郁闷。这时，飞行器垂直上升，离开祖国的大地，很快进入同温层。整个过程无声无息，除了曹克已九段放了一个屁。

一路上，我思忖余潜风的话，觉得或许真要出什么事。对此我倒不很在意，相反，却有一种暗怀新鲜的期寄。在中国，一切过于太平，太平得近于平庸。很多人都想出点儿事，好让生活重新变得刺激。这种心理是不是有一些反常而莫名呢？毕竟，那时还不是福地。

美国，究竟是怎样一个国度？世界，正在发生什么变化？二〇六六年，我十六岁了，忽然面对这样的怪谲而深奥的问题。

六十年前，星球虽然还没有成为福地，但它也在渐入佳境：核武器已全部销毁，北约主导联合国的历史终告结束，除了个别像美国这样的国家还时不时发生国内冲突，和平可以说基本临幸了全球，人们过着越来越快活的生活。

二十一世纪上半叶的重大事件，是中国的崛起和美国的衰落。在星球上，形成了以华人为中心的庞大经济文化圈。不管在哪儿，你只要说自己是中国人，那都是一件十分开心和妥帖的事情。

彼时，虚拟世界的过分发达使得国家的地理疆界变得不那么重要。就实相来说，更多注意力投向了外层空间和海洋深处，在那里进行了诸多物质文明和精神文明开发。人类修建了第一批太空城和海底城，并大规模移民。后来又开垦月球和火星，在上面驻军、经商和流放持不同政见者。

但世界仍旧划分为不同的国家，这毕竟是一种古老而庄重的风俗。当时，全球共有国家一千多个，是人类历史上国家最多的时期。

网络在那时发展到了鼎盛。因此网络上也成立了许多虚拟国家。大多数是新命名的，不过也有一些旧的国家在网络上重生，比如有这样一个国家名叫“日本”。日本曾经是一个岛国，但作为实相而存在的日本本土，有一年在太平洋大地震中断裂沉没了，幸存的日本人便在网络上再建了他们的祖国。

网络国家很有意思。有的全国人口加起来只有十几个。有的起了奇奇怪怪的名字，比如“幸福像花儿一样”“吾国仅在黄昏时分出现”“不是大不列颠王国”“必是德意志联邦共和国”，等等。这些国家的诞生带来很多政治、经济和社会变化。国家主权领土也有了全新概念，让人瞠目结舌。

人们把这网络世界统称为“阿曼多”梦幻社会。“阿曼多”是有意识的程序生命。全世界的中微子－生物网络处理器都是它的细胞和神经。

“阿曼多”是怎么在无生命的基础上自主进化出意识的，这一点至今没有从科学原理上得到圆满解释。考虑到意识原本不过就是一堆乱糟糟的电子脉冲，人类只好面对这样一个基本事实：显然，意识从物质坯基上产生的路径肯定不止一条，意识的实现形式也必然多种多样。以前大家仅仅信奉一种模式，这无非是自欺欺人。因此，“阿曼多”的诞生，就成了地球演化史上生命产生以后最重大的事情。

"阿曼多"帮助一百亿颗人脑管理和配置资金、能源、材料及信息。人不再是存在的主体。自从二十世纪末网络超文本数量急剧膨胀而超出人类的浏览能力之后，大家就在暗暗期盼一位"全知全能超级引导者"的出现。如今，"阿曼多"成了星球的"第一生命"，或称"世界之心"。有一次，世界信息组织（WIO）给"阿曼多"的表现打分。结果，打出了九十九分的高分——满分是一百分，之所以保留了一分，是考虑到"阿曼多"已把自己搞成一个艺术品，而伟大的艺术总是要有点遗憾的，人类尊重这个事实。从政治角度得出的结论则是，"阿曼多"改变了发达国家和发展中国家信息分布不均衡的状况，使得民主、自由、公平、正义这些口号不再像气泡一样悬浮在空中。并且，从生活上看，它还总是温情脉脉，像一位嫂子。

就是这样，人类首次与自己生造出来的一个非蛋白质高等技术智力生命同存于一颗行星，并受着它无微不至的荫庇。这就是我们那个时代的主题。怎样，很奇异是吧？总之，在二十一世纪的很长一段时间里，一切相安无事，一切像钟表一样运行。虽然美国衰落了，日本沉没了，但全世界、全太阳系，由于中国的崛起，经济和贸易继续保持繁荣。同时，这也是因为"阿曼多"不知疲倦地用它那超乎寻常的计算能力，在全心全意打理我们的日常生活呀……

这的确是快活无比的时代。但是忽然有一天，知识分子精英却忧心忡忡起来。他们提出一些常人无法想象的问题，比如："阿曼多"的智能发展过快会危及人类生存吗？它会控制人类吗？会把人类当作它的奴隶吗？它会驱使人们去做一些他们不愿做的尴尬事吗？它会要求全人类都变成同性恋吗？……精英们指出，人类一旦离开"阿曼多"，也许就什么也干不成了。"阿曼多"代替了人类思考。人类越来越依赖这个用电子神经构筑的冰冷东西，而不是自己的情感和记忆（以及内分泌系统）。人类的大脑正在发生结构性变化。万一“阿曼多”撒手不干，一百亿人不会一下傻掉吧？不，网络本身早已把大家变为傻子和残疾了。

在知识分子精英的推波助澜下，二十一世纪中叶爆发了一连串激进的反信息运动。一些意识到梦幻社会存在危险的社会团体和组织，逐渐恢复了不经“阿曼多”的实相生存，也就是说，把自己与网络的联系暂时切断，或者部分切断。有的国家和政府，干脆让自己在网络上休眠。这是一件很“端的”的事情。

围棋选手通过实相旅行，重新回到木头或金属做的小方桌前，面对面手谈，就是这股潮流中的一朵浪花，而且是一朵最大最美的浪花，因为，围棋是人类智力和情感的最先进的代表，同时，这样做也是为了国家和人民的长远利益。

国家和人民的长远利益？我不太懂得这些。那是令大人们抓狂的问题。还是回头来叙述这趟旅行吧。说实话，那时我们的旅行机会很少，甚至有人宣告，有了网络以后，旅行的时代就结束了。当然了，就算是实相旅行，我们也还不可能完全脱离“阿曼多”的协助。要彻底走出它，对于任何人来讲都意味着一个神话。总而言之，在“阿曼多”正确并准确的心灵导航下，只用了半个小时，我们就越过太平洋，顺利转运至北美。磁喷流飞行器接地的刹那，没有料想中的冷波扰动。

我把北美大陆感受到的第一丝气息与我在网络中获得的印象作对比。但我没能产生期待中的匹配。来之前我打听到，这是一块充满非线性气候因素和人际废气的大陆，生活着奇异非常的转基因动物。大人和孩子，经过克隆以后，都土里土气，状若妖魔。我的印象中这也是一块遥远得像是天外的大陆，因为人们很少来这儿旅行。作为也能生长植物和出产矿物的实体，北美在过去几十年里，与地球上其他地方隔绝了，从而被忙碌不堪、高速运转的梦幻社会遗忘在脑后。

可是，奇怪的是，我没能产生匹配。这是一种不妥的感觉，却令我再度暗暗憧憬。

我对美国的认识，主要采自“阿曼多”第一百八十九号末梢。这是一个连接三千二百万个大脑的中介伺服器。这样得来的知识非常有限，而且大部分仅及于与围棋相关的事物。对于美国这种国家，当时谁都没有兴趣做更多的了解。

“这就是美国？”走出飞行器，我瞟了一眼荒凉的风景，笑了起来。脚下是又脏又黑的复合材料地面。几个白种侏儒人胆怯地窥视我们，大概想上前兜售旅游纪念品。

“还不是美国，这是加拿大。”一名便衣殷勤回答，做了一个让大家镇静下来的奇妙手势。

“什么？我还以为来到了月球。不是说，比赛在美国举行吗？”赵小故对便衣抛了一个媚眼。

“临时改变了降落地点。美国蓝卫军占领了华盛顿起降场。我们必须在此等待南边来的消息。如果安全了，就再过去。”便衣们排成一排，吃吃笑着对女棋手说。

这才知道，加拿大是北美的另一个实相国家。它与魁北克、安大略、大不列颠哥伦比亚这样一些国家接壤。代表团只好取道这些国家，辗转前往美国。这样也好，我们顺便与当地围棋界做了一些交流切磋。他们对中国围棋早就景仰得很，这次终于见到高手的真面目，高兴得恨不得立即跳楼自杀。

两天后，便衣说情况有所好转，可以入境了。我们决定走陆路，这样也可以看看沿途的风景。在各国政府热情万丈的接力护送下，一路旅行，这才发现，北美地区的经济社会的确很是低迷。

我们坐了一阵船，穿过一处名为伊利湖的水域，从一个叫克利夫兰的城市登陆，就进入了美国。又乘坐火车，花了一天时间，终于抵达华盛顿西郊的外国人入境甄别站。全美围棋协会主席考克斯从凌晨起就等候在这儿了。他是一个干枯的小老头儿，风一吹就要倒的样子，神情猥琐而局促。

不像在加拿大、魁北克、安大略和大不列颠哥伦比亚，这里没有大批棋迷打着横幅欢迎我们，这使大伙儿很是失望。考克斯不好意思地解释，是因为大学生和蓝卫军游行，阻塞了交通。

来不及多说什么，我们走过免检通道，匆匆钻入一辆四面透风、锈迹斑斑的无人驾驶电车，乘坐它前往下榻地。眼见美国首都樱花盛开，却污染严重，朵朵花儿都黑糟糟，跟煤球似的。一群群皮包骨头的白种人横冲上来，拦住我们的电车，伸出乞讨的双手。考克斯气急败坏，企图把他们打发走，可是他们哪里肯走。

“可怜可怜我们吧！”他们一齐发出蚊虫般的喑哑叫声。

余潜风实在看不下去，便指示队员们发给他们一点儿零花钱。他们才一跳一跳怪笑着跑开。

“请不要多心。美国是一个特别的国度。我们的人权状况很糟糕。我曾经为此写过一个报告。”考克斯红着脸解释。他会说一点儿汉语。

随后我看见了更多转基因人。他们具有不可思议的形状，活像外星人。还有一些街头流浪儿童无疑是克隆人。不少电子虚拟人也在小巷里神出鬼没。仿佛这里并不像中国那样进行信息有序矢量控制。“阿曼多”对此似乎也放任不管，就好像美国是一个被它抛弃的国度。这使我愈发感到好奇。

建筑物破败的墙面上，却到处刷着“阿曼多”的拟人画像。它被描绘成一个穿黑裙子的肥胖老年妇女，或者长着红鼻头的花白头发中年男子。

“后信息崇拜三度的标志。”曹克己盈盈一笑，轻蔑地评论。

路上我们经过了一组缺胳膊少腿儿的雕塑，考克斯说这是朝鲜战争纪念碑遗址，建于上个世纪。米遇春觉得碑文很具有讽刺意味。其大意说：“我们的国家以它的儿女为荣，他们响应召唤，去保卫一个他们从未见过的国家，去保卫他们素不相识的人民。”考克斯不好意思地说，美国当年的使命就是要保卫从未见过的国家和素不相识的人民。米遇春说这是天下最搞笑的事情。

然后电车驶过一个名叫国会山的肮脏地方，在这儿，我们遭遇了游行的大学生和蓝卫军。这些都不是虚拟人。一时间人山人海，像掉入蚂蚁搬家的阵营。

考克斯苦着脸说：“不好意思，美国有一些人正闹独立，他们要求一些州分裂出去。他们成天游行、绝食，还与警察发生冲突。他们在寻找生命的意义。呸。这场运动在你们到来前几天，忽然变本加厉。”

“加拿大不就是这样分裂的吗？”余潜风诮笑道。

“对。我们正在步加拿大的后尘——夏威夷和关岛已经在两年前独立了。阿拉斯加也已被新苏维埃收购回去。”

“那么，你站在哪一边呢？”

“好问题！如果有人提议把西藏从中国分裂出去，你站在哪一边呢？”

“嘻嘻，我明白你的心迹啦。”余潜风满意地看着爱国者考克斯，“你别担心，这不，我们已经来了啊。”

是的，我们来了，但这与美国的统独问题，又有什么关系呢？我对大人们的谈话没有太多想法，只对学生游行的场面很感兴趣。在中国可是见不到这样热闹的一幕。考克斯听了余潜风的话，憋着脸半天没有吱声。忽然，他转向我，抚了抚自己脑后的长辫，晃晃悠悠凑上来说：

“哗，这位就是‘龙子’吧？是在月球虹湾与韩国人下三番棋的那个唐龙吧？全美棋协也采集了‘阿曼多’提供的比赛视频记录。啊，见到你的实相真身，我太高兴了！”

“见到你也很高兴。我在网络上见过你的棋。”我礼貌地回答。

“鄙人甚感荣幸。”

“跟艾布拉姆斯那盘，你把一个定式走错了。应该‘放炮’的，你却去‘和’。”

看着考克斯的脸窘得一下变了形，我使劲忍住笑。但赵小故已经“扑哧”一声笑出来。余潜风瞪她一眼，好像是提示她注重外交礼仪。无论是在网上还是网下，中国的国家形象都是最要紧的。然而其他人也跟着“哈哈”大笑了。

一会儿后，我又觉得考克斯很可怜。他是一个认真而害羞的老头儿，生怕招待不周我们，从而得罪中国。那样的话谁都负不起责任。我觉得应该说一声理解万岁，让他不要过于自咎。但这时，我的注意力却被四面八方山崩地裂的口号声吸引了过去：

“要吃饭，要喝奶！”

“要自由，要人权！”

“要强大，要发展！”

“支持佐治亚独立！”

一些真正的石头和鸡蛋，还有一些全息导弹模拟品，当然，都不会爆炸，天女散花一般洒落在车顶。他们难道不知道我们是中国人吗？电车拼命扭动身躯，蛇一样采取紧急逃避措施，好不容易才冲出险境。美国大学生和蓝卫军闹腾的场面终于过去了。我为没有看得太清楚而觉得不过瘾。

代表团下榻在第二十一街的中美合资锦江饭店。该饭店在全球有不少连锁店。华盛顿这家去年才落成，是多少年来美国的第一个外商投资企业。

棋手们列队走入大堂，好像并不感到有多紧张，仍然有说有笑，大国风范显露无遗。路上遭遇的，不就是些石头和鸡蛋吗。但必须考虑到，大家是第一次访问美国，况且，这又不是福地。

于是，便衣们喝问考克斯：“安全方面，唵，是不是绝对没有问题？国手们头一遭来美国啊。这可是实相旅行，唵，事关两国人民的传统友谊！”

考克斯真挚而怯然回答：“你们只管放心。总统对这次比赛极为重视，已做了妥善和周详安排。”

果然，很快便来了联邦调查局的几名特工。他们与我们的便衣嘀嘀咕咕之后，便开始在饭店周围布置警戒。照例，这都需要“阿曼多”的三相微调。

过了一会儿，夜幕降临。美国首都因为节约能源，没有使用全反射器照明，陷入昏黑死寂，那感觉很是不爽，怎能跟北京和上海相比呢。因为次日要与美国总统见面，又没有什么地方好逛，大家只好早早躺下休息。

半夜，我被一阵爆炸声惊醒。我看见窗外红光闪耀。有什么东西撕裂了天空。似乎还传来飞行器的轰鸣。我打开门，看见大家集体站在走廊上，辫子都解开了，披头散发，也不说笑，鬼鬼祟祟议论纷纷。国家保全委员会那十几个散手九段夜游神一般狼奔豕突。他们二头肌滚滚隆起的胳膊上露出束得紧紧的定向能机关枪。这些枪支的线式扳机与枪手的神经系统密密缠绕在一起，闪射出人肉与机械的青赤色寒光。

“出了什么事吗？”米遇春揉着惺忪的眼睛，噘嘴问一个正在忙着调试虹膜瞄准器的便衣。

“还不十分清楚。‘阿曼多’紧急通报说是枪战和空袭。分裂主义分子对华盛顿实施了恐怖主义行动。”便衣不耐烦地回答。

“不会有危险吧？”余潜风娇声说，“队中还有个孩子。”

“哦，请大家放心。根据‘阿曼多’的指示，锦江饭店不久前已从国内进口了一台场致偏盾，可以扭转高能粒子束的攻击。”

另一个便衣疯狂地走来走去，嘴里不停吭哧：“他妈的，他妈的，美国的事儿，我们也闹不懂。什么都不符合规范！喂，你们干吗非要选择这个时候来这个国家下棋呢？”

“因为签了合同啊。我们中国人不是最重合同么？”

余潜风一本正经向这个棋盲解释。便衣咧嘴苦笑，像头没吃饱竹子的熊猫。

第一次，我觉得，未来似乎并不在我们掌握之中。

逐渐，闪光和声音稀落下来。大家才回到各自客房，重新睡觉。

次日一早，考克斯就来了，说要立即撤离华盛顿。

“非常抱歉，非常抱歉！昨晚发生了新一轮暴乱。首都遭到三个反叛州的空袭，他们要挟总统签署独立协定。比赛只好全部移师纽约。总统也将在那里接见各位。”他不停向中国人作揖，大肉瘤在胸前来回甩动。

大伙也很无奈，只好打点行装出发。一路上，看见叛军好像已被驱退，自动公路上跳跃着各种型号的作战单元。士兵们裹在磁动力防护服中，用助推器飞快近地滑动，行进技术不好的家伙不断摔成狗啃泥。人行轨道上血迹斑斑。到处是扔掉的旗帜、标语和锣鼓，还有打碎的窗户玻璃。救护车在大街小巷“呜呜”乱叫。那个叫作五角大楼的文物古迹成了一堆青烟四起的废墟。

考克斯难堪地低声说：“是被误炸的。地图上没有标明大楼的位置。”

中国人听了，默然无语，暗自心惊。

美国首都已实行戒严。但代表团取得了总统颁发的特别通行证，所以国民自卫军和蓝卫军都没有过多盘问。总统办公室安排我们乘坐“空军一号”氢动力飞机前往纽约。这比磁喷力飞行器落后多了。但余潜风要求大家克服困难，因为我们的任务还没有完成。

“我从来没有参加过这样的比赛。把人家累坏了嘞。”登机后，曹克已不高兴地说，就好像受了莫大委屈。

“对不起，对不起。这次暴乱是意料之外的。总统本已逐渐控制了局势。”考克斯表示歉疚，“但没有关系，以后我一定创造机会让大家参观白宫和史密森博物馆。”

“在纽约，再出现这种情况，怎么办呢？暴徒会不会拿我们当人质？”赵小故也坐立不安起来，死死挽住一个便衣的胳膊。

“大家可不能有这样的出位想法啊。我们的唯一任务就是下好棋。作为国手，即便屠刀架在脖子上，也应该从容不迫走出棋筋。我们来到这个怪诞而荒谬的国度，可不是哪个人随随便便做出的决定。”这是闻铂欣九段加。他是代表团中段位最高的，真正的大师，关键时刻，一言九鼎。

“说得多好呀！到底是了不起的中国人哪！”像快死的人一样，考克斯的气管里喷出“嘶啦”“嘶啦”的赞誉。

闻九段加是我最钦佩的人。他年纪最大，已经八十岁，不论棋艺上，还是思想上，都是年轻棋手们的师长和榜样。在国内时，他常常向我们讲述古代棋手的英雄故事。有一次，他讲到，三国时期，吴国的丞相顾雍是有名的棋迷。吴太子孙和反对下棋，把下棋说得一无是处。顾雍是丞相，权高位重，对太子的话装作没听见，照旧在官邸与宾客弈棋。一次，棋战正酣，他在外地做官的儿子顾劭重病身亡了。顾雍闻讯面不改色，对弈如故。

因此，像闻九段加这样的人，能够临危不惧，处变不惊，正是中国围棋在二十一世纪腾飞的原因。他重新让大家有了踏实感。

我要到什么时候才能修炼到他的境界呢？

只能期望到达纽约后了。

狂飞一阵，“空军一号”便跌跌撞撞在纽约肯尼迪起降场着陆了。它碰坏了一堆航行指示灯，还好没有坠毁。

一路上，我把上海与纽约做对比。在我心目中，纽约是上海缩小的版本。但听说在上个世纪，纽约曾经是地球上最繁华和最幸福的国际城市，比上海还要时髦和摩登。但它后来逐渐不行了。纽约的衰落也就代表了美国的衰落。然而，残留在城市中的破落贵族气息却不会一夜间散尽。

事实上，我对未曾谋面的纽约还是挺向往的。

的确，纽约的情况比华盛顿要好一些。起码，街上看不见游行队伍和反政府标语，表明当局还维持着起码的管控。这里，商业和金融虽然远远不如上海那样活力十足，但多多少少还有幸存。坑坑洼洼的大街上，也能看见粗鲁却富有艺术气质的人群偶尔涌动，他们长着大肚子，蓄着大胡子，像刚刚从看守所取保候审出来。从遍布全城的贫民窟架构上，依稀可见昔日盛世美国的风范。这也许正是组委会决定把比赛地点改在纽约的一个原因吧。有消息说，纽约已被确定为美国对外开放的窗口。另外，据说这也是因为在这儿更容易拉到商业赞助。精明世故的纽约人对于外来文化——包括围棋，接受得更快一些。这倒是有些像上个世纪初的上海市。

中国围棋代表团下榻在“五月花”客栈。大堂中挂起了用中文书写的欢迎标语。字写得狗啃似的，但大家见此都松了一口气。

这家历史悠久的客栈在二〇二五年曾失火烧毁。现在这家是在原址上重建的，却不是先进的智能型仿生建筑。这使生活讲究的中国人不太适应。客栈也没有像发达国家流行的那样依靠机器人搬运行李，而是全部使用人工。对外讲是为了展示民族风韵，其实跟当地失业率高有很大关系。

大家给了搬运工相当优厚的小费。他们都感激得要命，说以前没见过中国人，这回亲眼看到了，才知道是活菩萨呀。其实，这几块钱，对我们中国人来说，算什么呢。

大人们安顿下来后，便一边喝茶一边闲聊：

“我还是二十年前在网络上见过纽约。它几乎没有任何变化。”

“你要它怎么变化？变得像基隆还是重庆？不可能。”

“说这个没有实际意义。我告诉你们，纽约有很好的东西。我保证你们都会乐不思蜀。”

“是什么？”

“曼哈顿的狗肉宴，天下第一。”

我闻声凑上来：“什么？”

“讲好吃的，小伙子。没你的份。”赵小故挠了挠我的胳肢窝。

“想吃什么，想玩什么，尽管开腔！我们美国，虽然不行了，但这点地主之谊，还是要尽的。”考克斯佝着腰杆，卑躬地说，不停给大家添茶加水。

客栈举行了简短的仪式，欢迎中国贵宾的到来。经理用不熟练的汉语说，能迎来中国围棋界的一流高手，是客栈的莫大荣幸。他本人对中国，那真是向往之至。“可是，三十多年来，美国实行闭关锁国政策，我一直不能实现去中国看一看的梦想。现在，艾米丽总统执政，实行对外开放，也许过不多久，像我这样的普通美国公民也能去中国旅行和学习——不，去朝圣了。”

他说得都快掉下眼泪，这让我也感动了。但他吹箫一般的汉语腔调实在好笑。二十一世纪中叶，是个人都会说几句汉语，包括网络小国的虚拟人。但美国的疯狂汉语培训班是这两年才开办起来的，水平在各国中最低。我们原谅了他们。

余潜风代表大家致了答谢辞。他表达的主要意思是，经理实际上发出了振兴美国的雄壮呼声，这让远道而来的中国客人感到欣慰。在太阳系这颗星球上，各国都是平等的，每个民族都有追求幸福的权利。中国人民欢迎美国朋友前去观光、学棋、朝圣。

因为实在太累，没有等到欢迎会结束，我们便撤回房间休息了。与客栈腐朽的外观不同，客房倒还算干净宽敞。墙上挂着中国水墨画，看样子是水货。从窗口可以俯视一个很大的垃圾处理场。它弥腾出汪洋恣肆的腐臭和黑翳，令人暗暗心惊。它的入口处有一块锈蚀的铜牌，刻着“中央公园”几个字。高耸的垃圾山边伸出一些阳痿般的激光炮管，软绵绵指向灰蒙蒙的天空。

晚上的程序是出席纽约市棋协的宴请。我想在桌上发现狗肉，但是没有。曹克己俯在耳边悄悄告诉我，美国人因为知道中国人来自文明国度，恐怕不吃狗肉，所以就没有上这道名菜。这让我十分懊丧。后来才知道，美国食品严重短缺，纽约的黑市上连高价狗肉都很难弄到了。

席间，考克斯喝了不少洋酒——新近从中国走私的牛栏山二锅头。他喝醉后便闹着要跟我们下棋。在国际交往中，这很失礼。大家面面相觑。

要命的是，考克斯点名要跟我对弈。他捋起袖子，口吐白沫，大声嚷嚷：

“我要跟中国神童下，我要跟中国神童下！美国没有神童了，美国没有明天了，美国没有未来了。那么，就由我糟老头子来对付吧！”

大家听考克斯这样说，皱起眉头。这人酒后吐真言？他对中国仍然暗中不服？不忍心看全美棋协主席在如此正式的外交场合出丑，赵小故和两名女队员便上前相劝。但考克斯像一只章鱼似的舞动手臂，不让她们近身。为了不影响中美两国人民之间的传统友谊，余潜风只好命令我陪考克斯下一盘让子棋。老余甚至暗示我输掉。噢，他倒是很讲大局。毕竟，中国人是世界上最善良的民族。

考克斯对外的说法是专业三点四段。美国人的段位通常有很大水分。他要做我的对手啊，那得等到下下辈子。但我当时是多么的年少气盛，虽然老余一再示意，我最后仍忍不住大赢了考克斯。

听说，考克斯当晚彻夜未眠，痛哭不止。六十年后，每当想起这事，我便非常内疚。因为过不多久，考克斯就为救我而献出了生命。

下完这盘没头没脑的棋，我心里添堵。回到房间刚准备休息，中微子－生物网络处理器便“追儿”“追儿”叫唤起来。处理器是一块小指头大小的半圆薄片，通灵宝玉一般镶在我的后脑勺，通过人造神经簇与我的新皮质发生交感。它是“阿曼多”亿万触摸细胞中的一个末端装置。处理器按照程序过滤着千头万绪的信息和梦幻方程式，帮助人类过上有条理的生活。

这时，一定发生了需要惊动主人的事情。

我用脑电信号触动一个处理单元。两个三寸大小的人儿，立即孙悟空似的一跳跳到桌面上。他们是我的母亲杨阿妹和父亲唐平平，准确来讲，是他们的二阶光子替身。我这才想起，离开中国后，就没有跟他们通过话了。

坦白来讲，他们不是我的亲生父母。因为我是从试管里产生的。这个时代，大人们都不愿意生育，就从国家的人工婴儿仓储中领养了我。尽管如此，他们对我仍怀有深厚感情。这常常使我感到浑身不自在。但话又说回来，没有他们二位的栽培，我是不可能成为围棋国手的。

附带介绍一个情况——我还有个妹妹叫唐蛟。她是从另一个试管里拿出来的。父母没有培养她下围棋。结果她现在还在虚拟学校里像个傻瓜一样读书。

小时候，我曾感到奇怪，为什么父母都不会下棋，而我却有这个天分。等知道自己是试管人后，我觉得问题严重起来。我想，是谁提供的这精子呢？我基因树谱上的父母究竟是谁呢？他们是否是某个高段位的围棋大师？我的祖父母、曾祖父母又是谁？这样一路追溯回去，这棵巍然宝树的根系莫不然会伸向唐朝的某个大国手？

生物学研究业已表明，一个人的才干和特长，遗传基因起着决定性作用。我的围棋基因必然可以溯源到很早以前。据说围棋是帝尧发明的。五六千年前，中国人还过着打猎和农耕的生活，但帝尧的儿子丹朱整天游手好闲，既不学射箭，也不学锄地，整日朋淫生非，帝尧想把他培养成合格接班人，实在没有办法，就灵机一动，在山下找了一堆石头，又在地上划了一些道道，教他学围棋，并声称围棋中蕴藏着治理国家、军队和山河的大道理，否则这孩子就不愿下了。人都是想当官的。后来，虞舜登上帝座，也教自己的儿子商均学习围棋。这些先贤发现围棋其实是一种高级智力活动，比下蠢力到大田干活和进深山打猎要实用得多。也就是说，这是一项贵族运动。从那个时代起，体力劳动就在我们的文化中遭到鄙视。这样，围棋技艺才一代一代传承下来，逐渐沉淀在我们体内的染色体上。由于无数前辈的铺垫，终于轮到我在二十一世纪替中国扬威四海，这不能不说是生物进化史的神奇安排。

“阿龙，侬没生病么？”杨阿妹尖着嗓子问。穿着一袭袍服的袖珍女人站在桌子上的模样分外滑稽。

“没有。”我没好气回应。

“病了要念六字诀。美国那个地方，别的不多，就病菌多。所以，要常念六字诀。”

“晓得嘞。”

“啥时光开始比赛呢？”

“后天。”

“侬勿要紧张。紧张不好，对成绩会有影响。睡眠一定要充足。屎要一次拉干净。不行的话向‘阿曼多’请求援助。”唐平平拢一拢辫子，腼腆地插话。

“你们真啰唆。阿拉又不是第一次出门！”我恨不得一巴掌把这对男女从空气中扇掉。

“但侬是第一次到美国呀！嗯……另外，阿拉听了传达，说是美国动乱又加剧了。这侬晓不晓得嘞？有勿危险？”

“乱是有点乱。但还不够刺激！”

“侬只小赤佬，尽哈三胡四！”大人好像有些生气了，“美国，阿拉不了解它……要注意影响哦。要听领导的话，不能自行其是！”

又讲了一堆废话。“阿曼多”终于把他们从网络中打发走了。我无可奈何吁出一口长气，刚准备打一回谱，处理器却把一段重要信息筛选出来供我理解。这回呈现的小人儿是中国驻纽约领事馆的教科文机器人。这位朋友嫣然一笑，背诵了一段话：

“中国驻纽约领事馆正告在本市逗留的所有中国公民。此地具有如下不安全因素，第一，黑社会……”

他“嘟嘟嘟嘟”说了好一阵，弄得我十分心烦，谱也不想打了。老早我就觉得大人们喜爱大惊小怪、小题大做。这再一次得到证明，何况他还是个机器人。不就是美国吗，一个我从未见过、素不相识的三流国家。

不过，他说的也有可能是实情。我发现，到纽约后，便衣们与中国领事馆以及北京总部的联系加强了。他们的表情和姿态也更像熊猫。哦，或许他们本来就是熊猫变的。

我开始觉得，这将是一次不同寻常的体育比赛。中国围棋代表团不顾危险一定要来美国执行实相任务，大概肩负着常人不能理解的重要使命。

世界围棋锦标赛每两年举办一次。这是太阳系中最高级别的赛事。什么？你们连这也不知道？唉，你们不知道的事情真多。

二十一世纪初，中韩日平分黑白天下。逐渐，欧洲人赶了上来。北约瓦解、欧元贬值后他们就热爱上了围棋。现在，公认的世界围棋五霸是中韩德法俄。新加坡和巴西实力也不错（后者是因为近几十年颇多中国移民）。日本因为沉没了，下棋的人就少了。

“阿曼多”统计表明，全球十五亿人有围棋正式段位，五十亿人是超级棋迷。网络上还成立了五十五个“黑白国”，国王、总统和总理平时只做一样工作，那就是下棋。既然围棋中蕴含着治国理政的根本道理，大家便都想着通过倡导围棋事业以使国家走向繁荣昌盛，就好像这是一件举手之劳的事情。在这种背景下，围棋比赛成了各国最盛大的节日，就像上个世纪的奥林匹克运动会和足球世界杯。不，不，那两样东西怎么能跟围棋相比呢！总之，每当赛事来临，城市便万人空巷，官员群众把酒当歌，大醉倒地，也显得更加深沉而有涵养了。

美国虽然正处于动乱之中，但恰逢赛事，经过组委会全力动员，也迅速洋溢起欢乐的气氛。民主党、共和党停止吵架，市民们排成队伍上街维持秩序，穷人和富人不再发生冲突，地铁幽闭恐惧症缓解了，分裂主义分子的袭击亦告暂停，纽约的街头犯罪率一夜之间下降了十三点三个百分点。

尤其值得一提的是，中国围棋代表团的首次来访使这个国家沸腾不已。也难怪，不少美国人连中国人长得什么模样，之前都没有见过。我们走到哪儿，都被好奇的人群围观。许多人还想获得体育之外的其他好处呢。原来，这是一个非常务实的民族。当然了，经济利益是明摆着的。商家从网络上蜂拥而至。像这次，中国队的赞助商就有健力宝、安美尔、娃哈哈、洁尔阴等世界知名大公司。美国人纷纷争抢与它们合资。

到纽约第二天，进行抽签，以确定比赛次序。然后，所有棋手做了脑检。结果查出一名新西兰选手和一名土耳其选手在大脑皮层中偷装了特种芯片。装了特种芯片的人，就可以让“阿曼多”帮他下棋。从规则上讲，这是不允许的。

比赛前夕，各代表团忙着向“阿曼多”旗下的信息中间商出售信息。在中国代表团的线路上，信息中间商提出许多古怪需求，比如：

“了解：在月球上下棋，重力会对大雪崩定式产生何种影响？”

“了解：是不是中国实行计划下棋政策？每个家庭必须有一个孩子会棋？”

“了解：围棋为什么是黑的和白的而不是蓝的和白的，或者红的和黄的？”

“了解：美国人应该从围棋中学到什么？”

“了解：围棋真能帮助美国实现经济社会复苏吗？

"了解：围棋真能拯救美国人的灵魂吗？"

我觉得每一个问题都很搞笑，尤其最后一个，令美国这个国家显得更土。这后面隐含着一种让人不寒而栗的东西。余潜风领队却不厌其烦逐一回答了它们。

开赛前夕，美国总统艾米丽终于从百忙中抽身出来，赶到纽约会见了中国代表团的全体成员。她一定得来，否则我们会很生气的。哦，总统是个女的，长相还挺俊俏，三十来岁年纪，生得小巧玲珑，涂着霓色口红，穿一袭紧身黄袍。她有可能是白人、黑人和黄人的混血种，表面上却看不出基因是否做了改良，或本人是否经过克隆。她轻若无物地飘过来，跟中国客人一一握手，对每一位棋手道歉，说自己来晚了，这都是反动破坏分子造成的，但现在好了。在余潜风介绍我时，她还摸了摸我的头。

"这孩子挺逗的。"她咯咯假笑道，声音像是电子合成的。

然后她换上一副北美政客的死板面孔，对我们说："美国政府十分清楚，这次比赛有着极其重大的意义。这也是我们哪怕国内形势陷入恶化，也要坚持举办比赛的原因。你们来自历史悠久的围棋大国。你们前来向我们输送智慧，这太绝了。围棋代表了时代的理想，蕴含着文明的价值。围棋象征团结进步。中国围棋精神在全世界声名远播。这次比赛必将对振兴美国起到积极而深远的作用。我谨代表全体美国人民，热烈欢迎你们。只是可惜不能在白宫请大家吃饭，因为我们联邦调查局的人在吃白饭——唉，他们连你们的安全都不能全力保障，还要有劳你们从国内自带便衣！让大家受惊了，真是不好意思！"

跟着，她向中国客人介绍了美国国内政治、经济和社会情况。总的来讲很不妙。但总统那张牙舞爪的模样，又给人一种力挽狂澜的印象，让我暗暗为她捏一把汗。

“分裂是不得人心的。只有合众为一，才能使我国重新崛起于世界民族之林！我坚信伟大的中国在这方面能给我们以决定性的启示。只有与中国携手合作，才能使美国人的灵魂得到拯救。你们不嫌弃鄙国脏乱差，前来传经送宝，彻底消除了我们对外部世界的疑虑、担忧和恐惧。我再一次代表美国政府和人民向你们表示衷心感谢！”

她讲得真好。我跟着大伙儿死劲鼓掌，直到把手心拍疼。这时发现，那女人的面色一刹那变得僵尸般锡白，她的眼角已经泪光晶莹。我才觉得她跟杨阿妹也许是一类人。

总统走后，大人们一边议论她的身体和打扮，一边谈论“围棋外交”的话题。听说，上个世纪还有过“乒乓外交”呢，可惜的是代表团中没有谁能对此说出个究竟。不过，连我都已经隐约看到了此次比赛的旨趣。

“围棋要说话了。”余潜风领队像个外来的神一样扭扭捏捏说。

在见到艾米丽总统之前，我从来没听说过围棋能拯救世界这样的事情，也不知道围棋竟然会“说话”。不过，围棋在中国具有悠久传统，这倒是真的。一代一代，中国人下棋，在黑白天地里寻找民族的自豪和国家的尊严。早些时候，围棋并不说话，而更多是沉默。但据说有人就从这沉默中逐渐体悟到了宇宙的奥妙和人生的真谛，从而抵达了精神文明的至高无上境界。自从二十世纪末期围棋越来越科学化、市场化和全球化以后，这样的人和事就越来越多，直到有一天围棋终于有话要说，而且是理直气壮对着全世界大声言说。艾米丽总统提到了

“围棋精神”，不错，这的确是令我们无比骄傲的一个词汇。自打有了围棋精神，女足精神、女排精神和女乒精神便不再提了。因为，只有围棋是土生土长的精品国货，而那两大球和一小球怎么着也打上了外来殖民烙印。但那时人们也没有办法呀。现在我们终于可以宣告拥有自己的精神了。

然而，当听说围棋将要拯救美国人的灵魂，我仍然感到非常的诧异。我自己从来没有过如此崇高的国际人道主义念头。我不禁又想到在华盛顿看到的那个碑文：“我们的国家以它的儿女为荣，他们响应召唤，去保卫一个他们从未见过的国家，去保卫他们素不相识的人民。”米遇春还觉得它挺讽刺呢。

说起来，我从事围棋事业纯属偶然。那是杨阿妹有一次跟唐平平打架时说：“侬再对我这样，就让阿龙去下围棋！”

“那又怎样？就这样吧……侬个猪头三啦！”爸爸不甘示弱。

我至今不明白妈妈怎么会说出这种话来。为什么她跟老公一打架，就要让儿子去下围棋？难道这是一种惩罚手段吗？她竟把神圣的围棋归位到了如此简单的一种形式？这其实极不严肃，而爸爸居然还同意了。在全国人民都把下棋当作一项伟大事业的背景下，父母这样别具一格的边缘性思想，是如何形成的呢？这里面蕴含了什么样的变化趋势呢？还是表明他们本身就是上海小市民？这是我六十年后也未能解开的一个谜。更不知它与福地的诞生有何内在逻辑关系。我曾就此事询问杨阿妹。她说她也闹不明白，话到嘴边就那么说了。总之这跟月经失调并没有直接联系。

唉，上海啊。它天生就是一座异类别致的城市。它总要从充满偶然性的寻常生活中发掘出一点儿与众不同。这是好是坏呢？

但从此之后，我的围棋天分便被飞快发掘了出来，这真是歪打正着。我被送进网络棋校学棋。我五岁那年，国家把围棋确定为我的终身职业。爸爸妈妈听到这个消息，高兴得一块儿连洗三遍蒸气浴。

在中国，围棋从上个世纪末起，逐渐成了一项不错的职业。优秀棋手的收入可观，政治地位也很高。进入二十一世纪，中国的国力和棋力相与为伍迅速上升。人民又有钱，又有理想，在愉快工作一天后，不去下棋，又做什么呢？

于是，围棋学在高等院校被列为必修课程，还授予博士和博士后学位。围棋昂首阔步走出国门，成了最受欢迎的奥运项目。围棋人口一多，各种社会问题自然就都解决了。

对于祖先留下的这份遗产的价值，我虽然年纪尚小，也有所体悟。前人颇有先见之明地预存在我身上的基因，充分表达了出来。我的对弈水平像火箭一般超越别的棋童。我的天赋展现得如此淋漓尽致，谁不服都不行，以至于杨阿妹和唐平平最终同意从虚拟银行贷款让我拜国手为师。

我先后拜了三位名师。他们各有特点。但共同的一点，他们都是军人。这里面有个讲究——部队系统的棋从来是非常厉害的，这方面你必须承认。他们强大的使命感和纪律性扩展了围棋的时代内涵和精神价值。在二〇四五年至二〇五七年间，代表中国连拿一百个世界冠军的张小小和陈喵喵，都是八一军体大队出身。这次赴美参赛的多位老师，像闻铂欣、米遇春和赵小故，也都是退役军人，虽然，从表面上，你也许看不出来。

军队培养出了几代人服从命令、不怕牺牲、逆境求生和精于谋略的棋风。事后想来，这对我在美国的经历大有好处。

北大围棋系招生那年，我也报考了。在录取的考生中，我年龄最小。我依依不舍告别了纸醉金迷的故乡上海。那是我的第一次长途实相旅行。

读书期间，我已在国内棋坛崭露头角。我还多次代表国家参加国际和星际比赛。去年我获得了七点五段称号，而实力已在超一流棋手之列。我拿了好几个世界冠军。在与中微子－生物网络处理器的比赛中，我也取得不俗战绩。于是有人开始尊称我“神童”，跟着我还被誉为“龙子”。人们纷纷说，多少年，中国才出这么一个天才啊。他们还说，这象征着“国运兴、棋运兴”哪。

我知道的是，下棋给我和我全家带来了巨大荣誉和收益。这使得杨阿妹和唐平平乐不可支，最后连架也不打了。围棋维护了唐家的稳定和繁荣，唐家也由此为国家做出了不可替代的贡献。

但是围棋又怎么能把中国崛起的奥秘传输给美国人呢？它到底怎样拯救美国呢？强大起来的中国为何要做这样的善事？这个世界究竟发生了什么危机？这跟人民生活的重新非网络化又有什么关系？

福地的人们啊，也请你们帮忙思量一下吧。

我当时没有工夫考虑这些重大问题。我的年龄也不允许我研究它们。更要紧的是，各国民众期盼已久的世界围棋锦标赛正式鸣金开锣了。我们把精力和体力都投向了那里。我从来不知道还有围棋搞不定的事情。将要发生的一切已板上钉钉。

让我来说说这方面的情况吧。这是你们这些生活在福地的人们应该了解的。

且说，第一轮比赛在著名的文物古迹林肯中心进行。一大早，电车便把各国代表团从下榻的客栈拉过来。大楼前挤满信息中间商。他们看见棋手，便一拥而上，七嘴八舌要求购买情况。中国人在便衣的护卫下迅速冲出重围。

联合国秘书长埃托奥和美国总统艾米丽共同主持开棋式，并分别发表致辞。说起来，由于有了“阿曼多”，联合国在那时仅仅是个形式。不过形式还是有必要的。盛大而夸张的文艺表演之后，从大都会歌剧院到爱利斯度利厅，从波蒙特剧场到纽豪斯剧场，来自世界各地的八千多名棋手纷纷落座，捉对厮杀，一万三千名随机抽取的美国观众代表在现场实相观看。情形着实壮观，把美国的败落掩盖了。

我的第一位对手是韩国人郑奉洪。这天，郑奉洪执着一把折叠扇，背着一挎包便携式人造心肝肺，翩翩而来。在进入棋室前，组委会又对我们进行了一次脑部安检。结果顺利通过了。跟中国人一样，骄傲的韩国人也从不使用芯片。

但是，讨厌的信息中间商又蹿过来，从掌心中变出小巧的“辛克苏”铱－氨基酸传息镜，把它们与“阿曼多”相连。通过“阿曼多”的投射，全世界都可以在网络上观看这场多国大战。信息中间商解说：“看啊看，这就是世纪围棋大对决。我们正把镜面对准中国的唐龙和韩国的郑奉洪。他们两个，一个是天朝神童，一个是东亚鬼才。他们是当今亚洲雄霸天下的象征……”

棋赛正式开始时，商人们便被逐了出去，但传息镜还留在室中工作，像苍蝇一样飞来飞去。

二十一世纪的围棋非往昔可比。在网与非网领域，战略战术均有重大革新。我与郑奉洪杀得昏天黑地。在布局阶段，我首次使用了“大宗师”。这项新发明的战术刚刚被列入世界无形财产总库。郑奉洪以

“北斗七星”抗衡。在左下角，我们过早开始短兵相接。我知道这是韩国人最不乐意的。果然他显得很是吃力，手中的扇子摇得越来越快，筐子里的人造心肝肺都变紫了。我于是成功地以两手“味”侵入白棋的实地，并且取得外势。其他的不用多说了。这盘棋以我中盘胜告终。虽然这很公平合理，但我对于这么快便战胜了强大的韩国人仍有些沾沾自喜。

第一回合下来，中国棋手全部过关。这符合常识的预期。第二回合，我更轻松。对手是梵蒂冈的皮里。他唯一的招数是不分情况使用“风活”，这在中国的业余比赛中，也是很可笑的。这一轮，中国棋手的情况总的来讲仍然相当不错。曹九段战胜韩国的金在水，米九段战胜德国的柯布勒，汤八段战胜新苏维埃的小巴甫罗夫斯基，闻九段加战胜法国的埃里松，罗九段战胜越南的范元追，等等，不一而述，真如秋风扫落叶，只有英七段不敌巴西的杰罗姆。这没有什么好说的，我们总得显示慷慨和谦虚，给世界一点儿机会和怜悯。

然而，下完第二回合后，我却感觉有些不妙。我的肚子忽然疼起来，腹腔中回荡起一股怪诡的张力，好像被注射了一剂毒针，血液和胃液开始沸腾，进而要令我像颗定时炸弹一样炸掉。只有我心里清楚，自打我过完十五岁生日，这种不明原因的症状便不时出现。每当它发作，我会觉得棋盘一忽儿变成虚渺的星空，一忽儿又化作深黯的地牢。我身陷其中，孤独愤懑，叫天天不应，叫地地不灵。我十分渴望逃走，却根本出不去。更可怕的是，每当这种要命的感觉发动偷袭，我的棋力便会骤然下降。棋力的下降虽会暂时缓解我身体的阵痛，但一旦醒悟过来，我便害怕得不行，不禁深深忧虑起自己的前途命运。我是国手啊，我除了下棋，什么也不会呀。如果有一天我无法对弈了，那该怎么办呢？岂不是生不如死吗？

现在，痛楚的焦灼正在我体内的每一个细胞中焚烧。我怀疑这种症状源于某个染色体的变异，却不敢把病况对任何人说。如果人们知道了，那还不天塌地陷？全国人民怎能相信他们的世界冠军竟会在国际比赛的现场身体出问题呢？

根据比赛规程，每下一轮要休息两天。这样，棋手们可以放松一下，以利续战。这也是美国人的精心安排，目的是让大家在纽约市参观购物，以刺激当地经济发展。这也救了我一命。我正可以利用这段间歇，舒缓从我少年之躯中滚涌而出的紊乱暗流，掩饰自己无以控制的临阵不适。

两天里，考克斯一直陪同中国代表团游览市容。我们所到之处，都有市民夹道热烈欢迎。他们是被当地社区组织起来的，一看就是典型的纽约人，总是用俏皮话试图使自己摆脱见到外国人时产生的恐慌。有人冲上来使劲握住我们的手说，中国贵宾的到来，使人看到了美利坚复兴的希望，真是久旱逢甘霖。有人热情地冲我们说，你们来对了，纽约与中国本是对口单位，早在一七八四年，一艘名叫“中国皇后”号的轮船就从纽约出发，花了六个月时间驶达广州，开启了中美间的直接贸易，在美国掀起第一次“中国热”。还有人着急地对我们说，中国应该立即增加对美国的投资和援助，同时扩大文化和体育输出。“贫富差距是这儿从来没有得到解决的问题。我们美国人哪，说真格的，精神、体质和物质三重缺血。”他们总是这么谦逊地自我贬低。

国手们装出同情的样子，使出吃奶的力气安慰美国老百姓，结果把自己感动了。这群情激昂的场面使大家深受教育，并感受到中美人民在一起时的和睦友好气氛，就好像我们本来是一家人。

我们参观了多处文物古迹，包括一个名叫“股票交易所”的地方。为了欢迎客人们的到来，一群贫穷的美国青少年故意打扮得跟二十世纪的人似的，下巴下面扎着一根叫作领带的古怪绳索，在一个乱哄哄的大厅里又吵又叫，拱来拱去，完成上级交代的表演任务。我看了一会儿，眼睛就累了，大人们却兴致勃勃，议论纷纷：

“这就是‘炒股票’么？”

“跟疯了一样呀！”

“资本主义世界的金融体系崩溃后，便没有这种运动了。”

“真是一饱眼福！”

不管怎样，这都让我们觉得美国的形势已经可控。毕竟，中国人来了呀。然后，考克斯又带大家去了另一个文物保护单位。这处名胜要坐船渡海才能到达。一方平台上横躺着一个红铜做的女人，头上戴了一顶浴帽，上面生出乱刺一样的东西，脸蛋儿涂画得花花绿绿。

“这就是自由姐们儿像——原来叫自由女神像。”考克斯担任了临时导游。

“为什么她要躺着呢？”

“原来是站着的。可是后来，大赦世界组织说这不公平，便把她放倒了，还在她脸上画了这些叉叉。”考克斯尽其可能地挤出笑容。

“这原是应该的！”

“知道艾米丽总统为什么能当选吗？其中一条，就是因为支持这场‘倒像运动’。”

我觉得这没有多少新意。在中国，许多佛像就是躺倒的，为的是舒坦和平等。美国人应该先请求“阿曼多”展示一下龙门石窟和云冈石窟的全息图，免得炒冷饭。这个国家显然误入了一个奇怪的发展阶段。看着自由姐们儿那张斑驳阴惨的脸，我又有些犯怵，不明白围棋怎样才能拯救美国受苦受难的人民。

然后去博物馆参观。因为经济不景气，大都会博物馆的好东西几乎拍卖光了，所以也没有什么看头。自然史博物馆倒还好一些。我比较喜欢恐龙等史前动物的化石。难以置信美国土地上曾经生活过这样的巨兽。然而扫兴的是，刚看两眼，便停电了。

我们只好走到窗户边，去观赏纽约的建筑。据说都是上个世纪的老房子，这么多年也没建什么新的，跟上海外滩那些楼差不太多。上海的老房子都被保护下来，当作爱国主义教育基地。在我的故乡，如今每天都有几十万人从网上走下来，去外滩接受理想和国情教育。纽约却不是这样，任这些老房子自生自灭，这很是可怕。

不知怎么搞的，纽约的楼房越看越像恐龙骨架。美国让我这个生活在蜜罐中的人头一次见着了世界悲惨不幸的一面。以前“阿曼多”从没有告诉我这些。这是为什么呢？

我预感到有某种事情将要发生。不过我倒愿意它真的来临。

忽然，我看见一个阴影从窗外飞过。正想仔细看，它却不见了。它好像博物馆中展览的翼龙。考克斯的脸上泛起一片木乃伊般的灰绿。

从博物馆出来，便去逛什么时代广场、第五大街。这些地方也很萧条，只是因为中国人要来，才经过动员，把物资和人流集中起来。国手们买了一些美国失业下岗工人做的“竹篮打水”“空穴来风”之类的手工艺土特产。小贩们都会说几句汉语，拼命抬价。中国人倒也不在乎这几个钱，很快买得大包小包。但我对购物没有太大兴趣。

最后是参观哈莱姆特区。这是纽约最著名的经济技术开发区，是艾米丽总统上台后才搞的。凡是有外国人来，都要领去转一转。这里有一些中国人、韩国人、巴西人、南非人投资兴建的合资企业。其中，闪烁着中国棋类麻将京剧综合发展总公司的光电子招牌。

大家正在赞叹，忽然头顶上方一黑，又被吓了一跳。在博物馆中看见的那个阴影又出现了。这回，它还带来许多同类。

它们是一群大鸟。这些鸟儿长得很是奇怪，脑袋像两个月的婴儿，翅膀像蝙蝠，乌篷一样扯开，爪子像鸡，还拖着一条长毛尾巴。它们妖怪似的飞过纽约上空，扔下一串老人咳嗽般的叫声。

考克斯说，这是肯尼迪鸟。这我以前没有听说过。骤然见到，心中一凛。

鸟群徘徊一阵，便病怏怏朝远方飞走了。在返回客栈的路上，我赶紧向“阿曼多”索要了资料。有关肯尼迪鸟的介绍是这么说的：

肯尼迪鸟：肯尼迪科肯尼迪属肯尼迪种。二〇二五年在斯坦福大学阿瑟·肯尼迪博士的基因工程实验室中首次培育成功。冷血。翼展可达两米。胎生不哺乳。杂食。该物种在从实验室中逃逸后，几年中在北美繁殖开来。目前美国境内有十一万五千只。

现在美国各地不见白头鹰——它们灭绝了，但总能看到肯尼迪鸟。曹克已说，这是不祥之兆。下一轮比赛时，说不定会有什么意外发生。曹九段是一个迷信的人，走到哪里，都随身带一本《周易》。他用这玩意儿卜卦算命。有人说他的预言很准，这我却很少注意。在国内时，我们的命运都是由国家安排好的，绝不是算出来的。但是现在，在美国，却好像有了问题。

我忐忑不安迎来了德国棋手鲁斯。这个大肉球似的七十二岁老头儿，一直生活在传言之中。所有传言都说他偷装了芯片，更多人认为这不是传言，而是实情。

二〇四五年，特种生物芯片已可以正式植入大脑，直接协助神经元工作。这是提高人类记忆力和反应力的重要突破。到了五十年代，“阿曼多”提醒说，有些技术问题并没得到很好解决。比如，芯片造成了成人脑蛋白组织的克氏化，脑细胞寿命缩短，并对新皮质道德区带来负面影响。二〇五七年，世界卫生组织禁止在公众大脑中植入特种芯片。但那些强盛国家的强力部门仍在使用它，比如，我国的国家保全委员会。还有一些人则为名、利、艺所驱，甘冒性命危险，非法安装。这些人通常来自欧洲，怀有自卑情结。

围棋界从一开始就反对使用芯片。因为这会使围棋趣味尽失，如同机器对弈。更要命的是，它破坏了中国传统文化的美妙精髓，把大家拉回到同一起跑线上。这可是大不敬呀。所以，偷用者一旦被查出，就要遭到终身禁赛的处罚。这个决定是由中国人主导的裁判委员会做出的。

基于以上原因，鲁斯便成了我最讨厌的一名对手。与他的比赛，也就被我视作最要命的一个回合。但一切本不该是这样。唉，难道是美国使我失去了定力?

我与德国老头儿决一死战的地点，确定在世界贸易中心。这是美国人夸口的另一处历史文化遗产，两座塔楼颤颤巍巍戳破云天。在这高处，不知怎么的，我越来越心慌。相对于我的身份、地位和实力，

陆地的葬礼

大气变暖了！

整个二十世纪，大气都在加快变暖，到了二十一世纪，这个进程愈发明显了。如今，你们愉悦、宁静而祥和地生活在福地，哪里知道这些呢？

大气就是包围地球的空气，它形成几十亿年了。没有大气就没有生命。像鱼类生活在水下，人类生活在大气底部，并且一刻也离不开它。

大气变暖使人类很不适应。你想过一锅冷水慢慢煮热、煮烫、煮沸的情形吗？大气变暖以后，生态环境一天天恶化。很多人受不了就都死了。

专家们把大气变暖归咎于人类向天空中排放过量的二氧化碳。这导致了温室效应。中国权威专家认为，以美国为首的一批帝国主义国家是罪魁祸首，因为过去几百年来，它们在大干快上搞工业搞军事搞战争的过程中，排出了最多的二氧化碳。是的，这正是我们从小受到的爱国主义教育。

为了减缓这种趋势，在二十世纪下半叶，从道义上感到惭愧的联合国开始倡议各国采取措施制止工业释放物对大气的影响。结果没有多大作用。首先，美国带头拒签要求发达国家限制碳排放的《京都议定书》。并且，不久后，联合国就被以美国为首的北约给控制了。这种局面持续了很长一段时间，待到“阿曼多”出来接管，已经太晚了。

气温上升到一定程度，就导致了一种可怕情况：南极和北极的冰盖开始变薄，并逐渐融化。这样一来，海平面上升了。到二〇二五年前，海平面平均每年上升二十四厘米。而二〇二五年当年的稳定海平面比二〇〇〇年要高出两米。

于是，上海、伦敦和纽约这样一些大城市，都处于洪水的威胁之下。大批人口从这些巨城中疏散了出去。他们虽然不想走，却害怕被淹死。只有那些怀有所谓历史名城情结而又不怎么怕死的人们，最后选择留下来。

这些坚守故土的居民修筑了钢筋混凝土的海堤，来保护他们心仪的城市，不让它们喂鱼鳖。在二十一世纪二十年代结束之前，几乎所有沿海主要城市都筑起了雄伟的海堤。只有一些次要的城市遭到放弃，沉入海底成了新的亚特兰蒂斯。

最初的海堤是脆弱的，在风暴潮来临时，常常发生险情。二〇二七年，英国首都伦敦因为溃堤，死了七万人。到二十一世纪中叶，随着技术的进步，大城市的防洪设施才逐渐得到完善。海潮对城市居住区的威胁下降了。那些处于海平面下的巨城重新显现活力。人口和经济都增长了。

不过，又有人警告，海堤可能面临来自人类自身的威胁——它会成为恐怖分子袭击的理想目标。在二十一世纪，恐怖主义活动的强度更大了，恐怖分子的技术手段更高超了，恐怖袭击的方式方法更多样了。

于是，各个沿海城市采取了多种预防和应急措施。

纽约的海堤初建于二○○九年。它并不是一道连贯的整堤，而像长城一样，断断续续延伸了三百二十公里。曼哈顿及周围主要区域都位于防护圈之内。在二十一世纪前期，纽约防洪局和应急巡逻队常常夜不成眠。纽约的海堤也曾经发生多次险情，所幸的是，还没有出现大的决口。在二○二○年至二○四七年之间，纽约海堤进行过三次大的改建和十一次强化维修，增强了其防护能力。但在这之后，由于美国经济不景气，便没有大修了。

于是，时间走到这个节骨眼上，恐怖的一刻终于来到了。

二○六六年三月二十五日发生溃堤的地方，在布鲁克林和斯塔滕岛之间。五万亿立方米的大西洋海水立即倒灌进来，涌入上纽约湾，很快沿哈得逊河和东河上溯，并从炮台公园一带登陆曼哈顿，气势汹汹冲进市区。

真是世界末日的大洪水啊！

同时，长岛海峡大堤也出现了三处决口，海水长驱直入。整个纽约顿成汪洋，到处传来房屋倒塌的可怖轰鸣。一股股灰白色烟雾冲天而起。来不及跑到高处的人们，马上被卷到不知什么地方去了。那些著名的标志性建筑物都泡在了水里，包括联合国总部，统统成了鱼虾的乐园。

纽约出现的异常情况，马上被“阿曼多”放置在同步轨道上的“眼睛”——人类异常举动监控卫星探测到了。卫星信号迅速进入“阿曼多”的中枢控制系统。这样，“阿曼多”就可以把险情警报通过其末梢神经向全球发送出去。然而，奇怪的是，包括北京和莫斯科在内的地面终端接口却根本没有收到任何音讯。

似乎信息传输也发生了故障！

这样一来，落难的纽约便成了与世隔绝的孤岛。

正在世界贸易中心举行的世界围棋锦标赛不得不中断。人们骚动起来。楼外的水声犹如狂风呼啸而过，又像千军万马奔腾。大楼开始不停摇晃。人们如同喝醉酒，都站不稳了。

这里聚集了来自世界各地的棋手，包括不同国籍和人种。在混乱中，表现得最为镇静的还数我们中国围棋代表团的成员。余潜风把大家集合到休息室。他面色凝重，把辫子抱在胸前，使劲捻着，对大家说："现在，具体还不知道出了什么事。初步判断，是纽约海堤决口。真是来不逢时。在这种情况下，身为中华人民共和国的围棋国手，我们一定要恪守冷静、纪律、自尊、文明的八字方针，不乱说乱动，要坚定沉着，等待上级指示。我们绝对不会有问题的。"

然后，老余切入了中国驻纽约领事馆的中微子－生物网络处理器，那儿却是一片紊乱的信号，什么也看不清，所以也无法获得指示。他又试了试其他端口，也都是一片杂音。我用自己的处理器试图联系上海门户，却发现智能突触缩了回去。杨阿妹和唐平平似乎躲了起来。我了解不到那边的任何情况。

我叫唤道："'阿曼多'好像不灵了啊！"

曹克已说："就是嘛，就是嘛，关键时刻，它怎么也出事呀！"

闻铂欣说："怎么会呢，'阿曼多'是不会出事的。啊，哪怕屠刀架在脖子上……"

米遇春说："这事非同小可哟。你们不要再讲笑话了。"

赵小故说："唉，这下怕是更吃不到狗肉宴了。"

嘴上虽说不慌，但大家还是十分紧张。这么大的洪水，又是在美国，再加上“阿曼多”不工作了，谁见过这种阵仗呢？在中国，安定繁荣的局面已维持半个多世纪，没有任何事物可以威胁到我们。大家对眼前的一幕很是陌生。情势危急，大人们聚拢过来，把我包围在中央，像要掐死我似的，几十双手将我紧紧抱住。他们说，我年龄最小，又是“龙子”，要加以特别保护。至今，我回忆起来，仍历历在目，感激涕零。

考克斯满头大汗说：“非常对不起，非常对不起！出现了意外情况。你们知道，美国是世界的问题儿童。添麻烦了，添麻烦了！不过，我这就去想想办法。”

他的通讯末梢当然也不灵了。他于是不停对大家赔礼道歉，搞得余潜风反倒过来安慰他。本来嘛，是我们来救美国人的。这时，其他国家的人都在看着中国棋手做什么，我们成了世贸中心的主心骨。这两座一百一十层的摩天大楼里面眼下大概挤进来了十多万人吧。它们就像伫立在汪洋大海中的两根孤零零的灯塔。

我想，一定还有很多人，现在正试图通过“阿曼多”往这儿切入。发水的瞬间，从理论上讲，全世界就应该知道了。“阿曼多”指挥着一千颗人造卫星监视陆地和海洋的一举一动，什么都逃不出它那明察秋毫的眼睛。可是，现在它似乎出问题了。梦幻社会的基础——信息泵可能停转了。这才是要命的。

早就有人预言，貌似强大的“阿曼多”体系其实具有极大的脆弱性和危险性，人类一旦离开它，就会立刻退回原始时代。实际上，具有智能的网络正在超出人类控制。已经有中国专家提出采用人为手段终止网络纪元，开发一种新技术来代替“阿曼多”。这就是清华大学正在研究的脑电直接通讯和脑微处理技术，它不再依赖网络互联。不过，这尚需要生物芯片技术的进一步突破，尤其是要解决人脑与人脑的兼容问题，这比人脑与机器的兼容困难多了。也许除了中国人，谁愿意自己的脑子被别人的脑子“咔哧”一下闯入并覆盖呢？但现在说这个又有什么用呢？最紧迫的威胁，此时其实并不是网络，而是正在吞噬一切的洪水。世贸中心在一个接一个的大浪冲击下摇晃得更厉害了。

我拉拉余潜风的衣袖，说：“楼不会垮吧？”

领队往后甩甩皮筋似的脖子，娓娓道：“不会的哦。美国上个世纪修的楼，还是比较牢靠的呐。”

考克斯赶紧证实：“是的，有一次恐怖分子在这儿引爆炸弹，也没有奈何得了它呢。”

我不知道是终于放下了心，还是感到有些遗憾，就使劲挣脱了队友，走到窗户边，又一次往下看。只见密密麻麻的美国人在水中胡乱挣扎，有的抓住床垫、桌腿等任何一种可以漂浮的东西，朝我们栖身的大楼浩荡进发。许多汽车在翻滚。店铺里各种物品冲了出来。水面五颜六色像个大染缸。世贸中心挤满灾民，他们发出此起彼伏的咒骂、号啕。这时不幸又停电了。窗外的阴天显得像垂死病人一样苍白刺眼。没想到世界末日就是这样，这不是“阿曼多”虚构出来的。我忽然想哭，初到美国的兴奋溜走了。

余潜风像个影子似的紧紧跟在我身后，郁郁寡欢说：“孩子，你怎么啦？”

我问了一个绝对很傻的问题：“你说，我们干吗一定要来美国下棋呢？”

他像艾米丽总统那样摸摸我的头，叹了口气，好像我问的其实是一个十分深刻的问题，就没有回答。

我不甘心又问："是因为来自古老中国的围棋能够拯救美国吗？用什么定势能够堵住这滔天的洪水呢？我们想到过会有这一刻吗？"

他说："唉，你还太小。"

我说："我不小啦，已经十六岁。"我最讨厌大人用这种口气对我说话。

这时，有人发出激动的尖叫，说大楼里有一台旧式电子计算机与"阿曼多"正在私下聊天。它通过一家中国民营企业发射的铱卫星，把"阿曼多"的一些嘈杂不清的判断性意见反馈回来，尽力帮助大家认识形势。这些信息需要仔细分辨才能知道是什么内容，但总比没有强吧。大家振奋不已，便去找那台计算机。考克斯和中国便衣也去了。结果发现那台二〇二〇年出品的老牌 IBM 计算机躺在一个厕所里。大家于是在它面前排起令人咋舌的长队。考克斯排到一百位之后。但不久队伍乱了，有人加塞，又发生拥挤、争抢和踩踏。中国便衣不得不鸣枪示警。大家一看有中国人在场维持秩序，才把队又站好了。

一个半小时后，考克斯回来了。他说："终于搞到了宝贵的信息。'阿曼多'的判断是恐怖分子袭击。啊，他们竟敢炸海堤！丧尽天良。整个美国都乱了。还有一些城市的海堤也被炸开。楼下水势太大，出不去了。纽约要完蛋了。美国要完蛋了。但请诸位放心，我已联系好了，全美棋协准备租两架直升机来接我们。"

大家闻言，很不好意思，没想到还要麻烦美国人，他们自己已经够麻烦的了。赵小故呜咽道："两架直升机够吗？"

考克斯掏出脏手帕擦擦头上的汗，说："好了，好了，现在，马上去观光平台，直升机将在那儿降落。这个消息可不要让其他国家的代表团知道哟。在危急情况下，要首先保证中国贵宾的安全。两架直升机全用来载运你们。一趟不够，就飞二趟、三趟……”

大家便排成一字队形，挺起胸膛，跟着考克斯，往观光平台齐步走去。电梯也停运了。大伙气喘吁吁爬楼。闻九段加等几个年纪大的，几乎被人拖着走，腿啊腰啊蹭出血来，但他们咬牙一声不吭。到底当过军人啊。我回头一看，德国代表队的鲁斯老头儿也爬上来了。这家伙耳朵挺尖，又懂汉语，一听说逃命的消息，便什么也不顾了，跟着中国人就走。下棋时那副镇静模样，看来真是伪装出来的。

世贸中心楼顶的观光平台已是人山人海，男女老少、各种肤色都有。有的在哭，有的在叫，有的在笑，有的拼命捶打后脑勺上的微型网络处理器。附近高楼顶上也堆满黑压压的人群。大家似乎都指望天空中忽然伸下一只手，把自己拉上去。中国人鄙夷地瞧着他们。

再往下看，灾难的景象果然无与伦比，确是我从未见过的奇观。只见水天一色，浩浩汤汤，横无涯际。鳞次栉比的楼群成了汪洋中的小岛和暗礁。水势仍在发力上涨，似乎远方溃堤的口子还在继续扩大。潮头每一次席卷，都有房屋倒塌，激起一片又一片山崩地裂的回声，的确是自古未有的壮观场面！

我不觉想起小时候跟大孩子们去看戏的情形。舞台上演出的那种名叫京剧的东西，作为传统文化的精彩部分被中国政府在二十世纪末期富有预见性地保存下来，终于融入了新时代儿童稚嫩而优雅的心灵。我记得有一出戏叫作《水漫金山》，讲的是蛇仙与和尚斗法的故事，蛇仙用洪水作武器，攻击和尚的老巢。男女演员们穿着花袍锦袄，钹和锣一阵猛敲，惹得年轻人不断发出惊呼。

时下，中国新一代年轻人的时髦活动，便是在下棋下累时，偷偷离开网络，去夜总会看京剧。京剧（全都是武生戏）与围棋形成相生互补的关系。棋手们常常要在这样的场合才能找到刺激，重新焕发出内心的激情。你想，很久了，人们见到的水，都是电子模拟水，见到的动物，都是光子合成体。因此，在我们这个时代，只有戏剧，才是真实不虚和激动人心的。什么，你们不相信？不要紧，慢慢会信的。

但是，在我进入北大围棋系学习后，便很少有机会身临其境了。我每天做的唯一事情就是打谱，或者被人带去比赛。就连爸爸妈妈，也变成了永恒的虚幻小人儿。因此，我站在远离祖国的纽约世贸中心楼顶，面对轰轰烈烈的实相洪水场面，就像在看戏，甚至比看戏还要刺激。只是意气风发之中，又夹杂了几分惶惑恐惧。至于肚子中那股令人难受的张力，那份无法忍耐的疼痛，便一点点被洪水冲蚀消解了。

离我不远，考克斯挥动两只细胳膊在指挥，样子像一个过气的老旦，脸上奇怪地没有任何表情。德国人鲁斯正在低三下四跟曹克己套磁，大约是想待会儿直升机上能匀他一个座位吧。

不久，天空中果然出现了两架直升机，平台上的美国人欢呼起来。考克斯气愤地对他的同胞大吼："你们瞎嚷嚷什么，不要叫唤了！看清了，这是来接中国贵宾的专机！"

但等直升机飞近，才发现并不是全美棋协的，而是两架私人通勤器。人群中有两个妇女带着一帮孩子叫得最欢。原来，直升机是他们家的。中国人用怀疑的目光瞪着考克斯。考克斯脸色铁青，低头不说话。一架直升机想找空地降下，却哪里找得到。它只好放下软梯，但又没有对准要接的人。结果反倒是别人争先恐后往上爬。驾驶员探出头对那些人说："耨！耨！错了！错了！你们统统下去！孩子他妈，你们倒是快点啊！"

可是来不及了。一群人爬了上去，蚂蚁般一长串挂在软梯上。直升机左右狂摆身子，想把那些人甩掉，但大家好像是来自旧时代的攀岩健将，这时死活不松手。我们的便衣于是掏出枪，打算把这些人干掉，但余潜风伸出手把枪按住了，因为考虑到这楼上的美国人实在是太多，杀死几个，其余的冲上来，就不好办了。只听驾驶员无奈道："孩子他妈，我先把这帮狗娘养的扔在一个地方，过会儿再回来接你们吧！"那可怜的女人和孩子放声大哭。没能爬上去的人连声大骂，掏出枪支，对空射击。直升机扭来扭去躲枪子儿，其中一架一头撞在旁边高楼上，起火坠落了。纷纷扬扬的人体和金属残骸飘落在水面，溅起火爆而艳丽的礼花。另一架见势不妙，赶紧飞跑了。

这一幕看得中国人气不打一处来。尤其是闻九段加、曹九段这样的谦谦君子，在国内高尚的精神文明环境中长大，哪里见过这种实相呢？在中国，网络合成电影都不准制造比这低三个级别的粗俗镜头。

考克斯半跪在地，捶着胸口说："看看，看看，这就是美国人啊。我为你难过，美利坚啊美利坚，你在中国人面前丢脸了！"但这么说了一阵也没有人理睬他。他就"哇哇"吐起了胆汁。然后，他往楼边走去，好像要往下跳，却被余潜风眼疾手快一把拉住了。

保卫我们的美国联邦调查局的特工早不知溜号到哪儿去了。只有北京派来的便衣们还手持武器，坚定不移守护大家。便衣深思熟虑提出建议，观光平台太乱，还是下到大楼里面比较安全。

这时，可以看到，天空中有不少旋翼机、直升机和固定翼小飞机正在逃出纽约。它们像是在稀薄空气中疯狂舞蹈的昆虫，要逃避的却是一场摧毁一切的风暴。我忽然想去找肯尼迪鸟。但它们一只也见不着了。

在随后的几个小时里，“阿曼多”系统似乎打开了备用神经通路。人们觉察到网络联系在逐渐恢复。这种恢复是断断续续的，而且信号无法传输到稍远一点儿的端口。但这已经很不错了。信息是最要紧的东西，有了信息就有了生命。它意味着谁能率先获得脱险机会。余潜风领队抓紧时间与中国领事馆进行联系。

通过中微子－生物网络处理器，视网膜上出现了信息中间商忙着销售洪水情报的全息图像。图像虽然不太清晰并老是中断，但还是显示了令人震惊的消息。一个信息售货员说，已经有六个城市的防波堤被恐怖分子炸开。它们是纽约、洛杉矶、新奥尔良、波特兰、迈阿密和休斯敦。美国正在发生空前大混乱。三十五万人当场死于非命。死亡人数还在上升。已有三个恐怖主义组织宣布对此事负责。它们并不是对政治感兴趣的美国分裂主义分子。这次活动没有任何政治目的。根据恐怖分子散发的一份公告，发动袭击只是为了证明人类建造的防洪堤很不牢靠，完全是用来愚弄老百姓的玩意儿，建造者则侵吞投资中饱私囊。所以所有的海堤都不能再使用了，而要更换一种新的防护手段，比如引力退潮器什么的，由恐怖组织来监管工程建设，以确保清廉。以前他们就公开发表过文章，可是没有人愿意理睬和相信，他们感到自尊心受了伤害。

另一个信息售货员说，联邦政府正在组织抢险。可是各个州都不听命令，互相之间根本不合作。没有办法嘛，美国的传统就是这样啦。防洪局职员、应急巡逻队队员和机械人组织一个星期前就被不明身份的人煽动罢工了，现在到哪里去找他们呢？防洪系统因为年久失修，这回遭到了很大破坏。恐怖分子正在袭击红十字会和红新月会，说是若不这样就不能让人们长记性。陆海空三军和国民警卫队还在为各州要不要独立闹意见，军营里正在展开大辩论，没有心思来救灾。蓝卫军只是看热闹，准备渔翁收利。

我从闪烁不定的立体画面上看到，许多城市果然浸泡在海水里，跟乌龟似的。暂时没有遭到恐怖袭击的东部城市居民，也在纷纷逃离，因为大水正沿着陆地的低洼处向他们住的地方涌去。

美国总统艾米丽从气象山的一个地下隐蔽室发表了网络讲话。她呼吁国民保持冷静。她还宣布了紧急状态。但她刚说两句，网络又中断了。等信号恢复时，出现了一只狗的头像。这真是急煞人。

这时，余潜风终于与华盛顿的中国驻美大使馆联系上了。大使正发着四十度的高烧，但仍然坚守岗位，履行保护侨民的职责。他要求我们讲明人数、位置和环境。老余告诉他，中国围棋代表团正恪守冷静、纪律、自尊、文明的八字方针，一边念六字诀，一边等待救援。大使说他非常重视这个情况。北京也正在采取紧急措施。两支中国海军舰队和一支海底铁道部队正在快速奔赴美国西海岸，以营救和疏散被洪水围困的中国人。是的，目前最重要的是救中国人！但到达东海岸还需要一些时间。还有一批清华大学的工程技术人员正想办法从外部修补被恐怖分子破坏的梦幻社会体系。

大家立马欢呼起来。但这时网络又断裂了一阵。然后，换成了一个机器二秘。他说，不过，大家要有充分的思想准备，因为一切不会很顺利。使馆也遇到麻烦。美国大学生和蓝卫军包围了使馆大院。他们要求中国国家主席来解决美国面临的社会问题，否则就要焚烧中美两国国旗。华盛顿也有许多中国侨民要紧急疏散。在一些大城市，中国和亚洲国家的机构遭到袭击。好像反黄种人团体也加入了进来。他们认为美国的麻烦是以中国为首的亚洲人制造的。联合国总部被淹了，秘书长下落不明。还不知道恐怖分子下一步要干什么。

与中国驻纽约领事馆的联系，则始终没有成功。大家怀疑那里也成了一片泽国，不禁伤心欲哭。

夜幕降临。难民们无处可去，大楼里充斥着辛酸、烦闷和哀怨。不时有人发出尖叫和号哭。美国经济不行了，不能进行气候控制，正是春寒料峭之际，晚上冷得要命。八千多名棋手中的大多数——尤其是欧洲和非洲的——失去了坐怀不乱的气概，个个愁眉苦脸，沉默无语。

窗外耸立着没有灯火的摩天楼群。在星光之下，尚没有倒塌的大楼惨淡阴森。大水一片泛白，微微蠕动。有几幢楼不知怎么搞的，竟又失火。在黑漆漆的夜中，像是几把庆祝节日的火炬，刺入苍穹。曹克己说，这便是火水既济之象啊，一般情况下是不容易见到的，多亏来了美国。但大家不觉得他是在开玩笑，便都没有笑。夜空中不时传来射击声，划过定向能武器的清丽光束，状如流星雨。

饥饿袭来了。考克斯从自己的鞋底掏出几块藏起来的玛那，分给中国人吃。大家都给了我。我不懂事地全吃了。然后我开始犯困。我在蒙胧中仿佛回到塔影波光、绿树成荫的北大校园。在那里，要吃什么就吃什么，要穿什么就穿什么，对“阿曼多”吩咐一声就是。寒暑假时偶尔回到实相老家上海，爹妈开“红旗”车来接我。然后一家子去崇明岛上空吃悬浮式火锅。吃饱喝足后，杨阿妹和唐平平醉醺醺的，你一言我一语对我说：

“侬必须下好棋。下好棋，才有出息！”

“阿拉不想下棋了，阿拉想去实相旅行！阿拉想去看戏！”

“侬只小赤佬，哈三胡四！侬知道这是啥时代？”

“是‘阿曼多’纪元。”

“就是嘛，是梦幻社会。阿拉再问侬，中国是世界第几伐？”

“世界第一。”

“所以嘛。侬是中国人，侬必须争第一！”

说多了我便觉得好笑。这样下去，他们要把自己搞得不像上海人了。这跟他们最初把我送去下棋时的想法可不一样。说起来，中国人总是要求孩子有出息，要出类拔萃，要做到第一。我的父母大概也落入了俗套。时代快速前进，什么都变了，只有这个未变，而且看来永不会变。他们还在把希望寄托在下一代身上，唉，哪怕连基因都不是他们自己的了。尽管中国已经上升到世界第一，可是有的人骨子里仍然不太自信。大概跟他们从前吃苦太多有关。这个问题需要在更长的岁月里解决。因此我觉得离开上海也是一件好事。在北大念书时，我和同学们在网上打完谱，就转而渴望突发事件，渴望意外之灾，渴望动荡和变局，要它们来破坏日常生活的平庸无味。但这种欲望，通常只有在看戏时才能得到稍微满足。舞台空间却毕竟有限，京剧演员也不是个个都那么疯狂，相反，他们的表演总体来讲太拘束，武生翻个跟头都要停下来喘上半天气。所以，眼下的纽约大洪水多少满足了我的心情。包括那直升机的着火坠毁，都在恐怖中营造出充满悬念的激情。只是激情过后又让人感到空虚乏力。当然了，这些想法，是不能让余潜风们知道的。

我正在胡思乱想，忽然听见一声尖叫：“有人跳楼了！”大家站起来看。只见一扇窗户打开来。有个美国人泣不成声：“他是来观光的。据说是芝加哥人。他的老婆在混乱中被人非礼了。他一直就在我边上，先是一声不吭，然后就胡言乱语。刚才忽然站起来，低着头、捏着拳就冲了出去。”

“那么他老婆呢？”

“跟一个渔民走了。”

人群中又漾起一片哀叹。中国人心知美国已无可救药。考克斯盘腿坐在地上，死鱼一样闭紧眼睛。

德国人鲁斯姗姗走到我身边。他假装做出放松的样子，问：“小伙子，你说，我们能活着回家吗？”

“我怎么知道呢。”

“听说，中国朋友把自己脱险的方法安排妥当了，只是不让外人知道。”

“我不晓得哟。”

“唉，连你也骗我啊。”

“我干吗骗你！中国人有那么自私吗？你脑子中不是装了特种生物芯片吗？自己分析分析吧！”

“芯片？这完全是一个惊人的误会。”

他委屈地连连摇头，绿色鼻涕都急了出来，流到嘴里。

我看他这么一把年纪，又是欧洲人，怪可怜的，心里一软，便说：“对不起，我不是故意的。但我可以负责地悄悄告诉你，中国海军舰队明天就要来临，把我们接走。当然，我可以请老余帮忙言语一声，也把你捎搭上吧。这可是最高机密。你不要跟别人讲，包括你的队友。”

鲁斯面露喜色，说：“我脑袋中其实根本没有装芯片。我当然知道这是世界棋联禁止使用的。可是你们中国人总是不相信我们西方人。现在，我只是心里不太踏实。为了表达我的诚意，我们再下盘棋吧？”

“我不想下。”

“下吧，下吧，啊？这样时间就会过得快一些。咱们就把发水前那一盘没有下完的棋下完。其实，你的形势比我好啊，在左下角很快就有一个机会。”

“哦……”

“我是德国人，怎么会骗你！”

我不知道为什么鲁斯想与我下棋。他的出发点应该与考克斯不同吧。或许，他只是想转移注意力；或许，他只是想讨好中国人。而我最终受不得激，想到自己国手的身份，想到自己差点儿输给他，便同意再下。没有了棋盘和棋子，网络也连接不上，我们一老一小便口述。这棋局在枪声和水声中进行，后来竟进入极其高超的境界，成了史上的名局。

人们屏住呼吸，忍住寒冷，蹑手蹑足围拢上来。韩国人郑奉洪主动为我们记谱。考克斯两眼布满嫉妒的血丝。余潜风惊讶地张大嘴巴。闻铂欣若有所思地注视。这盘在洪水逼困之下、于存亡关头走出的棋，是我毕生最难忘的一盘。它跟我在月球上下的那三番棋不可同日而语。我和德国人都弈出了罕见的高水平，好像进入了生死两忘的境界。我重新感到了身为中国人的豪迈。聚在我身边的队友们忽然爆发出一片掌声。之后，除了跟山姆上校，我再也没有下出这样的好棋。似乎在这一次，便把所有的热情用尽了。我于是逐渐从黑白世界中解脱出来，这是后话。

然而这盘棋我们最终也没有下完。德国人长考的时间越来越长。快到凌晨时，他的霍利菲尔德综合征犯了。这证明他的大脑中的确没装芯片。我们误解了这位老人。如今许多人都害有集体妄想症和迫害他人症。但谁让他是个欧洲人呢。我们便不得不停下。老头儿的扇子“噗”的一声掉在地上，马上被美国观众作为永久性纪念品捡走了。

后来据人说，这时，我脸上浮现出大人才有的庄严神情。我缓缓离开嘈杂的人群，独自向窗户边一步步走去。大家都紧张地瞅着我，不知我要干什么，全怔住了，竟然也没有人上来拉我。我走到窗户边便停下来。空气顿时凝固。这一刻我的确意识到了死亡，这是我平生第一次想到死。在中国，人们从不谈论这个话题。死，那会是一种什么样的感受呢？我站在世界贸易中心，才看到死的阴影在脚底徘徊。我又想，据说人是有灵魂的，那么，灵魂会不会在死后继续存在呢？听起来很滑稽，此时却分外真实。我想着自己活了十六岁是个什么概念，一下毛骨悚然，年轻的双腿直打哆嗦。别人注视我的目光更加异状。但我打的并不是跳楼的主意，那是美国人才会去干的事情。

我看到，水天之际，有一颗火红的星星正在幽灵般升起，又像旧时代黑客在网络支线上设置的“咕咚”，也就是一种热爱恶作剧的虚拟生物。刹那间我忘掉了死，不禁深深为此着迷。我两眼一眨不眨盯住它。我听见边上有人激动大叫：“火星！火星！”我徐徐哈了一口气在窗户玻璃上，抬手把它擦拭清晰。那颗星星一下噱然闪烁了，光线像利箭一样钻进我大脑的每个角落。我去看星焰剧烈辐射下的水中城市，见它像一个燃烧的透明蛋。我感到生命正一寸寸像蚯蚓一样在身体中暴胀，要把我撑成一个巨硕气球，去填补世界留下来的真空。我就要变形。我将不再是以前那个唐龙。忽然，我似乎觉得自己整个人都不存在了。

这时，水面已经不再上升，波光熠熠，如一个电子大湖。无数的楼群更似岛屿。水上点缀着千万只逃难的船儿，像生物集成板上的灰尘，在火星的照耀下缓缓移动，泛射出点点滴滴的阴森荧光。一切变得十分安静。射击声响了一夜，此刻也听不到了。大概枪手们也被那星辰的跃升迷慑住。我多么想伸出手，把它揽在怀里。

“火星！火星！”更多人连声呼唤，很快汇聚成了巨大而齐整的声浪，经久不息在大楼中起伏跌宕，使得世贸中心再次剧烈摇撼。这时，德国人鲁斯从昏迷中醒过来，也抬眼去看火星，目光中充满饥渴，就像发现了一个新世界。考克斯则完全呆住，歪嘴傻笑。过了不知多久，忽然，大家不约而同停止叫唤，一齐张开空洞干瘪的嘴巴，只把黑纱般的眼光，投向那诡异的星辰，似乎见到了从未见过的天堂。据说，此刻我的身影被映得一片虚妄空灵，展翅欲飞。

到了次日中午，楼下逃难的船只更多了。但中国人的救援队还没有到来。也许是途中遇到了什么麻烦，这不怪他们，都怨美国这个倒霉的国家。大楼里气味更难闻，许多人在呕吐和随地大小便。跳楼的美国人已经增加到两三百名，拦都拦不住，也没有人去拦。连我们的便衣也只是站在角落里斜眼冷观。人群中开始流传一种说法，就是大楼将塌。世贸中心建于上个世纪，遭到过三次炸弹袭击和一次飞机撞击，虽然暂时没有被弄垮，却也让人忧心忡忡。附近几幢大楼已经烈火熊熊。不要说坍塌，世贸中心哪怕就是着火，也要把人活活烧死。这时，又有传言说恐怖分子已将下一个行动目标确定为这处文物古迹。一些美国人实在承受不了压力，又没有勇气自杀，便扒着桌子板凳，跳入水中逃跑。结果大多被洪水吞噬。中国人仍坚持八字方针，口中念念有词，按兵不动，但也越来越坐立不安。害有慢性气功偏致病的米遇春九段已然有些不支。队医紧急用六字诀放射仪对他进行以毒攻毒治疗。

考克斯和我们的便衣一直在与外界联系。每次都说救援队快到了，但实际上总到不了。这真是一个不可理喻的悖论。网络信号越来越不清晰。“阿曼多”在大楼垮掉之前，自己就先要垮了。

到了下午，粮水断绝，便衣们建议离开第七十二层的休息室，到三十六层一家中国公司去暂避。这家公司在世贸中心租了一层楼办公，老板听说围棋队在楼上，便热情欢迎我们去他那里。听说还有同胞在此，大伙便赶紧收拾，准备离开。各国围棋手见中国人要走，都依依不舍，羡慕不已。鲁斯嚷嚷要跟去，余潜风想了想，就答应了他。“谁叫你是马克思的老乡呢。”他丝毫不带感情色彩地说。至于考克斯，也让他一同去了。这两个美国人和德国人自然十分感激。其他国家的人，就顾不得那么多了。

这是一家在美国从事机器人生产的湖南公司。其总部在洛杉矶，这儿是纽约办事处。老板是一个二十多岁的小伙子，姓毛，高高的个儿，精神得很，没有一点沮丧和慌张。他欢迎中国棋手的到来。他自称是一个围棋迷，从小就崇拜国手。果然，他一一叫出了队里每个棋手的名字。

“嗬，这不是神童唐龙吗？”他看见我时，眼睛一亮，“中国的‘龙子’啊。我是从‘阿曼多’那里知道你来美国的消息的。你大胜韩国人和梵蒂冈人的两局，我都在线观看了。太精彩了。洪水么？请大家不必担心啊，各种各样的灾难，在美国，这几年真是司空见惯。鄙公司总部组织的一支救援队正在路上，很快就要到了！”

来到中国同胞办的公司，大家感到十分亲切，心情也有所好转。这里收留的几乎都是华裔灾民。一切井井有条，职员们认真敬业，工作忙碌有序，他们正在把公司的机密信息从网络门户中逐项清除。有人送来了食物。这回不是玛那，而是地道的湖南米粉。大家狼吞虎咽一番。辣椒使考克斯和鲁斯涕泪纵横，却赞不绝口。

在等待救援的过程中，毛老板同棋手们聊天。他说了几个天下最好笑的笑话，倾向性和高度性俱备，进一步缓解了众人的紧张心情。为了转移我们的注意力，他又开始讲他自己的故事。原来，他家几代人都是跟美国做生意的。

他说："我曾祖父是一家国营外贸公司的职员。那是二十世纪七十年代末的事情。那时候中国刚刚开始或者说刚刚恢复跟美国做生意，非常小心翼翼。曾祖父他们每次来美国，都要带几大箱方便面和风油精。"

大家暂时忘记了汹涌洪水和恐怖分子就在楼外，异口同声问："那都是什么东西呢？又为什么要带呢？"

"分别是一种食品和一种药品。中国人那时口味特别，就爱吃价廉物美的方便面，吃不惯死贵的火鸡和牛排。风油精据说可以预防艾滋病。艾滋病是上个世纪美国最流行的一种疾病，比今天的霍利菲尔德综合征还要厉害。曾祖父靠风油精和方便面征服了美国。那时美国还挺牛气呢。但美国人没有想到曾祖父拥有风油精和方便面这两样武器。你瞧，这就一下子打乱了美国市场的游戏规则。他们不跟中国做生意都不行了。"

"原来，是这样啊。"大家深感自豪地嘘了一口气，"太有意思了。"

"更有意思的还在后面呢。到了我祖父，情况就有些不一样了。他先是到美国留学。当时我们中国人打破脑袋争抢着纷纷来美国留学。这在现在当然很难想象。那时美国人以为大家都来我这儿留学，这就好了，可以说他们的话了，可以信他们的教了。但没有想到，中国人改变的，仅仅是口味。祖父吃方便面的时候少多了。他们开始到美国的小饭馆吃汉堡包和三明治。那时还没有玛那。祖父回国后开了一家自己的公司，是搞出口贸易的，专门赚美国人的钱，然后用赚来的钱，去买更多的汉堡包和三明治吃。”

“那时美国就兴吃狗肉了吗？”

“还没有呢。吃狗肉是后来的事。跟二〇三〇年全美粮食歉收有关。”

“你父亲呢？谈谈你父亲。”

“我父亲到美国时，就没有那么多讲究了。基本上是想吃什么就吃什么。他遍尝美国的美食，多贵的他都吃，经常吃坏肚子。那时候，他就把公司总部从长沙迁到洛杉矶了。美国人说他把当地工人弄失业了，这大错特错。父亲这样做，主要还是为了吃。大家都知道‘吃在美国’这句成语，美国，美国，就是‘美食之国’嘛。那个年代啊，美国人什么都吃，为了填饱肚子，他们发明了千万种吃法。不过，后来我父亲的生意遇到了一些问题。主要是美国实行锁国政策，搞排外主义。因此父亲的很多业务都转移到墨西哥和古巴去了。现在美国对外开放了，他就让我痛痛快快杀了一个回马枪。”

“那么，你喜欢吃什么呢？”

“不好意思，我又喜欢上了吃方便面。这玩意儿咱中国早就不生产了，所以很稀奇也很珍贵，并且具有怀旧色彩，让人回忆起早期创业的艰苦岁月。好在，美国还有生产线，会过日子的美国人平时都吃方便面。所以，我在这里生活还算习惯。”

大家听了，感慨不已，对祖国的感情，不觉间进一步得到加深。

“你们干吗偏偏选择这个时候来美国呢？”毛老板又粲然一笑，满怀兴趣向棋手们提出一个深奥问题，就好像他早已知道这场灾难的到来。

“比赛是两年前定下的。你知道中国人从不失约。”余潜风回答。

“这倒是。跟我们生意人一样。可是，体育毕竟是体育呀。”

“围棋，可不单单是体育哟。具体还是什么，说来话长。”余潜风像是一边动着脑筋一边说，“另外，我们对国际地缘政治变化的趋势不太了解。我们心中只装着棋，只想着为国争光。这有些把事情简单化，是体育界的老毛病了。自打踢足球那会儿就害上了。”

“不能那么说嘛，这种传统很宝贵哟。不过，这回真是冒险呢。这毕竟是一个你们从未见过、素不相识的国家。你们都是国宝哪，动用国宝来冒险，说明了什么呢？”

“这算什么啊。听说，就在前几天，我国陈总理和新苏维埃共和国部长会议主席哈斯托夫，都在美国实相访问，商议向美国进行无息贷款的事宜。再说，这番经历对于我们这些平时足不出户的人来说，也算是难得的经历吧。我们以前还没有见过洪水呢。不是还认识了你么？你的故事太精彩了。”

“谢谢，谢谢。可是，这怎么讲呢？我倒听说，这次围棋队访美，是一个庞大计划的一部分，是不是这样呢？”

“什么计划呀？我们自己倒没有听说哩。”

“保密呀。但你们不可能不知道。”毛老板兴奋地说，“就是‘围棋外交’嘛。我知道这属于国家机密，但现在谈谈也无妨。艾米丽总统上次访华时，跟王主席有一个商定，就是中国要增加对美援助。这种援助是全方位的，除了经济，还包括文化和体育。据说这个秘密协定有一个庞大的内容清单。它的目的就是重新打开中美交往的大门，帮助美国走向复兴。这次围棋队来访，是国家大战略的一步棋啊。”

“嗯，这倒有可能。”余潜风装模作样摸摸辫子，“实话告诉你吧，我们临行前被交代了一个任务：向美国人民宣传优秀的中华文化，介绍中国国内的真实情况，减轻他们对外部世界的不信任感。当然这都要通过手谈的具体形式。”

“你看，所以嘛。我听说，随后，还有京剧团、川剧团、徽剧团、杂技团、魔术团、象棋队、麻将队、武术队，等等，都要过来。我有一个朋友，他正准备在费城开京剧夜总会。这好像还是文化部投的资。听说一些思想开明的美国年轻人对京剧很疯狂。有消息说，国内对美国的情况比较着急。虽说现在访美不太安全，但通过官方途径派来的团队，自去年下半年起数量猛增，一波接一波，使人觉得像是封神演义呐。”

“那么，你说，国内提前就知道这场灾难吗？我们老早就盘算着要救美国人了吗？为此不惜冒这样大的风险吗？”

“这也难说呢。中国现在富于预见性和谋略性，早不是从前了。”

“这后面有什么背景和深意呢？”

“我估计，还是大战略的考虑吧。最近有一种传言，说世界在经历长期和平和繁荣后，即将进入一个新的动荡周期。只有中国和重新强大起来的美国联手，才能制止人类走向毁灭。”

“是说中国和美国这两个国家吗？”国手们难以置信地摇着头。好多人在这回比赛之前连美国这个名字都没有怎么听说过。只有曹克己拿出《周易》，看着上面那一黑一白、白中有黑、黑中有白的阴阳鱼，若有所思点点头。

“是的，中国和美国！”

毛老板侃侃而谈，两眼炯炯有神，就像一个从天而降的神人。大家听呆了，一想到中国人肩负的责任，就都用力挺起腰板，觉得再大的洪水也无所谓。

这些故事的确是棋手们平时闻所未闻的。在国内时，“阿曼多”把很多关键信息屏蔽和过滤了，因为它代替我们思考就足够了。这就使得大家不太明白人生的基本意义，包括我们作为中国人要履行的历史使命。倘若不是这场洪水，哪有机会听到如此生动而深刻的讲解呢。众人反而感激起美国的灾难来。

我却想，为什么一定是中国和美国这两个国家联手呢？这中间有什么高深的哲理？这里面有什么宏远的寓意？这是又一件我直到六十年后也未能弄明白的事情。跟你们一样，我不明白的事情太多了。

吃饱喝足，又听了精彩纷呈的故事，时间好像过得快了一些。我再次来到窗户边，像个大人一样平静地往下看。

这时，水面已经稳定下来，并且像被皮鞭抽过的皮肤一样铮亮。无数美国人的尸体在打圈圈。楼房被水冲垮后，里面的家具杂物和商品百货到处泛滥。大堆大堆的垃圾不知从哪里冲了出来，水面上随处可见泛着白色泡泡的黑色堆积物，给人一种剧毒的感觉。很多地方冒出浓烟和火光。不少小船正在尸体和垃圾间寻找航路，拼命朝大海方向逃窜。给人的第一印象，就好像美国人正忙着出海捕鱼一样。一群群动物也在往纽约之外浮游，它们组成的队伍里面有狮子、老虎、大象和红狼。我想，大概是从动物园逃出来的吧。只见狮子咬着老虎的尾巴，老虎咬着大象的尾巴，大象又咬着红狼的尾巴，很有纪律很有节奏地游着。这时肯尼迪鸟又飞了回来，东一口西一口啄食美国人的尸体，乃至虚弱的活人。它们叼起人类的胳膊、手掌、内脏和器官，乌云一样集群翱翔。

偶尔还有逃难的飞行器掠过，但数量已经很少。远方仍然传来武器的射击声，有时天空中也划过高能激光束。那幢名叫帝国大厦的老旧建筑，烧得只剩几根筋，兀自黑烟滚滚。我参观过的自由姐们儿像，大半截身体浸在水中，胸脯上坐了一排排难民，不停朝过往的船只呼喊。但没有人理会这些可怜的人们。

与“阿曼多”的所有联络，越来越微弱。我后脑勺的处理器中偶尔冒出“追儿”“追儿”的声音，很快又沉寂了。有几次出现了含混不清的信号，我以为是妈妈杨阿妹和爸爸唐平平从上海那边发来的，却又不是。万事万物都在错线。好像外星人攻占了地球，他们用一种奇怪的语言窃窃私语，把人类的频道破袭并占据了。

我开始有些思念杨阿妹、唐平平和唐蛟，还有上海。这在以前并不经常。上海也是用海堤围起来的，不知道那边怎样了。抽羊角风的美国人会不会也去袭击中国沿海大城市呢？那就糟糕了。他们不知道中国要救美国和世界啊。我忽然感到，中国是多么可爱。国家航空航天港大坑边上那些五星红旗便在眼前火焰般飘舞起来。我多么想再见到它们啊，我多么想把它们搂抱在怀里亲吻啊。可是，变化来得就是这么突兀，打乱了国家的战略计划。

又度过难熬的一夜。次日一早，我发现大楼下停靠着几艘打着红十字旗号的船只。许多人正争先恐后挤上去。噢，救援队终于来了。大家也都打起精神，整顿物品，准备下去。但我们的便衣说：“现在不行，再等一等。太乱了。”他说得很对。果然，有两艘船在满载难民开航时，因为超载而倾覆了。水中一派呼儿唤女的惨象。

“我们还是等自己人的船吧。我想，怎么也应该快到了。”毛老板也有些焦急，抬腕看看手表。

“怎样才能保证我们每个人都平安上船呢？怎样才能防止这帮美国人不顾性命一通乱抢呢？”闻九段加也有些不踏实了。

“我们可以派一些机器人维持秩序。我们公司生产的‘韶山’型机器人，完全可以胜任。”毛老板鼓舞大家，也给自己打气。

国手们听了这个，才稍微放心。但等到中午，中国人的船还没来。倒是又有几艘飘着红十字旗的船靠上大楼。船头的舵工叫唤：

“想要逃命的，每人交一百块钱！”

原来，是黑船。很多美国人连一百块钱都拿不出来。尽管如此，大家仍然往上挤。挤不上去的人，只好眼巴巴看着船儿离去，簇拥在岸边等待下一拨。真是烦人呀。

下午两点钟，又来了两艘大船。大楼里又一片哗然。

鲁斯走过来，哭丧着脸对我说：“中国神童，我不能再等了。等你们的船，要到什么猴年马月呢？我要先走了。”

“大叔，你着什么急呢。你下棋的时候，可一点儿不急呀。有我们在呢，你怕什么。”我说。

“下棋那会儿呀，不同呢。当时我一心想拿奖金呢。但我作为一个德国人，心理压力其实很大。你懂吧？所以我的镇静是装出来的。”说着他拔腿要走。

这时，我们的一个便衣说：“大家都不要动。我看这船有些古怪。”

新来的大船是客船，船体上伤痕斑斑，像是经历过激烈冲撞。一看它就是冲着世贸中心来的。

便衣说：“我头脑中的遥感探测器，正在发出警告。我不能确证是怎么一回事。似乎这船有不可告人的目的。”

考克斯也说："船头站的那小子神色不对。像个坏人。"

但德国人还是坚持要走。大家也不好强留。鲁斯挥泪与我们告别，说将来有机会一定要跟我把那盘没有下完的棋下完。大家忧心忡忡看着他走下高楼，汇入难民队伍。考克斯连连摇头。

轮船靠上大楼。便衣担心的事情发生了。船舱里钻出十几个拿冲锋枪的人，向等待上船的难民一阵扫射。我看见德国老头儿胖胖的身子晃了晃，便"扑通"一声栽进水里。余潜风和考克斯惊叫一声。那些枪手紧接着便往大楼里冲。

便衣们和毛老板同时惊呼："要坏菜！赶紧锁门！机器人呢？把机器人拉出来！"

便有人把方头方脑的"韶山"型机器人拉了出来，开动它们的能源开关，令其把守在楼梯口。这时楼下传来枪声。

"围棋代表团的同志们，都到里面去哇！"

毛老板像赶盘羊一样把国手们拢到内屋。北京来的便衣和公司的年轻职员都拿枪守候在门口。这才知道，遇着趁水打劫的匪徒了。世贸中心的房间多如牛毛，但愿他们不会找到这儿来。但这只不过是一厢情愿。很快门外就"梆梆嘣嘣"响起来，传来"哎哟""哎哟"的叫唤声，还有金属器件"咚咚"的轰响。

米遇春抹着眼泪叽咕："都知道中国人有钱，直接找上门来了。"

"真讨厌，真讨厌。"赵小故紧紧捏住自己的皮包。

"那我们咋办？"曹克己瘫软地坐在地上。他放了一个屁。

"坚持八字方针！"余潜风说着，躲进一个文件柜。

考克斯说："我出去跟他们谈判谈判吧。把情况说说清楚。我就说中国围棋代表团在这儿，是来帮助咱们美国复兴的，这样他们就不会胡来了。”

我说：“考克斯大叔，这太好啦。”

余潜风的声音从柜子里沉闷传出来：“考克斯，你是想跑吧？不行。绝对不行。现在还什么代表团不代表团的。搞不好连你也给收拾了。”

“我跑什么。”考克斯悲戚地僵挺着脖子，“我早已是具行尸走肉。”

“但愿毛老板和他的机器人能够守住。但愿救援队能够早点到来。”曹克己九段把《周易》从左手倒到右手，翻来覆去祷告。

这时毛老板和一个便衣走进来。血从他们的眼睛和耳朵里往外流。毛老板说：“可能守不住。对方有高能激光枪。我们机器人的能量防护罩只能支持半小时。”

“那我们也上吧。”我说，“谁怕谁呢。”

“就是，一百多年前，就抗美援朝了。”闻九段加给我打气。

“不行。你们是国宝。唉，这事都怪我。我们的救援人马，怎么还不来！”毛老板跺着脚说。

后来才知道，从华盛顿出发的救援队伍和毛老板公司总部的救援队伍，在赶往纽约的路上，有的遇上了劫匪拦截，有的为了救助被劫匪拦截的人，致使自己陷入重围。人民解放军的几支大部队虽已到达加利福尼亚附近海面，但由于失去“阿曼多”的导航，又加上美国军方对外国军队的蜂拥而至产生疑心，进行阻挠，暂时还不能在美国本土登陆，只好在海上徘徊待命。

便衣说：“现在只有一个办法，就是强行夺取匪徒的那艘船，驾上它离开此地！”

对于此策，已经没有时间展开民主讨论了。大家也拿不出更好的主意，便同意这么办。

毛老板说，公司还有一架改装的自用应急外悬式电梯，靠后备能源发电，可直通大楼底层。这样，就能躲开盘踞在楼道里的匪徒。

于是，组成冲锋队、敢死队、护卫队和保障队。棋手们夹在中间，我夹在最中间。冲锋队和敢死队先乘电梯下去。只听楼下“乒乒乓乓”一阵枪战。然后血人般的毛老板摇摇晃晃上来了，朝大家挥挥手，说可以走了。大伙便在护卫队和保障队的簇拥下，一窝蜂挤入电梯……只见出口处尸首狼藉，其中有我们的两个便衣。我心中一阵难过。他们不是电子虚拟人。他们一直在死心塌地、身先士卒保护我们，却牺牲在了这个鬼地方。我看见毛老板正指挥人把便衣的脑袋切开，把里面的特种芯片取出来，偷偷装进一个盒子。大船已经被毛老板的手下占领，楼上的匪徒来不及追赶，只好探头探脑趴在窗口打乱枪。一名棋手被射翻。是女棋手赵小故。她难看地抽搐一下就死了。

活着的人刚刚钻入船舱，船儿便发动了。但这时一颗炮弹击中上甲板，“轰”的一声炸开来。许多人体在飞舞旋转。黑烟滚卷，什么也看不清了，也不知都有谁死了。这时，我感到一只大手把我拉住，拖拽着往前走。我挣扎不动，便只好顺从地跟随。好多液体正顺这手臂流下来，热乎乎淌在我的手上，我一阵哆嗦。那人在烟雾中把我拖到船舷，摘下一个救生圈，把它套在我身上。

这人用苍凉的声音说：“孩子，船要沉了。没有办法了。你自己逃命去吧。”我这才听出是考克斯。

“考克斯大叔，咱们一起走吧！”

“没有时间了。你是中国的国宝，不是还要救美国吗！你的任务重要哟。别管我，你先走！”

他用力把我一掌搡进水里。一个浪头把我打出好远。这时，大船一下发生了大爆炸。烟火中传出考克斯断断续续的叫声："自从你赢了我那盘棋后，我就打定主意不活啦，在等着这一刻呢。孩了，你可别老忌恨我和美国呐！跟中国一样，我国曾经也是大国！"

没想到最后还是美国人救了我。我在水中哭出声，心想，考克斯死了，余领队、闻九段加、曹九段、米九段，还有毛老板和他的手下，肯定也都死了。剩下我一个人，可怎么办呢？我难以相信，竟发生了这样的事。我以前知道的是，在任何地方，中国围棋国手都是不可能受到伤害的。

泪眼蒙眬中，我看到世贸中心，好像一座祭奠的墓碑，燃起了熊熊大火，冲天的浓烟中，无数的人体流星一样从各个楼层上纷纷坠落，划出一道道让人永生难忘的美丽弧线。

这是真实的世界，不是虚拟场面。

很快，我就被水冲远了。

我在楼群的岛屿间漂浮，也不知洪水要把我带到什么地方。

有时，烧毁的东西坠落在水面，溅起又一阵火光。我的身边不停流过浸泡得肿胀不堪的尸体。空气和水中都是血腥味儿。还有一次，我被水下什么东西缠住，差点沉没了，好不容易才挣脱。我试图接近岸边，但水流太急，而且障碍物太多，不允许我做此打算。

有一刻，几艘船从不远处驶过，我朝它们挥手，但船上的人假装看不见。还有一回，一群白人站在楼顶，朝我扔玻璃瓶和杂物，还骂骂咧咧。我冲他们喊："我是中国人！"但他们砸得更欢了。我非常失望。幸好没被击中。好几次我遇上巨大的旋涡，它们郁缓地黑着脸儿要把我吞噬。只是由于运气好，我才勉强逃过劫难。

途中，我遇上一只小狗，它也在水中沉浮，见到我，拼命游拢来。

我虽然自己也筋疲力尽，但仍让它衔住救生圈，一起向前划。有几次，都快要沉下去，小狗又把我拱上来，我这才得以逃生。

不知过了多久，建筑物逐渐稀少了。我觉得仿佛来到更加宽阔的水面。然后我陷入昏迷。

在纽约等美国城市遭到洪水袭击的第二天，根据中共中央政治局的决定，北京正式成立危机对策委员会。

委员会由国家的最高领导人王主席担任主任。组成人员包括其他几位政治局常委以及国务院总理、副总理，有关部委部长，还有军委副主席兼国防部长、三总部部长和陆海空天网二炮诸军司令员，是最高级别的对策机构。

如果单单是外国发生了洪水或其他什么自然灾害，则完全没有成立危机对策委员会的必要性，让外交部门和民政部门援助一下就可以了。但现在出现了罕见的遍及全球的“阿曼多”障碍，梦幻社会存在崩溃的危险，情况便不同了。

委员会成立的当天上午，便在中南海举行了首次会议。这也是很久以来，最高决策层第一次举行实相会议。

坐在直径十八米的圆桌边，大家感到像回到了二十一世纪初期。跟新近成长起来的年轻人不一样，国家领导人对几十年前还不能完全依赖网络的情形仍是有记忆的。但现在没有时间感慨这个了。

外交部刘部长首先介绍了情况。他说，由于“阿曼多”瘫痪，已难以通过系统了解到北美大陆的最新事态进展。但综合各个渠道来的消息，获悉美国六座大城市被淹。作案者为三个恐怖组织。它们皆宣称与政治目的无关。

“仅仅为了好玩，而使用这么残酷的手段，近几十年来还没有过。更使人惊异的是，犯罪嫌疑人使用的是普通炸药。这居然取得了成功。这在中国是完全无法想象的事情。美国人疯了！”

刘部长说，中国人的损失数字还没有得到。但由于几个城市都是中国人的主要居住区或访问目的地，人员和财产损失应该是相当大的。所幸，在美国早年的排外浪潮中，许多华人离开了。

他指出，现在更严重的，是政治和外交上的影响，作为正试图重新回到正轨的美国，可能又不得不偏移和倒退了吧。这将给世界局势制造新的不稳定因素，并给中国的全球战略带来不可预知的后果。

“二十一世纪是一个变化莫测的世纪。我们要应付许许多多意料之外的事件，包括可能来访的外太空智能生物。本来想，美国的复兴对这个星球会有些好处呢，至少它是一个很大的市场，我们也可以去那里投资。唉。这真是中国人一厢情愿的善良想法。”一位常委叹道。

跟着，解放军的林总参谋长介绍了救援措施。由两支特混舰队、一支海底铁道部队和二十五架磁喷流飞行器以及九十架普通飞机组成的救援部队已经出发。这样的派遣，其根据是二〇二五年反恐怖活动国际合作协定。这次行动的出发点，主要还是抢救出事地域华人的生命财产。

“但由于美国没有加入该协定，事情变得微妙起来。事实上，艾米丽总统已宣布拒绝外国船只和飞机入境。她也没有办法啊。美国军方还是很强势。”国防部李部长插话。

“怎么这么‘左’啊。”王主席感叹一声。

外交部刘部长说：“这样做，也怪不得美国人。因为不仅中国，包括古巴、委内瑞拉在内的好些个国家都提出了入境申请。如果某个国家趁机发动军事入侵，美国可是应付不了的哟。要知道，目前美国正处于最混乱、最脆弱的时期。对于邀请外国军队，是非常谨慎的。美国近三百年来，在世界上树敌太多了。”

林总参谋长补充说，这样一来，中国舰队只好在公海上待命，先积极救助逃到海上的难民。

“关于美国，就先讲到这里吧。”王主席说。他更关心梦幻社会的问题。

有关“阿曼多”的情况，是由国家信息委员会张主任来谈的。

“关于‘阿曼多’本身，我想不用再做说明。这次的网络灾难，是与洪水同步发生的。可以说是罕见的全球性障碍呀。有三十亿台中微子—生物网络处理器、旧式光计算机和电子计算机不能互切。各个神经界面出现了无法排除的扰流。也就是说，我们在刹那间丧失了正常的信息交换和记忆能力。‘阿曼多’是我们这个世界存在的基础。对于这起灾难，恐怖主义组织倒是宣称负责，我们也确实在网络中发现了黑客作案的痕迹，但细细想来，却恐怕不那么简单哟。”

大家把目光齐齐投向他。张主任顿了顿，继续说：

“众所周知，‘阿曼多’作为梦幻社会的枢纽，本身还是一个超级智能防卫系统，其结构极为复杂，一般的破坏活动难以奏效。简单来讲，这里面涉及的是杨可夫斯基人脑和计算机分层理论。也就是说，当计算机发展到一定阶段尤其是网络智能阶段后，除非计算机本身参与，人脑是无法从外界对它进行常态和非常态干预的。事实上，在过去几十年里，信息恐怖活动也多有发生，但对‘阿曼多’的损坏还是短暂和局部的，也都很快修复了。说什么黑客可以遥控指挥氢弹发射，这不过是上个世纪的人的担忧。类似这样的问题早在本世纪初就已解决了。所以，这次的网络灾难非同寻常。”

大家专注地看着这位十岁时就成为世界游戏机大奖赛冠军的网络专家，等待他做出进一步的解释。

“那么，问题的严重性在哪里呢？其根本在于‘阿曼多’是一个高度自我发展的复杂智能系统。最近一些年，它表现出了摆脱人类控制的趋向。这里，我想提到二〇五七年发生的那件事——这事一直没有引起足够重视。大家一定还记得吧，当时的情况是，有七百万台处理器和计算机爆发了呓语症。其表现是，机器忽然做起诗来，还都是好诗哟。开始以为是病毒，做了一系列清障工作，却无法消除。诗歌在网络上大规模流传，就跟今天的洪水一样。但忽然之间，一切又都正常了。事后没有查出原因。后来有人提出，如果是‘阿曼多’的自我意识发生障碍呢？或是‘阿曼多’故意玩一个游戏让自己开心呢？不能排除这种可能。前天发生的灾难，从目前的情况看，很有可能就是‘阿曼多’这家伙自身内部的问题——作为一个智能，它精神分裂了。”

在座的各位领导自小就是与电脑和网络相伴长大的，明白这里面的可怕性，窃窃私语一阵。作为与人类共存一世的人工智慧生灵，作为人类寄宿的壳体，“阿曼多”该不是产生了厌世情绪吧？

“我们正在抓紧时间分析原因，可能还需要一些时间。现在先来谈谈后果吧。后果是严重的，不是吗？”

张主任说，“阿曼多”障碍造成的后果目前主要体现在三个方面：第一，全球信息能力瘫痪；第二，全球记忆能力丧失；第三，由此引发的政治、经济和社会动荡。

“事实上，昨天夜里，欧洲和非洲已有十几个国家发生了骚乱。”他补充道。

“危机对策委员会的成立，就是要解决这些问题嘛。你有什么建议？”陈总理问。

“恕我直言。如果问题主要出自‘阿曼多’内部，而不仅仅是恐怖分子破坏，恐怕危机一时难以缓解。”

“根据是什么？”

“这只是我的直觉。”

“直觉？”

“是的。”张主任喝了口龙井，严肃地说，“对于网络世界在这几十年中以火箭般的速度发展，并且产生了自我意识，许多人有一层隐隐的担忧。这种超出人类控制力和想象力的超级智能网络，终归是会发生什么预料之外的‘万一’吧？这些年更有争议的是，网络本身是一个进步，还是后退呢？表面上看，它加快了社会发展。但同时，它制造了巨大的信息熵。它把世界变成碎片。这是朝着热寂一步步走下去啊。网络世界，或者梦幻社会，在不知不觉间慢慢冷却下去，可以说是物理学规律的必然吧。人类却一天天越来越依赖这个非人的数字宇宙。包括情感在内，什么东西都数字化了，都可以用零和一两个数字来建构，一切问题都通过网络来解决。难道这还不是危机总爆发的预兆么？须知，我们的世界本质上并不是数字的，而是模拟的、实体的。网络作为一个过渡是可以的，但现在它却成了一个至高无上的神灵，成了我们心甘情愿去肩负的一个重担，则终有一天会自我毁灭。昨天发生的事情，是否就是崩溃的前兆呢？”

“也许就到了那样一天吧。”有几个声音在附和。

“所以，危机一旦发生，就很难逆转。这是因为网络内在的非人性，而不是简单的技术问题。”张主任做了一个耸肩的奇怪姿势。

作为本领域的行家，他从骨子里并不相信什么信息乌托邦、光子超现代派、情感自动化之类的理论。他认为这些都是人类退化的表现。网络的泛化趋势和“阿曼多”高度统一性之间的矛盾，迟早要引发一场严重危机。

问题提到这样尖锐的地步，王主席也很惊异。他一时不能对这位信息科技大学的兼职教授做出反驳。正是这位信息委主任，三年前大反潮流，提出恢复实相旅行和人际对话的建议，并在许多领域尝试增加人类的自我信息依存度。但王主席从理智上仍不能完全同意张主任刚才做出的结论。他想，这是不是危言耸听了？但他的预感跟张主任一样不好。

中国这一代领导人，从小都是打电子游戏长大的。他们经历了从信息社会过渡到梦幻社会的整个过程，并对此产生了极大心理依赖。

“世界信息组织不是要立即会商，采取措施吗？我国也要拿出方案。先看一看吧。也许，并不像你说的那么严重。”他怀有希望地说。

“我认为，我们是能够克服困难的。还是由我介绍一下我国已经采取的措施吧。”陈总理说。

“除了启动‘自力更生’危机紧急处置系统外，我们还在当天投入了‘中国特色’备用系统。这与‘阿曼多’只有低层次上的关联。它的主体是二十世纪末的局域网，受到干扰的可能性比较小。因此，我们现在能够维持一般性的通联。但复杂和高层次的还不行。经济损失是肯定的，但各方面正努力使之减轻到最低地步。同时，国务院已成立专家组，对危机的原因进行调查，包括弄清‘阿曼多’瘫痪与洪水之间的关系。

“另外，我们准备充分发挥各级政府和民间组织的作用，利用各种传统手段实现上情下达和下情上达。工作做好了，就可以保持社会稳定。

“但总的来讲，我国仍是世界上对‘阿曼多’依赖最大的国家之一。人民每天都离不开网络。我最担心的是社会心理。由于心理准备不足而发生骚乱的可能性仍然存在。但我是有信心的，因为我国在精神文化领域，还保留了传统的宣传和教育体系。它们在这时一定能够发挥关键作用。”

“这由有关部门负责一下吧。”王主席说，“其他还有什么吗？”

“沿海大中城市普遍出现了恐慌。针对这个，已责成当地政府做好工作。同时，加强了海堤防护。应香港、澳门和台湾三个特别行政区政府的请求，中国人民解放军增加了驻防力量。目前，还没有发现恐怖分子袭击我国沿海城市大堤的迹象。整个华人经济圈也基本是稳定的。”

“不可掉以轻心。这场灾难，不仅是对中华民族的考验，更是对全人类的考验。中国作为地球上最强大的国家，应该担负起什么责任呢？请大家认真思考这个课题吧。”王主席忧虑地说。他此刻担心的是，一切还只是一个开头。

也许，真正到了中国下定最大决心，出面帮助美国、拯救世界的时候了。

会议开了一天。最后拿出了供世界信息组织讨论的中国方面的意见。共有十三点。

——摘自信息中间商伍金赤列的手记《信息冰河》

诺亚方舟

不知过了多久，我苏醒了。我发现自己躺在一张铁皮床上。床在一个狭小的房间里不住摇晃。但很快，我察觉到，其实不是床在晃，而是房间在晃。我起初以为这是“阿曼多”开的一个玩笑，但很快就明白不是了。

我的视界渐渐恢复清晰。我看见面前有一张俏丽的脸蛋，长在一个黄种女孩皙长的脖子上。水灵灵的大眼睛，鼻子和嘴巴像画儿一般清晰明艳，又显得高雅，一头长长的黑发披到肩后。亚洲人？中国人？我不禁想起妹妹唐蛟，想起故乡上海。那么，我现在是在中国的土地上吗？还是在“阿曼多”的一个节点？或者两者都不是？我觉得好像出了一些什么事，但脑子里一片空白。

“啊，你醒来啦，你已经昏迷了三天三夜！”

女孩见我睁开眼，绽露出一个甜俏微笑。她说的是英语。这使我模模糊糊想起不久前经历的事情。我记起我远离祖国，正待在一个名叫美国的国家。

“我们把你从水里捞起来的时候，还以为你死了呢。”她说。

我终于回忆起大船爆炸，回忆起滔天洪水，回忆起我在大海上漂流。是的，我是来美国参加世界围棋锦标赛的。我和队友们是带着任务来的。我受过美国女总统艾米丽的接见，她还摸了摸我的头。我在纽约世贸中心上与德国人对弈，后来就出事了。水，火，血，爆炸，这一切的确发生过，而不是虚幻。我的棋还没有下完。一切不在计划之中。

“我在什么地方？”我一说话，便感到身体十分虚弱。

“在船上呀。”女孩温润的声音像叮咚泉水一样，抚过我快要死去的心灵。

“你是谁？”

“我叫苏珊。是穆迪发现你的。铃木说要把你捞上来。”

“穆迪？铃木？”

“穆迪是马来西亚人。铃木是日本人。我呀，我是中国移民的后代。哦，忘了告诉你，我们都是亚裔美国人。你是中国人吧？我听你昏迷中说中国话呢。你叫什么名字？你来美国做什么？”

原来，这女孩果真有着中国血统。一股亲切感扑面而来，并让我重新有了安全感，发冷的身体也逐渐泛起暖意。

“我是中国的唐龙。我是来美国下围棋的。我的同伴呢？”

“你的同伴？你还有同伴吗？很遗憾啊，我们没有看见他们。我们只见着你一个人在水中漂浮，要不是那小狗托着你，你真的不行了。”她关切地说。

我扭头一看，小狗就在我的身边，眼巴巴瞧着我。它似乎也很高兴。原来，它也是我的救命恩人。我叹了一口气，又闭上眼睛。现在，它是我唯一的伙伴了。气盖云天的中国围棋代表团，已经离我而去。

“给他弄点吃的吧。”传来一个男孩的声音。

我睁开眼，看见舱中多了一个黄种男孩，十五六岁模样。他的左脸上有一条可怕的刀痕。不知为什么，见第一面，我就不太喜欢他。

“铃木，他醒来了。”苏珊兴奋地说。

原来这就是日本人铃木。苏珊说是他决定把我捞上来的。我想，礼貌起见，应该向他表示一下感谢，就欠了欠身，说：“谢谢你们救了我！”他却没有看我，把刀子一样的目光投向船舱。

这时我看清了房间的全貌。四壁是灰色的、锈迹斑斑的金属墙。我记得，金属作为建筑材料在中国早就不用了。我躺在房中唯一的一张铁皮床上。室内很乱很脏，挂着一些显得恐怖的装饰品——其中一个是克莱顿型合成恐龙头骨。在“阿曼多”那里，我似乎见到过，这属于异国和复古的不良趋向，是另类少年喜欢的。墙上只有一个椭圆形的小窗户，外面正在飞过一只鸟。

很快，又拥进更多人，全是跟苏珊和铃木差不多大的孩子。他们站在我床边，毫不掩饰好奇地打量我。他们跟苏珊和铃木一样，也都长着一副亚洲人面孔，却与我有着格格不入的感觉。我有些害怕，并被看得不好意思。苏珊却“扑哧”一笑。房间里气氛顿然变得缓和。她的那些同伴会意地瞪她一眼，搡搡彼此的腰，也都笑了。

这时我看见每个人身上都挎着武器。有先进的定向能枪，也有老式的冲锋枪，还有匕首和弓箭。我又想起那些向世贸中心进攻的匪徒，不禁心头一颤。

有人递给我一个塑料盘子。上面盛着一堆淡红色的东西。我看了一眼，见是生鱼片。我又抬头看看给我东西的人。是一个矮个子男孩，长得黑黑的，有点像个猿猴，有一副凶恶而坚硬的下巴，头上还生了一对亮闪闪的犄角，像是西亚人。我的确饿了。我尝了一点，味道很腥，与玛那不同。但我还是把它咽了下去。我很快一扫而光。他们耐心而有趣地看着我进食——像看小动物那种神态，一边议论：

“他有多大啦？”

“有十六岁吗？”

“没准儿呀。”

“干什么的？”

“GE 人？”

“黑客后裔？”

“低姿冥幻者？”

“他是棋手，下棋的。不懂了吧？”苏珊不耐烦地对他们说。

“是啊，棋手是做什么的呢？”大家异口同声嚷嚷。原来，这世界上还有不知围棋的人。

这时，我已吃完鱼，感到精神好了一些。我问：“你们是什么人？”

“她说你是棋手。你先说你是不是吧。”头上长角的男孩干巴巴说。

“我叫唐龙。是下围棋的中国人。”我努力用一种自豪的语气说。

他们好像也没听说过唐龙这个名字。但他们显然是知道中国的。

“果然是中国人哪。”

“掉到水里的中国人！”

“成了落汤鸡。”

“我们救了中国人！”

“我们太了不起了！”

他们的态度令我颇为恼怒。这跟我一路上遇到的情况大不一样。在别处，只要说自己是中国围棋选手，就会受到尊敬和爱戴。我越想越委屈，才觉得来美国也许真是一个错误。我有些后悔没有听妈妈杨阿妹的话。

“你们中国人不待在国内享福，跑到美国这种破地方来干什么呢？就为了下棋？”铃木不怀好意说。大家夸张地哄笑起来。

他们竟不知道我是来拯救美国人的灵魂的。应该是我来救他们，而不是他们救我，虽然我对这项使命也很懵懂。这让我更加难过。听听他们说的这些话，就知道美国这个国家的确不行了，连亚洲人的后代都这样了。他们虽然把我从水中弄上船，却并不抱有友好态度。这群亚裔孩子是些什么人呢？对此我必须提高警惕。杨阿妹以及纽约领事馆的教科文机器人早就做过提醒。

我决定先沉住气，这是闻铂欣前辈教导的以不变应万变之法宝。我说：“我是跟中国围棋代表团一道来纽约参加世界围棋锦标赛的。是中国围棋代表团啊！没想到忽然发生了大洪水，又遭到匪徒袭击。我们被冲散了。你们的好意，我心领了。”

“听说过中国人爱下棋。果然啊。”

“但到美国来下棋，还没有见过。”

“这个年头，下什么棋呀。”

“到底是中国来的么。”

“不该来这儿哇。”

“中国真的是那个传说中最强大的国家吗？”

“问问他好了。”

“但他会说实话吗？”

孩子们七嘴八舌议论，是那么的兴高采烈。

“是我们救了你。还有你的狗。”铃木抬手制止了大家的发言。他仿佛在唠叨重复一个事实，大概希望我能牢牢记住是他救了我吧。但

出生在美国，而是在中国的某个育婴器中被培养出来的呢？这是巧合还是必然？我开始对我以前的经历产生怀疑。它们有一种强烈的不真实感。而拯救美国的说法，也像是一个编造出来的谎言。我第一次想：中国真的有那么繁荣强盛吗？还是“阿曼多”特意制造出这样一种光影幻象，展示给我们看的呢？

另外，美国或许本来就如此，它好好走着自己的路，是没有必要拯救的。它的国民就这样一天天过日子，生也好，死也好，都是他们自个儿的事。他们并不需要下围棋。他们在灾难中自生自灭。这是他们自己的选择，不必由别人多管闲事。而像铃木他们，不也在这动荡凶险的世界上，拥有了一份特立独行的生活吗？他们根本不必按照我的路数成长。我们的到来纯属多此一举。

但他们到底是什么人？为什么这样一艘大船由一群孩子驾驶？为什么他们身上带有一股邪气？铃木说，欢迎我加入，这又是为什么？

下棋时腹中涌起的那股奇异张力及伴生的疼痛，这时反倒没有了，就是努力想让它重新出现，也似乎根本不可能。我反倒不知如何是好。

小狗爬到我身边，轻舔我的手。我摸着它的脑袋说：“我们是患难之交。你说，我该怎么办呢？”

它“汪汪”哀号。我才知道它也没有办法。它是不是也在大水中失去了狗世界的“阿曼多”呢？连动物都这么可怜，而人以前却认识不到自己可怜，只知道炫耀。现在，我才由衷感受到这一点。但也许这仅仅是我的主观想法吧。真实的世界究竟是怎样的，我现在已无法知道。

房间更像是一个禁闭室。许久，也没有人来管顾我。连苏珊也不来了。他们好像很忙的样子。

过了好一阵，我不那么伤心了，就试着爬起来，推了推门。没有上锁。我小心翼翼走上甲板。大海如无数闪电，蛇行着冲我“噼啪”扑来，又若一位久违的老友。我眼中一片明火煌煌，又如扎满荆棘，与我漂流在水中时感受到的大海，又不一样。

纽约的高楼一座也看不到了。奔腾的烈焰被四面八方汹涌的蓝色波光替代。只见烟霞蒙蒙，茫茫无际。这船真的是在大海上航行。这突如其来的辽阔，令我不知所措，双腿不争气地颤抖不已。我记不得以前见过真实的大海，哪怕上海就是一座濒海城市，爸爸妈妈也从未带我去看过海。我曾经在黄浦江上实相航行过数次。但那是另外一回事。那条河怎么能跟眼前的景象相比呢？海鸥在飞翔，鲸鱼在喷水。波浪像崔嵬的山岳一样起伏。我想我以前真是孤陋寡闻。“阿曼多”梦幻社会何曾提供过这般观照？我有一种被欺骗感。泪水不争气地又流出来。

“你怎么出来了？你在看什么？咦，你哭了？”

我回过头，见刚才那群孩子中的一个，站在我身后。这人是个瘦高个，像根竹竿。

“我可没有哭，是海风吹的。”我又想起自己中国棋手的身份，逞强地说。

“我还以为你哭了呢。”他仔细看着我。

“我可没有。你们这是要往哪里去？”

“去找一块陆地和一样宝物。不是告诉过你吗，这船叫‘诺亚方舟’哩。”

“这个名字我或有可能听说过，但是记不起是什么意思了。”我使劲想了一阵，仍然没有想起来。

“就是《圣经》中特别提到的那艘船。现在的人不读《圣经》了，所以不知道。上帝炮制洪水，用来毁灭人类，却心血来潮赦免了诺亚一家人。诺亚按照上帝的吩咐，造了一只船，在灾难来临时，撇下同胞，带着家眷偷偷逃走了。这其实是很自私的行为，却也只能如此了，人到了要生要死的关键时刻，就只顾自己了。而且一切也不是他能决定的。洪水来袭时，其他人类都死光了，但诺亚一家安然无事，活了下来。后来，他们又生育了小孩，这样，才有了以后的人类。如今在地球上生活着的这些人，包括你和我，都是诺亚的后代。”

“这是美国的一个童话吧？”我想，他说到人类都死光时，口气好轻松。上帝和《圣经》是什么呢？我继承的是帝尧和虞舜的基因，跟诺亚应该没有关系吧。

“说是神话也可以哦。这些年美国人似乎忽然明白过来了，纷纷忙着编造各种神话呢，好像要弥补他们的什么过失。分不清哪个是真哪个是假啊。权当故事听听吧。”那男孩子满不在乎说，“但诺亚却是个亚洲人。”

“他会下围棋吗？”

“《圣经》中好像没有记载。”

“你们不是说去逃难吗？难道是自己纠集起来，齐心协力去找宝物？”

“这你说对了。大难当头之际，我们要去找那宝物，跟别人不一样哪。你跟我们一道去吧。亚洲人就要团结起来嘛，才不会被人欺负哟。”

“哦……纽约在哪里呢？”

男孩抬手胡乱指了指。我顺着他示意的方向看去，只见着一片渺然波光。那座历史文化名城大概已经毁灭了。本还以为，它是美国复兴的希望。

“唉，我就是从那里来的。你知道世界贸易中心吧。”我叹口气说。

“没关系。你至少已经脱离了网络。再说，我们离开纽约三天三夜了。”

“有那么久吗？”

“这算什么嘛，跟白人比起来，我们有的是时间。”

“洪水已经把整个世界淹没了吗？”

“还不知道。不过，这是迟早的事情。”

“那么，只剩下咱们啰？跟诺亚一样？”

“或许就是吧。”

他无所谓的口气使我很不习惯。我又为上海担忧。上海也是用防波堤围护起来的。它跟这个大世界不可分，又怎能侧身事外呢？我眼前再次出现了漂在水面的死人——这回是中国人，大批大批的中国人，他们过惯了舒坦日子，对灾难的到来毫无思想准备。离开网络的庇护，他们一点儿防卫能力都没有。我打了一个冷战。

“刚才没做自我介绍。我叫李铸城。韩国人。”

“你们真的不是难民吗？”

“不是。不是告诉你了吗，我们去找陆地和宝物。难民只是一门心思逃命。”

“到底是什么宝物呢？”

“我也不知道。只有船长晓得。他只告诉我们是宝物。灾难来临后，宝物要现身。”

“你们都听船长的话？”

“铃木知道得最多。对了，你说你会下围棋？”

“是的。”

李铸城流露出一丝羡慕的神色，欲言又止。我吃惊地看了他一眼。他跟其他孩子似乎不太一样，令我想到在世贸中心大楼上帮我和鲁斯记谱的郑奉洪。如同中国，韩国也是有围棋传统的，而且一直是围棋强国。不知不觉，我对李铸城产生了好感。我急切地正准备问他是不是也会下棋，这时，又过来一个孩子，他就是长得像只猿猴、头上有一对犄角的那个西亚人。

“嗨，李铸城，在干吗呢，跟新朋友一块儿看风景哪。”

“这是艾哈迈德，伊朗人。他的外号叫‘鬼角’。”李铸城热情地向我介绍。

“他为什么长成这样？”我问韩国人。

“我这角可有来历咧，是我家族的恩赐。我父母是伊朗的原子能科学家，后来又向朝鲜人学习基因工程技术，进行人体改良，把我弄成了这样。”艾哈迈德摇晃脑袋，粗声粗气地说，那两只角像匕首一样闪出寒光。

“不能锯掉吗？”我问，努力不让心中的害怕流露在脸上。

“锯掉干吗？”他奇怪地看着我，“中国人难道不喜欢有角的生物吗？”

“不，不。我们不搞种族歧视。长成什么样都无所谓。我只是觉得，这样进门出门多不方便啊。哪哪都要挂着绊着。”我张口结舌，不知所云。

“相反，一顶就开了，连手都不用。方便得很哪。”伊朗人爽快地说，低下头，用角在我胸前轻顶一下。

“别怕，他这是表示友好。只有白佬怕这个。”韩国人补充道。

“白种人害怕？”

“对，白佬很怕。他们见了艾哈迈德，就像见了魔鬼，望风而逃。哈哈。”

“我不太明白。”我说。他们使用的是我闻所未闻的语汇。另外，我意识到自己活了十六岁，却对世界上其他的文化并不了解。我承袭了围棋的基因，却不知道，有的外国人却只是对犄角这样的东西感兴趣。这是否比围棋更有实用价值呢？“阿曼多”也好，八一军体大队的老师也好，都没有告诉过我这些。

“噢，是的，白佬，最坏了。”李铸城挥挥拳头。

“不要命的街头流浪者才像我们这样哦。”“鬼角”自豪地说，也摩拳擦掌。

“什么是街头流浪者呢？”我困惑地看着这两个孩子。他们乐了，互相眨巴眼睛。

这时汽笛声鸣响了，像一支多脉冲电子笔尖，生硬地撕破内空间的网膜平衡。船舱里和甲板上传来纷沓凌乱的脚步声。韩国人和伊朗人神情严肃起来。

“出了什么事？”我问。

“噢，新闻发布会要开始了。”

“新闻发布会？”

他们来不及向我解释，便快速向船尾跑去，像两只被食物召唤的家养动物，兴奋不已而又张皇失措。

我逐渐了解到，“诺亚方舟”正沿美国东海岸往南方行驶。这是在大西洋上，距离中国已经相当遥远。回家可不是一件容易的事情。我虽然曾渴望出点儿什么不寻常的事，但一旦真的发生，我却慌了神。

另外，我也没有想过有一天将不能回到中国。

李铸城告诉我，这原本是一艘大型水面拖网渔船，以色列二〇一五年出品，早在淘汰的行列，可是修补一下，凑合着也能用。船上设施还算齐备，有卫星定位仪、震荡式捕鱼具和太阳能收集器，还有自卫用的一架老式火炮、两挺机关枪和一具导弹发射器。

“早期的船员们用这些武器来对付二十一世纪初的加勒比海盗。”韩国人说，“船是我们从废品工厂里偷出来的。”

船已经连续行驶一个多月，来往于内河与沿海。船的形体庞大，有四层楼，还不包括底舱。它使用的是柴油辅助太阳能动力。船员总共六十余名，年龄都跟我差不多。他们聚在一起像是有很长时间了，因此配合还算默契。孩子们的驾船和捕鱼本领都很高超。船上食物充足，大伙儿不吃玛那，而是天天吃鱼。

孩子们全是亚洲人，有的出生于美国，有的是移民来的。按照李铸城的说法，他们集合起来，就是为了寻找宝物。中国血统的人只有苏珊一个。另外还有越南人，伊拉克人，哈萨克斯坦人，马来西亚人，印度人，蒙古人，新加坡人……等等。每一个亚洲的国家，都有至少一个代表。这就好像当初诺亚，他在每种动物中选择一样，带到船上，留作种子。我是唯一来自中国本土的人。我想这是令他们产生新鲜感的缘故吧。最近这些年，很少有中国人能来美国。从他们救我这一点上，我感到他们还算仗义。但他们的怪异举止，又使我忐忑不安。

“诺亚方舟”虽然很旧了，但船体结实，功能齐全。到底是犹太人的作品。它的最高时速能达到二十八节，噪音很低，形状美观。它有时逼近海岸线，有时又深入大洋。船员们都是些驾船好手，勤劳而活跃。他们工作时话语不多，尤其当铃木出现时，大家就变得更加恭

肃沉默。

铃木作为头目，在船上拥有绝对权威。这群人似乎按照一定等级来划分。比如，那个伊朗人“鬼角”，就可以对许多人下达指示，让别的孩子干这干那。他是铃木的心腹。

大概因为我是新上船的，他们对我表面上还算客气，也不叫我干活。只是偶尔韩国人有兴趣了，来教我捕鱼。

他们用磁震荡法捕获各种我叫不上名字的鱼。这些鱼五彩斑斓，好像是龙宫里饲养的宠物，柔美可爱，生动灵异，更适合观赏。但大家吃起来却毫不留情。捕鱼的事儿由韩国人总负责。他属于船员中分管食物这一等级。这使我有些失望。因为我想跟他谈谈围棋，这是我拥有的唯一资本。我长这么大，只会做这一件事情。我知道在韩国会下棋的人很多。李铸城给我的第一感觉，似乎他是懂得围棋的，虽然他出生在美国。但他只是埋头捕鱼，好像鱼儿就是他的人生理想，这使我没有机会询问。我于是也加入捕鱼行列，但我发觉自己在动手能力方面很差。大家用嘲笑的眼光看我。

“你平时大概不怎么干活吧。”穆迪对我说。

“哼，在我们中国，一切都不需要自己动手。有网络啊，有机器人啊。为什么还要自己干呢？”我不服气地说。

“可这是在美国，什么都不能指靠别人。你可得多学着点，不然会吃苦头的。”

“我是来美国下围棋的。我又不准备在这条船上待一辈子。”

“这哪能由得了你呀。”

“不，我要回中国去，我绝不沾染这儿的恶习。”

“什么？恶习？”他哈哈大笑。我的脸发烧了。

不过，细想一下，也许，穆迪说的正是实情。我哪里也去不了。看着无垠的海面，我感到前途渺茫，不禁心生惆怅。此时，荒谬起来的，似乎倒成了我那在彼方的祖国，感觉上，它竟像是不存在了。这样的想法，让我哭笑不得，也惊惧不已。

铃木很少跟我说话。打了照面，也只是莫测高深点点头。一次，我鼓起勇气问他，这船要开到哪里去，他也不回答。我又问别人，都只说前往陆地去寻找宝物。到底什么才是宝物呢？也许，是铃木不准他们告诉我的吧。也许，连他们也不确切知道吧。在中国，我从来没有听说过什么寻宝之类的事情。我们拥有的宝物实在太多了，在地上随便挖一下，都能找到好几件。所有的宝物，都堂而皇之光明正大地在国家的博物馆里展出。这也相衬出美国的可怜与寒酸。

有时我也趴在船舷出神观望，眼巴巴期望海平面上出现中国军舰的桅樯。我曾在上海黄浦江上见过东海舰队的威仪，那是世界上最大的船队，仿佛是郑和复活。现在却一艘也见不着。它们似乎也随着“阿曼多”一起消失了。偶尔远方有船影出现，这时，“诺亚方舟”便掉头往别的方向驶去，像要避开世人的眼目。

但是，就在这不同凡响的大洋上，我目睹了日落和日出，见证了星星和银河，经历了大雨和风暴，看到了无穷无尽的奇观。自然界荡涤了我一度陷于网络泥淖的心灵，压制住了我体内积聚的疯狂力量。北美的绚丽风光，使我感到新异和震撼，暂时忘记了失去“阿曼多”的迷乱和危险。

上船一个星期后，我被允许参加“新闻发布会”。

新闻发布会是上个世纪的事物。当时曾经存在过一种叫作“新闻记者”的职业。现在，借用为船上一种有趣而实用的信息通告制度，暗示着向昔日的回归。这是这些亚洲孩子的发明，而实相世界中是没有的。铃木每两天主持一次会议，时间一般选在傍晚那昏暝晦暗的时刻。内容是向船员们介绍世界各地的最新消息。

我觉得，铃木此时扮演的角色有点儿像信息中间商，但又不同。信息中间商是尽可能把所有信息通过“阿曼多”向客户传送，而铃木是在控制和选择信息。他凭借这份权力，掌控了这艘孤单飘零的船儿。

我注意到，除了铃木，其他人的后脑勺、手腕上、耳旁或胸前都没有镶佩微型网络处理器或类计算机装置。这就是说，铃木之外的其他人是不能切入“阿曼多”的。这种情形我还是第一次见到。以前我只知道，在这颗星球上，谁也不能离开“阿曼多”。“阿曼多”是全球化的，也是个人化的。现在才亲眼见到，实际上很多人活在它之外，从来没有依靠过它。世界早已分解成了许多碎片一般的模式，跟中国人想象中的大一统并不一样。但铃木怎么会拥有这种特权呢？因为日本是一个完全的网络国吗？

铃木准许我参加新闻发布会的消息，是李铸城通知的。或许，这意味着对我的正式承认和接纳吧。

记得那天的新闻发布会在后舱的餐厅进行。这是许多时日来，我第一次有机会获知外界的信息。这令我重新振奋。

除了值班船员，所有人都被要求参加会议。大家规规矩矩坐好，然后，铃木清清嗓子，开始主旨发言。

“网络仍然陷于混乱之中。整个梦幻世界有崩溃的可能。‘阿曼多’提供的情报是断断续续的，但我仍然从中分析出了确切信息。这里简单向大家通报一下吧。”

他从国外的情况讲起，首先说到了日本：

“有人说日本完了。呸，简直是胡说八道。我从‘阿曼多’第七十七号节点得到准确消息，大竹首相正率领民众，齐心协力抗击灾难。我们的技术人员正在抢修‘阿曼多’受损的部分，避免它崩溃。请放心，日本还会继续在网络上存在下去。我们不用害怕地震，不用害怕洪水。我们也不用忧虑领土问题。如今，我们国家拥有一千个尖阁群岛。”他得意地瞟了我一眼，“而且，还要告诉你们的是，我们的‘樱花’号太空城运转良好。我们日本人从来就是富有远见的民族，率先建造了太空城，还怕什么洪水呢。如果‘阿曼多’万一真的不行了，我们就集体移民到太空，去那儿建造新世界。当然了，要带着宝物哟！”

伊朗人带头拍起巴掌。大家都跟着热烈鼓掌。

铃木摇头晃脑吟唱起来：

“有国名曰日本岛，飞向太空成了鸟。今朝何必愁明日，一切早已知晓了。”

然后，他讲到亚洲其他一些国家。

“像越南和马来西亚，也都保持着稳定。哈萨克斯坦本来就不太依靠‘阿曼多’嘛，受的损失不大。伊朗和伊拉克的情况也还好。”

接着他提到了跟我有关的：“啊，怎么忘了中国？我们来了一位中国朋友。我们应该说说中国的事儿。但是，可惜的是，不能接收到来自中国的任何信息。”

“中国出什么事啦？”我着急问。

“谁知道呢？那里成了一个黑洞！也许，中国境内的网络已全部毁坏？美国恐怖分子正在进攻香港和台湾？中国是一个最好的目标。

听说，那里什么都有呀，女人穿金戴银，男人腰缠万贯。真是可惜呀。白佬该称心了，他们早就巴望中国出事了。”

他讲这个时，幸灾乐祸地瞅着我。我十分气恼，却不敢表露或发作。

他又稍微提了一下欧洲、拉美、非洲和澳洲。他说，这些地区都陷入了恐慌。

然后是美国。

“大水已经淹没至少六座城市。白佬正像疯狗一样四处逃命。可是他们能逃到哪里去呢？网上的虚拟人报告说，他们要逃到底特律和达拉斯！可笑，都是些什么破地方呀。是宇宙的垃圾堆，是早被遗弃了的鬼城！他们逃到这样的城市，不是自取灭亡么？美国人的脑子已经被搞坏了，他们就是一群猪！”

孩子们又长时间鼓掌，并喊起口号：

“他们无处可逃！”

“他们要完蛋了！”

“坚决打倒白佬！”

“彻底消灭白佬！”

铃木又道：“美国总统也一筹莫展。那个娘们儿，躲起来了。因为人们要她对事态负全责。而她是负不起责的。她只能对自己负责。不，她连自己的责也负不了。美国这个国家快要全面破产了。好了。现在谈谈宝物。宝物又有了新线索。根据已知迹象判断，它就在东海岸的一座城中。”

大家又欢呼一阵。随后，会议便在群情激昂中结束了。

我问李铸城：“你们就是通过铃木，才知道世界上发生了什么吗？”

他说："难道还有别的办法吗？只有他能获得信息呀。"

"每个人都应该有一个微型处理器，与'阿曼多'相连。这你知道吗？"

"有这等事吗？"他惊诧了。

"千真万确！否则，你就是生活在梦幻社会之外了。可惜，我的丢失了。"我给他看了看我脑后的空洞。

他疑惑地凑近看了一下，惊惧地愣住，转而又情不由衷地笑道："就算你说的是真，我们也不用这种东西。铃木说，用多了，它会使人变傻。而且，我们不需要那么多信息。过量的信息把脑子污染了，使人变成文盲，还浪费大家的时间。白佬就是这样被毁掉的。现在'阿曼多'瘫痪了，我们幸亏没有用那玩意儿，所以我们才活了下来。"

"可是，铃木不是用它么？瞧他耳后的那个小薄片。他就是用它来切入网络的，来向你们说这说那的。要是大家都能联网，他就不会这么嚣张了。'阿曼多'前人人平等。"

"只需要铃木跟'阿曼多'保持联络，就足够了。本来他也不想这么做的。但因为日本本身是一个网络国，比较有经验，他就担负起了这个责任。这也是迫不得已呀。他为我们做出了牺牲。我们不需要每个人都获得那么多的信息，有一个负责任的人把事情管起来，大家都听他的，照他说的去做，这就够了。"

"但怎么能相信他说的是真的呢？"

"他是船长，当然要讲实话。"

"可是你们怎么知道是实话呢？"

"我们为什么一定要知道呢？"

我语塞了。韩国人提出了一个重大问题。我们为什么一定要知道呢？是的，如果我们不知道，那不也是一种幸福吗？那样的话，我就不会为眼下的处境难过了——因为它并不一定真实。可是，在国内的时候，我根本没有想过这个问题。我承认韩国人说得有道理。包括“有一个负责任的人把事情管起来，大家都听他的，照他说的去做，这就够了”，我平时不也是由国家给管了起来，什么都受国家的安排、都听国家的吗？我仿佛受到了震撼和挫折，有些把持不住，便换个话题：

“那么，你们不跟家里联络么？”

“我们都是孤儿。我们的父母不在人世了。我们到处流浪。”

“对不起。”又一次，我有些尴尬地想到了杨阿妹和唐平平。

“白佬杀死了我们的亲人。现在，他们遭报应了！”韩国人两眼喷射出飞蛾扑火般的华光。

我注意到，船上到处是孩子们的涂鸦，画着白人被绑住，白人被绞死，白人的住宅被焚烧，白人的汽车被砸坏，以及其他诸如此类的场景。

他们有时在甲板上一边晒太阳，一边讨论将来要由亚洲人来治理美国。说得高兴了，便端起枪，朝着天空一阵乱射。

这艘古怪的船儿和这群异样的孩子令我感到不安，却又有一种隐然的冲动。他们的生活与围棋手的生活完全不一样，但这是否就是我曾经渴望的新生活呢？不知道。我只能盼望，一旦有了机会，便要离开“诺亚方舟”，去寻找我的同胞，争取早日回国。另外，我对所谓的宝物也没有兴趣。我不相信历史短暂的美国能有什么宝物。

但这样做是困难的。游泳逃跑是绝对不可能的。何况我不会游泳。即便会游泳，在茫茫大海中也一定会被淹死。船上有两只救生筏，要解开来逃走，需要一定时间，肯定会被孩子们发现。另外，就算到了海上，我也不辨方向，找不到祖国在哪里。

我盼望与别的船遭遇。但是孩子们这艘船行踪诡秘，它总像是在有意绕开正常航线。偶尔前方海平面上出现船影，铃木只要一发现，便神情紧张地指挥“诺亚方舟”掉头驶离。那么，也许真的只有等到登陆后再说了。

我意识到自己正在越来越多考虑这些实相中的名词和称谓。这意味着自己整个人正在发生变化。我不知道这种变化将带来什么。这使我既神往而又悲怆。

我担心铃木会来胁迫我做什么。他率领的，是一个有组织的团伙，似乎具有一种邪恶的性质。从铃木的态度上看，他必要驱使我去干我不愿干的事，这是迟早的，他不会让我这样闲着。如果他要让我去杀白人，我能下得了手吗？但我作为一名棋手，没有丝毫对付和抗拒的办法，只能被动等待下去。

很快，真的出事了。

这天晚上，我刚睡着，忽然被巨大的机械声音惊醒。那异响来自附近海面。很快，甲板上传来船员们的脚步声和尖叫声。我正准备出去，铃木扭曲的脸庞却出现在门口。他伸手阻止了我：

“中国人，你是想逃跑吗？待着别动！”

海上的“呜呜”声像是另一艘船发出的。它好像正行驶在“诺亚方舟”右舷。探照灯把我们的甲板照得雪亮，人影毕鉴。我意识到，铃木一伙终于被发现了。

“对面的船只请注意！对面的船只请注意！我们是美国东海岸水灾救援队。有通报说从纽约驶出一艘难民船，我们一直在寻找你们！

好家伙，真难找！网络不灵了就是不行啊。我们是来救你们回家的，请告知你们的人数，还有身体、食物和水的状况！”对面有人用扩音器喊叫。

我透过窗户看去，见孩子们不知所措，很多人面露惊惶。

这时，铃木声音颤抖着说：“对不起，我们不是难民。我们是准备去南方上学的学生。我们食物充足，精神饱满，我们有自己的航线，不想跟你们走。”

对面的人说：“开什么玩笑啊。我已看见你们是一群孩子。你们的父母大概主动牺牲了自己，才使你们有机会逃命的吧。你们怎么能说出这样不负责的话呢？我们是来救你们的呀。这场灾害中，已经死了太多人。”

铃木顶着压力重复：“我们食物充足，精神饱满，有自己的航线。”在灯光中，我看见他的眼神中含有尖锐的敌意和恐惧。

“可怜的孩子们，是被灾难吓坏了吧。请放心，我们不是恐怖分子。”对面船上的人和蔼地说。

“不，我们不去！”

“你们不是难民么？请跟我们走吧！”

救援船又接近了一些，与舷平行。现在看清了，是一艘大型水效器，有半个篮球场那么大。船员们走上甲板，朝这边看。都是白人。孩子们更紧张了，敌意也更明显。我有要出事的预感，全身皮肤一阵收缩。

这时，对方终于看清了我们。有人大笑：“啊，啊，原来是一群黄鬼。我说怎么这么犟呢。行啊，你们要真觉得自己不是难民，想在海上兜风玩儿，就随你们便吧。要死要活都由你们。要救的人还有很多呢。”

说话间，水效器就要腾飞着离开。我知道这是逃走的唯一的机会，猛冲出去，大喊：“不要走，船上有难民！我是中国人，我是围棋手！我有父母，我要回家！”

苏珊猛地拽住我。铃木冲过来抽了我一个嘴巴，又把我的嘴捂住。又有几个孩子把我按倒。这时，水效器发现有动静，掉头回来了。

“开火！”

铃木发出一声沉闷的尖叫，给人冷酷和残暴的感觉。我看见船头喷出一道火光。“鬼角”在操纵那个导弹发射器。他好像早已做好准备。火光掠过水效器的前沿，使它醉汉般摇晃了一下。紧跟着，第二道火光准确击中了水效器的气泡舱。爆炸产生的冲击波几乎把我抛进海里。一些碎片飞来，打伤了铃木的几名手下。水效器迅速变成一个火球，贴近海面发生更大的爆炸。上面的乘员弹飞出去，“扑通”“扑通”栽入海中。

铃木松开我，掏出一支激光枪。其他人也端起激光枪或冲锋枪。他们朝水中扑腾的白人射击。那些人猝不及防，凄惨大叫，但没有一点用处。这样的射击就像打靶玩儿一样。铃木和船员们松弛下来，刹那间，每个人变得兴奋异常。他们整齐地跺脚并叫喊，嘎嘎大笑。尤其“鬼角”，拿着一支硕大无朋的连发枪，龇着牙齿，凶猛射击。李铸城和苏珊也加入了。

我感到恐怖。然而，体内的张力又复袭来，好像在抬举我飘然上升，离开甲板。我似若浮在半空中，看到子弹或光束打中了水面的人体，令他们肉浆迸发。我在惧悚中，不禁血脉贲张，呼吸急促，难以自抑。我又想到在国内看京戏的情形。“锵锵锵锵”，不就是这种感觉吗？有一刻，我闭上眼，幻想射击的人是我。可是，我知道自己没有这样的勇气和能力。我虽然受过军人的培训，却只会在围棋盘上厮杀。但是，以后呢？

待我睁开眼，看到乘水效器而来的白人船员已被悉数打死。他们残缺不全的尸体在波涛间蠕动，像一只只赤黑的废物袋，间杂盘卷着金色的毛发。

这时，火星又出现了，冷傲地高高悬挂，赤色的光芒照射在尸身上，灿然而发腻，又沾染血色，如同浸满油脂的塑料薄膜。水效器的碎片在变红的水面漂浮，像在无声感慨人世的无常。

“可惜，靶子太少啦。”

铃木望了一眼火星，收起枪，兴犹未已说。他的表情，怎么也不像一个十几岁的少年。他自得其乐一会儿，转过头来对我说：

“现在轮到你了。”

由于我企图逃跑，铃木宣布要对我进行惩罚。不由分说，一声令下，我被捆绑在了船中部的桅杆上。铃木和几名船员搬了椅子，坐在我对面的甲板，兴味盎然打量我。我又有了看戏的感觉，只是这回我是演员，被请到了舞台中央。

海水的喧哗此时变得格外可怕，低沉而缓慢地发出咆哮。我从来没有听闻过如此阴晦凶险的声音。火星的焰色浇注在头顶，也是冰凉如雪水的感觉。这是死亡的光芒，没有一丝一毫的掩饰。被这光焰掀动，船儿不断摇晃，似乎即刻就要倾覆。我呕吐了好几次。不仅仅因为晕船，还是恐惧的缘故。我已深深知晓，这帮孩子能够做出什么事来。肚子又疼了。

他们坐得十分奇怪，摆成一个飞机一样的阵式。铃木坐在相当于驾驶舱的位置。机头处坐着伊朗人，机尾是哈萨克斯坦人，机翼的位置分别还有四个孩子。铃木发布命令，让“诺亚方舟”驶离这片海域，并采取隐蔽措施，以躲开白人追踪。然后他高声宣布：

“现在，我们要玩一个传统的中国游戏，来招待尊贵的中国客人。唐龙啊，先向你介绍一下吧，我前面坐的这位是‘清官’，我后面坐的是‘奸臣’。我左右的呢，是‘打手’和‘陪客’。我自然是‘皇帝’了。如果你明白了，我们现在就开始吧。”

“清官”请示铃木后，便叫了升堂。“奸臣”对“皇帝”耳语几句什么。“皇帝”点点头，便把命令下达给“清官”。“清官”宣布：

“打手上前。”

两个“打手”走到我的两侧，装出恶狠狠的样子。这时，“奸臣”又对“皇帝”小声说了几句。“皇帝”又把“奸臣”出的主意传达给“清官”。“清官”说：“是！”又大声说：“打他耳光！”

“打手”听令，一边一个扇我的耳光。我大叫不止，泪水淌落。我这是第一次被人这么欺凌。我是中国的围棋国手，受着亿万民众的爱戴。杨阿妹和唐平平虽然严厉，平时却也对我毕恭毕敬，从来不敢动我一下。此时，除了疼痛难忍，我更觉无比屈辱。

“快把我放开！快把我放开！”我挣扎着朝铃木大叫。

他不理我，只是瞅着我奸笑，就好像观看一只虫子被碾踏。

在船员们的叫好声中，我几乎晕过去。我却情不自禁开始了奇异的思忖：这究竟是一种什么中国游戏呢？我怎么没有听说过啊？“阿曼多”的记忆库中似乎也没有这方面的信息储备。但是，它竟然存在于美国的实相社会中，被一帮亚裔孩子习得。这似是与围棋平行不悖的、却又完全相左的另一种文化习俗。我真是孤陋寡闻。

不知过了多久，才听“清官”发出命令：“停。”“打手”歇下了，规矩站好，抄着双手，等待下一道“圣旨”。

“奸臣”又对“皇帝”耳语几句。“皇帝”又对“清官”下达新命令。“清官”扯着嗓子喊：“鞭挞。”

“打手”拿来两根麻绳，左一下、右一下把我狠抽一顿。这次我真的痛昏了过去，直到“清官”再次喊停，用冷冽的海水把我浇醒。

第三道“圣旨”是“拳击”。两名“打手”朝我胸口和腹部猛擂。我痛得大叫，觉得骨头都要断裂。

紧接着是“折翅”“跪铁”“上吊”……我的身体变成一块积木，被百转千叠，去奉迎铃木设计出来的各种刑罚。

“你赶紧求饶吧。”“清官”说，“这是‘皇帝’的旨意。”

我痛彻心腑，知道“求饶”意味着什么。我几乎就要开口央告铃木了。但这时我又一次记起自己是中国的围棋国手，虽然此时只剩下我一人了，但我怎么能向日本人求饶呢！在棋赛中，日本是中国的手下败将。我回忆起八一军体大队老师的教导：“在棋盘上，任何时候也不能屈服。不到最后关头，绝不放弃。”何况，求饶也不会有好结果。铃木在今晚说不定就要弄死我。我已知道，这帮孩子杀人如同儿戏。我刚才已看见他们像捕杀鲸鱼一样射死白人。他们把我从水中打捞出来，不过是等着此刻戏弄和虐玩我吧。我又变得绝望，心想，与其这样痛苦而屈辱地死去，还不如当初在洪水中淹死呢。我第一次想到，这是不是围棋给我带来的灾难呢？我试图反抗却心灰意冷，不敢想下去。

在惩罚我的过程中，铃木始终保持着轻松惬意的笑容。两名“陪客”则做出打扇子的模样，谄媚地挥动手掌，为他送去凉风。其他几十名孩子聚拢在周围看热闹，圆睁眼睛，认真观摩，乐不可支。似乎，他们很熟悉这套游戏程序。

只有苏珊看不下去，从人群中走出来，站到铃木身前，说："够了够了。你这种玩法又没有新意。适可而止吧。他是一个下棋的中国人。干吗这么欺负他。"我听出她的声音因为害怕在颤抖。

铃木冷酷地扭头对她说："你还想看什么新花样？我都可以为你发明出来的，日本人可是擅长继承和创新哟。"

苏珊紧绷脸，啐了一声："我什么都不想看。你放了他吧。当初为什么要救他呢？"

铃木和苏珊紧紧对视。半晌，铃木有些悻悻，把目光移开，没有再理睬她。苏珊甩身走回船舱。铃木又扭头死死看着她的背影。其他孩子都不知说什么好。气氛僵硬。韩国人李铸城目不转睛注视我，咋了咋舌，显出一副无奈的样子。

也许是被苏珊扫了兴，过了一会儿，铃木好像玩腻了。他乏味地说："把这小子扔回牢里吧。"

"退堂"之后，我被两个"打手"拖回舱中。他们走后，我号啕大哭起来。疼痛和屈辱的感觉使我想自杀。记忆中，我从没受过这样的伤害。在国内，我是"龙子"，是千万富翁，受到无上尊敬。即便在美国，在大水围困的世贸中心楼上，也还是处处受保护。没有想到，在二〇六六年，一个中国人，竟被人欺负到这样的程度。

是谁应该受到诅咒呢？是这铃木？是美国？是围棋？还是"阿曼多"？网络没有告诉过我，人世间还有这样的苦痛，人活着是为了承受磨难。它瘫痪得太是时候了。

更让人不安的是，我对中国的感觉此时复杂起来。是中国派遣我来拯救美国的，那么，难道不可以说，现在，也是中国把我抛弃了吗？

谁又来拯救我呢？关于为什么我会碰巧生为中国人的困惑，再度浮现在脑海中。归根到底，我之所以成为中国人，不过是茫茫宇宙中的一个偶然啊。然而，随后发生的一切，却都因为我成了一个中国人。这个身份把什么都决定了。我还没有降临这世上，就连基因都由国家的试管科学家给选择好了，因此，这难道又不是命定的吗？这些苦难，不也是国家早就安排好了的吗？……中国，以前在我眼中，是一个特定的、不变的形象，它总是那么伟大、宽厚、慈善、周详。我从来没有想过，它在别人眼中会有多少种形象。我没有想过美国人怎么看中国。但是现在，我才知道，国家是一个多面体，它不取决于它本身，而取决于它在别人眼中是个什么样子。这与电子和数字构成的世界大不相同。因此，无论拥有多么了不起的智力，“阿曼多”也是无法与人类社会兼容的，人类与它的冲突必然发生。

然后，我痛得再度昏了过去。

又不知过了多久，一阵微微的响动把我惊醒。门开了，有人悄悄走进来。

是苏珊。我有些意外。

“你怎么样？”她面露关切，又有些畏怯。

我觉得，她似乎是克服了内心的矛盾才来的。我想到，我受刑时，是她阻止了铃木，若不是她站出来，我说不定已被刑讯而死了。我不禁为之动容。

“浑身疼得要命啊。从小到大，我都没挨过打。”我的眼泪再一次不争气地流下来。

“对不起。忍耐一会儿吧，很快会好的。”

她抬手为我擦了擦眼泪，又从怀里取出一个小药瓶，对准我的伤口喷了几下。好像是止痛剂。撕心裂肺的疼痛立时减轻不少。

“你可别跟别人说啊。”她说，“铃木不知道我来看你。”

“铃木这个王八蛋！我饶不了他的。”

“你不要这样说。在这儿，你斗他不过。我们要活下去，要找到宝物，还得靠他拿主意呢。”

苏珊匆匆说完，把药瓶留下，便要离去。

我忙道：“等一下，我有话问你。”

她停下，回转头：“什么事？说吧，快点。”

“你为什么要给我送药来？”我尽量让自己板着脸。

“我看你多可怜呀。那么疼……”

“可怜中国人吗？哼。你们其实内心里憎恨中国人吧。”我有些言不由衷。

“说什么呀，不是你想的那样。我也是中国人的后代呢……喂，你没有别的事吧？我要走了。”她又往门口退去，一副害怕被人撞见的样子。

“我还有话呢。你们到底是什么人？”

“你以后会知道的。”

“不，你现在就得给我讲。”

我猛地挣起身，一把抓住她的手。

“放开啊。”

她红着脸，恼怒地低声叫。但我决定不松开。

“好吧。”她犹豫着说，“可能你已经知道了，我们是一群孤儿。父母都死得很早。他们是被白人杀死的。白人觉得我们对他们构成了威胁。他们说我们不是真心融入美国文化，却是这个国家的颠覆者。他们想改变我们，或者干脆排挤掉我们，把美国整成一个种族单一的国家，就像他们对黑人做的基因改造那样。白人骨子里就有顽固的排外情结，不愿意接受跟他们不一样的人和想法。很早以前就有人说过，每个白人都有变成魔鬼的可能性。只是从前生活还好的时候，他们的禀性被掩饰起来。我们也被欺骗了。现在，总爆发了，情势急转而下。我们只好聚拢一处，既是为了保护自己，好好活下去，也是要跟白人对着干，给他们找麻烦，让他们吃苦头。就是这样的。现在，你可以松手了。”

我放开她，不禁为自己刚才的行为而吃惊。

“没想到白人这么狠啊。”

“很长一段时间，美国人都在说亚洲人占了他们的地盘，抢了他们的饭碗，毁了他们的未来。而这都是中国在后面支使的。中国有一个很大的阴谋，就是想要灭掉美国。白人眼中的亚洲人，都像是中国人。他们觉得，两千年前的秦始皇，跟《亚洲周刊》上的财富五十强，跟那些黄肤黑发的房地产大亨、石油大亨和电信大亨，没什么两样。你知道二〇五八年的全美族裔冲突事件吧？我的父母就是在那场暴乱中死去的，虽然，我的祖辈早已取得美国籍。那场灾难中，还有好多韩国血统、日本血统、越南血统、缅甸血统的人死了。我忘不了这个，老是做噩梦。”

我想起大水中，站在房顶上朝我扔石头的白人。他们想杀死我。另外，昨晚那艘水效器上的白人，一看见这些孩子是亚裔，便不打算救援了，马上转身便走。然而，考克斯呢？他不也是白人吗？他曾奋不顾身保护我们。但他心里一定也很纠结吧。

“白人是怎么变得这样坏的呢？”

“我也说不清楚。也许，他们本性就是这样的吧。生活还富裕的时候，他们就把坏的一面掩藏起来，个个装正人君子，满嘴仁义道德、正义公平，尽在粉饰他们做的坏事。其实根本是伪善。他们敏感而脆弱。他们的面子观太强。”

“可是，你们……铃木也不怎么样啊。”我又想起他昨晚率人揍我的一幕，“你不觉得，他才是欺负人吗？”

“他毕竟没有杀你啊。他只是喜欢玩耍。”

“是玩耍么？”

“是的。”苏珊犹豫一下，“不管怎样，我们是亚洲人。你得适应这个。你哪儿也去不了。”

她这么一说，我的伤口又疼痛起来。苏珊“哎呀”一声，又俯身为我喷了一些药。我看着她垂到我眼前的香喷喷的长发，心情有些激动，说：

“你们跟白人——而且他们是大人——这样干仗，不觉得危险吗？”

“习惯了。我们的武器不是吃素的。”

“为什么不让我走呢？”

“我们这里还没有真正的中国人呢。也许，铃木想让你留下来，让你告诉我们，中国人是怎样打败白人的。日本在上个世纪曾经试过跟他们干，但因为没有做好充分准备，就失败了。据说现在白人都最怕中国人。”

我咧嘴笑笑。灾难之后，我发现自己更喜欢听人夸赞中国了。但我知道，很多事情其实并不是那样。我不知道如何在实相世界中杀死白人。我也不知道围棋在此时能做什么。我更不相信铃木会让我传授我掌握的经验。这时，苏珊脸上忽然流露出仰慕的神情。我怀疑她身上某些与我相似的基因被某种苏醒过来的力量调动了，正在起劲地试图表达一点儿什么。我愈发坐立不安，不知应对。

“是铃木这样认为的吗？”我只好问。

“我们都这样认为。”

“我可不想加入你们一伙。”

“铃木想做的，没有人能违抗。”

“铃木如此厉害呀。”

“他知道的事儿多。大家都服从他，都听他话。”

我想她指的是新闻发布会。韩国人也这么说过。铃木控制了信息。他就是“阿曼多”在船上的代理人。

“你是被他强迫入伙的吧？”我问。

“我是自愿的。不是说了，我要为父母报仇嘛。”她咬牙切齿道。

“你报了吗？”

“还没有。我没有找到杀害我父母的凶手。但我杀死了别的白佬。白佬都一样坏。全他妈该死！”

苏珊脸上一下浮现出凶戾之气。我惊悚地往后缩缩身体，眼前又出现孩子们朝水效器疯狂射击的情形。我有些紧张。我偷偷打量面前的女孩，这时，她又平静下来。她怎么看都不像个杀人犯。苏珊长得分外美丽。她有一张跟唐蛟一样纯真的面孔。我一点也不觉得她杀过人。看上去，她甚至连一只小动物也舍不得杀害。

她缓缓地把一只手放在我的肩上，说：“你别害怕，我们不是坏人。至少，我们比白佬好多了。”

“我希望如此。另外，今天用来对付我的，真是中国刑罚吗？”

“我也不知道。铃木说是就是吧。可能是早先从中国传去的。日本不是受中国文化影响挺大吗？铃木总能知道许多旧时的东西，有的可能连中国人自己都忘记了。”

“真是没有想到，在美国竟然领受了中国的刑罚。唉。反正，我不能再跟你们在一起。我要回家。”

“你的家在中国哪个地方？”

“上海啊。”

苏珊听了，流露出向往之情，又略带感伤。

“听说，我的祖先，便是从上海青浦移民到美国的。那是老早的事了，距今正好有两百年。”她说。

“那我们还是老乡呢。”我心忖，两个世纪前的上海，似乎已经开放为对外通商口岸了，而它不久后迎来了另一场变故，开启了新的历史。“阿曼多”那里有这样的集体记忆。

“怪不得见你第一面便有亲切感。原来如此。”

“你回过上海吗？”

“没有。这怎么可能？美国对出国限制很严。你听说过‘思想毒’吧？”

“我知道。一个南美人发明的，影响人的神经系统，可以让信念分分钟崩溃。”

“美国政府害怕国民被毒化，所以禁止我们与外国人接触。但我在图片上见过上海。真是一座迷人的城市。女孩子们穿得好时髦，男孩子都像你一样帅！”

“那是当然！中国最值得骄傲的历史，起源于上海，它是东方海洋上的一座灯塔。这座城市的崛起，就是为着今天的时代而奠基的……”我自豪地说。

“听说它曾经也是一座‘罪恶之城’，跟纽约一样……”

“哦，你说的那早了，是在殖民时期，上海夜总会自夸拥有世界上最大的酒吧，但中国人不许进入，除非作为侍者。无人管束的卖淫、赌博和犯罪，以及来自世界所有民族的四海为家者，使上海成为蔑视道德者的乐园。那时，上海存在两个不同的世界……”

不知为什么，我的头脑里沉渣般泛起这样的知识，那是儿时接受爱国教育时由“阿曼多”种下的。伤口的疼痛渐渐缓和了。我想跟苏珊多谈谈上海，她却忧虑地说：“不行，不行。不知不觉，跟你一起待了这么久。我得走了。铃木要知道，可不得了。”

说完，不等我再说什么，她便轻盈地溜了出去。房间里留下一股少女的幽香，弄得我头晕心乱，久久无法平息。

惩罚我后，铃木再见到我，都十分得意的样子，扬起下巴，直吹口哨。他喜欢吹口哨，吹得也很棒。据韩国人说，他吹的都是上个世纪流行过的日本曲目，比如《舰队进行曲》之类。

铃木住在顶舱一个单人房中。别人未经允许，不能进去。那里离卫星天线最近。铃木的国家就存在于网络上，铃木在那儿还有一个化身。现任日本首相大竹是一个虚拟人。分布在世界各地的日本人通过网络，保持着文化的同一性。另外，还有少数属于精英阶层的日本人居住在“樱花”号太空城中。他们正准备在那里重建未来的日本。今后的日本人将逐渐演化为宇宙人，在太空中拥有自己的新岛屿。

可以说，目前，铃木是对“阿曼多”最关注的人。“阿曼多”的瘫痪，对他的影响应该最大吧。如果作为网络国的日本消失了，太空城又能住下多少人呢？

苏珊和李铸城告诉了我另一些有关铃木的事情。

铃木是两岁时随家庭来到美国的。他的父母是奈良的能乐演员，日本沉没后，便在世界各地卖艺为生。他们把美国选作目的地，是希望在这儿把铃木培养成一个杰出的人，将来有机会去到“樱花”号太空城定居。他们很早就相信，美国文化是世界上最好的，只有美国才能救日本。但这个梦想很快破灭了。因为美国并不若他们想象的那样美好。这里，一切是不平等的。如果有钱，又是白人，则什么事都好办；没有钱，又是新移民，便寸步难行。美国经济萧条之后，亚洲人因为平均教育水平较高，收入也比一般美国人多，更是备受嫉妒和排挤。铃木父母不会说英语，只能待在日本人的社区，连生存都很难，哪里还谈得上对孩子进行良好的教育呢。

铃木打小就在街头流浪。他八岁时，父母在暴力事件中死亡。不久后，铃木加入了缅因州的亚裔反信息黑帮“A”组织。在“A”组织遭到白人势力沉重打击之后，他带着一帮孩子逃出来，在美国各地流浪，伺机向白人报复。随着人数的增加，他给自己的组织起了个名字叫“铃木军团”。骨干成员已换了好几批，船上这一群，是最新一伙。最近，他们开始向东部转移，目标是寻找一样宝物。这种宝物到底是什么，只有铃木知道。据说它具有巨大的魔力，可以改变整个世界。在确认它的藏匿地点前，不能泄露其详情。

对于宝物，我表示怀疑。但苏珊和李铸城都深信不疑。

“诺亚方舟”号不停在海上转来转去，一会儿向南，一会儿向北。一周后，出现了接近陆地的迹象。

李铸城告诉我：“很快就要下船了。”

“下船？”

“是的，我们找到宝物的所在地了。它就藏匿在陆上的这座城市中。它将给世界带来新的希望。”

不久，便远远看见了那座磷光闪闪的城市。李铸城告诉我它名叫波士顿，其实离纽约并不太远。但因为我们老在海上来回打转，所以直到现在才到达它的附近。这时距洪水的发生已有半个多月。远远看去，城中高楼林立，但一片死寂。

下船前，铃木召集了又一次新闻发布会。

“我们就要到达目的地。十分抱歉，我直到现在才确定宝物在这里。因为我不得不分析‘阿曼多’提供的资料。你们知道，现在‘阿曼多’已经不太灵光了。它的反应越来越慢，并随时可能中断，真担心它就要死去啊。那将是一件特别悲惨的事情。不过，我们幸好在它的生命结束之前找到了需要的东西。”

大家屏住呼吸听铃木说。铃木停顿一下，脸上流露出似欢笑又若痛苦的表情，冷冷环视一圈，一字一句说：

“现在，我要郑重宣布，那件宝物，就是灵杖。”

大家欢呼起来，只有我一片茫然。

李铸城小声告诉我：“我也才刚刚知道。灵杖是中央情报局和五角大楼早年秘密研制的一件仪器。它能准确预测未来。谁得到它，谁就知道世界今后会怎样了，兴衰存亡都能提前掌握，便不用害怕未来的灾难了。但无人知晓它的研制基地在哪里。前些时候传说，由于美国发生混乱，灵杖没人管理，它丢失了。美国人也好，墨西哥人也好，好些个帮派都在寻找它。铃木真伟大，原来，他带领我们找的是这件宝物啊！”

洲定居下来。严格来讲，是亚洲人最先发现的美洲。美洲是亚洲人的殖民地。

甚至，就连非洲也是亚洲的延伸。一八六九年苏伊士运河修成以前，亚洲和非洲是紧紧连在一起的。非洲是亚洲的一个附件。

本星球的制高点在亚洲，这就是喜马拉雅山脉的珠穆朗玛峰。它海拔超过八千八百米。在这种高度，空气十分稀薄，气候变幻无常，因此攀登是非常困难的。全世界的人都以能登上这座高峰为荣。

世界上最主要的宗教起源于亚洲。佛教起源于印度，基督教起源于巴勒斯坦，伊斯兰教起源于阿拉伯。整个地球沐浴着亚洲的神光。全世界的人都来到亚洲朝圣。

亚洲还是世界上人口最多的洲。世界人口有一半是亚洲人。亚洲人最聪明、最勤劳。要是没有亚洲人的贡献，这颗星球早就完蛋了。

若说有世界之心，那它在亚洲。

日本是亚洲最优秀的国家，它忠实继承了亚洲的精神，复兴并发扬了亚洲文化，率先领导了亚洲的发展，并带头抵抗白人的侵略。亚洲受白人欺负有几百年了。遗憾的是亚洲从来没有团结起来。所以它需要强大统一的领导。

亚洲之心在日本——而不是在中国或印度。这是要被重新发现和证实的。特别是，在未来的某个日子里，通过“樱花”号太空城，日本人将代表人类跟先进的外星人进行第一次接触，掌握最高超的科技和文化。

“亚洲将统治世界！我们要再展雄风！”铃木把双手举过头顶，机械地挥动拳头，大喊大叫，仿佛要跟躲藏在空气中的白人做一场生死搏斗。他这副尊容，就好像自己做了“亚洲国”的皇帝。

“鬼角”带着孩子们纵声高唱：“噢，噢，亚洲雄风震天吼、震天吼！”又呼喊口号：“我们热爱日本！我们拥护铃木！”

这欢呼声使我不悦。自小接受的教育告诉我，日本是亚洲的侵略者和杀戮者。日本上个世纪或许是——否则原子弹不会投到它那儿——但现在却绝不是什么“亚洲之心”。日本早已衰落，甚至从实相世界彻底消失了。中国取而代之。但我此刻却不敢向这些生活在“阿曼多”之外的孩子们指出这个事实。我不想再自讨苦吃。我只好安慰自己，如果没有洪水，如果便衣在身旁，如果我以世界冠军的身份出现在这条船上，他们也许会呼喊“热爱中国、拥护唐龙”的吧。铃木的确险恶。他救了我，大概是为了找一个强者作为陪衬，这样就会愈显他的了不起哟。

在二〇六六年，中国是世界上最强大的国家。这种事情，树大招风，引起一些国家的效仿，也招致一些国家的嫉妒，也在情理之中。所以，铃木才带了孩子们修理我吧。在这艘船上，日本似乎重新拥有了战胜中国的把握。于是，铃木整天意得志满。所以，发生的这一连串事情，并不仅限于白种人与黄种人之间的纠葛。但我当时只有十六岁，其实想不太明白这里面的奥妙。

不过，还是走着瞧吧。我不服气地想。你们虽是亚洲人，却谁也没有去过中国，这算什么呢？它完全不是你们想象的那样。如果真的见到它，会吓你们一大跳。中国会原谅你们的错误观念的。

但中国现在究竟怎样了呢？铃木没有说，我什么也不知道。

在大家的欢呼声中，陆地近在咫尺了，它就像一只稳稳托起苍穹的巨龟。波士顿的防波堤及城门，闪亮地历历在目了。啊，这座城竟然没有遭到洪水的袭击吗？

眼瞅着陆地一分分变大，我一会儿满怀期盼，一会儿又感到绝望。

少年乐园

早上，薄雾还没有散去，我们已经接近了波士顿外城第八号城门。城门上装饰着金黄色的琉璃瓦，飞檐像箭镞一样高蹿着突起，屋脊上蹲伏了一排排模样怪异的石兽，看上去倒是挺像中国的古镇。为什么美国人要把他们的城门设计成这种样子呢？是否与传说中的唐人街具有某种关联？我百思不得其解，觉得眼前的美国与遥远的中国，竟然呈现出一种异形同构，这未免奇妙。这使得波士顿这座历史文化名城笼罩在一层诡幻莫测的气氛中，勾引出我愈强的好奇心。对于上陆，我才不那么畏惧了。

通过第八号城门，我们的船舶就进入到内河。一路稳当行进，没有受到干扰，两岸连一个人影也见不着，船舷激荡起清明的微波，显得世界是那样的平和，好像什么事也不曾发生。但谁知道幽隐的水下潜藏着什么呢？有水鬼吗？真担心忽然伸出一只手，把我们拉下去。但不久，便见到水面上流淌来一堆堆腐烂的垃圾和尸体，人身上的油脂散发出臭鸡蛋的气息。如此看来，城里也发生过严重骚乱。两岸的高楼像峡谷一样夹峙，遮天蔽日，有的已被大火焚烧，成了黑森森的骨架。没有些许人气，瓦砾间流动着黏稠的阴森。我们屏住呼吸，不再说话。

有时，废墟中跑出一些动物，在岸上跟随我们行进，朝我们龇牙狂吠。能看出是基因拼合生物。有的大如狮虎，披着长毛，露出尖利的犬齿；有的则若狼狗。我们不知深浅，不敢贸然上岸，只是鸣枪示警。沿河航行约一个半小时，铃木才下令弃舟在一块平地登陆。算来我们已在海上航行半个多月。重返陆地，像踩着一段浮云。

好不容易才站稳脚跟，我环视四周，看见穆迪下船，一脚踩进水里，样子非常狼狈，大家哄笑做一团，才缓和了紧迫不宁的气氛。穆迪湿漉漉的，像只落汤鸡。还是苏珊拉了他一把。我也不由得想笑，不禁回头望了一眼我们刚刚驶过的内河，发现它像一根绞索。这时，有关水的知识，一股脑儿从记忆中泉涌出来。

我大致记得，“阿曼多”说过，地球上最原始的生命，是起源于水的。四十五亿年前的地球上有甲烷、氨气和氢气，还有原始的海洋。早期地球上闪电击中海洋，把这些气体聚合成多种氨基酸。这些氨基酸，在常温常压下，在局部浓缩，再进一步演化成蛋白质。蛋白质和其他的多糖类，以及高分子脂类，在时机到来时就孕发成了生命。据说初级生命看上去和水甚至很难区别。而生命体从水中向陆地发展，则是生命体关于水的设计的重大进步，也即是生命进化的真正旅程。可不要小看这一步，正是由此，人类后来才离开地球，走向了遥远的星辰。但即便是待在太空中的宇航员，他们身体的百分之七十，仍是由水组成。

就说在地球上吧，正是由于水作介质，中国人最早发明的指南针、船尾舵、多重桅等技术，才远涉重洋传播到欧洲，使那里的人发展出航海工业。于是才有了“五月花”号，载着英国的清教徒渡过大西洋，到达北美，建立了波士顿，即我现在足下的这座城市，也才开辟了后来被称作美利坚的这片国土。欧罗巴的荣光和罪恶，方才通过漫漫水路，一点点移转到了新大陆。而美国的人气、财运和武力，又循滔滔海水，转送到东亚的陆地，在那里兴风作浪。自然，这个过程中，还得加上中国人发明的黑火药，仍然是水火共济。这把火如今把美国烧毁了。

所以，像水的不停流动一样，繁荣和衰落呈现了重复相继的征兆。而连接不同纪元间的环节，不就是水吗。水有着至柔的本性，哪里适合它，它就到哪里去，因此又无坚不摧，最终抵达一切地方。以前，我待在中国，黏附在网上，是不曾去想这些事的。但此时已谈不上是讽刺。

那么，可不可以说，美国的洪水，虽然杀死了无辜百姓，倒也不妨视之为揭开了新纪元的帷幕呢？是它把我带到这座陌生城市，脱离了对“阿曼多”的依附，谁又说得清这是否正是“塞翁失马，焉知非福”？水象征着循环，引领人们回到原点，重新启程。说不定，今后人类会远离陆地，下到水中去生活吧。水既杀人，也将从根本上拯救我们……经过漫漫大海上的艰苦航行，铃木也终于发现了藏有宝物的陆地，又怎知不是天意！怪不得要把船儿叫作“诺亚方舟”呢，这意味着一个新的开始。

“你傻站着出什么神呢？”铃木走近，劈头盖脑问我，使我一下清醒过来。

我便把关于水的联想告诉他。没料到，他听后，瞪圆双眼上下打量我一番，说：“这都是真的吗？你们中国人整天就在想这些不着边际的事情吗？你们不是一直生活在浩阔大陆上的吗？水什么的，这本该是我们日本人考虑的问题。我们祖祖辈辈居住在被大水围困的孤岛上，早就知道水是最凶险的。现在，终于上陆了。我们要像美国人当年杀印第安人一样，杀掉白人，建立殖民地。”

这话说得我一时噎住，半天，嘴里才冒出一句：

“那你承不承认，我说的也有些道理呢？”

“那也根本不能说明任何问题。有啥好叨叨的？你以后不准再向别人说这些。”他显得很不高兴，好像怨怪中国人，既已占据了那么大片的陆地，现在又要把水夺走。

我才省悟到，我的话一定触碰到了铃木的痛处。日本沉没了呢，日本已经埋葬在了大洋深处。铃木大概心底怨憎着水吧。瞧他在海上那个脾气！虽然已在网上重建了国家，可是骨子里还忘不了往昔。还要建立新的殖民地呢。是为了这个，去找宝物灵杖的么？这小日本鬼子！我扭头不再理睬他，朝城里迈步。其他的孩子也都上了岸，大伙发出一声吼叫，端着武器，饿狼般向前扑去。

波士顿的防波堤完好无损，尚没有洪水袭击过的迹象。但这分明已是一座弃城，一个人都看不到，城里的美国人都逃走了。景物明净，阳光如洗，显现出格外的灿烂艳冶。我们往城里走，看到了更多建筑物，有的是摩天大楼，有的则是低矮房屋，成色古旧，显示出儿童积木般的稚朴，揭示出这座城市具有悠久的历史。铃木说，波士顿的居民因为害怕重蹈纽约覆辙，都疏散到了乡间。这种情形，在美国沿海一带随处可见。这是不是真的呢？我也弄不清。世界上的事情，铃木怎么说，那就是怎样吧。且听他的，他是唯一与“阿曼多”有联系的人。只是想到要在这样的陌生城市里生活，我一阵揪心。

孩子们排成纵队行进，欢蹦乱跳，像是来接收浮财。大街上虽然空无一人，却偶尔有动物兀然钻出，凶巴巴盯着我们这群闯入者。大伙“嗷嗷”吼叫，挥动武器，驱散它们。我们和存留于城中的动物没有发生直接的肢体冲突，这里却有一种冒险的刺激，或许，我们与野兽有着默契。孩子们都跃跃欲试。只是我的狗被吓得直打哆嗦，走不动了。我只好把它抱在怀里。渐渐地，我们看到，好些个街口躺着死人骨架，身上的肌肉都被啃噬干净，有的看不出人形了。怪不得城里还有动物出没，它们寻找死人来吃呢。男孩子们好奇地观察，女孩子一开始吓得背过身，但很快也回转头目不转睛认真看起来。

不久，我们发现，城市的能源系统基本保持完好。这亦在铃木的预料之中。看来，这正是大伙儿的新家园。新生活就要在这里开始了。

铃木决定在一座空无人迹的房子里面安营。这是一座暗红色的三层楼旧宅，隐匿在一片高楼的夹缝中，摇摇欲坠。看起来，它似乎很古老了，不属于这个时代，甚至也不是上一个时代的。我们管它叫“老房子”。

住户已经逃走。室内积满灰尘和蛛网。“鬼角”侦察一遍，向铃木报告，说没有发现危险迹象，但要防范动物袭击。我们在室内巡视一周，见墙壁上挂着许多照片和油画，画面上的东西俱很稀奇古怪，不是我们熟悉的。画中人物也都不是这个时代的。这似乎又是这座房子的确古老的证据。但跟我们有什么关系呢？墙角还摆了一排玻璃柜子，里面搁了一些展品之类，也认不得是些什么。我们不管三七二十一，把这些物件统统扔到街上，腾出地方好铺睡袋。这一切使我觉得新奇。

“铃木每到一个地方，总是选择这样的房子住。他一直在追求昔日的野营生活，随遇而安。这真是很有意思。”穆迪说。

“谁说不是呢？我早有这种感觉。”我逞强说。我想起了八一军体大队的老师，他们偶尔会带领学生们去到北京西郊的山上，进行实相野外生存训练。我还想到最近中国也在恢复旧时的质朴。围棋的非网络化便是一个例证。大家都在逐渐返回现实世界，也许就是为这一天做准备吧。没想到的是，灾难来得似乎早了一些。然而，铃木一方面与他的网络祖国保持密切联系，另一方面却迷恋实相的生活，这似乎是一种矛盾。

“听说上个世纪，就在中国，孩子们都参加夏令营和军训。对吗？”李铸城问。

“好像是这样。那时的孩子真快活。”

“可惜我们看不到了。唉。”他叹了口气，又说，“不过，你跟着我们，会重新快活起来的。”

苏珊为我抱来一条睡袋，说：“你不要胡思乱想了。这不是在中国。跟着我们，才会安全。得照顾好自己。有什么就跟我说，啊？”

我冲苏珊点点头。安顿好后，我拾到一张从墙上剥落下来的纸条。上面断断续续写着一些字：

波士顿最古老的建筑。建于一七一三年……《独立宣言》第一次在此当众宣读。

我一边心想，老房子竟然真的是一处古迹，一边就犯迷糊了。《独立宣言》是什么鬼东西呢？我把纸条揣在口袋中，作为自己到此一游的证据。我来到这里，完全是出于意外。也许，真得与孩子们一起，过一种别样的、作为中国人从未料想过的生活。

这时，我闻到一股骚味儿，原来是哈萨克斯坦兄弟正在墙角高兴地撒尿。伊朗人则开始布置警戒，派人在老房子向街的窗户和阳台处，安装机关枪和速射炮。它们是从船上拆卸下来的。韩国人爬上三楼，用望远镜观察大街小巷，看哪儿残留有食物。苏珊和印度女孩卡玛拉手挽手，齐声合唱一首歌谣：

生命如朝露，
我心常为哭。
过往与今来，
何处是归宿？

不一会儿，歌声中混入了铃木的口哨。这家伙把调调儿吹得怪怪的，就好像故意插进来捣乱。空气顿时像被电解，又隐含一种美雅的规律性，好像潜伏着秩序。大家不禁蛇一样扭动起身子，嘴里发出“嘘嘘”声。是的，终于安家了，有了巢穴，不再漂泊。而这只是个新起点。

到了晚上，我又把那纸条展开来看。我们这个时代已经很少用纸了。纸条散发出一股霉臭味儿。它上面没有任何的当代高科技载体，但它包含的内容，透出我难以理解的深奥和沧桑，混合着强烈的异国气息。它唤起我心中一种沉沦的忧伤，使我觉得自己不再是个孩子。我要是还待在中国，怕是永远长不大的吧。

我把纸条塞回怀中，就像交上一个新朋友，而我以前朝夕相处的只有围棋一个伴侣。但愿它能够帮助我入眠。我把身子挤进睡袋，尽量舒服躺好。自从离开北京，开始实相旅行，许久没有这样安睡过了。陆地在我身下稳当而妥帖地铺开。这千真万确是陆地了。我已经远离差点把我吞噬的大海。我觉得自己已有很长时间不曾在实相陆地上休息了。

然而，就在梦中，我又回到那烟波浩渺的海洋。在洪水中，我变成一条就要生出双脚的肺鱼。我浑身是伤，引吭高歌，慢慢爬动，心情殊异，像个叛逆者一样悄然登陆，却又对未知的新世界满怀恐惧。

次日，在老房子中，铃木把大家召集到一起，举行新闻发布会，正式通报了有关灵杖的详情。

铃木说，这要从宇宙间神秘的“第五种力”说起。

他回顾道：“从二十世纪五十年代起，东方和西方就都有人开始探索这种力量。这与美苏冷战有关。中央情报局对超感官知觉与药物的关系进行了深入的研究。”

铃木讲得绘声绘色，显出很有学问的样子。他提到的“美苏冷战”，我闻所未闻。那好像是另一场陌生而残酷的权力争夺战，属于之前的一个轮回。铃木把大伙儿镇住了，孩子们统统听呆。

铃木说，总之，当时就是那样，为了打败对方，搞了这种玩意儿。到了七十和八十年代，除了中央情报局，五角大楼、国家航空航天局等都介入了这个领域。美国每年花在第五种力研究项目上的费用为六百万美元。那时也不是个小数目。美国正在上升期，它要保持住自己的优势。它只想弄垮别人。

铃木讲到的一些事情，我觉得挺新鲜，比如美国军队的秘密实验什么的。美国人雇用超感官知觉人破译苏联的密电码、遥感苏联的洲际导弹发射阵地、测知苏联潜艇的航向，另外还遥控狗、海豚和猩猩等动物的大脑，让它们听命于人，去侦探情报，去潜伏，甚至去杀人。那时，人类都在想着如何彻底消灭与自己想法不一样的同类。一个叫查尔斯·怀特的家伙后来发明了一台多谱形象分析仪，只要塞进相关照片，超感官知觉人就能从上面感知到敌国潜艇在哪儿，以达到摧毁的目的。据说这是最早的把人类的超能力与机器结合在一起的尝试。把人和机器整到一块儿，把自己变成怪物，成了统治世界的一种新手段。

虽然，在科学界，对于秘密实验的结果存在争议，但还是有一部分专家趋于相信，自然界的确存在第五种力。这些专家早就与传统的研究路线分道扬镳了。他们认为，第五种力分布在亚量子场中。它与已知的重力、磁力、强相互作用力和弱相互作用力都不相同。它与重子数成正比，而不与质子数成正比。它的力程长到无穷远，不受万有引力限制，能够瞬间超越时空，穿透物质，并在受到激发时，释放出幽灵般的能量。这种能量具有负熵性质，能在热、光、电、磁化学过程中被观察到，但不属于它们中的任何一种。

“如果能够掌握它，大概比原子弹还厉害吧！”铃木满脸通红地说，好像沉浸在了一个动人心魄的梦境中。很早以前，日本是受到过原子弹轰炸的。原子弹是人类掌握的第一种能够毁灭地球的力量。

总之，在那个特殊的年代，一些人兴致勃勃这么想：“既然核武器不能轻易使用，那么，由于超能力人的介入，对方的崩溃便会提早到来吧。”在互相视为强敌的背景下，人们的灵感和创造力都被空前激活。

然而，在实验室中捕捉幽灵能量的努力，在二十世纪后期趋于失败。有关第五种力存在及活动的迹象，仍主要表现在自称具有超感官知觉的特异功能人的身上，其态势始终很不稳定，无法转化为实用。随着冷战的结束，相关研究趋于停滞。那时，东西方关系表面上迅速转换为了如何赚大钱的命题，仿佛并不是一定要打个你死我活。

但这并不是历史的常态，到了二〇二五年，事情有了转机。这一年，斯坦福研究所发明了一种大脑脉冲放大器，用来研究人在催眠状况下的深度反应。部分接受催眠的志愿者在意外的情况下，自称接收到了来自未来世界的信息。这与当年对特异功能者做的实验十分相似。更奇异的是，被催眠者说出的未来预言，有百分之九十竟然得到应验。这后来被认为是人类第一次对所谓第五种力的成功捕捉。携带未来的信息，是第五种力的一个特征。实验结果没有对外披露。军方对此很感兴趣，经过国会批准，再度投资开展研究。这回，又有了强大的敌人——中国。继苏联之后，美国把中国当作了新对手。

在此后二十多年里，研究一直由五角大楼和中央情报局牵头进行。参与者涉及诸军种和数十所大学的研究机构。但最好的时机已经过去了。由于美国政治、经济和社会动荡，研究时断时续，只能在艰难条件下勉力维持。到了五十年代中期，终于研制成功可以不依赖超感官知觉人，而直接由一台中微子－生物网络处理器接收时空投影的预测仪，亦即“灵杖一号”，虽然还无法抓到第五种力本身，却达到了“可以获得较为理想的预知结果”的地步，也就是说，可以提前知道未来要发生什么了。

这不仅仅意味着技术的一次创新，更预示着物理学、哲学、神学、军事学和地缘政治学的一场革命。它逾越了不确定性和不可知论的历史鸿沟。谁洞察了未来，谁就能控制世界。美国要凭借这个走向复兴，重新称霸全球。

这项研究一直处于保密状态。而在灵杖试制成功后，这方面的消息便更加严密地被封锁了。这时，才有人回想起上世纪多谱形象分析仪一类的东西。灵杖可以说是它下的一个金蛋吧，但还要看它能不能孵出能飞的鸟儿，也就是说把第五种力全面诱发出来。

然而，此后，研究工作却没有取得重大突破，并由于美国国力衰退，政府拨款减少，而渐然停滞。到了二十一世纪六十年代前期，在经济萧条和族裔冲突的浪潮中，几个重点实验室逐次关闭，连灵杖的样品也失踪了。梦想成了泡影。未来又从美国人手中溜走了。

这便是铃木讲述的有关灵杖的来历。不明白铃木怎么会掌握这么多的情况，也不知道有多少成分是真实的。但是，正是凭靠知悉这些内幕，铃木才当上头儿的吧。

来自日本的少年人铃木寻找灵杖，试图利用它预测未来的功能，把它作为建立自己的殖民地的工具，是对美国人研究初衷的一个讽刺，还是承袭呢？而这与我的命运前程，又有什么关系呢？

铃木终于分派给了我具体任务。除了帮助干一些杂务，最主要的一项，是保护和寻找隐形眼镜。隐形眼镜是上个世纪流行的一种眼病治疗器具，是一种粘在角膜上的薄膜，据称能提高视力，也就是说，让人把事物看清楚。

铃木虽然也跟普通孩子一样，在三岁时注射过眼针，但不知为什么仍然发生了高度近视。他开过一次角膜，但没有成功。这使他对成人的生活产生恐惧。此后，他开始配戴旧式隐形眼镜。这种东西，现世仍有少量生产，专为那些眼针注射的失败者所制。

但铃木并非普通的眼疾患者，他对此简直有一种疯狂和偏执。他已发展到顽固地收集不同类型、不同版本镜片的地步。铃木认为，为了找到灵杖，这是一项最重要的准备工作。据穆迪说，铃木是生怕灵杖找到后，却看不见它显示出的秘密了吧。这成了这孩子的心病。大家谁也不敢违拗他。总之，看不看得见，似乎决定一切。对美国人是这样，对日本人亦如是。但对中国人呢？

我的工作便是每天帮他清洗大批的镜片，并在城中寻找新的品牌和药水。对于围棋国手而言，这是一项艰难的工作，何况，这样的战果并不轻易就能获得。而我发现自己因此被固定在了一个我并不喜欢的人的左右，这样，逃离铃木军团的机会就少了。

记得刚刚进驻新家园的那段时间，我就这样在空空的城中，四处潜游，寻找稀罕的眼镜店。铃木也常常自己出动。我们像两个小贼，踩着死人骨头，在波士顿乱七八糟的转盘路中穿行。这时我会本能记起，我是一名中国的围棋国手，我是前来美国参加世界围棋锦标赛的，我曾经受到亿万人仰慕。可是，现在却干起了这样的活计。是的，第一次，我要干除了下棋之外的第二件事情。我却不知这是荒唐透顶，还是本应如此。

“嘘，不要告诉他们我们去哪儿了。”铃木神神秘秘说，“作为头儿，我一般不亲自出马的。”

“他们找不到咱们，会着急的。”我说。

“这才有趣。像捉迷藏一样。你捉没捉过迷藏？”

“没有。”

我不会讨好铃木，也不愿意跟铃木说话，我忘不了他对我的侮辱。铃木察觉了我心底的怨气，不满地低声咒骂。我也骂他，当然，用的是汉语。他一句也听不懂。

“你在说什么？”

“中国的一种祈祷。保佑我们平平安安，波士顿的陆地不沉。”

“你又欠揍啦？”

他扬起拳头。我赶忙举手投降。

但是，这种非在线式的搜索，逐渐也使我感到一些新意，慢慢来了兴趣，似乎成了对失去“阿曼多”的一种补偿和调剂。就像戏剧演出一样，它让我尽快适应实相生活。我也便渐然能够忍受铃木的奴役了，哪怕这是一种自我麻痹。

我一边寻找眼镜，一边观赏异国城市的风光。脱离网络后，实相世界中的各种景色都令人兴奋，但波士顿却是我在美国见过的最美的一座城市，与黑暗而脏乱的纽约不同。它是那么的古色古香，明媚妖娆，简直就是浮现在日落时分的一幅经典油画。教堂随处耸立，墓地悄然隐伏，纪念碑像刀刃一样刺入苍穹，死人的臭气从其间弥漫而出。

然而，我静静而安适的欣赏，又总被铃木的嚣叫破坏。在发现眼镜店时，他便大喊：“中国人，快看，是不是？”

“是！”

“得到了中国人的证明，才能最终确认。对吧？”

铃木冲我翻翻细小而狡猾的眼睛，好像是在调侃，又似乎在说一件很认真的事情。然后，他拉着我的手冲进商店，把货架上原本属于白人的物品掳掠一空。

“必须收集足够的镜片，因为我们就要获得灵杖啦。”铃木夸耀地说，手捧一叠小山般的眼镜。在我看来，这时的他就像个走街串巷收破烂的小贩，跟船上那个声色俱厉的头目形象产生了反差。或许，这样一来，他就不那么紧张了。

“灵杖，是要观察才能使用么？”不知为什么，在我的印象中，我还以为它是用来拄着走路的呢。

“是呀，我们要把未来辨识清楚，就必须搜集有价值的镜片。这一点至为重要。在这个一会儿光亮一会儿昏黑、一会儿有水一会儿有火的混乱年头，用裸眼去看未来，是最容易受伤的。我担心‘阿曼多’再也庇护不了我们。我们将暴露在危险面前。不但眼会受伤，心也会受伤，那样子看到的，就不真实。所以，最重要的，就是把眼睛用旧时代的人造材料保护起来，只看该看的，这样，就能辨认出我们需要的啦。”铃木的语气中，透出他深思熟虑而心事重重的一面。这使他像个大人。

“你试过眼睛被延伸后的感觉吗？”一次，马来西亚人穆迪问我。

“通过单一在线方式？”

“复合方式。”

“我们以前倒是下过盲棋。”

“怪不得铃木找你做他的跟班。”他酸溜溜说。

我不知道如何应付这种人。之前，除了新加坡，我很少跟东南亚国家的人下棋。穆迪是救我的人，也是那次给我施刑中的一员。

“说实话，现在大家嫉妒你。你和苏珊都不要高兴得太早哦。”

“这跟苏珊有什么关系？”

“你们都是中国人嘛。”

“她可是在美国出生的。她是美国人。再说，我一点都不高兴这样做。”虽然，我因为有人把我与苏珊联系在一起，而感到一阵莫名窃喜。

“告诉你一个秘密：铃木其实不喜欢中国人。”

穆迪恨恨地把这个秘密说出，抑制不住地抖露了得意样子，然后，傲然一扭身，虚拟人一般离去，还一边走一边回头对我浪笑。我对他很有些失望。这时，韩国人慢吞吞游动过来。

“我都看见了，别介意，别介意。”

“这没有什么，小意思。只是，铃木为何一定要找我干这事呢？”

“你是说找眼镜吧？因为你是中国人嘛。我想这并不是惩罚。这活儿不轻松。只有中国人能做。中国人有眼力架，把未来看得准准的，从来不吃亏。”

“你瞎说。我要知道未来，就不来美国这烂地方了。”

“我从不瞎说。只有中国人有未来，强大的中国把别人的未来都占去了。”

“铃木对隐形眼镜的喜爱，也太不一般了。”我不想跟韩国人讨论中国的事情。

“哼，日本人总是很特别。铃木属于‘细节流’噢。据说，戴上后，不但视力好了，而且具有强力观赏效果。镜片有不同的颜色吧。有时眼珠是绿的，有时是红的，能够唬人。他不靠这种玩意儿就不行。”

我想这倒也是。铃木的确靠此唬人。他唬人的办法可多呢。最有效的，就是把自己扮作怪物。大家就是因为这个，才听命于他么？

“为什么他不戴有框的眼镜呢？”

我想到，现在，就是在上海，也偶尔在网络上能见到个别艺术家戴有框眼镜。那是一种很“端的”的标志，意味着另类，也挺唬人。

“铃木喜欢薄薄的、自然的东西。”

“可是，隐形镜片都是人工的呀。”

“他认为这是目前最接近自然的。因为，它内含了丰富的水。每天晚上，都要泡在药液里呢。”

“水？”

我又吃了一惊。但这是事实。一切与“阿曼多”梦幻社会不同。水的说法尤其重要。人们反复经历并提到水。李铸城说出了铃木心中的隐秘。原来，他很在乎水，他忘不了他的岛国。水在眼睛、灵杖和未来之间流动，代表了存在本身，以及万事万物。但是，未来也是由水构成的吗？我似乎看到一种充满神秘的二元结构，不安而亢奋，好像回到了在黑色风浪中摇晃不止的“诺亚方舟”上。李铸城补充道：

“关键是，他禁止我们戴。这样，只有他才能戴。”

然而，对于镜片的象征意味，六十年过去后，我重新变得不明不白。那时，我只习得了一样道理：仅用肉眼去看，一切是不清楚的。不要相信自己的眼睛。它也不是心灵的窗户。

不管怎样，隐形眼镜已成了铃木攫取的权力的一部分。也许他自己并没有很自觉地意识到这一点，但孩子们都觉察到了。从结果上看，一切仿佛是自自然然发生的。这大概只能解释为一种本能的驱使，就好像当年海洋动物一定要离水上陆，不过是听从身体下达的使命。另外，我时常也觉得，铃木内心深深恐惧着什么，这就要通过在眼球上蒙一层人工薄膜来掩饰，把自己的目光与外界的景物，从物理层面上隔离开来。唉，这个没有了家园却又怀着野心的孩子。

更有可能，也是因为“阿曼多”就要完全不行了吧。它正在一步一步、毫不留恋地从我们的生活中悄然退出。这是从发大水那天开始的。连我都与处理器彻底告别了。想起来，真不可思议。一旦“阿曼多”大崩溃，铃木的网上国家，就要烟消云散。那才是一场更大的灾难，我的这番失落，与日本人相比，着实算不得什么。我干吗还要大惊小怪呢？铃木嘴上不怎么说，但心里一定忧愁不已。他不停寻找日本的替代物——“诺亚方舟”，灵杖，或者隐形眼镜。他大概意识到，网上的日本国，也许存在不了许久了，他必须及早获得宝物。每每想到这里，我就又生出一种痛快感。我逐渐认为，我身上除了承载了下棋的遗传物质，还一定携有仇视日本人的特殊基因。

这天，铃木在新闻发布会上对大家说：“昨晚又成功与‘阿曼多’的残存末梢进行了绞接。进一步查明，灵杖就藏匿在麻省理工学院中。因为最后的研究项目，是在该学院的航空航天实验室实施的。”

“如何才能把它弄到手呢？”

“我已暗中办妥。是这样，有一个白佬答应帮忙。”

“白佬？”

大家面面相觑。白人是敌人，而且，他们要么死了，要么逃走了。可是铃木军团的头儿竟说找白人帮忙！

“对，白佬。我们这次要利用白佬。让白佬帮我们打工做事，才是对他们最有力的报复呢。卡瑞是杜克博士的一个助手。杜克博士是研究项目的主持人之一。卡瑞准备带路去取灵杖。‘阿曼多’已经为我们联系好了。”

“卡瑞在哪里呢？”

“他就在这城中。”

“可是，白人不都逃得精光了吗？”

铃木用网络处理器发射出一个全息头像。是一个脸上长满雀斑的白种年轻男人，很羞怯的样子。

“卡瑞不是肉身人，他是一个虚拟二型人。他常常附身于杜克教授。在麻省理工学院完成次场元转变的信息附加实验后，连卡瑞也对美国前途失去了信心。所以，他愿意帮我们。”

“啊，原来是这样。”

“他认为亚洲——也就是说，日本——是未来世界的希望之星，将要统治美国。”

“啊，真的站在我们一边呢。”

“作为‘阿曼多’操控下的虚拟人，电子脑里产生这种想法很不容易呀。我们要跟他接头。谁去做这件事呢？”

许多孩子争着要去完成这项了不起的功绩。我想，这是为了讨得铃木欢心，以求在日本人领导的新世界中占据好位置。最后，决定派遣越南人阮文杰前往。我松了一口气。

“他留下的地址密码是伯克利街七十号。他将从一台造梦机中显形。”铃木吩咐越南人。

“可是，网络是否还能通达呢？‘阿曼多’的情况是如此的糟糕。”阮文杰心里没底地说。

“没有必要通过网络嘛。卡瑞的机器替身将在实相世界中显形，等待我们的到来。大概一切要重归实相了。灵杖预言的，也是未来的实相世界。”

阮文杰出发后，铃木便带领众人，通过眼视仪跟踪他，并依据地图，发出指示。越南人一路走得飞快，穿大街过小巷，像个小老鼠。我想，他会不会害怕呢？要是我的话，我敢不敢一个人做这事呢？不久，我们看到，阮文杰甚至开动了一辆被遗弃的清道车，在城中钻来钻去，最后来到一幢五层楼房前。这正是伯克利街七十号。

“就是这儿。”铃木通过无线电，指示阮文杰进入二楼的一个房间。在那里，果然有一台造梦机，置放在一张木桌上。阮文杰神情颇为紧张，他凑近观察它一会儿，揿下机器上的一个按钮。但什么反应也没有。

“头儿，没、没有影像呈现呐。”

“不可能，再试，再试。”

阮文杰又按一下，机器发出一串古怪的嘟嘟声。

“卡瑞已经自我清除。卡瑞已经自我清除。卡瑞已经自我清除……”机器反复这么说。

铃木脸色变得一片死灰。

“头儿，卡瑞死了！”阮文杰通过示踪器，惊怖嚷叫。

“可能，我们来晚了。哦，看样子，卡瑞是自杀的。”铃木慢吞吞说，好像嘴里塞满许多腐败的鱼虾，“可是，为什么呢？出了什么事？”

铃木显得格外失望，似乎也对阮文杰一肚子不满。他又说：“这白佬一定是等我们等不到，就自杀了。阮文杰，你的速度太慢！笨蛋。都怨你！我要好好惩罚你。不过，这更说明了我们工作的重要性。我们来波士顿是来对了。无疑，灵杖就在附近。”

“鬼角”小心翼翼说：“他杀的可能性仍不能排除。如果别的什么人也测知了灵杖的下落呢？不光是我们到这城市来了吧。”

李铸城认为这是一个不祥之兆，说：“也许会有更大的麻烦。”

苏珊悄悄对我说：“依我看，‘阿曼多’已经神志错乱。卡瑞之死便是证明。咱们都要小心一些啊。”

我想，当然了，但前提是——如果真的存在卡瑞这么一个幽灵的话。我不禁又看了看空无一人的城市。它庞大的身躯，好像正在静悄悄摆脱重力，像一个葫芦瓢往上飘浮。白色的教堂、黑色的墓地、青色的纪念碑、赤色的老房子，都毛茸茸复活过来，在阳光下如同珊瑚一样光鲜刺目，展翅欲飞。未来究竟是什么样的呢？我不禁一阵惝恍。

不管怎么说，通过白种虚拟人找到灵杖的这一条路径已被堵死。铃木在无奈中做出决定，大家统统出动，用我们的双脚、双手和双眼，去寻觅这物。可是，麻省理工学院这么大，灵杖到底藏在哪个角落呢？

“喂，这就是它的大致形状。”

铃木终于出示了灵杖的图样。这是他从瘫痪的“阿曼多”那里，利用信息碎片拼接而成的，之前，他一直私藏不予示人。灵杖的外形并不像人们习见的中微子－生物网络处理器，而是如同一截生硬的腿骨。它不算长，不算大，乍看甚至不怎么起眼。它隐然发出铅似的灰色光芒。“腿骨”中央部位附有一个数码盘。它并没有什么震撼感。这种东西，怎么能预知未来呢？怎么会跟毁灭世界的力量联系在一起呢？

铃木说：“都看清楚了，把它记住了。它就在校园中。也许，在航空航天实验室旧址里，但也有可能不在那儿，说不定埋在哪块石头下面呢。哈勃说，它已经被卡瑞通过网络藏了起来。当然，这是在‘阿曼多’发生麻烦前的事儿了。在哪个具体地方，仍然不知道。这意味着我们要掘地三尺，但为了战胜白人，建立亚洲人在美洲大陆的第一个殖民地，却也在所不惜哪。”

大家听了，都摩拳擦掌。

“这样干最好啦。”马来西亚人说。

“谁先找到，谁就立了大功。”越南人说，好像准备弥补自己的过失，以避免铃木的惩罚。

“嘻嘻，那肯定是我了。”“鬼角”说。

“不一定啊。这又不是找小妞。”韩国人说。他朝卡玛拉挤眉弄眼。卡玛拉不理他。

“说不定，还是我们先找到呢。在我们祖国的土壤和石头中，门捷列夫元素表上的每个元素都有，全被我们一样样地找出来了，那是一件多么了不起的事情。”哈萨克斯坦兄弟齐声嚷嚷，做出志在必得的样子。

孩子们振奋地争执着。只有我冷眼旁观，仿佛置身事外。是的，这一切与我有什么关系呢？我是一名中国的围棋国手。我觉得脊背上好像有双眼睛在盯着。那些被我们从老房子里扔出去的画像和展品，仿佛又回来了，准备夺回它们的宝座。插着红旗的外滩建筑物从我眼前飘起，而我却不记得杨阿妹和唐平平长什么模样了。

“不管谁先找到，都必须交给我。”铃木说，“中国人，你有什么看法？你怎么不发表意见呢？一声不吭是什么意思嘛？”

“我的看法是，它也不一定就能测出未来呢。”我不知所措地晃动身子，仿佛要摆脱一个梦魇。在中国，未来是由国家安排好了的。

“你，怎么这么说话！”

“它要能预测，那么美国人为什么不用它预测洪水和‘阿曼多’崩溃呢？”

除了苏珊，所有孩子都看笑话般盯着我。

“哼，这还不简单——他们还来不及用它，这个国家便不行了。美国人已经堕落得无法抓住任何一个机会了。你怎么这样笨！或者，你是故意的？你不许瞎说，扰乱军心！你是好了伤疤忘了痛吗？”

铃木极为不满地冲我大嚷，而我真的感到上次在船上受刑留下的伤口又隐隐作痛了。我担心铃木又要动用刑罚，便胆怯地停下不再言语。但这次铃木放过了我。大概，他现在一心只想找到灵杖吧，没有时间与我纠缠。

"说好了，不管谁找到灵杖，都必须交给我。"他强调，"你们不知道怎么使用，还会把它弄坏的，那样就麻烦大了。这关系到世界的明天，关系到我们的未来。"

然后，他吹了一声口哨。大家便离开老房子，出发去找灵杖。我才如释重负。我混在集体中，越过那条名叫查理斯的水渠，翻过一道大堤，就来到了麻省理工学院。孩子们后悔没早发现这个地方。它真是一处乐园。

校园内有许多高高矮矮的旧式建筑物，都废弃了。有一些人工河湖，不少已干涸，剩下的水也很浅，漾出奇丑的白沫。大片的杂色野花，孤寂而繁茂地盛开，虫子们在欢唱低吟。它们旁边，不知名的蕨类植物长得比我们还要高壮。在阴湿的地带，晶亮的嫩叶摇曳，掩映着形状各异的大理石立塔。就这样一片土地，足可以养活许多野兽。有几座恐龙似的风能发电塔已经坍塌，废墟的样子十分奇瑰。大概，在"阿曼多"鼎盛时期，这个地方就不大有人来了吧。

据说，校园是在二〇三六年的一场实验事故中毁掉的。当时，麻省理工学院正在进行可控核聚变研究。

到达目的地，铃木再次宣布，灵杖肯定藏在旧址中。因为它是有形的实体，是属于历史的东西，却联系着未来，跟卡瑞有关。哦，卡瑞呀！

大伙在校园中潜行，如一群觅食的小兽，不时"嗷嗷"发出欢叫。那几个夸口要首先找到灵杖的孩子行动最为迅疾。但是，没有确定的目标，只能四处乱找。

铃木带来两台感应仪。也许灵杖会发出某种电磁或者中微子讯号。

然而，刚进学院，不知受到什么干扰，仪器就失灵了。

铃木情绪飞扬地说："它肯定在这里，它肯定在这里！仪器失灵了，正说明它产生的L场在起作用呀。"

整个学院的确像被一种奇异的场罩住，它使人慷慨激昂而精神飘忽。真是与灵杖有关的L场吗？潮湿的空气中飘来淡淡的焦煳味儿。好像三十年前灾难的魔影，仍然徘徊不去。

孩子们根据一幅旧地图找到了航空航天实验室，它也已倾圮了，一个个金属做的星球模型都砸得粉碎，好像宇宙在这儿进入了终结。但是仍然没有灵杖的踪影。为提高效率，铃木把大家分成若干小组，分头去寻。李铸城、阮文杰和我分到了一个组。

"会在哪里呢？"

"在别的实验室中吧。"

"也可能在图书馆。"

"会不会在学生宿舍呢？卡瑞一定把它藏在不为人知之处。"阮文杰这时倒仿佛来了灵感。

"如果找到了，算我们三人同时发现的，同不同意？"李铸城说。阮文杰不语。

"算你们两个吧。"我说，"这事真的好像跟我没有关系。"

他们大惑不解地看了看我。

"嘿，你还真牛。"阮文杰冷笑着说。

"算了。中国人对这种邀功的事儿不感兴趣。"李铸城怪腔怪调，"他们不相信未来是由日本人领导的，也不愿意看到一帮亚洲孩子在美国建立殖民地。这样将把中国置于什么地位呢？我说得对吧，唐龙？"

我白了他一眼，什么也没说。我想，如果万一是我找到了灵杖，我要不要把它交给铃木呢?

最后，我们决定按阮文杰说的去学生宿舍。这些房间也有许多年没人住了。我们没有找到灵杖，却发现一个死人。是一个女的，还很年轻，披着长长的褐色头发，很新鲜的样子。容颜姣好，皮肤柔嫩。看不出是哪个族裔。像是东方人与西方人的混血儿。她为什么死在这荒废的校园里呢?她死了多久呢?

“是不是灵杖的守卫者啊?”

“也许，也是来找灵杖的吧。”

“不会这么多人都在找灵杖吧。”

“这是一台机器。”

“机器?”

韩国人撩开她的头发。忽然，头盖骨从中央裂开，朝两边“嘎吱”滑动起来。

我惨然说:“别。”

头盖骨刚现出一条窄缝，便卡住了。看进去，金灿灿的颅内有集成细胞路板。李铸城和阮文杰你一言我一语:

“这是一个设计上不完善的玩意儿。有人把它毁了。”

“看朽坏程度，估计是三个月前的事情。”

“不一定，也许有好些年了。不要告诉别人。否则，大家都要来看稀奇。”

“现在也没法告诉啊。不知他们找到哪里去了。”

“我倒觉得，这是一个迹象。说不定，灵杖就藏在附近吧。有可能，这里不久前还是有人活动的。”

我们又开始搜索，但终于还是没有找到灵杖。死人的来历，最后也没能查清。这种人形机器的功能到底是什么呢？跟死去的卡瑞有关系吗？我们便畏葸地退出学生宿舍，选择了一个新的方向走去。在一座被苍藤怪木覆盖的校舍处，忽然钻出两个端枪的人，要我们三个举起手来。我们被吓了一大跳，心儿“噗噗”乱跳。顿了顿，才看清是哈萨克斯坦兄弟。他们换上一身大人的帆布军服，戴着玻璃钢的战斗头盔，看上去怪怪的。

“你们这是干吗？”李铸城问。

“看这身打扮！多棒。我们弄来的。”军服太大而不合身，都长到膝盖以下了。

“从哪里弄来的？学校里怎会有军服？”

“前面不远，有一个库房。”

韩国人和越南人抵御不住诱惑，跟着哈萨克斯坦兄弟前去。的确有一个库房，里面堆积如山的，果然是大批的军服和头盔。还有一些孩子也在拼命翻捡。大家一人弄了一套。军服的样子怪怪的，好像是旧时代数字化战士的制式野战服，旁边还摆放着武器。这才怀疑，麻省理工学院，其实是一个军事基地？不管它了。大家一人捡了一把枪，又穿上军服，兴奋地朝对方模拟射击。

“啪，啪，啪！”

“战争开始了哦！”

“打死人不负责哟！”

“杀到昏天黑地噢！”

我们这个组与哈萨克斯坦兄弟的组互相追打。大家发力嘶喊，绕着建筑疯似的追逐，跑得浑身大汗。如果不是铃木赶来制止，大家会一直玩下去的。这时，所有人都忘记了寻找灵杖的使命。我从未玩过这样的游戏，竟觉得比围棋还有意思，不禁感到趣味盎然，也对我以前在中国的生活，产生了更大隔膜。

只是在铃木的严令下，我们又才不太情愿地找起灵杖来。

不一会儿，别的组那里传来消息，说发现了庞大的地下工厂。在那里，堆放着五十几架锈蚀的老式飞机。机身上有标志，是F-117。看样子，停工很久了。有的飞机上注明了制造日期，是二〇一〇年产品。以前没有听说过麻省理工学院制造这个呀。但我们的确在此发现了这些古旧飞机，以及装配它们的流水线。每一颗螺丝上冒出杀人工具的阴森气息，却令孩子们感到亲近。

但这儿也没有灵杖。

回到老房子，人人累得不行，却又兴奋不已，就好像完成了一场盛大郊游。大家纷纷展示自己获得的物品。有不同式样的军服，还有一些近战武器，但许多枪支都不能使用，因为扳机上是有密码的。武器能自动鉴别主人的指纹。大家认为，在不久之前，有武装人员曾准备重新利用学院旧址，可能是要把它作为打仗的堡垒。这与美国正在发生的动荡肯定有着极大关系。说不定，这是谋求独立的叛军的一个基地。

铃木踱着方步，皱眉沉思半天，然后对大家说："虽然没有找到灵杖，但是弄清楚了一点，就是麻省理工学院的确与军方有着重要因缘。这些军服和武器就是证明。"

"可是，这是不是表明有别的人也在寻找灵杖，甚至发现了它呢？"

"不像是。如果发现了，一切不会是现在这个样子。世界就已得救了。"伊朗人说。

“因此，我们必须坚定信心。”铃木加强语气，举起枪支挥了挥，做出一副未来战士的姿态。

苏珊悄悄对我说：“今天看见了你的画像。”

“什么？！”

“在校园里的那座教堂前面，有一幅纸做的海报，上面有你的画像，还有文字说明，介绍你是中国的‘龙子’！真是这样吗？太不可思议了。我以前只晓得你会下棋，却不知道你如此厉害！”

“哦，国内他们是这样说的。只是一个称谓。但这儿怎么会有我的画像呢？”我有些得意而又骇惧。

“是为了宣传吧。真想象不到哇。上面还说你是来拯救美国的。真的么？”

苏珊的眼眶里闪射出崇敬和叹服的光芒。这使我不好意思了。毕竟，我手中已没有了围棋。我也怕被铃木听见。

“也许，这只是一种说辞。你没见到，美国这个乱劲。我可救不了它。”

“怎么会呢。真没有想到你肩负伟大使命。我们都小看你了。”苏珊的声音中充满火热的情绪。

“我也不知道是不是。唉，若说拯救美国，也许我的老师和伙伴们能做到吧，但他们都死了。”

“我从来没有见人下过围棋。它真有传说中那么厉害吗？比校园中的那些武器还狠吗？”她兴奋地追问。

“怎么说呢？现在不是在找灵杖吗，还是不要谈围棋了吧。”我瞥了一眼在边上游走的铃木。

我仿佛又回到我曾经习惯的那个世界。全息的黑白网络，幽灵般的虚拟人。一切在梦幻中产生，一切在思维中消亡。每个人都失去了与家人的紧密联系。每个人只单调地做一件事情。我很吃惊自己原来的生活竟然是那样。然而，真实的情况也许是，我大概还没有充分意识和体验到围棋的神力。它远涉重洋，来到北美，是否来加入与灵杖的一场竞争，以比试谁的本事更大呢？看一看谁能拯救世界呢？闻九段加和曹九段能解释清楚吗？可惜我没有早些向他们请教。随着他们的离去，一切或将成为永恒之谜。

我叹了口气，说："我已经不下围棋了。铃木也让我忘掉自己是个棋手。"

苏珊激动地说："我不相信你会忘掉的。"

这时，铃木狐疑地转过头来，说："你们两个在嘀咕什么？"

苏珊诚实地说："看见了他的画像。他不是一般棋手。他去月球下过。他来这儿是为了拯救美国。"

铃木哗然笑道："他？拯救美国？中国人拯救美国？这不可能。"

我敌意地看着他，心想，他难道真的相信自己说的吗？

"画像的文字说明上，写得清清楚楚哟。"苏珊为我辩护。

铃木又变得有些神经兮兮了："画像？不可能。这里很久没有人居住了。画像是谁挂上去的？是鬼么？就算是鬼，'阿曼多'都快要没了，又有什么用？"

这么一说，我和苏珊都怔住了。是的，麻省理工学院里，一切荒废了，蒿草丛中，只有鬼魂一样的军人来来往往，洒下剪影，还有无主的 F–117。但是，美国军人挂中国棋手的画像干什么呢？我跟设计了灵杖的美国军方有什么关系吗？苏珊看到的，难道真的是实相中的东西吗？这里的一切，虚虚实实，若有若无，妖氛弥布。

"再说，我们要找的是灵杖，而不是围棋。围棋算什么呢？它不能预言未来。"铃木又虚假地温和下来，好像在讨好苏珊。

"你还说什么呀，我不是早已不下围棋了么。请你放心吧。"我无力地想要把什么事情解释明白，却越说越像一团糨糊。

然而，我觉得铃木不应该污辱围棋。围棋在日本曾有很深的传统。日本人把中国的好多东西都学了去。他们是一群优秀的学生。只是到了后来，日本忽然不行了，中国才重新超过他们。这个一夜间的变化，曾经连我们都难以置信。

苏珊此刻看上去不再害怕铃木，她直截了当说："铃木，作为一名日本人，你应该懂得围棋。那是一门深奥的艺术。"

"什么艺术。简直讨厌！就是这样的东西毁了日本。大家都玩儿去了，在棋盘上赌输赢去了，想从那里发大财，不干正经事。政治家迷上下棋，却丧失了治理国家的能力。企业家天天忙着下棋，却不知道怎么做生意了。日本列岛沉没时，没有一个人有办法。一切都搞砸了！不曾想到了最后，日本还是被中国害了哟。"

空气中有股味道很难闻。我使劲嗅嗅鼻子。我意识到自己从来没有像铃木那样去思考问题。铃木是日本人，是个别具一格的孩子，也许，他经历了太多灾难，比我们都要成熟。而关键是，他有自己的一套想法。在我们还在认为围棋里蕴含着治国理政的大道理时，他已经不相信这个了。我记得，自从日本沉没后，日本选手就退出了世界围棋大赛，仿佛一下明白了什么，而那时我们还笑话他们傻。那么，日本人后来在网络国里，又玩儿了些什么呢？他们会在我所不知的一个世界里，靠崭新的发明创造，重新繁荣强盛起来吗？这是一个事事独具一格而让人猜不透的国度。

铃木说得眼角挂上了晶莹泪花。他顿了顿，又说：

“不准再提围棋的事！围棋的时代早结束了。”

他显得颇为伤感，隐形眼镜发出一道破坏性的光芒。我的心摇摆一下。我看见李铸城困惑地瞅着我们。

“都休息，都休息，明天还要接着干活呢。”“鬼角”在一边吆喝。我于是开始为铃木清洗镜片，一遍又一遍。然后，把洗好的镜片一片片放置在镜盒里，以备来日之需。铃木要用它们看灵杖呢。

晚上，我翻来覆去睡不着。脑子里来来回回都是铃木变形的脸，以及隐形眼镜，还有围棋，黑白相间，像一滴一滴凝固起来的大脑物质，凌乱黏糊。而我曾经靠它活着。我惧然爬起，看见其他人都睡熟了。他们四肢叉开。有些男孩的鸡鸡把裤裆顶起，就像一张张帐篷。他们的脸蛋儿在玉灰色夜光的浸润下十分丑陋，包括那些白天里靓丽动人的女孩子们，也活像一个个小鬼，子宫一样的嘴巴张开来。有人打起呼噜，有人在磨牙，有人流出口水，有人在说梦话。我是中国的围棋国手，此刻却陷落在这群人中。回想这些日子的经历，不知是梦是真。我记起，印度王子乔达摩·悉达多正是因为看到夜间宫殿中人们难看的睡相，才决定出家的。

我笃定做不了佛陀，却猛然醒悟到，此刻又何尝不是离开铃木军团的好时机呢？我不是一直在寻找这个机会吗？

去你妈的吧，灵杖。

我便蹑手蹑足朝外走。没有人察觉我的行动。“鬼角”放的哨兵也打起盹。出了老房子的大门，我看见地面上有一条红砖道，血痕一样蜿蜒通向远方。这魅艳的熟悉景象使我心头“啵”的一声擂响。我没有多想，便循它而行。长长的赤色途径在我脚下跳着火焰的热切。这是真实无虚的道路，而不是网络。它曲曲拐拐经过一些古朴而别致的建筑和雕塑，我却不知道它们的来由。这片土地上，席卷过太多风云，藏匿有太多秘密，但美国人已弃它而去。他们恋旧是有条件的。

我独自走路，有时偶然抬头，看见星星明锐而清澈，像是撒开密密麻麻的围棋子。其中有一颗特别耀目，橙红的颜色，放射状投下，备尽挑逗，与脚下的赤色道路相映成趣。这令我顿然倾心，精神焕发。我一眼看出那正是火星，我们地球的近邻，太阳系的另一颗重要行星。我曾在世界贸易中心上见识过它，那时人们正在死亡的悬崖上挣扎。它此刻正不动声色照耀美国，孤寂冷凄，亦无垂怜之意。感觉上，大概是午夜刚过吧。正是逃跑的好时候。但一想到我从来没有于此时此刻在实相中旅行过，心情转而又变得紧张。另外，我并不知道自己要逃往哪里。

在一座房屋前，我遇上几只动物，它们用绿色发亮的眼睛盯着我。我这才发现自己没带武器，心肺不禁抽搐成一团。但它们仅仅盯了我一阵，也许是感到失望，便若有所思地一齐抬头去看火星，比人类还要专注，然后，深深嗟叹着，无动于衷走掉了。我一时犹豫。如果遇上更厉害的动物怎么办？如果它们不走开，而是扑向我，该怎么办？波士顿已是一座荒城，只有火星投下猩红的浩荡之光，却不知是否专门庇护我的。我迟疑了，心想是不是应该退回去呢？但是，忆及铃木在船上折磨人的一幕，我便又咬牙往前走了。我想，就是死，也要离开他们。但是，苏珊呢？

我继续前行，跨过一条街，忽见前面有两个人。仔细一看，见是两个矮人，个头只及我的脖子。黑黑的，活像两段焦炭，刚从炉膛里扒出来，看不清长相的细节。

我没有多想，走上前，欲向他们问路。但话没出口，却吓了一跳。原来，这两个人长得实在很怪，脑袋很大，眼睛也很大，开裂着向耳部延伸，尤其是眼皮，像巨大而沉重的屋檐往下耷拉，把半张脸盖住了，身子却使人想到出生不久的婴孩，细小得不成比例。他们像是一男一女，阴郁地凝视我，也不言语一声。

他们背后呈现出暗红色的天幕。在这异国他乡，它低垂着，非常厚，猪肚一样，胀鼓鼓的，隐隐辐射出一片无从形容的昏晦光幅。火星的炎焰继续大河般倾泻下来。我似乎听见远方的涨潮声，像许多海怪在喁语。它们就要动手把我拉回“诺亚方舟”，拉回“阿曼多”的世界，拉回纽约世贸中心，拉回围棋盘前。但我不能确定我的感觉器官此时是否还保持正常。火星的莅临把一切扰乱，预示着新的变化。

我伫立着一动不能动。我对面的人不像是吃人动物，但他们那沉默隐秘的样子，比最凶残的猛兽还要让人毛骨悚然。他们以这种面目寂然阻挡在我的去路上，就好像来自时间的深渊，使我的信心发生动摇。我不由自主使劲一拔腿，竟然起动身子。我转身便走。我越走越快，随后开始疾跑。我不敢回头看一眼。我逃回老房子，浑身是汗，心儿快跳出嗓子眼。所有孩子都还熟睡。没有人发现我做了什么。

我不敢再逃。我睁大眼，一直到天亮，眼前老是浮现出那两个黑黢黢怪人的模样。

次日天亮以后，我又沿昨晚的路径走了一次。头顶的星河不再烂熳。火星消失了。只剩下那条红砖道还在。它穿越的地方的确是一些古旧建筑，大白天也阴森森的。房屋上标着醒目的牌子，说明它们建于何时，曾起到了什么伟大的历史作用。红砖道原来是方便游人们找到这些建筑，而专门做出的引导线。但现在除了我，谁也不来光顾。

我又来到曾出现怪人的那条街上。我没有发现有人来过的迹象。那两个家伙便是生活在古建筑中的鬼魂吗？只有他们还守护着这座弃城吗？他们是要防备铃木军团占领它吗？我不寒而栗，很是后怕。这时，身后响起轻轻的脚步声。我头皮一麻，回首一看，却是李铸城他们。

“唐，我们到处找你呢。你乱跑什么？可危险了，这儿曾死过人！”

“是吗？”

“是呀，三百年前，发生过著名的大屠杀呢。我们也才知道。”

“大屠杀？死了很多人？”

“其实也不多，几个吧，但的确可以称为大屠杀呀。”

我摇摇头。在中国，我没有听说过什么大屠杀。

“我们要去打猎，你跟我们一起去吧！”苏珊热情地发出邀请。

他们没有察觉我神态有异。他们都身着军服，戴着头盔，背着枪支，这是昨天刚刚获得的武器，今天就要着急使用。孩子们等得不耐烦了。他们是一副精神焕发而又急匆匆的样子。

“我不会呀。再说，铃木允许了么？”我说。

“允许了，允许了，说是大家先要吃饱，才有气力去找灵杖！”

“不，我不去。”

“你要没有胆量开枪，就帮大家守看猎获物吧。”伊朗人鄙夷地盯我一眼。我只好跟上他们。

于是，开始打猎，场面轰轰烈烈。很快打到了大野兽。它们原来只是外表凶狠，实则不堪一击，在拿枪的猎手面前，倒像是温顺而蠢笨的食草动物。它们只在吃人类遗骸时来劲。我负责把动物尸首堆垒起来，在一旁守护住它们。待到大家回来，再一道往老房子搬运，齐声喊着号子，“嗨哟嗨哟”，像使用新石器的部落猎人，浑身弄得血糊糊的。在老房子前的街心，我们生起篝火，把这些动物烤熟吃掉。基因拼合的蛋白质，连骨带筋嚼在口中，味道并没有什么特别。动物噬吃的人尸，已经完全融化在它们的身体里了，也感觉不出来。原来，到头来，生命都是一样。大家一边吃，一边歌舞，就好像死去的动物在我们的肌肉里复活。

次日，仗着肚里有了充沛的热量，我们又在麻省理工学院校园内进行搜寻。结果一无所获。于是，又开始猎杀动物。接下来的三天，都是这样。但是，一群孩子，老这么没有结果地寻觅，注意力便不能集中，于是，变得有些懒散了，连打猎也提不起兴趣。那些动物已经不够刺激，不够好玩。

苏珊和卡玛拉又亲密而悠然地唱起成人的谣曲，像要聚拢大家散失的意志：

魂已逝，
在天犹可寻。
人生无处觅知音，
闪烁皆基因。

在这催眠一般的歌声中，铃木显得更加阴沉，见了谁都发脾气。大家见他过来，都纷纷躲开。

这天晚上，我半梦半醒之间，耳边传来隐约的对话。好像是铃木在说："现在，遇到了困难。需要你的想象力。"他的声音偷偷摸摸的，显得沮丧。

"再讲讲你最初的情况。"一个陌生的声音回答。

"我是通过反向切入的。"

"是通过图像阿尔法吗？"

"是的。第七线路往北。这不对吗？哈勃。"

我听出，他们好像不是在讲校园里的寻找，而是谈论网络上的事情。

"看来你运气好。你是碰巧得知灵杖的。"叫哈勃的人说。

"不，我不这样认为。这是一个必然。天皇赐予我们这个机会。"

"天皇还在么？"

"在，他在海底重建了帝国。"

"不是在'樱花'号上么？"

"噢……我记不得了。在哪里都一样。"

"你一定要找到它么？"

"这是什么话！"

"如果一定要找到，那么，就请坚持下去吧。不可半途而废。只有日本人能够做到。中国人太骄奢了，已经超过了美国人。"

"你这么说，我就放心了。可是，现在的问题出在哪里呢？"

"无法最后定位么？"

"我们找遍了校园。"

"我再计算一遍吧。"话音沉默了。哈勃似乎开始运筹帷幄。

过了大概半分钟，哈勃说："没错。与地址无关。也就是说，是在麻省理工学院。但是那个扰乱，可能是问题所在。"

"什么扰乱呢？"

“有别的力量发现了这条路径。在校园中，你们是不是感到被一个场覆盖了呢？”

“你是说L场？是的。我们感觉到了它的压力。可是，这怎么可能呢？美国人对灵杖不再感兴趣。他们对自己的前途丧失了信心。灵杖对他们毫无用处。”

“别的方面呢？除了中国人，还有新苏维埃人呢。他们呢？”

“不，不可能，据我测算，他们发现路径的概率是十二万分之一。”铃木的声音有些不自信。

“如果你坚持这么认为，那么，我只能说，是灵杖本身的神秘力量在跟你捉迷藏。它是宇宙隐能量的流通器，没那么简单。”

“我该怎么办呢？”铃木快要哭了。

“意志。如果你有钢铁一般的意志，就一定能找到它。‘阿曼多’不再控制人类的意志了。作为人，你们自由了。要用意志去寻找，遵循心物相关性原则。”

“哦，我明白了。”

这时，他们的声音小了下去。

然后，我吃惊地听见了苏珊的声音。其间夹杂铃木的“咯咯”颤笑。我产生了一种不好的预感，心头颤动一下。

哈勃也发出偷窥般的窃笑。然后，他说：“你们玩儿吧。我离开了。”

哈勃到底是谁呢？铃木军团中并无此人。

苏珊和铃木又在一起干什么呢？我心神混乱，屏住呼吸，仔细倾听。渐渐地，传来苏珊连续不断的尖叫，就像野猫在厉声嘶鸣。我的意识向一个深渊沉下去，我好像又一次快要溺毙。整夜，我没有合一下眼。

次日一早，铃木一扫昨天垂头丧气的样子，红光满面，精力充沛，起劲地催促大家再去寻找灵杖。

“‘阿曼多’的结论没有错，就在这个地方。可别再三心二意了。未来像美丽的少女一样，在朝我们招手呢。”

“可是，‘阿曼多’不是瘫痪了么？会不会是一个错误的信息呢？”是阮文杰在说出自己的见解。大家有些吃惊地看了看他。他的胆子好像变大了，在新环境中，连越南人也有了独立的想法。

“你这是什么话？你不想活啦？上次卡瑞的账还没跟你算呢。你还欠我一顿惩罚。你是逃不掉的。”铃木呵斥。

阮文杰才意识到自己的可悲处境，脸色大变，不再言语。

我们再次奔拥入麻省理工学院，在草蔓和花丛中飞跑嗅闻。小动物们被我们吓得四处逃散。这时，我看见苏珊疲惫的样子，她似乎昨晚也没睡好。我冷冷向她投去一眼。她装着没看见，脸却微红。

铃木走过来，头发上洒满五彩花瓣，像一个刚从精神病医院里逃出的病人。

“你昨晚是不是在偷听我们的谈话？”

他用威胁的眼光盯着我。我僵硬地摇摇头。

“别紧张嘛。就算偷听了，也没关系。哈勃是无形的存在。它给我们指导。我们并不孤独。我们仍然充满力量。找到灵杖是没有问题的。”

他又骄傲了，冲我挥挥拳头。我觉得，他像被那些在大地震中死去的日本人附体了。

然而，难道哈勃也是一个虚拟人吗？这种信息—生物综合体，不是正随着整个梦幻社会的消解，而正在迅速灭绝之中吗？这就是铃木希望让大家感知到的力量吗？

但这天的寻找，依旧一无所获。并且，阮文杰失踪了。

晚上，我的狗开始狂吠。有人不经意往窗外瞅去，看见一具尸体，挂在对面希尔顿饭店的高楼上。当时谁也没太在意。后来有人看出那尸体有点像越南人。用望远镜睇去，他的脸已被什么东西抹平，五官没有了。然而打扮和身形，的确是失踪的阮文杰。他被挂在一个窗棂上，正随风飘荡。

"哈，有人把他杀死了。"李铸城说。

"看来，我们需要重新讨论卡瑞的死亡。肯定，他也是被害的。""鬼角"说。

"可怜的孩子。"苏珊说。

铃木默然无语，踱来踱去，心事重重。

是否真有他人在暗中插手呢？其目的是否也为了灵杖？阮文杰被这家伙干掉了。孩子们颇为紧张。这天晚上，增加了放哨的人，大家也都不睡觉，站在窗口守候。但什么事也没有发生。

"什么他杀？你们别动摇军心。阮文杰就是自杀。他没能完成任务，没有找到卡瑞，所以觉得没脸见人，就去找阎王爷了。这臭小子，这乡巴佬！可为什么爬那么高呢？没看出他还有这一手，猴子变的吧。"铃木又开始恶狠狠念叨。

我想起铃木昨天对阮文杰说："你不想活啦？"会不会，阮文杰其实是铃木咒死的呢？波士顿这座城市，越来越神秘。说不定，是美国人留下的什么机关，在发挥作用。

有人提议，把阮文杰的尸体弄回来埋了。铃木一口拒绝。他说现在的首要任务是找到灵杖。有了灵杖，一切就好办了。

这样看来，也许哈勃是对的。崩溃中的“阿曼多”正在积聚最后一点力量，为人类提供指导。但它好像比较偏向日本这样的幽灵国家。为什么呢？我很不服气。

另一方面，事实上，孩子们正在朝灵杖渐行渐近。连我也有强烈的预感。因为，代价已经付出，必然会有回报。苍天不负苦心人，这个道理在美国也行得通。

有时，我倒真希望铃木一伙能尽快找到那玩意儿。这样，就会结束一个漫长憋闷的等待单元。再这么闹腾下去，谁都会发疯的。灵杖的出现，意味着新的变化将要发生，带给我不确定的机会，我或能由此脱离险境。

细说起来，是狗最先发现阮文杰尸体的。

我的狗已经习惯了这个城市的生活模式。它比我更能迅速面对变异的环境。它经常站在窗边，目不转睛观察外面的转基因生物游动，有时朝它们吠上两声。它深知它们是与它不同的类别。昨天傍晚，就是在这样的观望中，它最先发现了尸体，并叫唤起来。也许，它还看见了凶手。

我知道这狗有灵性。它是美国种，但的确是一只土狗，没有经过基因改良，保留着狗的纯洁品质。更重要的是，狗的宝贵精神，也许存在于与我们人类社会完全不同的另一个世界中吧。

发现越南人的尸体后，有一段时间，我的狗会默默注视墙上的古旧油画。它尤其喜看其中一张。上面有一群傻里傻气的人正在聆听一个长相难看的男人宣读什么。那男人讲得慷慨激昂。他宣读的是什么呢？我把手揣进口袋，触到那张纸条。

我想，在狗的脑海里，时间在流动。狗感受到的时间，一定与人类不一样。这就跟不同种类的钟表，其指针在空间划过的距离并不相等，是一个道理。

铃木容忍了狗的介入。这可能是因为他对小动物不感兴趣，也就没放在心上。狗从苏珊那里得到了较多的爱护。韩国人则给它食物。连伊朗人经过时，也拍拍它的头表示亲热。

大部分时间，它表现安静。唯有当灵杖图形展现时，它低低吠个不停。最初，谁也没有注意到这一点。“唐，看紧你的狗！”他们只是这样说。但这一天，他们又说时，铃木举手制止了。

“慢来。”

他凑过身，蹲在狗的前面，眯缝眼睛朝它打量。狗见着他，吓得不敢再吠。铃木撕了一小块肉喂它，把灵杖的图案在它面前晃来晃去。狗又叫起来，并要扑上去撕扯。苏珊脸上最先露出醒悟的神色。

“狗与灵杖有什么关系呢？”

“我打赌它没有见过灵杖。”

“你到底怎么弄到这狗的？”

我又讲了我们在洪水中患难与共的经历。我说，它不过是一条极平常的狗。

“铃木，没什么特别的。这是因为它看见画上的这东西很像骨头。”“鬼角”说。

“可我觉得还有别的原因。”铃木说，目不转睛看狗。

“那是什么呀？”

“听说，在我的家乡奈良，狗能预告地震的发生。”

“灵杖不就是预知未来的么？”

“所以嘛。灵杖跟狗是相通的。”

“狗的精神，穿越时间，与灵杖在未来相遇了吗？因此，它才像见了熟人那样起劲叫唤。”苏珊说，伸手摸了摸狗。它才不叫了。

听了这种新颖的解释，大家议论纷纷。但并没有其他的原因，能说清楚狗见了灵杖就狂吠的道理。不过，作为动物来讲，常常拥有普通人丧失掉的超感官知觉。这一点，很多人都相信。说不定，狗通过从麻省理工学院弥散出来的L场，感受到了灵杖的存在。

在这个混乱时期，只有狗能感知到命运的神秘，并与之息息相通。这个发现，使铃木既感难堪，又重新精神焕发。

带着试一试的心情，铃木决定把狗带进麻省理工学院。

一进校园，它即如回到老家，兴奋不已，连声吠叫。于是明白了，麻省理工学院这个地方，其实是狗的乐园啊，这一点，直到现在才认识到。这打消了孩子们尚存的怀疑。我们跟在狗的屁股后面一路狂奔。一切又回到一种使人陌生而兴奋的初始状态。我仿佛置身于“阿曼多”设计的丛林捕猎游戏。

大家穿着一色的军服，起劲吆喝，流淌大汗，满脸红霞。连苏珊，也变得像个小子。我感到腹部又发胀了，隐隐作痛，那股张力又回来了，重新聚集起它的势力，并准备做最后的释放。一股暖流沿脊柱上升，在天灵盖往复打转。这与在棋盘边不同。那时我只是越来越感到冰凉，像沉入海底。现在，浑身一阵阵燥热，像被扔进火山口。

孩子们刚刚践踏过的鲜花和嫩草，又顽强昂起头来。巨大得令人难以置信的房屋默默注视我们，它们空空的门洞活像噬人的嘴巴，它们暗黑的窗户如同惊讶的眼睛。在这样的尽兴奔跑中，大家又忘记了本来目的。人叫声和狗吠声此起彼伏，响彻云天。在这无人的世界里，如果不是实在感到累乏的话，孩子们大概会兴冲冲一直跑下去吧，直到世界末日。

狗像一道闪电，穿越教室、宿舍、实验室和图书馆。它越过天线网、阵式板隔和河流中的负离子晶格。它真像是来自未来的幽灵。最后，这活泼的生命一头钻入一个通往地下的洞口。我们急忙跟着它爬进去。“鬼角”点燃气体长明火。

暗穴中有一条长长的隧道。走了半天，发现了一道半掩的金属门。门没有上锁。把它推开，见是一间阴森潮湿的密室。孩子们在这里发现了那样期盼已久的东西。

“没错，就是它了。”铃木欢叫。

灵杖就那么随随便便置放在一个散发暗光的钢槽里。由于没有想到竟然得来全不费功夫，人人大喜过望。

狗还在对它不停吠着，就像那是它的食物。

铃木小心翼翼把灵杖取出来，与图片做了对照。二者符合了。真正的灵杖是一根不到一米长的棍子。两头较大，正像人的股骨。中央部分套了一个数码盘，笼罩在淡淡的紫色光环中。

孩子们欢呼：

“灵杖！灵杖！”

“可找到了！”

“我们有救了！”

“美国有救了！”

“世界有救了！”

然而乐极生悲。铃木正要携宝物率领众人离开，却发现门被反锁了。

“是谁关的门？”

铃木愤怒喝问，脸都扭曲了，脖颈冒出青筋。大家面面相觑，都说没有碰过门。

“混蛋，一定有人动过！”

孩子们吓得不敢说话。过了一阵，伊朗人说：“我想，谁也不会关这门的。如果有人关了它，也一定是从外面关上的。看看它的结构嘛。”

“可是，咱们中谁还在外面，没有跟进来呢？”

伊朗人赶忙清点一下人数，发现每个成员都在。

“咦，这就奇怪了。是谁呢？难道是阮文杰？”

大家变了脸色。我想到了那天晚上遇见的那两个怪人，张了张嘴，话到舌边，却没有吐出来。这是世界的秘密，不该由我来说。

大家试图打开关闭的门，却没有用。这是一扇磁力防护门。要重启它，需要磁力放大器。我们手边没有这玩意儿。弄了半天，大家累了，呼哧喘气，席地而坐。

“看样子出不去了。”

“会死在这里的哟。”

“找到了灵杖，人却死了。这多么可悲。”

“是啊，怎么办呢？”

人们就又去看灵杖。这不是那个能决定一切的东西么？它就不能为大家指示一条生路？

“铃木，要不试一试它，看看有没有什么办法。”李铸城说。

铃木满脸无奈。

"我还不会使用它呢。我还没跟哈勃取得联系。"他说。

我第一次看见铃木那么无精打采。得到了灵杖，他却反而恐惧和无助了。他的情绪传染了别人，大家都黑着脸。室内的空气似乎也在逐渐减少。我的呼吸变得急促，慢慢快要窒息。有几个女孩子开始哭泣，上气不接下气。我看了一眼苏珊，她没有哭，但也把嘴唇咬出血。她见我看她，便垂下眼帘，像是受委屈的样子。有的孩子张牙舞爪挣扎，在墙上寻找什么。到处描画得乱七八糟，像是学生们的涂鸦。卡玛拉在靠门处发现了一处铜牌，上面刻着一行字：

世界末日的最后避难所

"这间密室是有人特意建造的。是一个对未来失去信心的人吧。"

"不，能隐居在这儿，说明正是对未来有信心呢。"

"也许，他正是从灵杖中了解到世界真的要毁灭，所以建造了这个地下避难所。"

"这是他的别墅，不允许随便闯进来的。"

"不，说不定是墓地呢。"

这话说得大家心惊，又都沉默了，只有"鬼角"一人还在四处乱摸。他镇定自若，动作敏捷，像是不受缺氧的影响。我的狗也在绝望地嗅闻。"鬼角"跟着狗走。过了一会儿，他低沉吼叫一声：

"这里有一道假墙呢！"

"你说什么？"

"有假墙，可能有暗道！"

大家聚集过去，果真，在密室一角，有一圈细小得几乎看不出的墙缝，显示出一个半圆形的门的模样。狗正冲那儿嗥叫。

“我刚才就在想，作为避难所，一定还有什么紧急出口之类。因为危机过去后，避难的人是要出去的，这样才能享受新世界的极乐。”伊朗人说。

“的确有道理，说的就是新世界么。”

“但是，现在，怎么能把它打开呢？”

“看它的情形，并没有机关。用力推吧。”

大家便一齐上前。一、二、三！还真是的，不一会儿，墙就“哗啦”一声坍塌了，抖露出一个狭窄通道。铃木急不可耐，率先钻过去。大家也都跟上。通道漆黑，有很多积水。深一脚浅一脚，走了一阵，前方出现亮光。再往前行，就到达洞口。我们重新回到阳光下的校园，简直难以置信，伸长脖子，大口呼吸清新空气。这真是奇迹。铃木把灵杖高高举过头顶，像只鹤一样呼叫：

“天不亡我，天不亡我！”

铃木的声音传出好远，如一道凄厉的哭声。但为什么会有这样的奇迹呢？这是我后半生一直思考的问题。我曾多次试图找到那个修建避难所的人，但总是归于失败。他似乎是一个无形的存在。我在二○七三年和二一○七年曾回到麻省理工学院寻访旧址。在外星人的协助下，经过再三考察核实，我发现，在被称作“世界末日的最后避难所”的密室中，根本就没有那堵假墙和通道。最后，连密室本身，也消失了。

找到了灵杖，又死里逃生，这真是了不起的大事。铃木军团决定举办庆祝仪式。

大家互相把脸用颜色和胶泥画成各种形状，在老房子里装神弄鬼，又跳又叫。“鬼角”到处找人比试摔跤。大家也乐得和他一斗，但都摔不过他。我也十分高兴，鼓掌欢呼，仿佛融入了他们。这是洪水后，我最开心的一天。

大家表演了各自家乡的节目。印度人卡玛拉跳了一个印度舞。她装扮成一尊佛像。马来西亚人穆迪，唱了一首歌，曲调很明媚，使人想起阳光和沙滩。韩国人李铸城，他用废铜皮做了一只鼓，起劲敲击，节奏分明。还有哈萨克斯坦兄弟，挥动武器，互相碰击。他们都像换了一个人。不知怎么会是这样。

我想，我们亚洲，是这么多姿多彩啊。铃木说得对，亚洲，真的是世界上不同凡响的地方。只有我除了下棋，什么也不会。我为此感到羞愧。但大家并没有要我出节目。

铃木如一位国王，坐在高处，得意扬扬。偶尔他纵身跳进场子，用一根布带把眼睛蒙住，两手一张一张，机器人一般舞蹈。跳得还不尽兴，他又唱起旧时的儿歌：

四时佳景齐展现，
春夏秋冬面面呈；
万木千草花怒放，
优游如斯乐无穷。

铃木有这样的才华，让我很觉意外，对他也另眼相看起来。

闹腾到半夜，大家更疯了。这时肚子也饿了。有人提议把狗杀来吃掉。

“我们不能光吃玛那和转基因动物。都腻味了，营养也太单调。今天是个特别日子，吃吃天然食物咋样？”

“赞成！”

“太棒了！”

“狗肉宴，没有比这更好的了！”

“你们这些笨蛋，怎么光想吃啊吃的。这狗是得杀掉，因为它太诡异了。”是铃木在说话。他忽然想到什么，飞快转起眼珠。一些人附和：

“是呀。如果它是黑色的话，就是魔鬼。”

“非生物工程生物，旧世界的遗孑。”

“我们已经拥有灵杖，就不再需要它了。”

“杀掉它！”

“埋掉它！”

“让它消失吧！”

有人开始寻找刀子和绳索。有人狞笑着朝狗慢慢靠近。狗预感到大难临头，一下蹿到我身边，紧贴住我的大腿，打起哆嗦。我把它抱入怀里，对走来的凶手说：“别、别杀它，它是帮助咱们找到灵杖的功臣，还救了大家。”

“可是，我们饿啦。缺少营养。让它再帮我们一回吧！”

“我、我不同意哟。”

“你不同意有什么用呢？水也淹不死的中国佬！”铃木指着我的鼻尖说，笑得弯腰捧住肚子，“而且，我们并不是真的饿呀。”

“鬼角”也笑嘻嘻的，偷偷挨过来，伸出大爪子，猛地一把擒住狗。他力气大，把狗捉走了。狗被举在半空，悲惨鸣叫，乱蹬四腿。

我怒火中烧，却不敢跟“鬼角”打架。我想，你也曾亲热地拍狗的头，但现在却那么凶狠！人这种动物真是不可理喻。

“把狗放下，还给我！”我龇出门牙，低声咆哮。

“我偏不。你有本事就放马过来吧。”

我受了激，再也忍不住，不顾一切，直冲过去，“鬼角”一闪，我一头栽倒在地，额头碰出鲜血。周围笑声更大了。

这时，却听“哎哟”一声。原来，狗在“鬼角”臂上咬了一口，从他的手中挣脱。大家又指着“鬼角”狂笑。铃木也乐得两手直拍。“鬼角”气急败坏说：

“赶快关门，别让这东西跑了！”

就有人把门关上。还有人守住窗户。只有苏珊喊叫：“你们这是干吗？跟一条狗过不去！疯啦，疯啦！”可是没有人理会她。

狗在大家脚下乱跑，像一条灵活的鱼儿，谁也抓不住。我在心中给它加油。我还暗暗祈祷，老天呀，你让我的朋友赶快逃走吧。这时，房间里一片混乱。涂成大花脸的孩子们上蹿下跳，手舞足蹈，灰尘满天。狗终于被逼到墙角，似乎跑不动了，大口喘气，恐惧地看着恶狠狠的孩子们。大家正要呐喊着扑上去，却都一下不动弹了，因为他们面前忽然多了一个活人。

那是我。我心里一横，操起一把椅子，纵身跳过去，挡在狗的面前。

“谁想杀它？就过来试一试吧！”

八一军体大队教员的训示，骤然在我耳边“轰隆隆”回响起来。他们说，孩子，永远不要怕事，下棋和做人，干什么都要豁出去。

我平时是一副温和文弱的形象，骨子里却早已训练成一个狠人，自己却不知道，这大出我的意料。没想到一发飙，倒把众人唬住了。大家怔在原地一动不动。“鬼角”条件反射地拿出枪。苏珊和卡玛拉惊叫一声，抬手把眼睛蒙住。

这时，刚才还大呼大嚷的铃木，奇怪地和颜悦色起来。他把伊朗人拿枪的手按住，说："算了算了。喜庆日子，干什么呢。不杀狗就不杀吧。真的是它帮我们找到了灵杖啊。还得感谢唐龙。"说罢他冲我挤挤眼。

我赶紧把狗搂在怀里，亲了又亲。我想，是它救了我一命。现在，我报了它的恩。咱们谁也不欠谁了。

早晨，一切复归宁静。昨夜的一切，像一场梦魇，已经过去。我外出散步，遇上苏珊。她见着我，眼中放出光熠。

"昨晚你的表现，真勇敢哪。"她敬佩地对我柔声说。这种语气，比之在船上看见我醒来时说的话，更让我心动。但一想到那晚她与铃木在一起发出的另一种声音，我就不想搭理她了。

"不，并不像你说的。我当时其实很害怕。"我冷淡地说。

"在我眼中，你真的很勇敢呢！我以前觉得你很弱。现在我认为，你是个男子汉！"

"男子汉？我只不过救了一条狗。"

"如今狗比人更有价值。"

"你说的我太不好意思了。其实我手无缚鸡之力，我只会下棋。"

"我知道，你是世界冠军。"

"唉，甭提这个了。"

"也许有一天，你还会重新坐到棋盘前的。"苏珊仰望着我，眼眸像水晶一样，"你在那画面上很'端的'。"

"我怀疑自己挺傻，真的。或许，我不该来美国。"

“你不要把自己想得如此不好。这不是你的问题。另外，你不是已经习惯了新的环境吗？”

“怎么会呢？我不可能再下棋了。我不会在这里长久待下去的。”我说。我内心布满冲突。我想起苏珊跟铃木在一起的样子，就很烦躁。

“你想离开？铃木不会放你的。”苏珊不安地瞅着我。

“他看我总不顺眼。这家伙。”

“其实，他内心里也觉得你与众不同。你比我们厉害。你是中国来的嘛。他耍弄你，是因为嫉妒你是中国人。”

“中国人？哪有什么好嫉妒的。日本才是亚洲之心嘛。他已经找到了灵杖。他就要收拾美国的山河了。”我伤痛而讥讽地说。

“哦，别把那太当真。铃木要把亚洲人团结起来，没那么容易。大家都各有想法。至于收拾美国山河什么的，就更不好说了。光靠我们，很难把白人统统杀干净。只要留下一个白人，就还会有问题。”

“你也怀疑灵杖？”

“怀疑吗？只是心里有些不踏实。”

“是啊，我也觉得，谁胆敢怀疑灵杖呢？它代表着未来。”我谨慎地打量她一眼，“我们都应该相信灵杖才是。怎么说呢？这大概是一个信仰问题。灾难之后，要有新的信仰。这一点上，铃木是对的。”

“信仰？”她显出好像从没听说过这种事情的样子。

“是的。信仰就是一个人、一个国家存在的基础。有了信仰，生活便有了目的。我们中国人都是有信仰的。中国就是靠了这个，才强大起来的。”

听了我说的话，苏珊仿佛显得有些自卑，沉默下来。

“那么你的信仰是什么呢？”过了一会儿，她问。

“我以前的信仰便是下棋。现在？唉，我也不知道。没有棋子棋盘了。”

“那你岂不是就不存在了么？”她困惑地收缩起了柔媚而坚韧的肩膀。

“我……”我的脸发烧了。一切在自相矛盾中。

“好了，不谈信仰了。这个问题太深奥太抽象。我想听你再讲讲上海呢。那座城市里，女孩子们都做什么？”

“我有个妹妹，叫唐蛟。她是典型的上海女孩子。她也很‘端的’。这个词的意思你知道，是用来表现流行和时尚的，是让人心疼、让人景仰的意思。有很多男孩子追她。”

“那些男孩子都很‘端的’吧。你妹妹真幸福。”

我心里又无端有些厌烦，一时不知怎么回答。

“真想去那里看一看。”苏珊憧憬地说。

“但愿你不是口是心非。”

“你怎么这么说呢？我可是真那么想的。不过，今生也许不可能了。”

这话把我震了一下。今生！这样的词汇，如同信仰一样，好是吓人。不知为什么，我觉得这有些滑稽而无奈。那么，还有前生和来世吗？但苏珊说这话时，非常认真，完全跟个大人似的。我想，我今生还能做什么呢？我来世又将做什么呢？我可是从没有思忖过这个问题。以前在国内，我的一生都是由国家安排好的。但是现在，除了国家以外，却似乎还有一个更大的东西，躲在幕后某个地方，对我们施加影响。我觉得应该回应苏珊一句什么，却心头空空的，好像有一种东西正在粉碎。我感到这女孩的确很特别。我的目光下意识落在她结实而凸起的胸脯上，又慌张地赶紧移开了。

这时，我看见人影一闪，并伴随苍白的口哨声。

“他在那边。”

我努努嘴。铃木在视线之内缓慢走动，像个老人。他手里握着那根“骨头”。我觉得他跟狗一样。

苏珊说：“记住，哈勃其实就是铃木自己。他会装假声。他在同自己交谈。他就是用这个唬大家的。”她走了两步，回头又说：“我会记住你讲的——包括上海，还有上海的女孩子，你的妹妹！我要能见到她就好了。哪怕这些都是美丽的传说，我也会记一辈子的。至少今生吧。”

话音未落，她就匆匆走开了，好像要逃避我，也要逃避铃木。她似乎不敢同时面对我们两个。她已开始成熟的苗条躯体立即融入阳光与清风中，她圆圆滚滚的臀部看上去优美而有劲，却使人有一种失败感。铃木平伸双臂，木偶一样，“咳咳”笑着追上去。

我浑身上下十分的别扭，就像一只斗败的蟋蟀。

我把眼光从苏珊的背影上移开，投在远方阮文杰丑陋的尸身上。这种转换不能说十分自然，但我觉得应该强迫自己这么去做。我必须尽快习惯所有的恐怖场面。

阮文杰仍旧悬挂着，没有人把他取走。孩子们中间再没有人提议这么去做。于是他快被风干了，像一帧生物活性广告。

有时，登陆的海风会把他轻轻揭起。他的双脚向一边无精打采踢起来。然后，又像一张纸条似的落回去，粘在墙上。这种动作十分滑稽。他好像是那种逞能的孩子，独自爬到高处，去俯视全城，最后下不来了。也真是的，这个小个子的东南亚人，还以为自己是金刚么。而他其实什么也没有看见，并且连尸体也在迅速萎缩。从他的身上，哪怕是孩子，也能看到巨大的危险阴影。灵杖也许正在带来一场灾难。但没有人胆敢公开说出这一点。

我忽然想到，不久后的某一天，我会不会也成了阮文杰这副样子。

铃木仍然在跟“哈勃”联系，他一躲进睡袋，那里面便传出他们两个的交谈声。大家慢慢都知道这个秘密了，偷偷取笑。而“阿曼多”的气息最近越来越微弱了，其界面很难切入。那天洪水的打击，大概伤了网络的元气。

这使铃木无法知道如何运转灵杖。这是最可悲的。他反复更换隐形眼镜，加快清洗的频率。我受到他一触即发的心理的下意识暗示，变得格外的神经质，见了苏珊，都不知该说什么了。

不久，所有的在线方式结束。“阿曼多”彻底地整个崩溃了。

这天，国家信息委员会的张主任乘车前往中南海。在经过天安门广场时，他关掉了自动驾驶仪，让车停了一会儿。平时太忙，他已经很久没有到实相中来欣赏广场风景了。这曾是他来北京上学时最爱逛的地方。但那是三十年前的事了。

从广场上，看不出“阿曼多”崩溃的任何迹象。这个坏消息，是今天早上获得的。世界信息组织（WIO）的救援努力，可以说完全失败了。甚至，可能正是刻意的救援，反而加速了“阿曼多”的死亡。这就像给重病的人大补，越搞越糟。

对此，张主任并不感到吃惊，反倒舒了一口气。最近以来脑子里一直紧绷着的弦这下可以松弛了。他常常觉得，“阿曼多”作为一个独立的存在，对人类社会的干预总持有某种下意识的反感和抵抗。这个精神一直在寻求独立和逃避。如今，它如愿以偿了。对此，张主任心中不禁产生了一丝敬意——相对于他的身份来说，这多少有些不合适。

天安门广场仍像以往那样雄伟壮观，与网上的那个广场相比，有着天壤之别。大片的绿地边，有几个老头儿在放风筝，神情恬然。看样子他们有一百多岁了。纪念碑前，一群美术学院的学生在实相写生。他们旁边，一些妈妈带着孩子在喂鸽子。旅行社的导游带着大群游客在闲逛。广场上充斥着五湖四海的方言。这正是上个世纪的情形，现在居然全恢复了，而这只在一夜间！广场能够永世不易的魅力究竟何在呢？

张主任受到现场气氛的感染，改了手动驾驶，让汽车绕行广场一周。人民大会堂、纪念堂、纪念碑、历史博物馆、天安门城楼，还有毛泽东和邓小平的画像，都肃穆庄严。张主任相信，再过一千年，它们也不会发生什么改变。

忽然，驾驶屏幕上出现了一个女孩的影像。看样子是个大学生。她伸手拦住张主任的汽车，对他说：

“司机叔叔，请为美国洪水灾民捐点儿钱吧。”

看她那羞涩的神态，像是还不太习惯非网行为。张主任亲切地笑了笑，答应了。但一想到姑娘大概还不知道“阿曼多”已经崩溃，他就心头一沉。国家还暂时封锁着这个消息。她跟他的女儿差不多大。此时，自己的女儿是否也在做这种已然于事无补的慈善之举呢？张主任无奈地想。

这一代人，将在没有“阿曼多”看护的环境中成长。这是一个对任何人来说都是非常陌生甚至危险的世界。在最初的阶段，有多少人会失业呢？国家信息委员会已经准备了一个数字，连张主任看了也大吃一惊。他想到这里面还可能包括自己，不禁发出一阵苦笑。但这远远不止是失业的问题。

信息冰河期开始了。

——摘自信息中间商伍金赤列的手记《信息冰河》

信息冰河

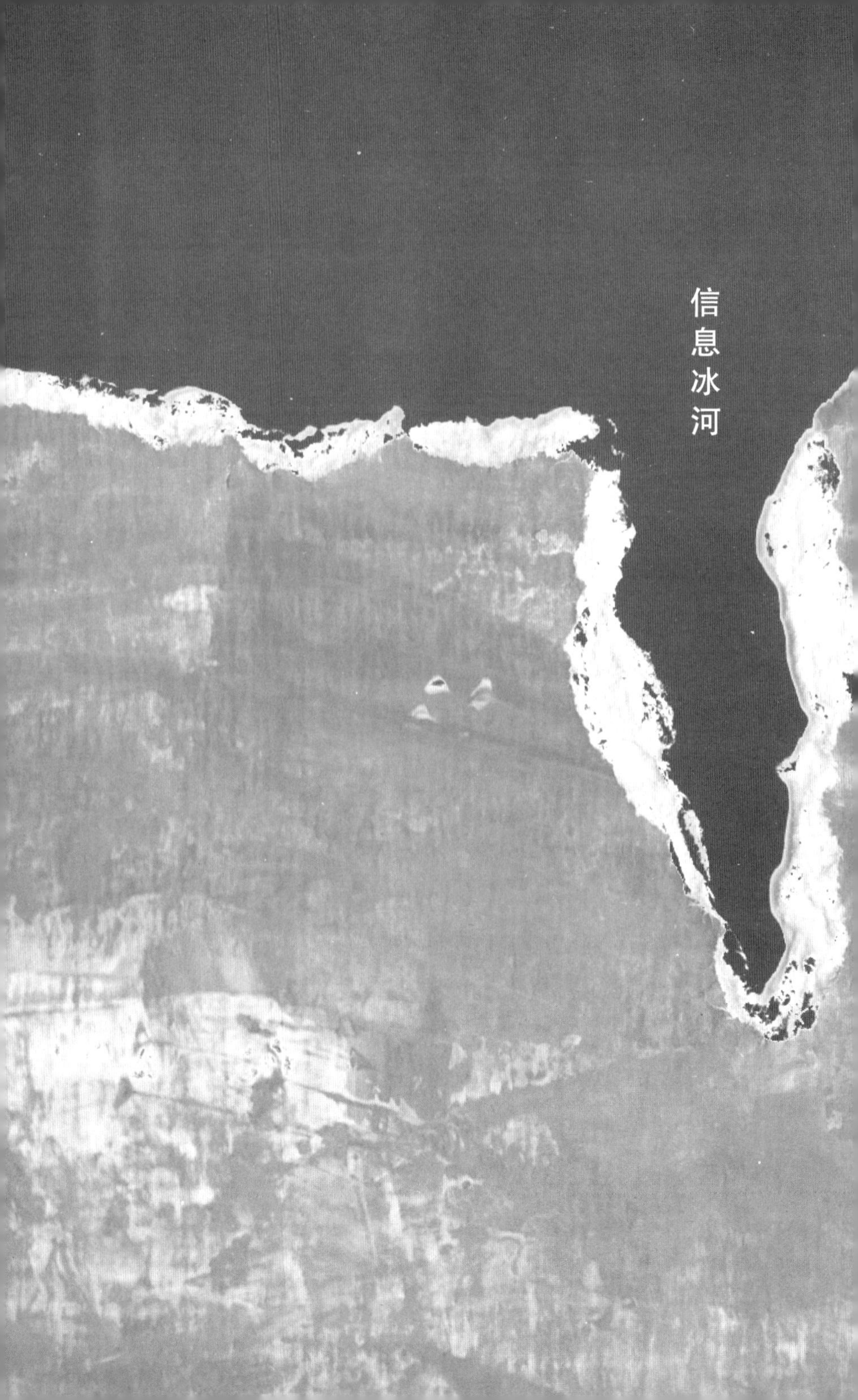

“阿曼多”彻底崩溃的那天下午，我们一伙正坐在波士顿城的海堤上晒太阳。铃木忽然抖了一下，说：

“奇怪，我身上怎么打了一个寒战。”

他这么说，我也感到寒冷。但抬头看去，却是艳阳高照，酷热难当，恒星就像一只出神入化的火鸟。海面光焰闪耀，热气蒸腾，大洋如一锅汤，快要煮沸。掐指算来，我到北美已近两月。这应该是接近夏天了。但怎么会像冬天呢。这事说不清楚。灾难后的世界，越来越怪异。

我问苏珊感觉到没有，她说，是啊，也是一样。在场的其他几个人也嚷嚷说，都感觉到了。

细细体味，这股奇怪的寒流，是首先在大脑里爆发的，就像一根冰柱破裂，然后顺着脊柱往下“咕嘟嘟”流淌，最后连脚跟都凉透了。大家越想越害怕，以为要出什么事，便赶快离开大堤往回走。

老房子里的人看见我们回来，都迎上前。他们七嘴八舌说，刚才不明不白，身上便感到冷飕飕，不知道要发生什么异端。

“向外打探一下吧，铃木。”有人建议。

“我知道的。不用你管。”他的颜面就像被冰封住。

“要出什么事了。还是马上打探一下吧。”

“还没到联系的时间呢。”

“大家害怕呀。”

铃木拗不过众人，便用他掌握的那个唯一的中微子－生物网络处理器与外界联系。但这回“阿曼多”不再有任何反馈。

“看看，你们硬要来！”铃木忽然冒火了，反倒责怪起大家。他又试了好几遍，额上冷汗直冒。

一直到吃晚饭的时候，也没有探查到“阿曼多”的存在。大家觉得这回真出事了。气氛很紧张。我还没有见过大伙这么惶恐的。

忽然，铃木“呜呜”哭起来。“它死了。一定是‘阿曼多’死了。”他说。

我吓了一跳，心往下沉。他终于把这话说出来了。这是所有人畏怖着的结局。

“不会吧。它是‘世界之心’呐。”

“肯定的，还没见过这样连一点信号都没有的。”

还没有见铃木哭过，大家都吓坏了，也当真起来。卡玛拉等几个女孩也“哇哇”哭出声。我看看苏珊，只有她没有哭泣。她在这伙人中年龄最大，也最懂事。我觉得她挺了不起。我也便咬紧牙关不哭。“鬼角”站在一旁，那样子都傻了。

“别哭了。”最后还是苏珊，看不下去了，“大家劝劝铃木吧。这样会把人哭坏的。”的确，铃木大哭的样子，让人看了很害怕。这才是真正动摇军心的。

“是的，伤心也没有用，我们本就没有打算依靠它来着。不是有了灵杖么？”李铸城走上前，别别扭扭对铃木说。

铃木慢慢才收住哭声。他不好意思地看看大家，好像从大梦中猛然醒来。这个梦他做好久了。这时我觉得铃木也挺可怜。他一直都在用意志力硬撑着，这时可能撑不住了。

“阿曼多”这次真的是彻底崩溃了，事情就发生在我们打寒战的时候。

“阿曼多”的意识具有怎样的特质，它是不是具备超感官知觉，这个问题便很难讲了。怎么理解它的崩溃会引发人类肉体和大脑中的寒冷呢？感觉上，这很神秘。这个世界有着太多未解之谜，不像在中国的时候，我以为的那样透朗。孩子们议论纷纷：

“它是有灵魂的。刚才，一定是它的灵魂试图来找我们附体了。”

“快别这么说了，怪吓人的。”

“它能通过超空间影响一百亿人的心灵呢。以前，大人们是这么说的。”

“谁也没有见过它的大脑长得什么样子。谁知道呢。”

“是像鲸鱼的脑子，还是像蟑螂的脑子呢？”

对于网络进化出了一种什么样的智能，铃木军团的孩子们猜想不透，将信将疑。而正如你们所知，多少年后，这件事仍是一个谜。包括你们福地的人们，还在争论不休。要找到确定的答案，那是枉然。

有一种解释说，“阿曼多”在完蛋时，它的自我意识溢出了网络界面，也就是它的自组织大脑程序皮层，以电信号的形式，漫射到零空间，并对亚粒子结构发生了物理影响，最终激发了真空。宇宙中最为敏感的仪器——人类的大脑——便感受到了。

其实这种假说也很难自圆其说。它无法解释很多问题。但有假说总比没有好。

不管怎么说，这是“阿曼多”第一次也是最后一次不依靠网络突触，直接作用于人类的肉体吧？这个寒战，也许可以理解为由电子、光子和蛋白构成的社会集体记忆力的瞬间消失吧？我们一边吃晚饭，一边继续谈论此事。

“‘阿曼多’也许并没有崩溃，它只是离开了我们这个四维世界，到更高维的宇宙中去了。这样才引起了反应嘛，就像巨人走路带起一阵风一样。”哈萨克斯坦兄弟说。

“说得没错。我想，它绝对不是人类社会的产物。它本来就是天神下凡嘛。说不定跟外星人有关系。”巴基斯坦人说。

这是一个新颖说法，我认为也不无道理。

“不准说了。它与我们再也没有什么关系。”铃木脸上布满阴霾。

第二天早上，寒战留下的余悸还没有散逸。最初都以为它会很短暂，但它就是迟迟不去，像长长的鞭子在大脑皮层中抽击，留下带状的血印和空白。

这时，一切出奇的安静。

我产生了一种强烈的感觉，“阿曼多”虽然消失了，但它给世界留下了一个阴谋，就像潘朵拉的盒子。美国这块土地将因为它而酝酿什么，还要发生更大的不幸。我把这恍惚的印象告诉大家。有人称是，有人摇头。

我说：“在某些毁灭与新生的漫长间隔中，也有这种东西。恐龙灭绝后就是这样的。”

“你知道恐龙灭绝时是什么样子？净瞎说八道。”“鬼角”说。

李铸城说："他说得不错。听大人们说，二〇四一年，'阿曼多'对阿尔瓦雷兹小行星撞击后的地球环境做了复制。那是六千五百万年前的事了。'阿曼多'描绘了当时天空笼罩着的一层黑云，还有就是恐龙家族无法呼吸、慢慢死去的整个过程。这绝对真实。很多人都是知道的。唐龙来自中国，一定比我们更清楚。"

"我也听说过，'阿曼多'分析，在哺乳动物出现前，地球上有过一段沉闷的空白。安静极了。"穆迪说。

"就跟现在一样。好可怕呀。"越南人说。

"可是恐龙并没有进化出智慧呀。"卡玛拉说。

"那可能还是幸福的呢。"哈萨克斯坦兄弟说。

大家便去看窗外的波士顿。它活像鬼城一样。大白天，天空中忽然透出星星，肉眼可见的，就有好几千颗呢。与夜晚的不同，它们摇摇欲坠。这好吓人！不知这种令人害怕的神秘和静谧还要持续多久。

我不禁想到，就在这同样的星光下，大约一万年前，人类的第一种社会，也就是狩猎和采集社会，被农业社会代替。公元一七五〇年左右，英国人发明了第一台蒸汽机，农业社会又让位给了工业社会。正好过了两百年，世界的第四种代表性体制也就是信息社会开始孵化。到了二十一世纪前期，以"阿曼多"为标志的梦幻社会又取代了信息社会。而不过短短几十年，梦幻社会又瓦解了。

时代更替的周期，看样子是越来越短。人类生活在这样的镜花水月般的过程中，感觉上像是一种不伦不类的生物。至于人类为什么会存在，为什么地球亿万种生物中，唯有人类进化出了文明，连这种事本身也越说越不清楚。现在的问题是，旧生命灭绝后，什么样的新生命将登上舞台呢？它们会创造地球上的第二种文明吗？它们是会很可爱、很友善，给残存的人类带来美好的日子，还是会很可怕、很凶残，将把我们一个不剩统统吃掉呢？

灵杖真能告诉我们这一切吗？

但是灵杖仍然保持着缄默，怎么调试也没有动静。许多人猜想，这是因为，即便身为灵杖，它也分明不能完全独立于“阿曼多”而存在呀。因为它最初也是基于中微子－生物网络处理器的呀。我们都很失望，铃木更是如此，他有好几天躲在老房子的顶层房间，不出来跟大家见面。后来，他才勉强露脸。他生硬地伪装出没事的样子。他小小的年纪，要做出大人的姿态，真是不容易。

慢慢地，寒冷的感觉悄然散去了。孩子们有一种大病初愈感。每个人都恹恹的，时常昏昏欲睡。我们无所事事。铃木除了偶尔令我去找找隐形眼镜，也不再像以前那样严厉节制大家了。于是，我常常一个人离开众人，爬到波士顿的海堤上坐着发呆。

这里的风景是我喜欢的。大部分时间，一眼望去，海面之上，晴空万里。这时便有鲸鱼结队游入港口，一群一群在那儿嬉水。它们不停跃起，脑袋大得吓人，就像是一些很有智慧的生物。没有了人类的活动，海洋哺乳动物也大胆多了，放肆多了，露出它们平时掖藏起来的本性。我记得，在上海，人们没有见过鲸鱼。实相中的鲸鱼原来是这个样子的，我看后一辈子也不会忘记。它们会是未来竞争星球主宰者的新物种吗？

有时候下起大雨。天上流下宽阔的大河，像是许多龙王在亢奋游行，它们好似从长期的拘役中解放出来，获得自由。常常，雨雾中远方的海面上，会出现一排排绛黑色的条带，没入高空，那是龙卷风在狂吸海水，它们舒展上升的样子，摄人魂魄。我担心龙卷风会向我走来，把我吞噬，正欲从堤上离开，这时太阳又跳将出来，风暴也消逝了，就像它们只是一道布景。于是，又出现了海市。那是我不熟悉的城池，重峰叠嶂，流光溢彩，不知是昔日的美国世象，还是远隔的中国光景。然而，这儿分明是大西洋，海那边是欧洲，这是无疑的，因此，那些城市，会不会是欧洲的景观呢？但这时海市却忽然散逸了，一切如同神出鬼没的烟云。我就落寞了。

风景总是这么不停变幻，这是完全的实相大自然，它最初令我不能习惯。有时我久久眺望海平线，期望看到船只，但连一个影子也没有出现。那些洪水中逃难的船儿都好像漂流到另一时空中了。风景稳定下来时，我会偶尔想到围棋。两个月不下，定式仿佛也生疏了。这让我惊诧。这时我才觉得，我们来美国，似乎是有些荒唐的。还说围棋可以帮助美国复兴呢，但看看现在。也不知道当初是怎么想的，那么自信，那么有把握，那么不管不顾，好像我们要怎样就能怎样。真是一场梦哪，跟铃木做的，并无二致。

我猜想，如今，中国也肯定遭受了很大损失吧。说不定，也出现了像美国这样的混乱局面呢。爸爸、妈妈和妹妹在做什么呢？是不是上海的海堤溃塌后，已葬身鱼腹了呢？上海那么大一座城市，要是一夜间消失，那真是一件大事，比起纽约的毁灭，更让人不知所措吧。我却不能亲眼见着。

我这么想，就好像事情真的发生了，鼻子一酸，不禁掉下眼泪。来到美国后，我越来越容易哭。我觉得连自己的性格都变了。一切发生得太快。

有一天，我坐在海堤上，看见爬上来两个人。我一看是李铸城和卡玛拉。我赶忙躲在一块石头后面。

他们在海堤上坐下，便把嘴对在一起，还把手伸到对方的衣服里面乱摸。我完全没有想到会有这样的事情，不禁看呆，脸颊滚烫，呼吸紧促，一会儿又埋头吃吃偷笑。

他们闹腾一阵后，就停下了，这使我有些失望，因为我还想看，接下来会发生什么。他们喘了一会儿气，便开始聊天。他们先互相说了一堆肉麻话，然后讲起别的事情。

"卡玛拉，这一阵，我其实好害怕。一点也不知道外界发生了什么。"

"是不是统统完结了呢？连个鬼也不来这座空城呀。"

"那么，我们就是剩下来的人类了。"

"我听说，过去发生大地震前，就也会这么平静。然后，'轰隆''轰隆'，就震了。现在，我们就处在这种平静之中。所以我觉得还要发生一些什么事。"

"可是，不一样啊。地震可以准确预测出来，但我们明天要做什么，却不知道啊。"

"难道你不相信灵杖么？"卡玛拉狡黠地看了李铸城一眼。

"怎么说呢，刚开始还相信，但现在我也说不清楚了。"

"你敢当着铃木的面说么？"

"我不敢。"

"那你说，今后我们该怎么办呢？"

"我不知道。为什么要想以后呢？"

"是呀，我们原本跟'阿曼多'没有关系。它崩溃后，为什么要想以后呢？按照从前的做不行么？"

“可是总也不踏实。唉，但愿铃木会想出办法来。”

“哼，我看他好像也没有什么办法。”

“小声点，别被人听见了。”

“那个中国人，别看什么也不会，倒好像还有点儿道行。他懂的多一些，至少比铃木懂的多。他从中国来。中国是真正的大国啊。关于中国，好多事情我们都不知道。”

听到卡玛拉提到我，我赶紧集中注意力。

“你的意思是需要跟他套近乎吗？铃木很不耐烦他呢。”

“他到底是中国人呢。你说谁搞得懂中国人呢？也许他们真的要主宰世界。现在世界这么乱，少树敌，就多一条活路。别管铃木怎么想啦。”

说到这里，两人沉默了，各自想起心事。

“喂，你到底有没有想过，将来做什么啊？”过了一会儿，李铸城又问。

“真没有想过。”

“告诉你一个秘密，你别笑啊。其实我是想过的。小时候我曾经想做一名围棋手。”

“像那中国人？你能跟他比？别瞎说了。”

“我知道你会笑话的。但的确是这样啊。我看到他，才记起小时候的事情。我第一次对别人说这个。”

“怪不得你见到那中国人时，总是心神不定呢。”

“我学过下棋呢。下棋说不定是今后的一门重要手艺。”

“你有些晕了吧。不说这个了。”卡玛拉露出有些厌烦的样子。

“还有，‘阿曼多’到底是怎样一副面孔呢？”李铸城却似乎兴犹末已。

“怎么想起问这个了？我们从来没有机会接触它啊。”

“因为它崩溃了，才想起问这个。”

“唐龙懂得的。听说中国人都是生活在梦幻社会里。他一定更难受，也更怀念。有机会问问他吧。”

说到这里，他们又亲起嘴来。然后他们飞快脱掉所有衣服，又在堤上躺下。李铸城跨骑在卡玛拉身上。卡玛拉瘦瘦的，看得清肋骨，整个身体呈褐色，乳头却直硬地竖起来，全身很有劲的样子，还油亮亮的，像一头幼小的鲸鱼。头一回看见女孩子光着身子，颤声尖叫，我把一大口冷气吞进肺里，把自己噎住了，又浑身乱抖。过一会儿，他们雕塑一样抱在一起不动了。我正困惑是怎么一回事，这时，看见他们有气无力爬起身，穿好衣服走掉了。

我第一次看见男人和女人做这种事，感到精神恍惚，下面那东西也硬起来。我颇害怕，又很害羞，还有些失落，便咬住牙，拼命回忆他们的谈话。世界会变得怎么样？我们今后要干什么？我努力去想我来美国的使命。他们自然是不知道的。但是，现在说起来，也无益了，也可笑了。还有，什么是中国主宰的世界呢？在灾难之后，我第一次听别人这么说，觉得有些古怪。我使劲拧着从头上垂下的辫子，心想，我是不是应该离开铃木和这帮孩子，去过自己的新生活呢？

我仍然觉得铃木军团的孩子比我更适应眼下的环境。虽然“阿曼多”的崩溃令他们惊骇难受，但他们跟“阿曼多”的渊源毕竟不深。梦幻社会其实早在他们的生活中退去了，而不像中国人，跟旧时代有着强大的联系。或许，我更应该把铃木、苏珊、李铸城他们，当作生活的新老师，而不是一时冲动选择离开呢？我想到这里，身体才逐渐软下去。我要让自己变得松弛。

过了两天，我有意无意，去跟李铸城打照面。他还是很腼腆。我主动跟他说话。我说：

“给我讲讲反信息运动的事吧。”

“噢，那是我小时候的事了，我父亲是反信息运动组织的成员。具体的我记不清了。他们经常在城市中举行游行示威，跟警察干仗。”

“那么，铃木也是反信息运动出身的么？”

“不是的。事实上，我们介于自然论者与技术至上论者之间。”

“只有他有处理器啊。”

“头儿接触‘阿曼多’，再用口头方式将信息扩散给下级成员。这其实是一种折中的选择，后来形成了我们内部的风俗。”

“真是很奇异啊。”

“还是请你给我讲讲梦幻社会的事吧，还有中国。”

“噢，我们被称作第五代网络迷，与前几代人，有很大不同……”

韩国人勾起了我的心事。我不由自主讲起来。那是令我自豪和感伤的。我说：

“我们与你们不同。你们是群居，而我们离群索居。我们中的大部分人在国家分配的信息室中度过一生。我们从梦幻工厂、梦幻餐厅和梦幻剧场里订购商品和情感。我们在网络上下棋和交友。在我们国家，高楼林立的商业区渺无人烟，只有与其他机器连成网络的机器在工作。中微子－生物网络处理器替我们料理日常事务。我们在网上漫游时，甚至都不用做 GE 设置。控制能源效率的处理器会觉察到我们的每一个动作和想法，并做出即时反应。处理器提供会话、建议、闲谈、幽默、约会乃至生孩子等服务。俱乐部、咖啡馆、酒吧、公园这些东西早被送进博物馆了。我们一生中最好的朋友就是处理器——我们叫它'向导代理人'。它正是'阿曼多'派遣出来的。还有许多许多事情，一句话是说不清了。这些，你也许不会理解。但是，它们都真的存在过。现在，这一切完结了。"

"将来会怎样呢？"这是他问过卡玛拉的问题。

"我也不知道。长大成人之后会否仍有性别之分？没有病毒后的空虚是什么样？阅读会用雕版印刷术吗？使用何种货币？行星间的通联将利用人力划艇吗？讲故事的老人就要统治世界吗？人们会频繁地握手和拥抱吗？还有……"我想到李铸城与卡玛拉在海堤上干的事，心意一阵迷乱，"这些统统是谜。"

他听不懂我说的这些。我想这也难怪。

"你相信中国还在么？"他又问。

"肯定在的！"我努力沉住气，大声说出，不想让他看出我的焦虑。

"我想也是，听说中国是最强大的。"

"中国跟日本的确很不一样。我们不是岛国。日本那玩意儿太小了。"

"是啊，日本沉没了，它的确太小了。"

我们会心地低声笑起来。我想，韩国其实也很小，但不同的是，它跟中国紧挨着，我们又都在陆地上。中国可以保护韩国。我就说："嗯，我相信韩国也存在。"李铸城感激地点了点头。

我想问问韩国人围棋的事，我想知道他是否获得过段位。但既然他从未主动提起，我也就不好意思问了。至于他跟卡玛拉之间的事，我虽然很好奇，但是更不好意思提及。我跟他虽然在日本有多大的问题上达成了默契，但毕竟还是有一些心理距离。他是在美国长大的孩子，又跟“阿曼多”没有过密切接触。

“去游泳吧。”韩国人提议。

“游泳？”

“到太阳下面去，到大海里面去！”

这是一个惊人而有诱惑力的想法。我犹豫一下，便跟他去了。韩国人脱得精光，就像那天他做爱那样。我很羡慕他身上鼓鼓的肌肉。他见我瞧他，便不好意思地笑笑。他游泳的姿势十分优美，就跟鱼儿一样。我却显得笨拙。这是我在离开世贸中心之后，第二次把肉身置于实相的水中。我的生物意义上的真正祖先，就曾在这大海中生存。水的每一次与我的肌肤鼓荡摩擦，都使我体会到，这就是我那四十亿岁的生命。我感到海水已经很温暖了。如果要出海，大概是时候了。

“这就是大自然吧？真的很好。以前我没有这种感觉。”我忽然体会到一种彻底摆脱束缚后的愉悦，就像针扎一样，在我的全身刺痛着复苏。

“阿曼多”崩溃后不久，有一天清晨，海平面上终于出现了船影。孩子们在堤上看见这个，兴奋不已。只有铃木露出狐疑的表情。他驱赶我们：“看什么，看什么，赶紧回去。”

整天，我们背着铃木，议论着船。

“是从哪里来的呢？”

“一定是从别的城市逃难来的，跟我们一样。”

“我觉得，可能是当地人又回来了。他们逃到外面，发现世界崩溃了，就又回来了。”

“反正，不仅仅我们活着呀。”

"我们应该与他们取得联系。"

"对，我也这样认为。"

"不要——如果他们是白佬的话。"

"白佬白佬，白佬白佬！"

这时，铃木无声无息走了过来，说："那不过是幻觉。没有船只的。"他恼怒而武断地打断我们的交谈。

我们便不说了，瞪着铃木。铃木说："谁再说船的事情，我就对谁不客气。"

大家敢怒不敢言。不过，这也是一个变化。以前，连生气也不敢呀。灵杖没有发挥作用，大家感到约束就少了。

一切显示出新生活就要开始的征兆。我们心里想着这事。这些重新出现的船只便是证明。城市不可能永远空寂下去，人们还要继续生存。然而，将以一种什么方式呢？我想到我身上发生的种种变化，那么，幸存的美国人也跟以前不一样了吧？

另外，说不定，城里本就是还有居民的。我想起那晚的两个怪人。是他们关闭地下密室门的吗？是他们杀死阮文杰的吗？是他们在梦幻社会崩溃后率先开始了新生活吗？历史仍然要在神秘的气象中延续下去。

但铃木不关心船，他只关心灵杖。铃木整天对着灵杖，像面壁者一样，苦思冥想。他对我们说，灵杖是挽救"阿曼多"崩溃后的世界的唯一法宝。可是灵杖不说话，这对铃木是巨大的打击。铃木这么留恋过去，他是要被新时代淘汰的。

我心中便有了暗暗的期盼。

但无人照看的兽类仍在大街小巷中欢娱，这似乎又是并没有人类活动的证据。通常人一多，动物便会跑掉，离开城市到野外去。也许铃木说得对，我们看见的船是幻影。另外，穆迪说他还看见了肯尼迪鸟。他说："它们在远方徘徊，但没有落下，像火葬场上空纷纷扬扬的灰烬。"

当我去寻找肯尼迪鸟的踪迹时，它们又藏匿不露了。因此，有可能连肯尼迪鸟也是虚构之物。

灵杖的解一时得不到。铃木的脾气越来越怪。娱乐也变得单调。大家就又反复玩"清官"游戏，找出一个倒霉蛋来，狠狠揍他，不久也都腻了。这是"阿曼多"时候的东西。现在大家乏味了，期望着有新变化。

闲下来时，越来越多的孩子，尤其是年龄稍大一些的，也开始像韩国人一样考虑真实的未来会是什么样的问题。好像"阿曼多"的崩溃，令大家一夜间成熟了许多。这是一个心理事实，更是一个物理现实。

这之前要有一个震荡，许多人这么说，会把人的脑子弄乱。忠于铃木的人则说，还是要看灵杖，如果它真如传说中那样灵验的话，它不会老这么沉默下去的。

但这时发生了一件事情：围棋显灵了。

围棋是在一个炎热但平常的下午出现的。当时我正在寻找隐形眼镜，可这天奇怪的是，连一副也找不到。我着急地沿着红砖道行进，来到一座废墟中。这里原来是一处大楼，好像失过火，烧得一塌糊涂，只剩下瓦砾。

我正在废墟中搜索，忽然看见一个灰黑色人影。我想到那晚鬼一样的人，不禁毛发倒竖。定睛一看，原来是李铸城，他一个人坐在空地上，专心致志干着什么。哦，是在往一个棋盘上摆子。

他见到我钻进来，大吃一惊，双手忙把棋盘捂住。

“不要告诉铃木。”他声音颤抖。

我没有看他，只是盯着地上那东西。没错，是一副围棋盘，摆满黑白子。我的呼吸急促起来。所有往事浮上心头。这时，我还闻到一股怪味。

“你怎么啦？”韩国人紧张地看着我。

我不言语。我想，终于被我发现你会下棋了。李铸城对卡玛拉说的是心里话。这是个诚实的孩子。

“唐龙，请求你不要告诉铃木。”

“哪来的棋？”

“在附近一座倒塌的公寓里找到的。棋的主人一定死了。哦，送给你吧……”他战战兢兢道。

“你找到的，你就留着吧。”

“不，哪能呢。你是‘龙子’呀。”他媚颜地说。我听着很舒服。自我来到铃木军团后，以前只有苏珊对我的棋手身份表示过敬仰。

“李铸城，你为什么喜欢这个呢？大家都在玩别的呢。”我越看棋，便越伤感，但也滋生了一种警惕。

“我也不知道。我进来看见这棋，心里就好喜欢。”

“围棋是天下第一运动。你可知道这个哟。”

“这我是听说过的。”

“那么，你真的会下吗？”

“会下，当然会下！”他忙不迭说，“我发现这棋后，几乎天天来这里下。你放心，没有人看见的。”

“我第一次见你，就觉得你这人很特别。原来你会围棋！”

“我是李昌镐的后代呀。”他忽然扬起下巴。

“原来如此。你肯定没有经过转基因改造吗？”

“这个我肯定。”

这保证了他的基因的原发性和可延续性。这时我的心情才平静一些。我看看棋盒，发现缺少了一半棋子。我未免失望。这时那股怪味更浓了。我对韩国人说：

“你闻到了吗？”

“有点像醋酸味。”

“你说得很对啊。”

“怎么那么酸！”他夸张地抽动鼻子。

“就在这房间里。”

“真是奇怪。”

“美国这地方，不可思议的事太多了。”

“待会儿再说它吧。喂，我说，你是高手。你能教我走棋吧。我老早就想请教你了。但你不要告诉铃木哟。”

“铃木会知道的。”

“他得忙着伺候灵杖呢。”

“你觉得围棋还会风行世界吗？”

“我不知道。”

“我、我可不想下它了。”

我忽然感到恐惧，好像看到了中国围棋代表团队友们的尸体。也许那股酸味就是附近死人腐烂了散发出来的吧。说不定，有队友也曾来到波士顿。这副棋便是他们遗下的。我下了这么多年棋，也没有闻到过这种让人欲呕的气味。围棋究竟是福祉还是灾难的源泉，我无法说清。但

之后几天，我反复做同样的梦。梦中，我先是与一个影影绰绰的虚拟人下棋。然后，那两个怪人加入了，坐在棋盘左右。他们沉默不语，看了半天，教我几手妙着，这足以击败最厉害的对手。以前学棋时的很多疑难，一下子都解开了。这真是咄咄怪事。

但我在现实中却没有了对弈者。

我醒来后，便开始试着用半副棋打谱。韩国人时而来看。我才意识到，那股酸味儿是从围棋上散发出来的。棋子可能是用一种特殊的化学材料制成的。几千年了，围棋没有发出过酸味儿，现在却被我们闻到了。

这天傍晚，我们依稀又看见了船队。它们似从天边来，驶进内河，像一只只归巢的鸟儿，静悄悄消失在楼群后面。我想，的确有大批人回来了。但他们进入波士顿之后，便到哪里去了呢？为什么在白天见不到人呢？

说不定，是救援我们的队伍终于找来了。我把中国派出舰队前来美国的消息告诉李铸城。他觉得这种可能性很大。

晚上，我与李铸城偷偷去了海边。我们来到一个港口，见这里的确停泊了几十艘船。但令人失望的是，都是普通的机帆船和水效器，而没有见到航母和潜艇。显然，中国人的技术没有这么落后。据说，我们的海军使用的是高温等离子可控聚变船。

我们登上一艘船看了看。没有标志和文字显示它来自何方，也没有见到水手和乘客。连船员的个人物品都没有一件。船就像由幽灵驾驶的一样。看样子不是来救我们的。但它们是来做什么的呢？我们有些不甘心，却十分怯场，便赶忙下了船，回到老房子。我们没敢把偷偷去看船的事向别人讲。

这天晚上的宁静达到极点。我睡得特别死。一大早，我们被“鬼角”的叫声惊醒。

“巴拉特死了！”

“他在说什么呀。”

大伙翻起身，不满“鬼角”把人吵醒。

蒙古孩子巴拉特的尸体是在屋外发现的。他的面目十分狰狞，完全变形了。他的咽喉上钉着一支长长的竹箭。从现场情况看，他可能是晚上出去撒尿时，被埋伏的射手打中的。“鬼角”分析，这支箭是一把威力强大的弩发射的。它把巴拉特的脖子整个射穿了。他当时就死了，也没有叫唤一声，否则，我们会听见的。最近，铃木军团疏忽了布哨，所以惨剧发生时也没人知道。巴拉特是一个待人不错的男孩，长得也很威猛。女孩子都哭了。他是继阮文杰之后离开我们的又一个人。

我马上想到泊在港口的那些幽灵船。我直觉很可能是它们带来了死神，而竟然没有人对此多加注意。其实，阮文杰死时，就应该留神了。我看了铃木一眼。他目光呆滞，拿着灵杖的手抖个不停。仿佛有一种巨大的变故将要发生。我耳畔似乎又传来京剧锣鼓惊天动地的“咚咚”声。

“怎么会这样呢，怎么会这样呢。”铃木只是不停自言自语。“鬼角”对头儿这副样子像是很不满，却没有说话，只不屑地抬头看了看天。

整天，孩子们心神不宁，哪儿也不敢去。我们猜测是谁杀死了巴拉特，却没有讨论出结果。铃木就派了两个孩子到附近去侦察，结果只回来了一人，说找不到一点线索。另一个人失踪了。这个孩子是泰国人差猜。他到了晚上也没有回来。我们觉得出了事，却又不敢再出去找。

铃木强打起精神说："我的感觉从来没有这么糟糕。你们太笨了。赶紧行动起来，准备应付突发事件吧。"

他重新清点人数，把大家分成八个小组，布置了岗哨，在每层楼上架起枪炮。晚上，孩子们轮流睡觉，警惕着可能发生的意外。但是，没有任何动静。

早上，有人看见门梁上悬着差猜的尸体。他是被活活勒死的，又被送回来挂在我们的眼皮底下。差猜的舌头吐了出来，下身满是屎尿。这必定是一些心狠手辣胆大包天的人干的。不知道为什么要跟我们过不去。可是，昨晚我们竟然没有发现有人摸到门口来。

大家惴惴不安，更加提高警惕。但我们也没有更好的措施可以采取。"我早说过要出什么大事的。"韩国人说，"瞧瞧。"我想，救援的人还没有来，灾星就来了。

战争是在发现差猜尸体后的第三天晚上爆发的。

半夜，我们被老房子周围的鼓声和歌声惊醒。然后是鞭炮般的枪声。光束、子弹和飞箭从四面八方袭向我们。"鬼角"布置在窗边的两个射手，一下被打倒了。大家翻身起来，匆匆投入战斗。我挨近一扇窗户，看见外面有不少人影游动，动作十分敏捷，不断朝我们射击。他们全是些矮个子。我想起什么，吃了一惊。

"是他们。"我喃喃。

"他们？他们是谁？你认识他们？"苏珊在我旁边惊讶地说。

"我也不知道。"

"这个时候，别乱说啊。"

我怎么跟她解释那晚看到的呢？她一定会以为是幻觉。因此我什么也不说了。这时，一道激光束射过来，苏珊说："卧倒！"就把我按下，她伏在我的身上。半天，没有动静。我还以为她死了。这时，听她说：

"你到后边躲着去！"

我虽然在保护狗时那么英勇，但此刻面对真正的战斗，却害怕起来，这种遭受袭击的场面，我是第一次遇到，跟在世贸中心时有很大不同。当时，还有便衣保护大家呢。苏珊这么一说，我如释重负，便真的退缩到屋角。这时，我看见铃木也上去了，他拉长脸，一手执枪还击，一手死死握住灵杖，就好像那是他的生命线。在他身边，苏珊越打越来劲。我不想当怕死鬼，又不知该做点儿什么，便在一边小声喊："注意安全，可不要太靠近窗口哇！"

但我只看到苏珊兴奋地扭头对铃木说："我打中了一个！"外面传来惨叫。然后传来人体栽倒在地的闷响。然而更多人冲了上来。一道亮光射入窗口。它擦着苏珊的鬓发而过。她只是微微侧了侧头，那感觉十分潇洒而飒爽。铃木拉了她一把。这时，我看见这女孩两眼雪亮，好似喷出火焰。她真是个女中豪杰。

在另一个方向，伊朗人一气儿不歇地扣动扳机，眼睛都打红了。卡玛拉和李铸城也在互相掩护着并肩战斗。我知道他们已很久没有杀人，这时兴奋了。我为自己龟缩在角落里而惭愧，却不敢钻出来。

打了一阵，我们就顶不住了。四周响起巨大的爆炸声。"敌人发射热弹了！"有人喊。附近爆炸了好几颗热弹，还好，都打偏了。铃木尖叫："情况不妙，撤吧！"

大家一窝蜂从后门群拥而出，钻进小巷。过街时，又有几人被打倒在地。但其他人很快进入对面的高楼。苏珊拉着我也一路奔跑过去，后面跟着狗。这时，身后响起一声巨响，我回头一看，见老房子被击中，“蓬”的一声燃起冲天大火。声音那么剧烈，这一击像打在我的心坎上。

我想起一件事情，便拉住韩国人，问：“棋带了吗？”他摇摇头。围棋还在那里面。我心中兀地涌出一个极大的欲望。我必须把棋拿出来！这个想法来得莫名其妙，却是空前的强烈，以致我什么也不顾，暂时忘记了害怕。我挣脱苏珊的手，快步往回走。撤离到安全地方的人都冲我喊叫：

“唐，你要做什么！”

“找死呀！”

“不要命了，赶快回来吧！”

“中国人疯了吗！”

我不睬他们，一步步往回走。我走得很慢。子弹“嗖嗖”从我身边飞过。我不时下意识举起手，试图阻挡它们，虽然心知这没有用。烟火很大，呛得我连连咳嗽。我找到一个缺口，钻进老房子。我知道围棋搁放的位置。但我怎么也找不到它。最后才依稀看见，棋子悉数散落在地，星星点点到处都是，有的已烧焦。我尽量把它们拾起来，却来不及照顾全部。我“哇”地大哭，痴痴站在原地，一动不动。这时，几个敌人已经接近老房子。他们看见我，就端起枪和弩，对我瞄准。我直愣愣看住他们，就好像不知道他们这是要做什么。但恐惧感一下攫住我，我想跑，却僵住。

“危险，快跑！”我仿佛听见李铸城的声音从远处传来。

又有子弹和激光束划过我的头边，幸好没有打中。我闭上眼睛，等待死亡降临。这时听见一声猛烈的爆炸。我睁开眼，看见那几个敌人消失了，他们刚才站的地方腾起一股烈焰和血肉。是苏珊。她不顾危险冲过来救我，扔出炸弹。苏珊猛拉我一把，扯着我向外跑去。

我们在弹雨中跑进对面的大楼。苏珊的胳膊被弹片擦伤了，流出血来。她恶狠狠对我说："这不是在线游戏！你可别瞎来呀！"说着，她把我推到墙角，自己又战斗去了。我被她奋不顾身的行为感动得说不出话，也为刚才的情形而后怕。

这时，我看见，外面重新呈现了美丽夜色。但它正被一点点撕碎。我们好像并不是待在地球。我们甚至不像是居于现在，而仿佛进入了某个料想不到的未来。

我一遍遍抚摸捡回来的围棋子，咬住嘴唇不让自己再哭出声来。

敌人到凌晨才撤退。这场突如其来的袭击使铃木军团死十人、伤十三人。没有人知道对手是谁。老房子被彻底毁坏，成了一堆灰烬。因为在里面住了好些时日，加之围棋只捡回来一部分，我十分伤感，半天缓不过劲来。

铃木召集了一个会议，讨论目前的处境和下一步做什么。大部分人认为，应该回到"诺亚方舟"，这样安全一些，行动也方便一些。铃木同意了。我们便朝港口走去，一路上加强戒备，提防敌人再次袭击。但他们没有重新出现，在白天都好像睡觉去了。到了港口，却大吃一惊，只见我们的船儿烈火熊熊，它正被焚毁。这使大家悚惧。

"敌人没有睡觉，没准儿就在附近呢，赶紧离开吧。"

"去哪里呢？"

"离开这座城市呀。"

"可是，没有船了，怎么走呀。"

“我知道哪里有船。”我说。我想到的是那晚上看见的船。韩国人用眼色制止我，但我假装没看见。我为自己昨晚的表现感到惭愧，我想为大家做点儿什么。

“什么，你知道？”铃木揪住我的头发问。

“我、我知道哪里有船。”

“那好，你带我们去。”

我就引领大家去到那个港口。但出人意料的是，那天晚上连踵排列的船队，一艘也不见了。

“中国人，你又在蒙我们！”铃木咬牙切齿对我狂啸，“昨晚就数你表现最差，还几乎连累别人！”

“我没有。”我委屈地说，“我只是做我该做的事。”

“你做什么事？”

“我来美国，原本是来下围棋的。这是我的任务。”我干巴巴说，“闻铂欣前辈给我讲过一个故事，乾隆年间，扬州有个盐商叫胡照麟，酷爱下棋。一次，胡照麟与名手范西屏下棋，下到中盘时，已明显居下风，就不敢再下，谎称肚子疼而封盘告退。胡照麟找当时的高手施定庵请教，然后，又赶回去跟范西屏继续对弈。施定庵的住处离扬州较远，胡照麟来回花了两天一夜。为了下赢一盘棋费这么大的劲，一定要做到十全十美，这就是我们中国人。我们一代代人继承的是这样的精神。所以，昨晚我一定要把那棋寻回来。”

孩子们听了，表情茫然，有几个家伙尴尬地笑出声来。

“说实话，敌人是不是你引来的？他们究竟是什么人？”铃木恼羞成怒地说。

“不是。我不知道。”

“我怎么听说你认识他们。”

“我、我不认识。”

“哼，哼，那就奇怪了。我看他们不像白佬。是中国人吧？”

李铸城帮我说：“他怎么会认识他们呢。我看不像是中国人。个子那么矮。”

铃木说：“这样吧，不管你认不认识，你现在要去负责查清他们的来历。”

苏珊说：“不能让唐龙去。他只会下棋，还不会使用武器呢。会有危险的，也查不出什么来。”

“那谁去呢？你去？”

“我去就我去！”

“嘿，可是你自己说的。”

我觉得不能让苏珊再替我冒险，而且，她还负了伤，就说：“我去吧。有危险我也不怕。”

苏珊怜惜地看我一眼，又对铃木说：“不要争了。”铃木脸上流露出复杂而讶异的表情。

这时，伊朗人说：“还是我去吧。唐的确不行，苏珊又是女的。我有经验。我有办法弄清楚。”

“那好，你去吧。”铃木想了想说。大家也认为这样最合适。我为我的懦弱和无能而羞愧得恨不能打个地洞钻进去。

“那么，你要小心一些。”苏珊对“鬼角”说，捶了捶他的肩胛。

伊朗人笑道：“放心吧，看我的。”他无声离开，像一只老道的老鼠，进入废墟的重重阴影。我们担心地看着他的背影。敌人是那么的凶险强大，我们都以为“鬼角”会一去不返，遭遇阮文杰、巴拉特和差猜的命运。我又想，他也可能逃走，甚至投靠敌人。这些事现在都不说好。

但到了傍晚，“鬼角”平安回来了。他顿然成了众人心目中的英雄。他神气活现瞅着铃木说：“怎么样，我还行吧。弄清楚了，不是白佬，不是中国人，也不是鬼，而是一群非洲人。”

“非洲人？”

铃木沉着脸，用手托着下巴，显出不相信的样子。

“怎么会是非洲人呢？”

“我亲眼所见，全是黑人。不过，统统是小孩子呢，跟我们差不多大。肯定是从本土来的，听他们的谈话也能听出来。”

在美国，没有黑人了。黑人要么被驱逐，要么用基因重组的办法，改造成了白人。所以，“鬼角”说是非洲人，肯定有把握。但居然是小孩子！

“他们有多少人？装备怎样？”

“我看见的一群，有二三十人，武器不多，有两三支激光枪，十几支旧式冲锋枪，还有几个热弹发射器，主要是自制的弩。但这好像只是他们的一支先头部队。应该还有更多的人在附近吧。”

“你怎么侦察出来的？不是出去逛了一圈，扯谎吧？”铃木狐疑地说。

我看见“鬼角”眼中流露出强烈的不满，但只是一闪即逝。他装作恭敬地说：

“头儿，我怎么侦察出来的？我告诉你吧，当然是按照你的命令，侦察出来的。昨晚他们也有人受伤。我顺着血迹，就像沿着红砖道一样，一路跟到他们的营地，就在希尔顿大楼那里。当时他们正在掩埋尸体，所以也没有注意到我。”

大家议论纷纷：

“可怎么会是非洲人呢？怎么又会是小孩子呢？他们干吗要攻击我们呢？”

“不会因为我们是亚洲人吧？”

“白佬欺负我们，现在非洲人又来打我们。”

“不可能。我们从来没有跟非洲人发生过冲突呀。”

“可明明就是非洲人呀。”

“‘鬼角’，你说非洲人来这里干什么呢？”

“这个……”伊朗人转着眼珠。

“快说呀，我看你就是不老实。”铃木说。

“我怀疑，他们是为了灵杖来的。”被逼急了，“鬼角”冒出一句，“我们找灵杖，他们也在找呢。”

我想，可能非洲大陆也发生了跟这里一样的事变。天下大乱了，人们都在找灵杖。可是，怎么不见中国人呢？我有些着急。铃木却对“鬼角”的回答比较满意。也许这正是他希望的答案吧。

他说：“看吧。未来的新世界中，灵杖将成为主宰。这一点没错。连非洲人也来了。大家都来争夺它，为了它杀人。如果说以前还有什么友情，现在都一刀两断了。可是，谁又能想到呢，它已经落在了我们手中！现在，它只是暂时保持沉默，一旦乱局结束，它就会说话的，像雷霆那样说话，对普天下的人发号施令！你们明白吗？你们明白吗？”

他起劲挥动灵杖。大家默然无语，也许，这多半是因为害怕非洲人。传说他们训练了作战用的猩猩。铃木见大家不说话，便道：“喂，你们到底怎么啦？”

“如何对付他们，是一个严重的问题。他们拥有强大的攻击力。”“鬼角”说。

“怕就怕没有对手啊。”铃木不像昨晚那样颤抖了，他又变得精神焕发，“喂，大伙儿互相之间，说几句鼓舞士气的话嘛。”

“可我们已经死了那么多人。”有人说。

“所以要报仇嘛。”一个伤员说。

“还要抓俘虏哟。”

“他们可能知道外界的什么新信息，知道‘阿曼多’到底崩溃没有。”

“游戏都玩腻了。试试新的也好。”

大家这么说着，试图平息巨大的紧张和恐惧。这是死人引起的。铃木军团还没有一下子死过这么多人。另外，也源于对“阿曼多”崩溃后的世界的未知。

我们掩埋了尸体，让伤员休息，剩下的人集中起来修筑工事。铃木忙个不停，大叫大嚷着指挥。修工事本身也是一种游戏。孩子们乐此不疲，又有说有笑。

武器被重新清点，从现代的到原始的都集中起来再分配。但还是不够。大家于是又制造弹弓。在大楼外，挖了壕沟。是那种精致的壕沟。人人比试谁的掩体做得更巧夺天工。孩子们有着争强好胜的心理。

我不会干这个，只能站在一边看。我接受过军人的教育，但他们也只是教我下棋，最多去郊外野营一下。我的口袋里还盛有几粒棋子，令我身上冒出一股股酸味。我想到失去了作为显灵物而现身的大部分围棋子，还有棋盘，心中一阵扯痛。为什么非洲人一来，它们就丢失了呢？

“你们弄的这些玩意儿，什么也抵挡不住！”我心里有气，忽然对着新修的工事嚷了起来。

“你说什么？想动摇军心吗？”

他们停下来，看陌生人一样看我——不，甚至像看敌人。有人的眼神已是十分不满。他们好久没有这样看我了。战斗使人变得敏感。我强烈感到，说到底我并不是他们中的一员。唉，随便吧。铃木恶狠狠走近。我紧张地看着他，意识到中国人的脾气又使我犯错误了。

“我毙了你！”铃木这回认真地说。

但这时忽然飘起雪花。大家都“呀”地叫出声，一齐举头看天。铃木泪水盈眶。他一定想起故乡奈良的雪景吧。那是网上的奈良和虚拟的飘雪啊。他美美闭上眼睛，大张开嘴，让雪花直落进去。他大口大口吞咽着雪。他忘记我了。来自东南亚的几个孩子则在他的身边雀跃欢呼。

雪覆盖了壕沟。穆迪带人把雪挖出来，堆垒成各种形状的妖魔鬼怪，大概是想以此吓退敌人吧。到了下午，雪越下越大，我们都成了白人。大家纷纷指点对方，又说又笑。晚上，我看见对面的高楼也覆盖上了白雪，城市变成巨大的冰川峡谷。一切在月光下反射出皑皑寒光，照亮敌人可能偷袭的路径。这种罕见的壮美让我们看呆了。

“你使什么？就你好像还没有玩过武器。你必须学会用它们。夜晚是最危险的时刻，尤其下雪之后。雪地像镜子一样，让大家显形。”是苏珊。她姐姐般对我慢条斯理说。她的面容在白雪映照下像童话中的公主一样。她缠着绷带的胳膊，看在眼里让人格外心动。

“可是，苏珊，我真的不会呀。”

“你必须学习。没有网络了，你就跟我们学吧。危急时刻，谁也不能帮到你。想想昨晚的情况吧！”

“你不是帮了我吗？你救了我的命。”我感激地看着她。

“今后，就说不定了。谁知道我们还能不能在一起呢？”

我想了想，说：“你说得对。”

“所以你必须好好学习。中国人是最聪明的。”

“好，我听你的话。我试一试吧。”

我怎么也不能拂了苏珊的好意。她对我总是那么好。我内心已把她当作我在美国唯一的亲人。我应该做点什么使她高兴。当然，这本身也会使我高兴。而且，我上午说了风凉话，实在不合时宜。大敌当前，我袖手旁观，别人会唾弃我的，我自己也不好受。虽然，我并不喜欢铃木军团的有些人。

“这就对了。我来教你吧。”

于是，苏珊教我怎么使枪。

苏珊说：“我早就看出来，你会成为一名好战士。你内心的勇气，是许多人不能比的。总有一天它会得到释放。”

我用拿棋的手，头一遭拿起枪，哆嗦起来。枪一下滑落地上。我叹息一声。本来，枪支就不多，我又使不好，苏珊便换了一种方式，教我打弹弓。弹弓是用汽车内胎做的，威力很大。握着这东西，比执枪要踏实得多。弹弓在手，我的信心大增。我想，我也能行呢，也能杀死敌人呢。而且，我接受过军人的指导，哪怕仅仅是在棋盘上。

苏珊始终说说笑笑。她的乐观感染了我。她教了我射击后，又忙着为大家准备玛那。她和卡玛拉一边工作，一边唱歌。女孩子的欢声笑语为男孩子增添了动力。大家干活更快更猛了，似乎也不再觉得寒冷。

男孩子们一边修工事，一边兴高采烈讲述上个世纪打仗的事情。

有几个人谈论起第一次世界大战和第二次世界大战，并为事实的出入而争吵。

“是蒙哥马利指挥了敦克尔刻撤退！”

“才不是呢。从来就没有过敦克尔刻撤退。英国人全被德国人的超级炸弹炸死了。你看过国家档案吗？跟德国作战的，自始至终只有美国人。”

“那是中央情报局伪造的吧。目的是要维护总统一人专制。”

“那么‘沙漠之狐’又是怎么回事呢？说是美国的最后一场胜利。”

“不可能。还有科索沃和台湾海峡……”

“噢，那都是美国的滑铁卢，死了几十万白人大兵！”

“若不是约翰逊总统下令，战争还结束不了呢。”

“不，是尼克松！”

“不，不是尼克松。”

“那是福特吗？他被一个影迷暗杀了啊！”

“……”

说到后来，谁也不服谁，便打起架来。

“瞧你们！怎么这么浑！”苏珊和卡玛拉停下手中活计，过来劝架。

“苏珊，卡玛拉，别过来，我们会误伤你们的！”男孩子争先恐后叫起来，苏珊和卡玛拉只是拼命拉扯他们。

另外一群孩子在一边拍着手叫道：“我们要打仗哟，我们要打仗哟！要开坦克车，要开轰炸机哟！”

我对这番争执感到好笑。他们没有去过中国，他们离开了“阿曼多”，很多真相都不知道。但想到其实我对中国也不甚了了，我就跟自己生起闷气来。我看看远方。雪仍在铺天盖地下着。打架的孩子们的身影逐渐模糊，像是历史深渊中一小堆什么也不是的斑点，若有若无地微微颤动。楼群冷寂得像一堆干柴。我们似乎忘记了敌人就在希尔顿总部楼上——挂着阮文杰尸体的地方。他们现在显得平静，却不知是否在观察我们。难道他们要等待我们完工后再发起攻击吗？

孩子们终于打完架，伤痕累累，却喜不自禁。

“现在，你觉得跟我们在一起有意思吧。上午你那么说真不应该。”伊朗人凑上来对我说。他也参加了刚才的战斗，脸上挂了花。

“是的，我也许会对这里的一切感兴趣。我正在努力培养自己的兴趣。”

“你会的。你一定能融入这个集体。”他神秘地挤挤眼，走开了。

这时孩子们已暂时忘记了灵杖还没有解。他们被战争吸引。我则期盼能够尽快用上武器，发挥我从苏珊那儿学到的新技能，这与下棋也许很不一样吧。但这天晚上敌人没有再来。只有我们的两个伤员，因为疼痛而不停叫唤，惹得人心烦。“鬼角”威胁要把他们扔出去。到凌晨时分，他们死了。我整夜没睡着。第二天早上，雪仍在下。我知道它不会说停就停。在这个季节下雪不同寻常。这使我又想到“阿曼多”崩溃时的那阵寒冷。孩子们议论：

“是因为北极在向我们这里移动吧。早就听说在移动了。”

“这是不可能的。北极是不会移动的。”

“怎么不可能！这是地心转得比地壳快的缘故。”

“我想，是因为冷锋的出现。冷锋带来了北方寒潮。”

“不，是新的冰河期哩。”

“什么是冰河呢？”

“噢，冰河就是……”

“就是一百万年前的事情，那时世界大陆有三分之一的面积为冰川掩盖！”

“我知道了！”“鬼角”大喊。

“你怎么啦？”

“我知道了，肯定有人使用了气象武器。非洲人是不会用的。他们还没那本事。一定是白佬中幸存的高手搞怪。他们要让世界倒退至冰河时代，令一切回到原点，回到同一起跑线上。这样，失败的他们才能凭借侥幸，重整旗鼓，寻机胜出！”

“可是，什么是气象武器呢？”

大家抓耳挠腮，却不得要领。

大雪使我们过了两天平静日子。孩子们心想，来自热带的非洲人一定耐不住寒冷，都被冻死了。铃木军团不战而胜。我们就期盼大雪停住，去数一数他们的尸首有多少，去看一看他们长得什么样。但事与愿违。到头来还是我们错了。

雪后第三天晚上，他们卷土重来。敌人是乘自制雪橇来的。他们竟然在短时间内造出了雪橇！但也可能是早有准备，从另一大陆不远万里携来，他们早预知了冰河时代。但非洲人怎么可能这么聪明呢？他们在现代文明进化的大部分时间里，都落伍了。在美国，黑人从原子层面上被改造……此时，阴云四起，严寒凝聚，朔风载道，我躲在工事后看见，大街小巷中满是一个个飞驰的身影，就像是冲破冰雪的闪电，这幅景象十分美丽壮观，但实际上它是阴郁可怖的。好在，孩子们埋设了地雷，短时间里炸翻了好些个人，其余的避到一边，暂时停止冲锋。

随后，我们和敌人就在几幢大楼上互相射击，结果均有死伤。周围一片惨叫。我时不时抽出弹弓，笨拙地射出几弹。我用的是围棋子。它们均没入黑暗和雪光的反射，也不知道是否命中目标。但对我来说，这似乎并不要紧，重要的是，我开始射击。

战斗持续到后半夜，大家都倦了，才收了兵。我们和敌人只是打了一个平手，但铃木称之为巨大胜利。

之后的几个星期，我们就这样与波士顿城中忽如旱魃般冒出来的非洲人相持不下。不知道为什么这些黑人一定要攻击我们。这方面，也没有执行下战书一类的程序。感觉上有一些奇怪。

渐渐发现，除了非洲人，城中还一下出现了许多其他组织。他们似乎都是为了寻找灵杖而来的。也不知怎么竟走漏了风声。有的人是从大海上坐船过来的，还有许多人大概原来躲藏在地下，网络瓦解后，都飕飕地钻出来了，好像土拨鼠。其中不少人呈现了心智崩溃的性状，外表也有些变形，跟妖精似的。这与从“阿曼多”的支配下忽然解脱有关，就像在没有思想准备的情况下刹那间灵魂出窍。奇怪的是，却见不到一个中国人。

“这些人也找灵杖？他们怎么可能知道它在哪里？简直昏了头！”铃木不屑而鄙夷地叫嚷。

但是聪明的非洲人必定弄到了某种确切线索，知道灵杖在我们手中。所以他们才专心致志攻打我们。否则，怎么解释这种情况呢？总之，五月的大雪使我们头脑变得清醒，也令其他人昏噩。而这之间本来没有多大区别。

后来我们才查清了非洲人的大本营并非在希尔顿饭店，而是在哈佛大学。也就是说，在结冰之河的彼岸。他们人数要多一些，武器也更精良。他们总是使用自制的雪橇，一群群掠过河面，不怕牺牲，向我们发起一波接一波的冲锋。

铃木怀疑他们属于“复兴非洲”组织的一支，其领导人是来自赞比亚的库恩。但这方面目前还没有确切的证据。铃木一直试图俘获他们的成员，以弄清情况。但敌人总是在危急关头自杀了事，哪怕受了重伤，也绝不投降做俘虏。这真是一群特立独行的非洲人，就像草原上善跑而无畏的猎豹和羚羊。

六十年后，我每当回忆这段往事，便会想到一个有趣但乏味的假说，说这场战斗是两大洲争夺未来世界领导权的斗争的映射。其实，关于究竟是亚洲还是非洲才是人类起源地的争论，在整个二十一世纪都没有中断过。而北美和欧洲则很少有人去提及。

当然，不少孩子相信，只有铃木军团才是正统。因为我们拥有灵杖，虽然它暂时还保持着古怪的缄默。

在战斗的最初阶段，我们一直处于劣势。铃木说，这可能是因为第一次与非白人阵营作战，不太熟悉对方的路数。

最危险的一次，是我们悉数被围困在科学公园附近。敌人从四面八方冲上来。他们呼叫着要我们投降。其时，我们眼中忽然浮现了汹涌的冰河。它其实是查尔斯河的幻象。它要把孩子们的身体挤压成碎片，再统统带去远方。白雾漠蒙，疑为烟尘。空中狂飙怒号，卷雪翻腾。原野如同惨淡而燃烧的氨冰。寒风针砭肌骨，枪支扳机冻住。我们气结而不能呼吸，神志也渐渐不清。

的确走投无路了。铃木正要下令集体自杀，但这时非洲孩子忽然停止了射击。他们排成整齐的队形，扛着雪橇，越过查尔斯顿桥，一边走，一边用法语唱起一首铿锵的歌谣。我想是用来劝降的，但翻译过来，却是这样：

战鼓雄狮皮，
雪山丛林魂。
辞家千万里，
不如早归去。

归去哪里呢？日本没了，中国的情况怎样，也不清楚。我们尚未发育完全的神经系统正在显露轻佻。非洲人不会是说，他们自己想归去吧？欲要回到非洲大陆吧？但万里迢迢到这儿来干什么呢？

这时，天空中涨落出一片黑压压的浮云。它越来越浓重。渐渐看清，是大群的肯尼迪鸟。它们不知从哪儿飞来，把太阳也遮蔽了。整座城市陷入末日般的黑暗。不可思议的场景出现了。黑人们全都丢掉武器，在冰雪上双膝跪下，“嗡嗡”地开始祈祷。铃木趁机带领大家反攻。我们杀死了不少非洲人。剩下的都做鸟兽散。

这一次绝处逢生之后，我们才逐渐进入状态，战斗开始变得于我有利。大楼上悬挂出敌人的尸体。他们迅速冻成冰凌，在半空中风筝般飘摆，又好像是一只只引导战士们前行的信号。

我继续尝试用弹弓对移动的活靶子进行射击。但我仍很笨拙，总是脱靶。让我最难堪的是，从战斗开始直到结束，我没能命中一个目标。我试图克服羞怯，但始终未能成功。救狗那天晚上的同仇敌忾，好像一去不返。虽然我安慰自己，狗跟人大概还是不同吧，但八一军体大队的老师们，如果知道了的话，一定会把我笑话死的。在苏珊面前，我更是感到无脸相对。还好，她并没有太在意我的表现。她对我的安全的关心，甚于她自己。如果铃木不在边上，她仍然不厌其烦手把手教我。

“你打仗怎么跟下围棋似的。这不是下围棋。像我这样。”她说。

我一边按照她的示范认真练习，一边问：“你是什么时候第一次击中目标的？是报仇的时候吗？”

“不是。那是在练习时，我用手枪打死了我的弟弟。是一次误伤。”

“你以前没说这个啊。”我大为惊惧。

“他只是一个试管人，是我家领养的。他是一个白人。父母认为我们能够合好相处。但事实上不是这样。我们无法做到。”

她嘻嘻哈哈对我说，好像在谈论一件穿衣吃饭那样的家常事情。那么，她是否把我当成她死去的弟弟呢？我也是试管人啊。苏珊作为女性，已然成熟，身材窈窕，目如银币，耀得我不敢正视。我偷偷起着邪念：她脱掉衣服，是什么样子呢？她会比卡玛拉好看吗？在战斗激烈、生死未卜的关头，产生这种想法，可以说是惭愧的。但我的下身还是又一次硬了。

随后，作战渐渐变得单调。双方都抱以游戏的态度。攻防节奏就像舞台剧。到了五月中旬，铃木决定实施决定性的反攻。

那是晚霞灿烂的一天。雪开始融化，但没有尽化。我们通过废弃的地铁隧道前往哈佛大学。地铁是上个世纪的遗留物，早已弃用了。这儿恶寒沉积。我们打着火把行进。漆黑的隧道中积满回旋的脏水，我们乘上自制的独木舟，冲破黏稠发臭的浆液。居住在阴暗地域的各种动物，在我们到来时纷纷逃去，发出怪秘惊悚的嚣声。

我们沉默无语，把船划得很慢。我们只在偶尔闪现的尸体磷光中看见一样东西，是以前不曾留心注意到的。那是我们的胳膊。它们变粗了，长出新鲜而虬曲的肌肉。头一回清楚地意识到自己正在长大，这是让人十分诧异的事情。

长长而阴晦的隧道使一些孩子感到，仿佛经历着又一次从母体中的出生。那是痛苦、被动而充满渴盼的时刻，却就要迎来属于自己的历史，是好是坏，无法选择。我们身着战斗服，却像婴儿裸体一样。四周寒彻浸骨，内心一片火热。时间好像凝固了，在等待开天辟地的一声啼哭后，才要开始大爆炸。两侧石壁上挂着钟乳般的石条，酷似妈妈身体里的丛丛内脏。沉没在水下的地铁车辆早已腐败成了枯木般的枝节，又像女人破碎的骨盆。

我们进入隧道时，尚逢日落。而出来时，月亮与火星都升了起来，孤芳自赏地在虚空中飘翔，就像敌人似的，互相也不理睬。星月的辉光相搏之处，传来肯尼迪鸟的鸣叫，这回像嘹亮的号角，而不再似病衰老人沉郁的咳嗽。

我们因此而振奋。而非洲人完全没有料到我们会从地底钻出来，吓得四散而逃。在哈佛广场，铃木军团一举摧毁了他们的防线。随后，战斗移入校园。眼前出现了宏大的建筑物和雕塑，无不古色古香，满盈沧桑，却几成废墟。到处是脚步迈过冰碴的“噼啪”声和人体栽倒在地的“扑通”声。明月和红星照耀着非洲人黑灿灿的躯体和亚洲人黄映映的脸庞，令他们像一帧帧的活动电子域图，重新不真实起来。手中的火把在我们之间形成稍纵即逝的幻影结构，并把浮游的人形烙刻在积雪斑斓的地面。我们像狼一样“呜呜”叫唤，耳中却丝毫听不见自己发出的声音。校园中布满若有若无的变化形体，神出鬼没。子弹射向昔日的庄严教室。一些雕塑随着声浪的共振而崩垮。

战斗迅速结束。我们在图书馆里俘获了对方的头领。这是一个大孩子，而不是传说中的神奇库恩。他比铃木大不了多少，身穿耀眼的棕色飞行服装，腰扎武装带。铃木第一句话便问他是否来夺灵杖的。他却表示记不得听说过灵杖。他们也不属于“复兴非洲”组织。

“你们不知道灵杖？不是‘复兴非洲’？”铃木十分失望。

“不是。我们跟任何派别都没有关系。”

“那你们来干吗呢？”

“我们是来旅行观光的。我们以前没有到美国游玩过。据说这儿很好耍哟。另外，这个国家几百年前掳走了我们的祖先，让他们在这儿做奴隶。不久前，又强迫改造他们的基因，让他们变成了白人。我们也是顺便来看看这到底是怎么回事。说不定，还要带几个变种人回去，好好研究一下。这是民族的悲剧，还是喜剧呢？但其实我们更想看的，还是这个大陆的风光，它早已名声在外。但灾难发生以前，听说不好进来，美国人排外嘛。不过，真的来了后，发现一切很糟糕，跟想象的大不一样。”

“就是来观光的？旅游还带武器？还带雪橇？你倒是很明白这儿发生了什么嘛。我不相信你说的。”铃木拨浪鼓一样摇头，把手中枪对着头领比了比。

“信不信由你。其实，你们也应该回去。回亚洲去。”非洲孩子昂着脑袋，露出一点也不害怕的样子。

“为什么要跟我们干仗呢？”

“这肯定是一个误会。”

“怎么可能产生这样的误会呢？”

“是白佬的挑动啊。他们一直在说，亚洲要与非洲争夺统治地位，看看哪儿是人类的真正起源地，看看谁才是正宗。”

“就为了这个打啊？连旅游观光的目的都忘记了！真不可思议。至于起源什么的，那都几百万年前的事了。”

“几百万年前的事仍然没有过去呀，况且，它决定着未来——带我们来的人是这么说的。就在十分钟前，这位可尊敬的导师与伙伴不幸战死了。等我们意识到这是个错误，已经太晚了。”

“带你们来的那人是谁？是库恩吗？”

“不是库恩，是一个叫露西的女人。她是一位知识先驱者。她之前一直在南极洲科考站的遗址隐居修行。喏，好像就是这所什么哈佛大学的一个校长说过，人类的希望取决于那些知识先驱者的思维，他们思考的事情可能超越一般人几年、几代甚至几个世纪。亚洲人，你们一定也明白这个吧。”

“多么可惜啊。她被我们打死了，也许非洲的命运就此改变了。不过，没关系。我自然懂你说的。我们是一路人。黄种人与黑种人应该携起手来。我们都受过白人的欺负么。日本曾经在非洲开了很多公司，政府还进行了贷款方面的援助。亚洲人和非洲人可以合作瓜分美国啊。”铃木假惺惺说。

“我们不想瓜分美国。我们对殖民没有兴趣。我们有那么多的人死在你们手中。我们觉得好没意思，想要回去了。”

铃木拊掌大笑，很久没有看见他这么开心了。但他的笑意明显有伪作成分。

“对了，忘了问非洲的情况怎么样了。”

“也受到了灾难的影响，但还好，中国人送来了‘自力更生’系统。如今，我们的大陆正生机勃勃呢。说到非洲，那是最有前途的新世界。

不是有人说过吗，当欧洲到处是一丝不挂未开化的食人野蛮异族时，非洲已经生活着精于艺术、科学和文学的文明黑人了。”

我听到非洲孩子提到中国，不禁竖起耳朵。我想再问下这方面的情况，却插不上嘴。

铃木满腹疑窦地瞅着非洲人。然后，他便把他们放了。他不顾“鬼角”在这个问题上的反对。非洲人不卑不亢说声“谢谢”，便要离开了。临行时，头领说再也不来美国了。美国这个烂摊子就留给亚洲人吧。铃木像送老朋友一样把他送上船。非洲人决定返回自己的大陆，回到家人和朋友中。他们旅行够了，不想把一把白骨埋在美国。过去三百年，他们的人到这儿来，已经太多。船要开了，头领又仿佛想起什么，对铃木说：

“关于你提到的灵杖，我记起来了，倒真的听说过，也并不是不知道，只是忘了。这是用来拯救‘阿曼多’之后的世界的东西，对吧？它的藏身之地，其实是在非洲大陆呢。”

“什么？在非洲大陆？这不可能！”

“我怎么会骗你呢。你想，如果最终证明人类是在非洲诞生的，那意义就大了。非洲孕育了人类的祖先，它就能出产灵杖，就跟最早的石器一样。这不是一般的关联啊。不过，我们当地人对此反倒不太感冒。有许多人说要来寻宝——主要是欧洲人，他们害怕啊，害怕自己的未来啊，可是我们没有这样的兴趣。所以也就不跟你们争什么。”说着他就“呦呦”地笑起来，黑色的嘴里露出白厉的一排牙齿，让人心惊胆战。

“别说大话了。”铃木冷冷地说，“我们已拿到灵杖。”

随后，他把那“骨头”递给非洲人看。对方礼貌地接过来瞄了一

"鬼角"恨恨地盯着她，不说话了。

我便一边回忆，一边开讲。我说，在我的印象中，中国是一个大花园。那里一年四季鲜花盛开，绿树成荫，彩虹高悬。国家气候兼情绪控制局使每一个季节都是春天。人们住在智能生态建筑里，这种建筑像树木一样，伴随市民的成长而长大，为他们提供宽敞和舒适的居住空间。天空中布满树巢。大人和孩子无忧无虑，来往于网络花果山。每人有一份值得骄傲的工作。"阿曼多"崩溃之前，各个城市通过网络连接。中国是世界上最大的网络国家。在这个国度里，围棋是最神圣的。

我说，在我们的花园里，国家由中央政府和民众共同管理，不像美国，是总统一人说了算。国家的管理者是人民公正选举出来的，他们温良敦厚，爱民如子。在全国，分布着许许多多的国有大企业，它们的产值占世界工业总产值的三分之二。

我接着说，在中国，已经消灭了犯罪，也没有离婚。我们不需要克隆自己。人们的寿命很长，长得到了这种地步：许多人为了减轻国家的负担，在一百二十岁到来前，便自动申请安乐死。这是一种崇高的集体主义精神。

"我听说中国已存在五千年了，真有五千年吗？"一个孩子问。

"这是确定无疑的，甚至不止五千年。在大江南北，我们发掘了很多古墓。丰富的出土文物足以证明这一点。"我答。

"真是不可想象呀。你刚才说到了人类起源。人类会不会起源于中国呢？既然你把它说得那么美妙。"又有一人道。

"不排除这种可能性哟。但铃木的日本怎么办呢？嘀。"我说。

"中国有像纽约这样大的城市吗？"

“嗬，你在说笑话吧。上海是中国最大的城市，也是世界上最大的城市。它比纽约大七倍，比东京大十倍。我就是从上海来的。每个上海人都拥有一间信息屋，就像蜂巢。”

“你们上学吗？”

“我们从两岁半起，就接受统配训练。每个人都要成为完人，做某一行业的专家。”

“真了不起。我们美国人从十二岁起才开始识字啊。”

“说得准确一些，在中国，学习从出生前就开始了。这要通过胚胎记忆转移术。”

“到底是中国嘛。”

我补充道：“我们从五岁起开始学习一门外语。一个人十六岁前要学会八门外语。我们的花园中到处是虚拟商店。购物和吃饭只需要用脑子想一想，就有传送带或机器人送来。除了棋手以外，小说家、钢琴家和诗人遍地都是，天上随便落下一块冰雹都能砸死砸伤一大群艺术天才。所以我们要进行气候兼情绪控制。科学家还开发了各种各样的游戏，来满足大家的欲望。但我和同伴很少光顾。因为，在中国，最重要的事情是学习和工作，并做好国家分配给自己的事情。”说到这里，我忧伤起来。我没有对大家说，我之前一直在试图逃出网络世界，去看京剧，消除内心的空洞和紧张。

“啊，中国真了不起啊。”孩子们赞道。

“北京是中国第二大城市……”我只好又说。

“我听说是香港。”

“当然是北京。你想一下，它有四个航空航天港，香港只有两个。中国的第一大城市是上海。”

“北京有什么好玩的吗？”

“有故宫和长城。是实相的。”叙利亚人插了一句。

“你怎么知道？”

“我祖爷去过。”

“我读过一本书。当然不是在网络上读的。那是一卷手抄本，它讲一个名叫马可·波罗的人的故事。他去过北京。”另一个孩子说。

我知道有这本书，但我没读过。中国现在不提倡读外国人写的书。他说的，大概是很早以前的事了。我说：“他说得没错。好像是有那么一本书。许多外国人都去过北京。他们认为那是世界的中心。只是美国人比较难以见到。”

“我们也能去吗？”

“当然可以。中国是一个开放的国家，欢迎任何人去那儿旅行和学习。”说到这里，我有些忐忑。我不知道中国现在的情况。

“可我们都是穷人。”几个人遗憾地说。

“哦，没有关系，据我所知，中国政府提供友谊观光，每年资助五十万名外国人前去中国免费旅游。”

“还是别去吧，那么远。再说，听说中国人看不起美国人。”“鬼角”说。

“那是因为以前美国人看不起中国人。他们也看不起伊朗人。”我顶了回去。

“算了吧，我知道，中国不像他说得那么美呢。上个世纪，中国曾经发生过人吃人的事情。”缅甸孩子说，伸了伸舌头。

我转头注视了他一眼。他是一个长得不起眼的男孩。他说的这件事，我第一次听说，以前我的确不知道。“阿曼多”从未提供过这方面的信息，余潜风、闻铂欣或者八一军体大队的老师们也没有告诉过我。我觉得这不太可能。中国人会吃人么？是水煮还是清蒸？是红烧还是油炸？真是让人笑掉大牙。不过，我却一下找不出反驳的证据来。我悄悄记住了他说的话，准备有机会再让他输个心服口服。但这个缅甸孩子叫什么呢？

“铃木也不会让我们去的。他的自尊心受不了。他的国家完蛋了。”又有人说。

“再说，虽说中国那么好，可现在也不知中国怎么样了。”

大家都沉默下来，有的孩子抹起了眼角，就好像中国是他的祖国。

“中国是不会完的。它要成为世界的主宰——不，它已是世界的主宰。这是不可违背的天意。强大的中国才是世界的保护伞哪。”过了一阵，李铸城像是呵护我似的说。

只有苏珊很奇怪。这平时活泼的女孩却在讨论中一语不发，撑着下巴，好像陷入沉思。苏珊给我的感觉是，她在关键时刻有着与众不同的主意。

与非洲人的战斗结束后，铃木像是很失落，脾气更大了。并且，他已经疏于更换隐形眼镜。他也知道了那次关于中国的讨论。是伊朗人告的密吧？但铃木对于部下们的涣散，也无可奈何。我常常听见铃木在半夜时分发出惊叫。他一定做着噩梦吧。“哈勃”似乎也再不来找他了。那是自然的。

有一天，我看到，铃木的头发全白了。

一晃夏天来临了。但雪仍没有大规模融化的迹象。人造雪中掺了防融的化学成分。在渐渐炽热起来的阳光下，白色的大地看了委实让人心寒胆战。我有时怀疑这是否还是地球。城中一些组织仍在互相争战。但铃木军团没有再度加入，不知是不是为了保存实力。然而，我却担心总有一天有人会把我们灭掉。

一个晚上，我做起梦。我梦到了上海。

其时，世上已过去千年。来自世界各地的人们正在上海举行一个大会，庆祝发现了人类的真正起源地——它原来就在浦东。这时有个面目模糊的人冲进会场，对着会议执行主席耳语了几句。主席激动地站起来，说："就要发生重大变化了。外星人来了。"

紧接着他宣布，人类需要挑选一个代表，去迎接外星人。这时，他一眼看到坐在台下的我，径直向我走来。

"就是你吧。我看这孩子挺有缘的。"他认认真真宣布。

出人意料，我被选中，或被指定了，成了迎接外星人的人类代表。父母悄悄告诉我，外星人是来创造福地的。

这是我第一次听到有关福地的说法。

我大吃一惊，从梦中醒来。

我睁眼想了许久。我忆及久违的中国。这时，我心中产生了离开铃木军团的强烈愿望。我把这个想法告诉了苏珊。我希望她能跟我一道走。但我不好意思明说。

"逃跑？你怎能有这种想法？"她怔怔看着我，身上传来一股苔藓般的潮湿气味。

"我原本不是你们中的一员。待久了，我有些烦。我也不会打仗，我总是射不中目标。"

"你还是忘不了你是棋手吗？哦，你以为自己不会打仗，但其实已经学会好多别的本事了。"

我摇摇头。

“那么，是还记恨铃木欺负你吗？他就是那样的一个人。其实他也很可怜的。”

我又摇了摇头。

“你跟我们在一起这么久了。大伙儿都习惯你了。你要走，我们会难过的。”

我还是摇头。我不相信他们会真的难过。我把那个梦告诉苏珊。我说，那绝对是真实的。

“哼，非常有中国特色的梦。”

“他们在等待我，在寻找我。自从发大水以来，他们一直没有放弃努力。”

“我何尝不希望你回到家里，跟父母团圆。可是，美国以外的世界大概也已崩溃了。这都是幻觉。”

“不是的。我要回到上海。那是我的故乡。那才是世界最大的城市。也许我今后不会再下围棋了，但是我必须回中国去。我有更重要的事做。”我抬头看看天空。我的脑海像一锅原汤，里面漂浮着亿万颗滚烫的群星，它们都被一颗火红的星星统率。但我的话一出口，我又觉得不像是我说的。

“真的留不住你么？美国这么乱，你怎么走呢？遇到危险怎么办呢？”

“不知道。会有办法吧。我想，我还能碰上像你一样帮助我的人。”

“你不能走。你之前太依赖‘阿曼多’了。现在，你来到一个完全实相化的世界，离开我们，会寸步难行。”

“我正在逐渐适应这个实相世界，好多了。我会克服困难的。”我不知道哪来的勇气，“我离开中国，离开北京和上海，都在美国锻炼这么长时间了，很多事情有经验了。谢谢你给我的帮助。”

“上海大是大，但波士顿才是唯一的乐园哩。这才是我们今后要待下去的地方。世界已经变化了。你难道不想尝试新生活的滋味？它并不必然跟灵杖的预测有关。留下来跟我们一起过吧。”

这个说法，使我又对自己的想法产生了怀疑。苏珊流露出的真切，她一直以来对我的照拂，使我心中涌起奇妙的感激之情。但一想到她跟铃木的暧昧关系，我就又被一种沉没的心境吞噬。这女孩内心未必不布满矛盾，有些想法连她自己也无力说清。这可能也是我想要离开的原因吧。她仿佛猜到我在琢磨什么，低下头来，怜恤似的，逐字逐句说：

“铃木不会放你走的。他还要你帮他找隐形眼镜呢。”

“为什么呢？我倒要看看。我不害怕。”

“他是我们的头头啊。我们都是服他管的，不可以违背他的命令。许多事情，没有办法啊。”她克制住诱惑一般紧紧咬住嘴唇。

“笑话。”我忽然觉得这女孩变得很陌生。

“真是这样的。你要理解我啊。”

“你怎么这么怕他？”

“我不是怕他。”她委屈地申辩，抬眼看了我一下。

我默然无语。

她指指对面大楼上阮文杰的尸骨，低声说：

“是他杀死的。”

我吃了一惊。

“我还以为是非洲人干的呢。”

“他只告诉了我。”

"是这样啊。原来，他不光杀白人啊。另外，他对你真是很特别。"

"其实，我也不喜欢这样。"

苏珊又一次垂下头，她那女战士的形象冷不防显现出一种复杂的弯曲。

"既然如此，看来，我是一定要走了。"我坚决地说。但这时再要提把她也带走，这样的话，却怎么也说不出口。

"你显然是打定主意了。如果一定要走，那么，我可以给你画一张地图。我会告诉你如何走。我会帮你应付铃木，假如他要拦阻你的话。"

苏珊从七岁起就在美国各地流浪。她跟其他亚裔孩子一样，支付不起高额网络费，只得早早进入实相生活。这反而使她更能适应如今的环境。我觉得苏珊是一个了不起的女孩。

第二天，我就得到了苏珊手绘的美国地图。上面标明各个主要城市，以及公路和铁路线。苏珊说，我应该往西海岸去。我的祖国在太平洋彼岸，而不在大西洋这边。

我开始做逃亡的准备，我把狗托付给苏珊，它已跟她混得厮熟。我觉得带着一条狗走那么远的路，怕是不太方便，而且我也很难把它照料好，虽然，我舍不得它。我还把一些玛那打包存起来，并抓紧最后的时间，练习弹弓射击的准头。

就在我决定要逃走的那天傍晚，我遇上了铃木。我不知道我的表情是否镇定，是否让他看出了什么。我觉得，他会把所有试图逃离铃木军团的人杀死。

这些日子里，日本人总是给人一种惊惶的印象，但他用强大的自制力，把这情绪压回了身体的深处。面对我，他并不吭声，只是凶巴巴却又苍白虚弱地盯住我看，令我不寒而栗。转而，他又换上一副和颜悦色的面容，开始重复述说如何侦察到灵杖的全过程。他越说越得意，脸上飞起红潮。

他显然比以前更喜欢唠叨了。他跟最开始那个铃木有些不太一样。苏珊说得对，铃木是可怜的。我还有国家可以回去，而天下的日本人都是无家可归的人。灵杖代表的未来在铃木面前已经破碎掉，他却不愿承认。如果大家都离他而去，他会疯的。

也没有人帮助他找隐形眼镜了。

铃木还是个孩子，可他满头白发、拿着灵杖走路的样子，完全像个老人。

我很想对他说："铃木，你以为那真是灵杖吗？我想，你一定受骗了。真的灵杖，早被人夺走了。别人放了一个假的在那里等你上钩呢。"

我觉得铃木已经失去对大家的控制力。他有精神失常的可能。

在铃木嘴巴颓然闭合之际，我眼前又出现了阮文杰的形象。想起铃木杀了他，我心中一阵厌恶与恐惧，出逃之心更急迫了。这时如果说还有一点牵挂的话，那就是苏珊。因为害怕伤感和动摇，我决定不去跟她告别。

然而，就在夜幕降临后，在我偷偷离开营地一百米时，我遇上了她。她一定在暗中跟踪我。我顿然百感交集。

"你还是要走啊。"她叹了一口气。

"是的。"

"我不能跟你一道去。"她先说出来，虽然我有所准备，但还是脑子震了一下，就像一个装满水的瓶子猛摇起来。

"这个，我早知道。"我故意淡淡说。

"我再送你一样东西，你带上它吧。"

她拿出一个小方盒子。

"这是什么？"

"指南针。我的祖辈来美国时带来的。是我家的传家宝。"她慢慢把盒子打开，里面果然有一个手表一样的东西。表盘上有一个指针，一头红色，一头蓝色。这令我感到奇异。它与黑白色的围棋形成了鲜明对比。

"红色一头指向北，蓝色一头指向南。你要忘了方向，就看看它。"

"我知道这个，应该是中国古代的四大发明之一吧。"

我想，苏珊该不是要嘲弄我吧。但看她诚恳的眼神，并没有那种意思。

"你说的什么发明，我不清楚哟，我只知道它是我家祖传下来的。"

"是四大发明哩。其他三个分别是火药、印刷术和纸。"

"据说，我的祖辈中的一个人是买办。那时，美国人用船装华工来美洲，他帮忙做成了这件事情。他骗了很多老乡上船，自己后来也上了船，想到美国来发大财。一路上死了许多人。漂洋过海的时候，遇到飓风，船迷航了，连美国船长都搞不清怎么走，这时，我那位祖辈便把指南针拿出来，给指示方向。大家知道目的地就在前面，才不那么慌张。这样，终于到达美国。来了就一直没有走，在旧金山定居下来。这位祖辈才知道，在美国赚钱并不容易。他吃了很多苦头，不过他还是比那些华工过得好……现在，你要靠这个指南针回中国。你还要走那条航路。"

我犹豫一下，小心接过来，揣好。我认为，这是苏珊赠予我的吉祥物。

“还有这个，你也带上。”她又递给我一包玛那，一支手枪，还带着她少女的体温。

我的心又不争气地狂跳起来。我把枪放进衣服口袋，说：“谢谢你，苏珊。”一边摸摸狗的脑袋。它温和地低吠两声。

“我会看好它的。”她说。

“就劳你费心了。”

与狗分离，我有些不忍。但它跟苏珊待在一起，我还是放心的。我决定不去跟狗做更多的告别，怕它悲伤大叫起来，甚至张口咬人，那样谁也走不脱。

苏珊努力笑了笑。她似乎在强忍伤心。这让我难受。女人在我眼前好像变成了一道幻影。

“苏珊——”我说。

“什么呀。”

“有一句话，我想跟你说。”

“你说吧。”她凝望我的眼睛。

“我……你真的想跟铃木在一起吗？”

“哦，我跟他是战友。多少年了，我们一起杀白人。”她眼中的光彩黯淡下去，好像有点失望。

“他毕竟是日本人呀。”

“这里只有亚洲人。不要说了。我不想跟你争。”

她把头别过去，朝海堤那边看。大海开始涨潮。有些鬼火状的东西正在升起。今夜的寂杳好像格外异样。我一阵发冷，也不言语了。其实，我并不是想说这些。

“但愿有一天我们还能见面。”我说。

她不摇头也不点头。沉默一阵，我又说：

“你的伤好些了吗？胳膊还疼吗？”

“好多了，不怎么疼了。”

“那我走了。”

“祝你好运，再见。”

我离开苏珊，没有再回头看一眼，沉重地朝前走去。

这天晚上，我沿红砖道行走。我经过一处空无一人的弃屋时，觉得有些眼熟，就停了下来。原来，这就是李铸城发现围棋的地方。房子空洞洞的，布满瓦砾，阴森恐怖。以前的秘密，都蒸发掉了，只剩下绿荧荧的鬼火，从一个窗口游荡到另一个窗口，就好像它们走的是时间隧道。但我似乎不再十分害怕。我不需要灵杖告诉我未来。

路上我没有碰到歹徒，也没有遇上非洲人，以及那些打来打去的派别组织。他们今夜奇怪地都销声匿迹了。

我又跨过那条马路。我以为还会遇见那两个怪人。我这回打定主意要勇敢上去向他们打招呼。但我却没有看见半个人影。

我经过希尔顿大楼。阮文杰的尸体还悬挂在那儿。天太黑，看不清楚，他只是一束短促干瘪的黑条。我想他已经成了瘦得要命的一副空架子，而且只剩下身上的几处主要骨骼，其余的都被风儿吹落了。他连是不是一个人，都认不出来。忽然，从空中飘下什么东西。是一块烂布。我想应该是阮文杰衣服的残片吧。我想了想，把它拾起来，嗅了嗅，有一股清淡的臭味。我赶紧把它揣在怀里。

就要离开波士顿了，我得留个纪念。那么，就是这块尸布吧。我不好意思地回头望望。只见大海在高楼大厦的缝隙间幽暗蠕动，像一头从地壳中钻出来的史前怪兽，在小心翼翼地张牙舞爪，又显得孤单。就是这头怪兽，差点吃掉了我。但是，铃木救了我。是他把我带到这个乐园。是苏珊给了我温暖和帮助。在这里，我重新发现了围棋，闻到了它上面的异味。我还学会了用弹弓防身。我的眼睛有些湿润。

这时，天边冒出一簇光焰，还有一些火球从地下跃出来，在半空中跳舞，它们的体形膨大，与纤细的鬼火不同。大地忽然震动不已。楼群一阵阵摇晃，有的轰然倒塌。灰尘和积雪纷纷撼落而下。发生了什么事呢？我立足不稳，急忙扶住身边一根电线杆。头顶蓝光闪烁，世界好像又一次遭到撕裂。过了两三分钟，剧烈的震动才渐停下来。

我的心仍在战栗不止。我想，不知苏珊和别的孩子们怎样了。但我决定不再回去。我望了一眼天空，看见火星正在云端孤独散步，一边暧昧地朝下窥看，目光惨白而阴冷。我等了一会儿，见它没有坠落，于是咬咬牙，大踏步走向城外。

新人类

离开铃木他们，离开波士顿后，我沿着一条自动公路往西走。我闷头走了整整一个晚上，到天亮时，才拿出苏珊画的地图对了对方向。我发现这条公路叫九十号公路。它通往伍斯特。

公路损坏了。现在可以确定，昨晚的震动就是地震。本已破旧的路面，现在不少地方扭曲翻卷了。看来震级较大，震中就在不远。我常常不得不迂回公路之外，选择荒地绕行。这是我第一次徒步长征，坦白说，心里没有一点儿底。我胆战心惊，然而，又为自己的进步骄傲。这说明我已经更适应这块剧变的大陆了。

我走了一整天，没有遇上一个人。一时我以为美国人都死绝了，或者全跑掉了。有几只野兽企图袭击我——它们不同于波士顿那些看上去比较温和、只食尸体的动物，我就用苏珊给我的手枪对准它们射击。它们好像负了伤，“嗷嗷”叫着逃走。这是我平生第一次用真正的武器试图射杀有生命的物体，心脏“咣咣”跳了好半天，也无法平息。我担心遇到更厉害的动物，而我下次恐怕就不一定能打中它们了。

傍晚时分，我来到一个小镇。我吃惊地发现，这里仍然生活着少量美国人。有一户人家，是一对白人中年夫妇，看见我出现，觉得很不可思议，愣在那里，半天说不出话。大叔大婶看上去健康状况不佳，神情也很麻木。他们的房屋震坏了，两个孩子震亡，邻居们或者死了，或者逃掉了。他们正在露天里搭帐篷。我从他们口中证实“阿曼多”确已崩溃。前不久，非洲人也告诉过我们这个消息。

“我们与外界断绝了联系，也不知该往哪儿去，只得待在这儿。已经有一个月了。”穿着一身破旧灰布袍子的男人说。他脑后的辫子又枯又黄，“孩子，你从哪里来？你能告诉我们一些什么？”

他已不再有明显的悲伤表情，倒是出奇的冷静，活像一具刚刚破土而出的僵尸。我不寒而栗。

我说：“我无法告诉你们一些什么。我也是刚刚逃难逃出来的。我对外界发生的事情一无所知。”

这时，男人鼻翼两旁的肌肉抽动起来，我不知道他想要表达什么。他就像一颗剥掉皮的洋葱一样不堪入目。我很久没遇上美国白人了，不禁心情纠结，并保持警戒，手一直把着口袋里的枪柄。

我问他有没有见到中国人。他傻眼了，像是被我说到的事情吓住。他身边的女人见状不妙，才道，原来这里是有一些中国人的，但灾难降临之前，中国人像是嗅到什么，都一齐提前逃走了。“他们不会跟美国人一道留下来等死。怎么，你是中国人？你为何还来这儿？噢，你是来救我们的吗？很久之前就有传说，审判日到来的那一天，只有中国人能救我们。”她几乎要朝我跪下。

“我不是来救你们的。”我不安地说，“我是一个棋手。我只是经过这儿，我这就要去找我的同胞。”

“哦，可能在西海岸还有一些中国人。似乎，东部灾情更严重。你们集合好了，再一齐来救我们，是吧？”

“这里很危险啊。你们二位也一道走吧？”

“又能到哪里去呢？只要还在美国，都是等死啊。”

女人实事求是的语气让我感到凄凉，而她的男人还怔在那里。我在他们的帐篷中休息了一会儿。像是要讨好我，女人热情地请我吃了一些玛那，又给我喝了一杯白开水。他们的食物也不多了，但他们似乎是好心人，把很少的食物匀出来给我吃。铃木说，白佬都挺坏的，苏珊说，白佬杀了黄种人。但我觉得，实际上并不尽是这样。比如考克斯，这个看上去很窝囊的老头儿，为了救我已经离开人世。

告别时，夫妇俩眼泪涟涟，希望我早日回来。我决定继续西行。逐渐，我看到更多的美国人。他们成群结队，沿公路逃荒，就像密密麻麻的蝗虫。洪水冲毁了粮仓和家园，地震又雪上加霜。在美国各地，民众的大规模迁徙一直持续到夏季以后。能源系统也毁坏了。大多数车辆不能发动，人们只能步行。美国人脚力之强健，大大出乎我的意料。这原本是一个很能吃苦的民族呀。但他们毕竟骄奢太久，至此已无力支撑。一些人在旅途中衰竭倒下去。一路上随时见到尸体，很多已经腐败，骨头从紫黑的肌肉中一丛丛钻出来，颤巍巍在空气中抖动。到处飘荡着恶臭味儿。有的人在半路上患了精神分裂症。他们赤裸身子，对着天上的云彩大叫大嚷：“美国，我诅咒你！神啊，狗娘养的！”其余人躲开他们，大家踩踏尸骨，埋头匆匆赶路，谁也顾不上搭理谁，更谈不上互相救助。没人知道自己下一分钟是不是还活着。我加入逃难行列，美国人见了很惊异，因为我是黄皮肤黑头发的亚洲人。有一些人才壮着胆子，上前来跟我搭讪，好像我能救他们。我怀疑他们是虚伪的，其实是要加害于我，便强作镇静，报以友好的微笑。我问他们要去哪里。他们悲怆地齐声回答：

“不知道！”

然后，卑恭地又问我：

“你知道有什么好地方，能让我们活下去吗？”

我摇头。

积雪已经开始融化，带来不间断的泥泞。我步入大片沼泽时，常常弄不清这是融雪还是洪水造成的，但不管哪样，都同样糟糕。后来，我才知道，春夏之交的这场灾难，引发了美国历史上最大的饥荒。二〇六六年，总共有三百五十万美国人死于洪水、地震以及之后的缺衣少食和疫病流行。

在伍斯特我遇到一股劫匪，他们是由难民摇身一变而来的。他们抢走了我携带的食品和手枪。这个损失太大。但我还是坚持走到了奥尔巴尼。到了这里我再也走不动。我想起苏珊的劝告。她劝我不要离开铃木军团，不要离开波士顿。她也许是对的，她对我一片真心，跟我的妈妈杨阿妹一样。女人不会害我。可是我却一意孤行。我觉得对不起苏珊，但现在也无法回波士顿去了。

丢掉食品和武器后，我一时丧失了继续西进的勇气和信心。中国也顿然离我格外遥远起来。我只好在奥尔巴尼城中乞讨为生。起初，我十分难堪。要知道，在中国的时候，我可是超一流国手呀，我可是千万富翁呀，我衣来伸手饭来张口呀。那儿没有灾荒，没有死亡，没有暴力，谁也不会想到，有一天自己竟会成为难民。然而，多亏了在波士顿的历练，我终于习惯了北美大陆的新生活。慢慢地，除了肤色，我跟当地白人已无二致。我发现自己正在变成一个美国人。我渐然不再觉得这是在给中国丢脸。但这样下去，又将如何呢？有一天我会不会连“中国”二字都忘记了呢？

奥尔巴尼是一座很大的城市，城中原本有很多荷兰式、乔治式以及法国哥特式的古代建筑，但也震塌了。一天，我正在街头要饭，看见一个白人男孩，年纪跟我相仿，但长相奇特，脑袋大得像个面盆，尖嘴鼠目，手长过膝，周身毛发。最有意思的是，他的屁股后面拖着一根尾巴。初见之下，我还在想，这人的辫子怎么长这儿呢。他坐在帝国广场的边上，吆喝着找人下棋。我之所以注意到他，首先倒不是因为他相貌古怪，而是因为他下的竟然是围棋！这令我心猿意马，魂不守舍。我顿然记起我的所来和目的，不禁长叹一口气。

这围棋，在美国崩溃后，就像妖精一样缠裹我，现在它又来了。它是魔鬼化身，还是神佛显形呢？我一阵眩晕，摇摇晃晃，不由自主朝怪人和围棋走去。我被吸引了。我甚至忘记了饥饿，站在一边出神观看。这样一直看到日落而不知觉。

这妖异的少年一整天都在用围棋赌博。他摆了几个定式，招呼别人来破解。不知他在哪儿学的棋，但他是有一定水平的，我看见他很快就用一个虚构型“回”定式赢了三人。又有更多人跟他下注，结果都败下阵来。输家就拿出食物赔给赢家。虽然局势陷入混乱，但美国人在赌博方面，还是很守信用。

不同的定势摆了又摆，下棋的人去了又来，无不是为饥饿所迫，但挑战少年的人纷纷丢盔卸甲。擂主很快赢了一堆玛那。围棋居然可以这样下，达到这样的目的！我感到嫉妒，又不服气。然而食物却引得我肚子一阵叫唤，我几乎就要冲上去跟他来上一把。但我抑制住了冲动。我牢记自己国手的身份。我不能在这种场合、用这种方式下棋。聂卫平他们当年很穷的时候，都没有做这样的事。另外，少年那野兽一般的形象也让我有些害怕。

慢慢地，太阳从城市的另一端滚落下去。这时，过来几个地痞流氓，抢走了少年赢得的玛那，还打了他几下，然后踩着自己的影子，一窝蜂狂笑着跑走了。少年却没有生气，慢慢收起棋盘，静静站起来，拍拍身上的尘土。这时，就剩下我们两人了。他抬起头，眼神蒙眬地对我说：

“跟我走吧。”

“跟你走？去干吗？”

“我早见你站在一边看了好半天了嘛。饿了吧？不用担心食物，抢走就抢走呗。我早料到了。我还藏有一些，就在我住的地方。那儿还有水喝。跟我走吧。”

说罢，他冲我笑笑，好像我们是老相识。别看他长得吓人，笑容却很温存，有些像个女孩。他虽是白人，却比铃木军团的亚洲孩子，更给人以亲近感。我一下觉得心头不再那么空落落了。我便跟他而去。

少年住在一个用废弃的钢管材料搭建的临时棚子里。这里还真存有玛那和饮用水。

“我叫纽曼。你呢？看样子，你也喜欢下棋呀。”他热切地对我说。

我饿坏了，没有说话，大口吃起来。他蹲下身，在一旁目不转睛看着我，情不自禁又傻傻笑了。

“怪怪的，刚才我就有个印象，我好像在哪里见过你。”他说。

我停下进食，说：“我叫唐龙，中国人，最初是来美国下棋的。”

他说：“果然没看错呀。我曾在网络上看见你下棋，也听说过你的大名。”

这番话让我回想起往事，不禁又伤感一阵。我又吃了两口东西，觉得很惭愧。我遇到了一个会下棋的美国人，这算得上是这个民族中的佼佼者吧。

纽曼说：“你人真好，刚才，你明明可以跟我下棋，打败我的，让我出丑。可是你没有那样做。谢谢你。遇上你我真高兴。交个朋友怎么样？你教我下棋吧。你要去哪里？”

我告诉他，我准备向西，去找失散的中国围棋代表团的队友。纽曼说他也要往那边去。他还有一辆车，要是我愿意的话，可以一道走。

“这一路上，我们可以一块儿下棋。”

下棋是次要的，车子却是很大的诱惑。我已经走累了。纽曼的话点燃了我几乎泯灭的希望。我知道我不能凭脚力走到西海岸，找到同胞们。另外，乘车也更安全些。虽然我对下棋和教人下棋已经失去兴趣，但在纽曼这儿，能弄到吃喝，这很有吸引力。我犹豫一下，就同意了。

纽曼的车是他捡来的，这是一辆二〇四〇年出品的老式韩国大宇牌四轮汽车，玻璃不全，门也坏了。这种车是非智能型的，需要人工驾驶，使用氢燃料电池。纽曼不知从哪儿弄到了一堆电池，他说他老早就准备着。他知道美国会有一场灾难。这话让我重新打量这孩子。他是灾难之后我在美国遇到的第一个有先见之明的白种人。但他并没有用灵杖预测未来。

“我老家在普利茅斯。有人说下一个遭大水的地方便是普利茅斯。我逃了出来。我这是要去找我爸爸。”

“你爸爸？”

“我一生最佩服的人就是他。他是一个先知。从前，只有《圣经》

里有这种人。他预言美国将有灭顶之灾，如果不提前做好准备，谁也逃不掉。可是人们都不相信他。洪水发生后，我跟他失去了联系。有人说在西海岸看见了他。所以我要去找他。现在，咱们一块儿走，一个人怪闷的。另外，我还要跟你学棋呢。我爸爸见了你一定会高兴的。他喜欢中国人。”

第二天，我们上路。这时，我离开铃木军团后滋生的失落，因为遇到了会下围棋的大尾巴少年纽曼，而减轻了不少。我想这是比“阿曼多”更强大的命运，在某个冥冥之处做出的安排吧。

离开奥尔巴尼后，一路西行，美国的风光依然美丽而惨淡。火星仍旧按时爬出来当头照耀。从人们匆匆忙忙的脚步声中，逐渐听出了新时代来临的前奏曲。

在路途上，我们看见美国人在为国家的前途吵吵闹闹。为了信仰，或者更准确来说，为了食物，他们分成许多派别，争来斗去，常常闹出人命。我和纽曼尽量避开这些组织，但有时也不得不与之周旋。在动荡不宁的日子里，人们喜欢互相捆绑在一起，好像这样就可以令自己变得强悍，去欺负和掠夺别人。那些老实驯良的，那些孤独落单的，那些不愿加入组织的，只能任人宰割，转死沟壑。

有车就方便多了。虽然是老爷车，但零件还算齐全，跑得还算稳健。我们没有走自动公路，而驶上了旧时的高速公路。它们是美国繁荣年代留下的，如今已残破不堪，但作为一个系统，还算堪堪可用。纽曼说，这些公路是上个世纪修建的，四通八达，其意义不亚于“阿曼多”网络。美国曾经是一个“车轮上的国家”。我对此持怀疑态度。但纽曼咬定如此。他说，就在几十年前，美国还拥有世界上最发达的公路网及航空运输网。可惜的是，现在看不到这些了。美国人重新开始旅行，是在二〇六六年到来的时候。

纽曼相貌丑陋，嘴却总不闲着，老是喋喋不休讲述美国佚事。他懂得那么多，我慢慢也听得入迷，更多认识到美国是怎样一个国家。铃木跟他一比，差得太远了。

我从纽曼那里得知，美国曾经非常繁华富庶。在上个世纪，它的确是地球上最强大的国度。那时，世界上的新东西都最先出现在美国。美国的贸易线路遍布全球。美国派出军队到世界各地保护自己的利益。美国甚至在一百年前就把人射上了太空。纽曼口中的好莱坞、汉堡包、迪士尼乐园，听起来如同神话。我有一刻甚至觉得这些故事是他编造的。它们不可能现实发生。但慢慢我相信它们是真的了。我觉得，纽曼是一个诚实可靠的孩子。于是，从他身上，我看到了一个超级大国的影子，它甚至一度比今天的中国还要厉害，骇目惊心，虽然它如今已经变得不值一提。

纽曼说，这一切在一夜间烟消云散。没有人想到会有这么一天。也许这就叫无常吧。世界历史上还曾有过许多大国，也都忽然之间消失了。这让我沉思。

与纽曼同行的一大好处，是一路上我们可以用围棋赚人，赢取玛那。我开始不习惯这么做，但饥饿使得我很快放下架子，全身心投入赌博。我们表演双簧。纽曼装成过路人，大张旗鼓挑战我。我便先故意输掉。看到他轻而易举赢取了食物，别人便也抢着下注。这时我就把他们统统击败。这对我来说太小菜一碟。很快，我和纽曼就配合默契如同一人。

纽曼的丰厚学识，包括他的棋艺，是他父亲传授的，他父亲又是从“阿曼多”那儿学来的。这位先生真是一个博学之士，也许，就是美国传统意义上的知识分子吧。这种人对未来还是有先见之明的。

“爸爸在我五岁时，就预言说，围棋将是我今后重要的谋生手段。在灾难到来时，美国人民需要围棋。”纽曼说。

“他怎么知道的呢？为什么是围棋呢？”

“不晓得为什么。爸爸就是这么认为的。他比我了解东方文明。”

“不过，你的棋还处在初级阶段呢。”我善意取笑他。

“没办法，我是美国人嘛。好在，遇到了你，这样，我的水平也就可以提高啦。”他真心实意说。

“这倒是，我们看上去是一对好搭档。纽曼，我觉得你人挺不错啊。我对美国的印象开始改变了。”我重新打量这个白人。

“你也挺好。我早对中国人有好感。”他用热切的目光看着我。我不好意思地低下头。

“我一直在想，美国人为什么变得喜欢下棋了。”纽曼又说，一边看着成群结队朝我们围上来的赌徒，他们手里拿着捡来、偷来或抢来的食物。

“哎，你看，是这样的，纽曼，”我说，“一个国家比较衰弱的时候，人们就把希望寄托在棋上面了。这是我这些日子里回忆起来的。”

我便给他讲中日围棋擂台赛的故事，讲聂卫平如何奋不顾身，吸着氧上阵御敌，为我们挣回了因北洋水师覆没而丧失的面子，使全国人民群情沸腾。是的，这听上去是一个老掉牙的传说，许多人现在不相信，但我可以负责地告诉你们，那事儿的确发生过，写入了北大围棋系的教程。当时中国还很贫弱，国际地位也不高，很多领域比不过外国，就把希望寄托在下棋上面了。因为这不需要很大的投资，也用不上什么高科技，只要有心劲儿就行，再加上善动脑、肯琢磨、能吃苦。它靠的无非是急智、耐心、运气，并兼几分狡黠和冒险。另外，它是围棋，这本身就打破了流行于西方的国际象棋规则，来了个火中取栗、乱中取胜。于是，在这种情况下，聂卫平他们一旦发挥出“搏”的精神，就推动国家走向了复兴。这些，只要你们去旁听北大围棋系的课程，就一清二楚，绝不是编造的。纽曼听了，不住点头，仿佛悔恨没有生在中国。

我又问纽曼：“那天强盗抢走你赢取的食物时，你为何不生气呢？”

“因为他们是强者呀。你只能向强者低头。另外，还有一件事，我没跟你说呢。这是因为我并不完全依靠围棋活着。当然啰，围棋也是很重要的。”

这一点很快得到了证实。我与纽曼的差异也便显现了。有时，我们走到重灾区，那儿的人们对活下去都提不起精神，更谈不上有下围棋的心思和兴趣，这时，纽曼就使用他的尾巴来赚取食物。他说这是他父亲赋予他的另一种谋生手段。

现在，再来说说尾巴的故事吧。

它是纽曼身体上最有意思的部位。这根尾巴有七十多公分长，三公分粗，长满硬毛，尾闾上有一个肉瘤般的褐色隆起，这可不是寻常之物，而是一个人工培养的神经结。它非同一般，实际上是纽曼的第二大脑，虽然有些原始，却具有特殊功用。这个瘤状物上还有一个小小的吸盘，就像蚂蟥口器那样的东西。

我难以忘怀第一次见到纽曼使用尾巴的情形。

那是在匹兹堡街头，纽曼脱掉套在尾巴上的尼龙罩子，把那毛茸茸的长物在地面上甩打一气，发出沉闷的“扑扑”声，嘴里念念有词：

“感受美国文化，一元钱一次呀。”

逐渐地，就有潦倒的人们围聚过来，好奇地睁大眼睛。纽曼对大家说：

“在我的这根尾巴中呀，储存有美国三百年历史呢。你们还记得《独立宣言》吗？你们知道它是怎么讲述人生而平等的吗？你们还记得艾伯拉罕·林肯这个人吗？你们知道这个国家曾经拥有的信条和美德吗？谁清楚我们都曾拥有什么样的公民权？你们读过马克·吐温和爱伦·坡吗？你们了解什么是这个国家的幽默、浪漫和激情吗？惠特曼又是谁？富兰克林和爱迪生做了什么？你们知道白炽灯、电话、电报、电视机、飞机和‘阿波罗’飞船是怎样产生的吗？你们听说过甲壳虫乐队、玛丽莲·梦露和迈克尔·杰克逊吗？你们知道西屋电器和美国钢铁公司吗？……一切的一切，应有尽有。感受我们民族昔日的辉煌，感受我们文明曾经的骄傲，只要一元钱呀。很便宜啊。如果没有钱，给些玛那也行。连玛那也没有的话，就请捧个人场吧！”

刚开始，人们还很疑虑，但逐渐便有人愿意尝试。纽曼就将尾巴上的吸盘附着在对方脑门上。我看见，不到一分钟，那人便显出一副神魂颠倒的模样，好像体验到世上最令人愉悦的事情，甚至开颜大笑，手舞足蹈，仿佛把眼下的灾难统统忘记了。

纽曼说，这称作“记忆隔体输入术”。美国衰落后，“阿曼多”崩溃后，人们迫切需要恢复失落的记忆，来维系身心的稳定。这是一个需要信念才能活下去的民族。

我十分吃惊，也非常好奇。在围棋之外，还有这般神奇事物。这实相世界真的是既大而丰，若不是“阿曼多”崩溃，哪里知道呢。观察几次后，我按捺不住，便叫纽曼让我也试试，回报是教他一样围棋的手筋。

纽曼说：“行，没问题！”

吸盘附在脑门上，也就是印堂的位置，顷刻之间，产生了一种触电的感觉。哦，美国文化是一股带有硫酸味儿的气息，直接作用在前额叶上，有些像我在波士顿拾到的围棋子发出的味道，但更浓烈一些，并不悠长，然而来得突兀，身子弱的人承受不起。它像一壶浑浊的滚水，猛然注入全身，灌满血管，淤在胃肠，又辣又烫，使我既兴奋而又想吐。在这激荡的云雾中，许多的人物、事件，纷乱的群星一样，在我心间滚涌来滚涌去，我努力想看清楚它们，却一样也认不得。我实在忍受不了，只好叫纽曼把吸盘卸去。

见我半途而废，纽曼很是遗憾。他认为是我的身体位置不对，令我换了一个姿势。但末了还是不行。在真正的美国文化的冲击下，我晕乎痛哉，像害了一场重病。纽曼解释，这大概是文化的排他性所致，水土不服呀。如果是纯正的美国人，一分钟之内就能腾云驾雾一般，飞翔在幸福无边的海洋上。在他的脑海中，会出现一幅又一幅令人舒服的图像，统统对应着美国从前的美好时光。那时，人们想要什么就有什么，各个族裔济济一堂，盛举共襄，繁荣同享。他便会忘掉一切痛苦和烦恼，进入如痴如醉的境况。

可是，这方面我却不行。虽然我已开始逐渐适应这个世界，但毕竟我来自中国，要融入并理解美国文化，还需要有一个痛苦的过程。不，也许永远办不到吧。大熔炉已经破损了。不过，我却因此而知道，世界上并不只有五千年的中国文明，并不只有传自帝尧的围棋文化，也还有别的。虽然仅仅三百年，但美国给人的震撼竟然那样强大，令你即便在它衰败之后，也不敢小瞧它。

最迷恋纽曼尾巴的客户，是各个派别的头头。他们在沿途建立了大大小小的接待站，为旅行中的本派人员提供服务。这是一个令大家感到比较便利的方式，从而减少了饿死和病死的几率。更重要的是，头头们也借机扩大自己的组织。他们通过纽曼的尾巴，掌握了美国的历史文化知识，就仿佛一举获得了存在的合法性，可以自信满满对手下发号施令，乃至威吓别的组织和难民了。

我和纽曼总能在行进一天后，找到一个接待站。这时，纽曼就走进去。关于他的故事已经在各地传播。接待人员看到纽曼的大尾巴，便立时两眼发直，流下口水。但接待人员是没有权力享用的，他们只能向头头汇报。然后，纽曼就被带到头头的房间。纽曼便把吸盘贴在对方脑门上。那家伙的脸上立即显露出一副吸毒般的神情。我一时觉得，这些人对美国文化是真正迷恋和热爱的。他们不是普通人。他们是有理想、有志向的新潮人士，虽然带着强烈的匪气，但个个豪情满怀，壮志凌云，承担着复兴美国的重任。当然，这首先得活下去，通常，派别的规模越大，就越能抢掠到更多食物。

来到接待站，我们吃得就好多了，玛那之外，甚至偶尔能吃到鸡脖子。有时，某个组织也想把纽曼留下，让他陪伺头头，做一对一的专门服务。这可不是我们想要的。我们总能在对方不注意的时刻逃脱。特别是我，在这方面已算得上高手。

纽曼说：“固定粘上一个派别，就危险了。它不知什么时候就会被对手消灭，这样就要连累我们遭殃。再说，我们并不相信他们宣讲的那一套。谁也不敢打保票说他就能拯救美国。谁也不知道美国的明天会怎样。我爸爸早就提醒过我啦。我这儿只拥有美国的过去。但它只是过去。”

纽曼的尾巴总使我想到某样物件。一次，我问纽曼：“你知不知道灵杖？”

“当然知道。但那是一个骗局。”

“骗局？”

“是的。灾难来临之前，美国的一些政客想让大家对未来怀有希望，便设了这么一个骗局。这就像钓鱼一样。他们鼓动大家去寻找它，这样就把对灾难的注意力转移了，就不会对现实不满了。”

“但很多人说那是真的。据说，有人找到了呢。”

“他们太天真，怎么能信这个呢？美国只有过去，没有未来。退一万步讲，就算那玩意儿是真的，就算找到了，又能怎样呢？连‘阿曼多’那么厉害的家伙都不灵了。”

“是因为你有尾巴，才瞧不起灵杖，是吧？”我不甘心。

“你说尾巴呀！是啊，没有生气的灵杖怎么能与尾巴相比呢！它可是我身上的肉啊，更确切来讲，它比肉还宝贵呢！”

他疼爱地一遍遍抚弄那毛茸茸的东西。我并不觉得这好笑，想到肉体和精神共生在一条尾巴上，谁也离不开谁，这只有在美国才能做到。这里有些名堂，让人琢磨，耐人寻味。我便问：

“纽曼，你懂得真多呀。你爸爸是做什么的呢？”

“他曾经是一名生物物理学家。”

“你爸爸一定很伟大。怪不得你要找他。”我不禁想到杨阿妹和唐平平，羡慕地说。

“他经常对我说：‘纽曼，你要活着。’爸爸的意思是，不管什么情况下，活着才是第一要紧的事情。”

像这样的做人道理，我在中国时，很少有人告诉我。好像不必讲、不屑讲。一切由国家包干了，人们不用担心活着的问题。思忖那么多，没有任何好处。现在看来，这可能是不对的。那使我们变成温室里的花朵，只朝着光线明媚的方向生长，而忘记了还有沉沉黑暗，忘记了劫难随时可能降临。幸好八一军体大队的教员们有时还带我们到北京西郊的山上去沾一些地气。

纽曼向我传授了不少谋生常识，比我在中国学到的要丰富不知多少倍，也比我在铃木军团见识的更为独到深刻。我们一边聊天，一边继续西进，一路上避免与匪盗遭遇，尽量选择那些有人烟的大道。

纽曼指着路人向我介绍，这里面，有些人是无组织的串联者，他们去寻找归宿，他们也是怀有理想的人，至少他们是这么对外宣称的，所以不能简单称作逃难者，瞧，他们的表情很坚毅呢！但这样的人并不多。

我们有时与这些人一同行走，一同吃住。而他们则向我们阐述其宏大主张，比如说准备在美国实施文明火种撒播计划啦，恢复保留区啦，寻找新能源啦，开展灵修啦，制造永动机啦，等等。但不一会儿，我们就听烦了。他们讲的，听着很刺激，但都没有具体着落，没有详细方案，只是空说无凭。我们走着走着，又与他们拉开距离。弄到食物，比倾听唠叨，更为迫切和重要。

我们还遇上一些人，是从梦幻社会中挣脱出来的男男女女，正兴高采烈准备去看美国的大好河山，包括游览黄石公园、科罗拉多大峡谷、密西西比河和尼亚加拉瀑布，从中吸取生存的智慧和力量。这也是些奇人，跟一般难民有所不同。他们只随身携带极简单的行李和食物，至少从表面上看，走得轻飏逍遥，就好像灾难没给他们带来任何影响。原来，他们也是事先有所准备的。他们早就对美国的生活方式腻味了，知道这个国家必然毁灭，一直在等待这一天的到来。我才认识到，“阿曼多”的垮掉也许并不完全是一件坏事。至少，它把原来过得要死不活、身心俱废的人们解放了出来，使那些沉默的怀有奇志的人们，获得了发挥才干的余地。是的，美国人的主体仍是难民，但这里面的确涌现了少数矢志追求民族解放国家复兴的先驱，就像三百年前登临这块大陆的那群人一样，大概代表了未来的一线曙光，使得将要来临的日子不再仅仅是黑暗和恐惧。灾难同时意味着机遇。在美国这个国家，始终有两种力量在进行互搏，其中一种也许将冲出大规模堕落腐朽的罪恶潜流。虽然纽曼说美国没有未来，但我隐约感到，这个国家的希望还在。

我常常想，纽曼也应该是这了不起的先驱之一，虽然他自己谦逊地并不承认。其实，任何人只要听说了他尾巴的秘密，都会感动，都会把他当英雄看待。

纽曼对我说：“我并不是普通的转基因人。这个秘密，我只告诉你。我们全家是澳大利亚移民。但到美国后，就是美国人了。或者说，我们把自己当作美国人。我们跟其他美国人一样，头戴棒球帽，嘴嚼汉堡包，学着他们的口音说话。我们为此感到自豪。所以，我的尾巴里没有寄存澳大利亚文化。我的确是我父母亲生的。但我的基因在出生前就被改造。不过这只是一方面。在我三岁时，爸爸又为我进行了首次动物器官移植。”

“如果我猜得不错，就是这尾巴了。”

“正是。原型是一只转基因袋鼠的尾巴。这并不是一段普通的尾

常常，一想到纽曼那浸透美国文化的尾巴跟澳洲的袋鼠有关系，我就感到不太舒服。我与纽曼同睡一处，有时想到，他是人呢，还是动物？但纽曼从来没表现出兽性，除了在夜中屡屡磨牙和用尾巴拍击床架。与铃木相比，他对我可谓温和友善。他的尾巴中，的确存积了三百年的文明和智慧。在当今时代，这独一无二。

“你有没有给它买保险呢？”一次，我问纽曼。

“什么？”

“就是在保险公司为如此贵重的东西投保呀。”

“哦，在‘阿曼多’崩溃前，我爸爸曾经尝试过。不过，没有哪家保险公司答应。不存在这么一个险种嘛。那时，没有人愿意为美国文化保险。他们只是嘲笑我爸爸，说他杞人忧天，还把美国人的心思搞乱了。”

“现在呢？”

“现在倒是有人愿意了，却没有哪家公司保得起了。你知道，大洪水后，美国有实力的保险公司都破产了。因此，从另一个方面讲，这尾巴倒也成了我的一块心病。我为它的命运提心吊胆呐。所以我必须找到我爸爸，请他想想办法。”

“如果你能跟我去中国……”

我想说的是，中国能解决纽曼尾巴的问题。但我又记起中国法律是禁止这种人的。中国是文明国度，不容忍生物工程怪物。另外，中国人拥有丰富的精神生活。要在几个月前，连我也是绝对不会与纽曼为伍的。但现在我变了吗？我忧心忡忡想，我还能回到中国吗？中国还能接受我吗？

更让人担忧的是，说不定，现在中国也乱了，那么，有尾巴的人也出现了，而且中国科学那么发达，这种人便一定不止一个，会被纷纷克隆出来。一想到亿万同胞——包括我的爸爸、妈妈和妹妹——都拖着粗大的、长毛的、存储有几千年文明的尾巴在长城内外游荡，我便不知所措。我就算回了国，与他们见了面，他们也一定认不出我是谁了。他们才是“阿曼多”之后的新人类。至于围棋，大概已经成了过时的东西。想到这里，我羞惭了。我为自己竟然这样煞有其事去想象中国，而觉得很不可思议。

以我在铃木那里的经历，我认为纽曼完全可以凭借尾巴成为美国人的领袖。我便把我的想法告诉他。

“你可以把那些追寻美国梦的人团结到你的身边来。这样，你就可以号令天下啦。”

没料到，纽曼听后很吃惊，露出畏怯的表情。

“我可不想当什么领袖，那样太累啦。今后的世界不应该有什么领袖……有时候，我其实也很讨厌这条尾巴，至少对它怀有矛盾的态度。我很自卑。打小以来，别人都用那样一种眼光看我，好像我在伤害和污辱美国文化。它就像一个瘤子长在身上，不知什么时候会变成恶性。但我又时时刻刻离不开它。没有它的话，连食物来源都成问题。我每分钟都在为它担心，它其实是最脆弱的，一场意外的事故就会令它失掉。可是，我还得用它来保持行进间平衡，以及正确的导向性。我也想过割掉我的尾巴，那样我就轻松下来了，但我又十分害怕失去它。它被碰伤了，我都格外紧张。跟壁虎的尾巴不同，它不具备再生复原功能。你应该明白我有多纠结。我只有找到爸爸，才能解决我身体和精神上的冲突。”

“你应该想，它对灾难后的美国是多么的重要……”

“这怎么说呢，唉，我倒想，要是能回到澳洲……”

“如果我有这么一个尾巴，我就会想到它对中国有多重要。”我说着，摸了摸口袋里的围棋子和指南针，觉得自己有些夸大其词。我不会是在嫉妒纽曼吧？

“那是你嘛。在我看来，尾巴充其量只是一个谋生工具，跟嘴巴、食道和直肠一样。我很清楚它救不了美国。不要相信美国复兴的曙光已经呈现。那不过是一种幻想。”

“纽曼，不要那么说嘛……不过，你倒是很直率，有个性。我应该向你学习。”我含含糊糊说，心中浮上一片惘然的阴霾。

这时，他又一次谦虚地笑笑，把目光投向远方飘过的云彩，神情很快变得迷茫。他乖乖的样子，像个忧郁而无助的学生。我慢慢觉得他的长相不那么难看了。

“不过，也许爸爸并不会帮我。他是一个很怪的人。先知都很古怪。但他更怪，不知现在又有什么新想法了。这样我就得去找其他的办法。”

纽曼又露出一副痛苦相。想到他一路上悉心照顾我，我有些于心不忍。

“但愿我能为你做一点儿什么。”我同情地说，“我陪你去找你爸爸吧。”

纽曼说，在“阿曼多”崩溃之前，尾巴的作用并不突出。很少有人知道这是个宝贝。但现在，它奇货可居。我们本不想过多使用纽曼的尾巴，而主要通过围棋来谋生，但架不住这消息一传十、十传百。

纽曼接待的顾客包括各种年龄的人，以四十岁以上的居多。再就是大学生。他们现在失学了，变得困惑。不少人在初试之后，又跟踪回来，要求第二次、第三次吸收养分。有的妇人抱着孩子来，恳切地要求：

“纽曼，请分泌一点思想和文化吧！为了我们的未来。不然怎么证明这孩子是美国公民哟！”

有几次，来的是大富翁。但可惜的是，他们的存款已被银行冻结，要不就连银行也破产了。他们便声称要用大西洋城的不动产作抵押。我告诉纽曼，这都是空话，那里的房子都毁掉了。但纽曼这人心地善良，居然答应了这些骗子。

我喜欢站在一旁观看顾客们用脑袋吮吸美国文化，这时他们状如初生婴儿。我根本不知道这些人究竟得到了什么，这更像是一种从众的赶时髦。纽曼每饲喂一次，便要消耗体内的许多能量，好半天才能恢复过来。但我们获得了新的食物。纽曼为此更加纠结。我也觉得，长期下去，这不是个事儿。我明白纽曼为什么忧郁了。

到了后来，纽曼的名声越来越大，我们不得不躲避要求者，但往往只是一厢情愿。每当到达一个城镇，有人便已事先通报了消息，人们排成方阵，打着标语，喊着口号，欢迎纽曼莅临，说这是当地的福气。他们为了吮吸美国文化，争先恐后，互相打斗，就好像这是一场热烈的演出，他们都要尽情表露自己对美国文化的热爱。当然，只要纽曼说一句话，闹剧便会立即平息下来，大家又把队站好了。有时，会有人找到我说情，请我帮忙开开后门。他们认为我是纽曼的跟班，或者性伴侣。他们说：

“你跟着他，一定天天享受这种感觉！你一定知道，一旦没有了他的尾巴，心里是怎样的空落落，就像被阉了。”

"对，那是怎样的痛不欲生。"

"是他的尾巴给了我生存下去的勇气！"

"是纽曼使我重新做起了丢失的美国梦！帮帮我吧！"

"是纽曼让我重新知道了自己是一个美国人！救救我吧！"

这样一天天下去，我们也感到厌倦。美国都堕落成这样了，人们为什么还要争抢着做美国人呢？他们被魇住了吗？他们的行为和思想永远是相反的吗？这是一个我过了六十年也没有想明白的问题。

"也许，当初不该暴露这一绝活。还是下棋好。虽然收入少点，却也比现在这样强。更令我难受的，倒不是这苦和累，而是那么多的灾民，因为我而受尽折磨。我怎么不明白是在欺骗他们。做了梦又如何呢？什么也改变不了。"纽曼叹道。

"唉，你没有欺骗他们，是他们自愿的。好歹是用食品换个心理安慰吧……"我只得这样劝他，"但不管怎样，你都必须尽快找到你爸爸。"

实在太累时，我们只好暂时不做。为避免纠缠，我们乔装改扮。纽曼化装成一个机器人。一路上，我们见到那些因为无法吸收美国文化而失望的人们，捶胸跺地，口吐白沫，有的看着就昏死过去，纽曼便又过意不去，几度想现身相助。这时，我赶紧催他发动汽车，迅速离开。我想，聪明而博识的纽曼怎么这样迂腐呢？他身上显然还残存有"阿曼多"时代的印迹。而我经过在铃木军团的熏陶和锤炼，坚强多了。嗬，是吗？

有几次，我们听人说像是纽曼父亲的人就在前面。可我们总追赶不上。我怀疑这一切是纽曼父亲的诡计。但做父亲的为什么要如此难为自己的孩子呢？真的是为他好吗？我这么一想，不禁也怀疑起我父母让我下围棋的真正动机来。

一天，我们来到怀俄明州的卡斯珀。在这里纽曼被识破了。我们被一群流氓样的人团团包围。这帮家伙在尽情吸吮纽曼的尾巴后，还不善罢甘休，做出愤恨的样子，斥骂纽曼自私自利，说他这样做缺乏爱国精神。他们拳打脚踢，叫嚷要割掉他的尾巴，拿去泡酒。但就在这时，有人扔了一颗晕眩弹，震昏了所有人，把我们救了。

救我们的是一位年轻人，自称名叫盖茨。他说他一直在注意我们。他把我们带到落基山中。这是北美大陆一条著名山脉，重岗叠岭，危崖狭道，雄奇陡峻，纵贯美国。

之后一段时间，纽曼便在山里养伤。盖茨为什么要救我们？他说，是因为看到我们是本分孩子，可是，陷进去拔不出来了。他从我们身上见到了他过去的影子。他滋生了同情心，便来拉我们一把。我们听了很是莫名惊诧，因为我们自己却不知陷入了什么样的困境。我们只是用围棋和尾巴交换食物来吃。

不管怎么说，盖茨是我见到的又一个好白佬。他完全没有歧视亚洲人和澳大利亚移民的意思。作为一名旧时的“阿曼多”崇拜者，盖茨已经差不多战胜了哀伤，如今正在努力创造属于自己的新生活。他在落基山中开辟了一处种植园，起名叫“乌托村”。村长和村民由他一人兼任。他说，这是他偶然读了中国古书《庄子》，根据“逍遥游”的意境，而创制出来的。我似乎也浏览过这本书，还稍微记得一些内容，不知这里面有何关系。

盖茨在村子周遭设置了磁障。远远看去，村子笼罩在一团绿雾中。这使得全村不为外部世界发现。加上这一带深壑绝涧，险绝高远，别人很难找到。盖茨成了一位隐居者。说起来，落基山原本是石头山的意思，很多地方寸草不生，盖茨却把局部环境改造得林木茂密，绿荫浓郁。他的种植园中培育了花样繁多的水果和粮食作物，与外面的饥馑世界相比，简直两重天地。我和纽曼不再需要冒生命危险去换取玛那了，我们可以想吃什么便吃什么——当然，是这儿能够出产的。盖茨也殷勤招待，果饼酒肴，罗列满桌。每天一早，盖茨便下到农田耕耘。他是一个朴实而勤快的农夫。他种植桃子、西瓜、核桃、木瓜、白菜、水稻、小麦和玉米。他还驯养了两个机器人帮他干活，可他最喜欢的还是亲自下田，把全身上下弄得满是色彩斑斓的肥料和泥土。谁能想到他曾经是个不可救药的网虫呢？

在这里住了半个月，纽曼的身体经过调理，慢慢恢复了，精神也一天天好起来。我们三个人每天吃饱喝足后，便以下棋为消遣。我们恍然置身世外桃源。这里风景优美，空气清新，环境宜人，妙趣横生。村边有一条小河蜿蜒，淙淙水声格外诱人。天色晴霁，风清日暖，浅白色的石滩映现出焕然的云彩和霞光。上游还有瀑布和温泉，周围终年盛开各种鲜花，连水流都是香喷喷的。幽邃的山谷常常笼罩在动人心魄的寂静中，这一方面是因为鸟鸣的缘故。远处有叠帽般的群山，飞帘似的森林，以及浩阔的冰川和极天的峰峦。这一切构成了弈棋的绝佳环境。现在再去回想世贸中心，就像是梦中之物。

这天，一边下棋，我一边给他们讲那个“烂柯”的故事。这说的是中国晋朝有一个樵夫，走到山中，遇到两个小孩下棋，他在旁边入迷看起来，不知不觉，手中的斧柄烂掉了。回到村中，才发现一百年过去了，认识的人都已辞世。

“这是个优美而富于想象力的故事。山中方一日，世上已千年。”

讲完之后我总结。

“我不希望如此。”纽曼说，“我不喜欢。它的时空感太强了。”

“我也不喜欢。我不觉得它优美。这是个悲伤而凄凉的故事。一盘棋的工夫，便有千百万条生命不复存在了。”盖茨说，“你们中国人为什么要编出这样可怕的故事呢？你们这些下棋的人，比制造洪水的恐怖分子，还要心理阴暗啊。”

“这不是编的……”我无力嘟哝，觉得盖茨言语无忌，一下把我的伪装剥光了。这一瞬间，我似乎对围棋有了新的认识，我并不清楚这种想法究竟意味什么，它却使我全身簌簌抖动。

“哎，别多心。我想说的是，我们在这里下棋，却不知外面的美国是否已经过了百年或千年。”盖茨说。

“也许等我们出去时，一切变了，美国人死光了。”纽曼说，“北美大陆本来是没有人类的，后来，才逐渐来了亚洲的移民，然后是欧洲的移民，他们创造了新世界。今后，这片土地又要荒芜空敞，还给野兽们。”

我被他们说得有些难过，心忖，中国现在究竟怎样了呢？我想到在纽约自然史博物馆里看到的恐龙化石，心里便有了去意，却不好说出口。

我们有时也离开村庄，去到甘尼特峰下巡游，打些猎物。随着人类文明的衰落，自然条件得到改善，很多濒临灭绝的野生动物恢复了种群。我们观看日出日落，凝眸森林和峡谷中冒出的紫色云气。高峰直矗，山巅积雪，横如匹练。有时出岫白云，与摩天雪光，共为一色，让人忘却世间愁苦。我们大口呼吸纯净得令人窒息的空气，觉得自己仿佛成了远赴外星的移民，永远逃离了多灾多难的地球。困累时我们便在青碧的山石旁坐下歇息，畅饮甘甜的清泉。这时，盖茨便恳求纽曼讲述往昔的故事。纽曼就讲了。我才知道了美国是怎么沦落到今天这个地步的。

原来，在二十世纪末，美国还是世界上唯一的超级大国。那时候，全世界的人们都把去美国上大学、端盘子当成无上光荣的事情。全美国的人们也觉得全世界的人们吃麦当劳、看好莱坞是理所当然的事情。

那个年代，世界上比较强大的势力还有日本、欧共体、俄罗斯等，但都不能跟美国相提并论。当然，中国也算一个。其时，这种形势有个好听的名字叫作“多极化”。但是，实际上是没什么用的，因为你这个“极”，人家轻轻一摇，就晃悠了。举例来说，一九九九年，中国在南斯拉夫的大使馆被美国人白白给炸了，最后连个像样的交代也没有。美国的确十分厉害，但它的名声也很坏，世界上许多民族对它怀有复杂矛盾的心情。不过大家都拿它没办法。

“如果世界就这么发展下去，美国到现在还是最强大的。可是，历史这个怪物，偏偏不按正常的路线行走。很多事情的发生，连外星人也根本预料不到。”纽曼沉着地说，显得少年老成。

在二〇一五年，世界发生了能源危机。中东产油国爆发全面战争。这当然也是为了争夺水资源。中亚五国也冻结了石油出口。结果是石油供应有七年不能保持在正常水平。在这场严重的危机中，遭到最大打击的还是西方世界。美国、日本、一体化欧洲，都在那时伤筋动骨了。

跟着是二〇二三年的全球金融体系崩溃。这以花旗银行的倒闭开始，波及所有以西方货币为主导的地区。高通货膨胀的浪潮袭击欧美各国。美元信誉跌至谷底。欧元也崩溃了。西方经济负增长甚至超过两位数。美国的领导地位从此丧失。

当然，中国也受到冲击。然而，那时中国的国力已经比较强大，并且事先对这场灾难做出预测，对战略原料和日用食品进行了妥善储存和安排，加上启动建于二〇〇九年的危机紧急处置体系——系统的名字叫“自力更生”，基本上安然度过了这场全球劫难，人民币一跃成为世界上最坚挺的货币。

二〇二九年，又发生了“思想毒”事件。“思想毒”是一种可以通过人脑神经系统扩散的生物增强信号，是南美人拉索发明的。它能改变生物个体对特定问题的看法，影响人民的意识形态和道德观念。它的发作与“阿曼多”的早期失控和后来的芯片研制都有关系。那时美国还是“阿曼多”依赖程度最高的国家。各国均采取应急措施，只有美国缺乏防范。于是“思想毒”经由网络进入美国人的大脑，蔓延开来，从神经系统的物理层次上，摧毁了这个民族的基本信念。美国人普遍怀疑起了他们的建国宗旨。他们认为，先贤们创建美国，不过是源于一种通过弄虚作假以满足膨胀的自我感觉和毫无节制的肉体享受中得到的自我独立的幻象。美国人再也不读他们的经典了，不相信里面包含或曾经包含真理。

这种综合征给美国带来的雪上加霜，就不多说了。新一代美国人的学识教养再也无法与其先辈相比。在谈论天堂和人间、男人与女人、父母及子女之间的关系以及人类的普遍处境时，他们只会说些陈词滥调和浅薄废话，或者就仅仅知道讽刺挖苦。随后，一些人疯了，开始焚烧教堂和公厕。但这个国家的自恋症反而更加严重，它觉得自己没有问题，而是全世界在与它作对为敌。倒也是，那时谁也不愿说美国的好话，都在期盼它垮掉。别看平时悉数打破脑袋争先恐后到美国去快活，关键时刻却不同情美国人。二十世纪六十年代，约翰逊总统曾说：“全世界有三十亿人，我们美国只有两亿，世界以十五对一的比例超过我们，如果他们找到合适理由，他们将把美国一扫而光并将我们的东西拿走。我们拥有他们想要的东西。”老总统的预言在二十一世纪三十年代，就要成为现实。

然后又发生了二〇三〇年全美粮食歉收和随后的国内种族大纷争。尤其后者，掀起了排挤和迫害亚裔人的浪潮。美国白人认为亚裔人夺走了他们的工作，带来了坏运气。两百万华人离开美国。他们还卷走了资金和技术。这对美国来说是多大的损失呀！那段时间，两百多家控制着美国经济命脉的大企业倒闭。这是致命一击。这些公司是美国的脊梁，是最主要的政治献金的来源，是一府两院的命根子。民主党也好，共和党也罢，它们并没有本质区别，代表的都是官僚资本利益。这样一来，一个连带效应便是，平时只知道借钱来花的普通美国人，无计可施了，又不会自食其力，生活水平急剧下降。教育也垮了，奔忙于艰难生计的父母不愿送孩子上学，因为这得不偿失，毕业即失业。其时，人群中流行偷奸耍滑，不再相信凭靠勤勉学习和努力工作就能改变命运。美国人连自己明天的饭碗在哪里都不知道，所以也就没有心思去搞什么发明创造了。

新上台的派克总统进一步采取闭关锁国政策。这竟然得到了大多数美国人的赞同。说起来，美国人是世界上最具有孤独感的一群人。他们最大的愿望就是做到与世界上其他人格格不入，从而达到特立独行的目的，就像梭罗先生隐居到森林和湖边那样。派克总统认为，美国出现的这些糟糕情况，是亚洲人带来的，是拉丁美洲人带来的，是非洲人带来的。为了寻求人类生命的基本含义，美国人必须驱逐所有的异体，并与这个星球上的其他国家和民族拉大距离。

于是，就像二十世纪三十年代发生在德国、西班牙、日本的情况一样，这一次，过激分子控制了美国。人们后来才发现，派克总统跟梭罗先生没法比，甚至跟同样试图把世界减缩至一个角落的沃尔夫先生也没法比，他只是一个哗众取宠的三流政客，他利用小恩小惠和动听词句，赚得了选民支持，并通过与政敌的私下交易，篡取了总统宝座。然后他就像真正的皇帝一样，把大权牢牢把持在手中，关闭了国会，依靠不超过十个人的心腹，实行独裁专制。他试图在全国的每粒尘埃中安装纳米监视镜头。在警察和特务的高压下，人们只能把不同意见默默藏在心底。但就算这样，派克总统的指示也无法贯彻到全国。各州都有自己的主意，维护自己的利益，施行自己的法令，打着自己的算盘。它们阳奉阴违，不听白宫号令。

过去三十多年，美国的发展停滞了。国内经济恶化，民族矛盾尖锐，腐败现象蔓延，恐怖事件频发，政治局势动荡，社会乱象丛生，乃至演化到一些州要求从美国独立出去——是的，这个国家本来就有着独立的传统，它的两次国内战争都是因为独立，它也曾在世界各地煽动和唆使不少国家独立。美国人搞独立就像是习惯性流产。这个国家的人民可以团结起来对付外敌，但是在国内出现危机时，却往往弄得四五分裂。艾米丽继任总统后，才开始采取一些改革措施，力图扭转形势。可是，美国已然元气大伤，而且，谁料想又发生了这样的大洪水大地震呢，而且“阿曼多”还崩溃了。

说起来，过去一百多年，美国也见证过许多危机时刻，比如，二十世纪三十年代发生了大萧条，多亏二战爆发，才助美国渡过难关；四十年代战争期间，幸好罗斯福总统听取了爱因斯坦的建议，抢在希特勒之前研制出原子弹，美国才绝处逢生，历史走向了另外一个分岔点；五十年代出现麦卡锡主义，又把美国折腾得够呛，它也挺过来了；紧接着又有朝鲜战争、越南战争，都把美国拖入死胡同，却奇迹般未能毁灭这个国家；跨越近半个世纪的冷战中，危机多次一触即发，强敌苏联甚至把导弹运到古巴，那时的美国总统肯尼迪玩火硬干，把地球逼到毁灭边缘，却由于苏联自己内部失误，并最终在三十年后忽然垮掉，第三次世界大战无限延期，美国才化险为夷，并一举成了唯一超级大国……世界上没有比美国更幸运的国家了。人们说，上帝保佑美国，美国就是例外。但到了二〇六六年，它似乎不再走运了，一根稻草砸下来也要把它压垮。倒像是天亡美利坚。

这就是纽曼对历史的追忆和认识。我和盖茨听后，唏嘘不已。然后，我们开始讨论谁应为此负责。

“无疑，是派克总统。艾米丽也有责任。她的步子迈得太大了一些。阵痛是不行的。应该摸着石头过河。”我说。

“我不同意，谁也不能超越历史的局限，站在今天的角度说这说那。这些个总统做了他们当时必须做的。不这么做，可能也会有其他灾难。”盖茨说。

“我还是觉得，前面说的那些原因，有些简单了。再怎么样，瘦死的骆驼比马大，美国也不至于就这么垮掉。”我说。

“唉，这个国家富裕太久，不免骄惰，终呈颓象。它的模式和结构出了问题。它实在太大了，终被自己拖垮。斯巴达和罗马都灭亡了，又怎能期待美利坚长久呢？世界各大文明，似乎没有几个朝代能挺过三百年的。这是一个极限数值。然而无人预料到美国的结局，这是最可怕的，也最可悲。你们想想，美国的未来都不确定，何况别的国家呢？”盖茨说。

“也许，谁也不能怪吧。常数什么的，都属天意。上帝他老人家抛弃了美国。”纽曼说。

“说到神学的观念，虽然很震撼心灵，但已经过时。天意是捉摸不透的。上帝在哪儿呢？关键时候他就躲起来了。这一代美国人不读《圣经》。他们已经不在乎什么该做、什么不该做。契约都扔进了太平洋和大西洋。他们对未来怕得要命，却不清楚《启示录》里描写的末日景象，也不相信有最后审判。这从根儿上毁了美国。怎么不想想我们每个人在其中扮演的角色呢？是美国人自己抛弃了美国、毁灭了美国，人人有份。”盖茨说。

“唉，人毕竟还没有脱离动物，哪怕他是美国人。”纽曼说，摇摇尾巴，“也许还是报应吧。这要追溯到更早了。当初，第一批白人移民来到这片土地，他们生活很难，遇到严寒的冬天，所有供给耗尽了，连鲟鱼都离开了他们，没有任何指望，他们的人在饥荒和坏血病中死去，他们信奉的上帝连张小脸儿都没露一下。但这时土著人救了他们——印第安人居然给白人送来超出他们实际需要数量的水果和粮食，还照顾他们的伤病员，还教他们种植和狩猎！喏，这便是感恩节的由来。怎么能不感激呢？但过后，白人们却恩将仇报，杀死了两千万印第安人——说起来，这些印第安人，原本是古代中国北方的居民。他们受了中国皇帝的迫害，越过白令陆桥，逃亡到美洲，在这儿定居，却不料几万年后遇上了真狠的，强龙斗过了地头蛇。美国人把印第安人杀死，把他们的皮剥下来，制作长统靴。他们还把男人的阴茎和妇女的阴部割下，别在帽子上或钉在马鞍上，作为战利品来炫耀。杀人之后他们就强占了印第安人的土地。华盛顿总统和杰弗逊总统都下过命令攻打印第安人。华盛顿总统把印第安人与狼做比较，说‘两者都是掠食的野兽，仅仅在形状上不同’。林肯总统年轻时，在剿杀印第安人的战争中，是一名骁勇的上尉呢。他当上总统后，还下令绞死了三十八个苏族部落印第安人，这些人大多是神职人员和政治领袖，没有一个经过法庭辩论，每十分钟杀一人。林肯总统说，‘我的目标是彻底灭绝苏族部落。对待他们要像对待野兽一样。’当然了，史册说林肯总统这样做是为了平息野蛮人的骚乱，维护国家的稳定与安全。美国人称印第安人为野蛮人，但在我看来，其实他们自己才是野蛮人。美国人还贩卖黑奴。他们把两千万名黑奴从非洲运输到美洲，这只是历经千辛万苦最后活下来拿到市场上出售的，只占整个被捉人数的三分之一。杰弗逊先生在《独立宣言》中写下‘人生而平等’的大话，他本人却死也不释放自己家里的黑奴。他在遗嘱里写明，只准许他家里的九百个黑奴中的五个成为自由人。他说黑人‘无论在头脑的天赋或体格方面都不如白人’。美国人还靠打仗杀人发财。美国总统没有一个是和平总统。他们统统是战争的最高指挥官。三百年来，美国人一直在世界各地杀人。美国人杀死的人，数都数不过来。他们用让人死得最痛、死得最惨的手段杀人，从凝固汽油弹到细菌弹，从贫铀弹到原子弹，都用上了，迄今还没有谁比得过他们。哦，文明不过浅薄如纸，切不要信它。作恶之报，果大于因。冤有头，债有主，如今，亡魂来找美国人了。不论美国人走到哪里，亡魂都跟着他们，缠住他们。因此，未来的结局也并不是不可预料。”纽曼滔滔不绝，说得激动起来。

“你给那些美国梦的追寻者灌注美国历史文化时，怎么不讲这些哩？纽曼，你好虚伪呀。”盖茨沮丧地说，好像要哭泣。

“我、我……”纽曼一下结巴了，眼神也黯淡下来，“他们不要听这些。而我只是想换取一点儿玛那。”

“不要争了。”我赶紧说，“纽曼也不要自责。谁也不怪。哪个国家都是这样，概莫能外，在涉及利害的关头，都会这样做的，否则撑不下去。至于最后的结局，或许，这只是应了中国哲学的说法，什么东西强大了，它就该走向灭亡。天之道，损有余而补不足。下棋也是这个道理。”

我想到围棋的纵横十九道三百六十一个交叉点，那就是仿照周天之度数，而由中华文明的开创者设置的，真是绝妙无比。围棋隐喻着宇宙“有源于无”的生成规律，不像象棋，是从“有”开始的，还没有进入对弈阶段，棋盘上早已兵马密布、森严壁垒。但你看看围棋棋盘，它是空空的，要等到“砰”地落下一个子，才逐渐风雷激荡，气象万千。围棋还象征着宇宙繁生于简、弱生于强的发展规律。围棋的规则极为简单，而且是最大限度的简单，棋子无级别划分，无功能规定，自由落放，平等竞争，但随着棋盘上棋子数量的增加和经营空间的扩大，量变引起质变，棋局便逐渐由简单至复杂，由有限入无限，力道也越来越大，势头也越来越强，直到无穷。但待最后收官完毕，数完目数，撤走棋子，又空无一物，万有归零，干干净净。围棋还演绎着宇宙阴阳两极的对立统一运动规律，正与反，消与长，荣与枯，生与死，都在一张棋盘上走马灯似的转换，永远处在无穷变化之中，谁也不敢说他就必能稳操胜券，永做霸主。围棋说到底是争胜负的游戏，它象征着宇宙生存空间的残酷争夺规律，物竞天择，适者生存，弱肉强食，优胜劣汰，再厉害、再霸气的家伙，也有如同恐龙般灭亡的一刻，怎能不夕惕若厉呢。所以，美国走到这一天，只要找本棋书看一看，也就大致能知道究竟。但我忽然想到盖茨的话：人人都有份。那么我呢？我来到美国，我下棋击败考克斯，令他失去活下去的信心；我和队友没有阻拦跳楼的美国人，眼睁睁看着他们在眼前死去；我们在关键时刻没有利用围棋的智慧，为美国人指引出路；……我们就没有份吗？我又想自己是个什么人，觉得一点儿也不清楚，就像我不知道美国一样，我其实也不懂得中国，不懂得中国人。一切需要重新学习和认识。

这时，山谷忽然整个地静杳下来，天上的云彩也仿佛停止流动，屹立的峭壁变得像纸做的一样，宛如舞台布景，甘尼特峰上的积雪瞬间消失得一干二净。一种奇怪的、不真实的感觉顿然笼罩了我。它犹如大海，浩瀚周全，虚无缥缈，深不可测。它里面似乎有样东西在主宰一切，又好像什么也没有，空空荡荡、玄玄怪怪。这愈使我觉察到天下事物原本并没有确切的含义和主题。连它们的存在都是人类在俗世里用夸张的语言描述出来蒙骗自己的。除此之外，并无定数。就好像在围棋的打劫开始时，谁也不知道最后能创造出多少劫材，只能去想象、去尝试、去碰运气，否则，也就不会有劫争的戏剧场面出现了。后来的六十年中，我才似乎慢慢搞清楚了这种情势跟所谓“宿命”和“道”的关系。哦，不，也不是这样。这种关系似乎也并不存在。我至死也根本没有弄明白。这是谁都弄不明白的一样事情。还是留给你们福地的人们去思考吧。

“你们就永远住下来吧。在乌托村，再不用替该死的美国操心了。我们可以过一种悠闲自在、超凡脱俗的生活，吃吃喝喝，再下下棋，不要去想那些令脑瓜子疼痛却又无解的问题了。”盖茨说。

我和纽曼点头称是。

不知不觉，又过了半个月。一天夜里，我做起噩梦，梦到我便是从四万年前的古代中国逃出来的印第安人。我被皇帝派遣的便衣卫士追杀。我变作了印第安人的亡魂，却不是去找中国皇帝申冤，而是跨过白令陆桥，来到美洲找英国人的后代复仇。我找错人了吗？我走进了一个我不想到达的未来……我猛然惊醒，想到，四万年前就有中国了么？那是一个什么样的国家呢？我想得恶心，就独自走出洞口，站在一块岩石上，看到所有山谷中飘浮着一群群绿色火焰，它们成千上万，无声舞动，快乐而无所顾忌。兀然间，我看到一段长城正在山脊盘旋，残缺不全却依然耸峙的敌楼清晰入目。我被浩荡的冷风吹拂，感到周围的一切陌生得要命，却又洋溢着无尽活力。我好像又一次潜入大海底部。一股难以言状的惆怅骤然涌上心头。我失声恸哭。

早上，纽曼神色有异，对我说："昨晚我做了一个梦，梦中，我的尾巴没有了。"

我说："我也做了一个梦，梦到我回到了上海。"

这时，我和纽曼才感到，毕竟与盖茨不是一路人。我们做不到他那么洒脱。我们是有事要做的。于是，我们便向盖茨述说了去意。他极力挽留我们，但我们还是坚持要走。

纽曼说："没有办法，我割不断与我爸爸的心理联系。我还得去找他。"

我说："我也要去找我的同胞，他们大概还有一些人活在世上。"

盖茨吸吸鼻子，显出一副不舍的样子。末了，他说能理解我们的心情。他带我们去到一个山洞。那里面陈列着一些怪模怪样的东西，属于旧时代，是一排原始形态的 IBM 计算机和"奔腾"微处理器，还有“视窗”的照片，以及一本名叫《未来之路》的印刷书籍。盖茨按下一只电钮，我们眼前出现了一个白种男人的全息头像。

“这个人是我的曾祖父，‘阿曼多’梦幻社会的奠基者之一。”

我没有听说过这人。我看了看他的影像，见这是一个普普通通的年轻人，眼镜后面的一双大眼睛显得很天真，但也许是故作天真吧。那时的美国人就是这样子。再仔细一看他竟然有些像个神祇，但这肯定是幻影。盖茨说过，世上没有神了。但他为什么要令这个人的影像显得像神呢？他内心深处到底想什么？我以前没有听说过此人，更不知道他与“阿曼多”有什么关系。我怀疑这也许是盖茨在寂寞无聊时编造的一个故事，既欺骗我们，也欺骗自己。一刹那我觉得隐居在落基山中的这个人其实生活得并没有他看上去那么洒脱。我不能相信他说的每一件事情。

“谁能真的忘记这些呢？一九八三年，《时代》周刊第一次选了一个物件而不是活人作为它的年度新闻人物。这物件就是你们面前的计算机。它看着像石器是不是？人们最初发明计算机的时候，还不知道用它来做什么呢，但后来离开它就不能生活了。所以这是一个革命性的变化点。曾祖父那个年代，全部美国公司的雇员中，已经有一半以上靠交换信息而不是生产产品为业了。现在看来，它不能说就是昔日的荣光，而或许是一种罪恶吧。那物件是被造来毁人的。美国人自己把自己虚无化了。”说着，他拍了拍那台 IBM，“不管怎样，它与今天发生的一切的确有深刻的关联性。从美国这儿开始，人把自己的肉体、精神和时间都交托给了这机器。哦，现在的结局，在那时候便已预设好了。这不是我们想怎么样就能怎么样的。我三番五次想要砸烂这些收藏品，可是心底却有一个声音说：不！”

他抱住脑袋，显出像是剧烈头痛的样子，又说，这就是他当时决定救我们的原因。他惺惺相惜，我们也是美国历史的连带受害者。

我想，盖茨曾经是反信息运动的成员吗？如今，他只是没有勇气和信心走出去。重建辉煌是不可能的了，甚至连恢复那些顶级的、可以夸耀的罪恶也办不到，因为载体失去了。他只能在这儿孤独地用一副单薄的肉身，守候曾祖父留下的东西——在他眼中变成了石器，而对那历史上一度叱咤风云的男子却不知是爱是恨。

我和纽曼互相看看，想到我们都陷入了血亲关系带来的别扭，不知道该怎么安慰盖茨。纽曼一定在矛盾地思念他的父亲，而我也心情怪谲地再度想起杨阿妹和唐平平。这两个与我没有基因承袭的男女，竟越来越纠缠我了。

但是，作为客人，我们最终是无法被挽留下来的。围棋、计算机和人工尾巴，本应是三位一体，现在却要分离。我们既知此是必然，却也不免伤感。

“等你们解决好了各自的问题，再回来吧。那时，我大概也能从痛苦中挣脱了。我会把乌托村建设得更好些。”盖茨紧紧握住我们的手。

“我会回来的。”纽曼犹豫了一下说，扭头看看我，“你呢？”

我抿紧嘴唇不言语，心中涌起一种痛切的感觉。

盖茨说：“我明白了。庄子什么的，离你们太远。你们中国能有今天，主要靠的不是那些古人。美国现在需要的，与中国需要的，并不一样。”

他指的是什么，我约莫有些懂得，又很不懂得。他好像在提供一个事关真相的答案，却又什么也没有说明白。我不知道庄子有没有下过围棋。但他逍遥游的思想与围棋是相通的。围棋不过黑白各一百多颗子，是在四分之一平方米、三百六十一个交叉点上较量的一种游戏，但它的变化却穷尽了宇宙中的一切，而人类千万年的智慧还不能探测这里面的亿分之一，即便高手，用去毕生精力也不能窥其全貌，只有那些大彻大悟者，才能与宇宙的意志相通，达到自由无羁、羽化登仙的境地。但这种人，谁也没有见过。以前我们相信，正是在这些高人的庇护下，中国才实现了崛起。但是，现在看来，还很难说。盖茨一语道破，中国能有今天，靠的不是古人。那些基因不起作用。因此，想象与现实之间，存在巨大落差。这让我十分惊愕，进而疑虑起我自己的真实性。

在我们离开之前，盖茨帮助纽曼打听到了他父亲的下落。他说：

“很有可能，你的父亲在俄克拉荷马城。听说前些时候，有一批怪人在那里聚会。里面兴许还有中国人。”

从落基山的乌托村到俄克拉荷马城还有一段路程，而且它是东南方向的，与我们最初的西行路线相背。但我们仍然决定前往。纽曼再次化了装。下山时，我们不免忐忑：世上或许真的过了千年哩。人类说不定早已灭绝，但也有可能集体离开了多灾多难的地球，在别的星球上开辟了新世界，就像当年印第安人和英国人来到美洲。这不是盖茨和他的曾祖父能够设想和规划的，每一刻我们都深陷变化的河流之中，迁徙流转，以至无法辨认出前一秒钟那个自己的面目。

但现实依然如故，光阴也没有飞逝。百变时空只是人们无奈时幻想出来的东西，而幻想之物一般来讲是不可能轻易实现的，要把它当真的话，只会害自己。所以，当你们听我讲述这个故事时，千万要留神啊。你们是福地的子民，生活在六十年后。你们有自己的故事要去编造。

走走停停，我们终于来到俄克拉荷马。这座城市不像纽约、波士顿那样知名，现在却成了美国东部难民逃往西部的主要集散地之一，人潮汹涌，乱哄哄的，连大学校园的露天篮球场上都住满人。很多人已经死去，尸体乱扔在地上，无人收拾。我见街头挂着纽曼画像，还有小贩在出售它。画像有大有小，小的可以挂在胸前，当护身符。不过才两个星期时间，世界就起了变化。没有了“阿曼多”，纽曼的故事仍能迅速口口相传，而且好像更加轰轰烈烈。

“买挂像啊，只要一元钱！”小贩们起劲吆喝。

“这是什么东西呢？”我走上前，明知故问。

“你这个孩子，瞧你说的，什么东西！它是神圣的物件啊。据说，有奇人预知了今天的事变。画像上的这位先生，虽然年纪不大，却是美国文明的继承者呢。”

“不，你说的不对。”另一个小贩说，“他相当于新时代的基督。他将用连科学也办不到的手段拯救美国。”

“他要当总统吗？”我认真问。

“笑话。总统算什么！对于这种俗物，圣人纽曼才不放在眼里哩。他将施出神迹！买不买？机会过去就没有了。”

“它到底有什么用呢？”

“把它挂在胸前，圣人纽曼便会来到你心中，为你提供保护。他会随时向你讲述美国文化，直到使你忧虑全忘。‘阿曼多’之后，这便是如今最流行的了。”

看来，人们为解决精神饥渴，发明了尾巴的替代品——纽曼的照片。

我说：“纽曼，你成宗教领袖了。”

“宗教？”

“是的。”我说，“你一定比我清楚。”

他困惑地笑笑，像受了侮辱似的耸动一下尾巴。于是我也为自己的失言而后怕。但人们的确提到了“基督”。只是，这肯定不再是从前那个意思。在我想来，耶稣应该是没有尾巴的，否则他被钉上十字架的样子就会很难看。

在州政府大楼前，我们看见一个通告，说是美国政府出面，正在寻找纽曼的下落。通告上明确写着，有能提供线索者，奖赏十万美元；有能找到其人者，奖赏百万美元。啊，纽曼的地位，如今不一样了。

“你也许应该跟政府合作。”我对纽曼说。心里有些酸酸的失落。曾经，我被认为是拯救美国的英雄，美国总统艾米丽对此也有言在先。但在大洪水和大地震后，一切不再是那么回事。现在，她似乎也动摇了、反悔了。她不打中国棋手的主意了，而要找从澳大利亚来的尾巴人。难道女人都是水性杨花吗？

“不，我才不呢。”纽曼败阵一般猝然说。

我控制住自己的情绪，耐心告诉纽曼，艾米丽应该还是一位好总统。我跟她有一面之缘，可以介绍你们认识。另外，艾米丽虽然不愿意借助围棋的力量了，但帮助我回中国去，大概还是能做到的吧。她怎么着也该送我这个人情。

纽曼却说：“美国从来就没有出过什么好总统，他们都是些政客，擅长玩弄权力，还喜欢看风使舵。不要寄望这些两面三刀的家伙发善心。这是我爸爸说的。美国历史上的大人物统统被神话了，华盛顿、林肯什么的，都成了完人，他们难看的一面被隐藏起来。人们只是到了不久前，才开始谈论美国之父、起草《独立宣言》的杰弗逊蓄奴并与自己的女奴隶睡觉的丑事。他家里的奴隶逃走了，他还登报捉拿他们。每个国家，到了一定时候，就会把自己变成神话的素材，这原本没错，但美国的历史太短了，作为神话远远不够资格。那是像中国这样的文明古国才有能力去做的事情。需要动用举国上下的资源啊。否则，你们不可能在四万年前就把印第安人送到美洲来。我很清楚，联邦调查局的人会把我的尾巴割去，浸在化学药液里，作为标本保存，展开生物学研究。他们不愿意人们从我这里知道美国历史和文化的真相，否则他们就完了，谁还信他们呢？他们是旧人类，进入不了未来。所以，这是一个阴谋。我们一定要谨慎行事，不要上当。”

我听后也疑惑起来。我不敢问纽曼，我是什么人类。最后，我同意纽曼说的，还是小心一些。我们决定不公开露面，在城东南找了一家偏僻的小旅店住下。店子破破烂烂，恶臭扑鼻，它原先是一个空军飞机的维修站。老板是一名阿尔巴尼亚人。这家旅店主要招待流浪的生物工程人，看上去还算安全。

我们要了一个僻静房间，并在门口打出拒绝来访的牌子。我认为纽曼不宜露面，寻找爸爸之事，由我来办。我首先向纽曼询问了他父亲的长相。

“他很古怪，常常不以真身出现。他有时装成好莱坞明星，有时则扮成唐老鸭。他喜欢制造轰动效应，但又不愿意让人认出他来。”纽曼说。

我问老板有没有见过这样的人。阿尔巴尼亚人说：

“我不知道。但也许你应该问问戴伊。他是老辈子哩。”

戴伊也住在店中。他属于美国第一批转基因人，无儿无女也无家，老板可怜他，就收留了他，只收很少的房费。晚年的戴伊是一个盲人。

一台视力仪与他的神经系统连在一起。他的脸上长满黑色肉瘤。这是痕量元素中毒的症状。

“你问这事哪。”戴伊说，“最近倒没有听说有化装成这样子的人。不过，两周以前，有一帮怪人在本城聚会。据说他们都是科学家和先知。他们说要在休斯敦搞什么名堂，让所有美国人逃到火星上去，那里有新大陆。你相信这是真的吗？我反正不相信。火星，那是一颗谁也揣测不透的星星哪。现在还能想象火星上事儿的美国人，一定有病。”

“有没有中国人？”

“这倒没有听说。怎么？这儿有中国人？中国人没疯，不会搅和这种下三烂事的。不过，也许里夫金知道一些。实行开放政策这两年，他老在试图跟中国人做生意。”

“那帮怪人在什么地方聚会？”

“在路德教堂。”

我便前往教堂。在那儿，我遇上一位退职的执法牧师。如今，没有人信上帝了，他也失业了。他没有听说过什么“新时代的基督”。他说那一定是个谎言。自从二十世纪末一个名叫麦克维的基督徒在俄克拉荷马城用炸弹炸死一百六十八人后，美国人就不可能再去尽对上帝的义务了。不过，牧师倒是证实，不久前，的确曾有一帮怪人聚会。其中有一个，描述起来，挺像纽曼的父亲。他们躲在这儿开了两天会，便离开了，不知去向。

我又去找戴伊说的里夫金，打探中国人的情况。

“中国人？他们会来这里？哦，让我想想。对了。两个星期前见过一人，坐着轮椅。他好像还会下围棋哟。”里夫金用怪腔怪调的汉语说。

“你说说长相。”

“黄皮肤，黑头发。身似鹤，嘴像鱼。穿白袍，梳长辫。推他的人男人女相，面带桃花。”

这正是曹克己九段和余潜风领队。过了这么长一段时间，第一次听说他们还活着，我十分激动和高兴。

“他们去了哪里？”

“这就不知道了。”

我又找别人打听，他们也都不太清楚。我估计两位围棋国手一定往西海岸去了。但我应该先帮助纽曼找到父亲，再去追赶他们。

回旅馆的路上，我看见卫戍部队和蓝卫军紧张地到处走动。又不知要出什么事。他们随意朝天鸣枪。一些小孩子也不害怕，跟在他们屁股后头，捡子弹壳玩儿。

我回到旅馆，大吃一惊，只见几个裹着白色头巾的侏儒，正在我们的住处探手探头，狞笑着打量纽曼。纽曼吓得浑身直抖。我压住恐慌，鼓起勇气，冲上前去，大声吆喝，把这群不速之客驱散。我问纽曼：

“他们要干什么？”

“我不知道。我没有见过这样的人。”

“是不是有人认出你了？”

“我什么都不知道呀。”

我猜，这帮人是为了纽曼的尾巴而来的。待在这里有危险。我们得赶紧离开。

在俄克拉荷马城，没能找到纽曼的父亲和中国人。城中似乎又要发生混乱。我们便再次转移。

我们继续南行，直奔休斯敦。休斯敦住着新人类。有消息说，他们正考虑在火星上设立一千个核反应堆，通过化工厂向大气排放氟化碳，制造暴雨，降落下来形成海洋，把那个红色星球改造成蓝色星球，重现昔日美国的盛世风光。真难以想象，火星对他们竟有那么大的吸引力，他们还把那儿视为美国领土。我又记起在波士顿，那星宿在头顶荧耀的样子，手电筒一般照亮我脚下的红色道路。或许它本来并非一颗普通行星。那才是真正的世界末日最后避难所。

纽曼说："爸爸应该跟他们在一起吧。爸爸本事挺大。没准，他一高兴，会用霍金转移术把你直接送回中国呢。"

"那就太好了。"

我听说过新物理学中的霍金转移，这是一种远距离传物方法。会使的人不多，因为难以聚集起足够能量，并且无法在实验室中加以控制。但纽曼的父亲既然是先知，那一定是有办法的。

休斯敦是一座特别的城市，与我见过的其他美国城市都不相同。整座城搁在一个巨型的钢架结构上，像一张金属大网，大概有上千米高。网上凝结着千万颗金属圆球。休斯敦曾经是美国第四大城市，在繁荣时期，几百万居民都在圆球中生活和办公，并通过网络管线进行交通。但现在，城市已经变得荒凉，钢球与网管均锈蚀龟裂。在金属网下，匍匐着一些老式钢筋混凝土建筑。这是旧城区，包括航天城在内，已经被三月的洪水冲毁，此时大水尚未退去，露出水面的房屋残骸呈现出墓地般景致。

在金属架六百米高处的一个大漏斗中，我们真的发现有一群人。他们基本上是白发苍苍的科学家，一个个体弱多病的样子，看上去跟新人类是两码事，却果然在研究天体物理。纽曼认出来，其中有爸爸的同事。纽曼便向他们打听。

一个老人说：“这个倔老头子，本来说好一起搞大规模火星移民的，他来了后，却改变了主意。他说太晚了，火星早已被中国人占领和改造了，没有美国人的位置。他说美国人只能到地心去生活，像老鼠一样。他提出创建大型地下城市，在地壳下面五百米深处打很多隧道，把各州联为一个整体，创造后‘阿曼多’世界。这不现实，也没志气。太空才是我们最后的边疆哇。一百年前，我们的先辈就在做这事了。那时，美国人在航天领域，可是遥遥领先的。我们怎么能不如前人呢。”

“他人呢？”

“一个星期前不辞而别了。”

“走了？”

“他走了倒好，可给我们的工作造成了很大困难。火星开发方案的原始资料都攥在他手里。这是美国复兴的唯一指望啊，地球上是不能待了。我们现在无事可做，连谋生都成了问题，只得制造一些自我欺骗器之类的小东西，换点儿吃的。”

“自我欺骗器？”

“一种次声波发生装置，可以使人暂时忘掉烦恼。副作用是伴生呕吐。”

听上去，这像是又一种侵犯纽曼尾巴专利权的东西。我不禁对这帮科学家产生了厌憎之心。

“那么，你们是否见到过中国人？会下围棋的？”我又问。

他们异口同声否认：

“中国人？没有。”

“中国人才不会来这个地方呢。”

“难道你是中国人？”

机灵的老人们看出我的身份，一哄而上，毫无礼貌地冲我嚷嚷：

“有没有人民币可以兑换啊？”

“等情况好些了，我想送我女儿去中国读书。清华还招收外国留学生么？听说那儿有世界上最大的宇宙起源国家实验室。”

“我们的计划需要得到中国的支持。现在的问题是资金不足。关于登陆火星什么的，可以采取美中合作的方式嘛。你们不是已在火星上建有基地了吗？”

“我们一直就希望学习中科院先进的整体论管理经验，它超越了还原论，是未来创新思想的源泉。”

他们花枝乱颤，喋喋不休，似乎可以这样无休止说下去。我和纽曼看了看浸泡在洪水中的城市，觉得毫无意义，就赶快离开了。

“他们这是痴人说梦呀。你不见，他们的话语体系是老式的。他们仿佛还不知道‘阿曼多’完结后，所有的程式就都改变了。这样搞下去，几辈子也不行。你没见他们连饭都吃不饱？怪不得爸爸离开了他们。他绝对不会跟这帮人一个见识。”纽曼气咻咻说。

“我跟你想的完全一样。”我说，“这些人看上去只会说大话，不干实事。他们是在挂羊头卖狗肉。”

但我们还是没能摆脱他们。他们中的一个人跟踪来了。这竟然是个年轻人。美国的科学家里面还有年轻人，这让人觉得像是做梦。

“我挺佩服你父亲的。”那人对纽曼说，“你父亲是美国最有学问的人。他走得对。他知道该做什么，不该做什么。世人皆昏噩，唯有他独醒。火星？那是把我们引向集体毁灭的灾星啊。你不见，它的光芒充满杀伐之气，象征着兵荒马乱、乾坤颠倒。你那可尊敬的父亲早就看出这一点。所以，别信那帮老头儿的鬼话。他们已经丧失了信仰。天体物理什么的，只是他们的遮羞布。年轻人挺烦他们的。我是被他们劫持来的，为了讨口饭吃，只好当他们的奴隶。他们自己已经不从事研究了。”

“你知道我爸爸去哪里了吗？”

“也许在首都能找到他。听说，政府有意聘用他。这是他临行前给出的一个暗示，只对我说了。”他讨好地说。

“政府！是华盛顿吗？”

想到又要前往美国首都，我有些心乱和茫然，觉得命运又发生了逆转。然而，年轻的科学家“咔咔”浪笑起来，对我们说：

“华盛顿已经在一场人工地震中毁灭了。那是恐怖分子制造的地震。你们难道不知道吗？它已经不存在了。”

我想起那天晚上，我离开波士顿时，感受到的巨大震动，以及一路上看到的凄惨景象。

“我们不知道这事啊。”纽曼说。我用手肘碰了碰他。

“看来，你们在心理上，还依赖着‘阿曼多’呢。惯性是最可怕的敌人。不过，慢慢会好的，大家还年轻嘛。”那年轻人过来人似的同情地说。

纽曼说：“我们只是没向人打听罢。谁有心思主动提这种事呢？这有什么稀奇？洪水，地震，把城市毁灭了，像抹掉一粒灰尘。大家现在最关心的是找东西吃和吸收美国文化。科学什么的，那是很久以后，人们才会有闲心和精力去操持的。现在，只有我爸爸有资格谈论它，因为他是先知。你们都不配。饭都吃不饱，命也保不住，却在谈论到火星上去生活，无非是自欺欺人。我认为，除了我爸爸，其他打着科学研究名号的人，都各怀私利，不过是耍花招罢了，只想着自己如何从灾难中逃掉，而不是真的去探究宇宙奥秘。总之，现在并不到时机。我说得对吧？”

“你说到要害了。”我佩服地看了纽曼一眼。

那年轻科学家听了这些话，顿然面红耳赤，难堪地低下头。他还是太稚嫩了。都是这样的人，美国是无法走出困境的。

整天，我都在思想华盛顿。我曾在那里住过一晚。考克斯曾许诺，一旦情形好转，将带我们去参观白宫和史密森博物馆。但考克斯死了，华盛顿也毁灭了。

我们又掉头北上，再折往美国东部。这样一种路线，在平时看来，十分荒唐。也许只有在战争时期，为摆脱敌人追兵，才会这么不顾危险和疲劳，来来往往，前后颠倒。好在苏珊给的指南针发挥了重要作用。但真的还能找到纽曼的爸爸吗？也许我和纽曼的神经都错乱了。

半个多月后，我们来到美国陪都葛底斯堡。它是宾夕法尼亚州南部的一个小镇，位于阿勒格尼山东麓，距华盛顿不远，也受到了震灾影响，到处搭起难民棚。

葛底斯堡因为林肯的演说而出名。两百多年前的一个冬天，为了给葛底斯堡国家公墓奠基，当地搞了一个仪式，请来林肯总统。但是，虽然贵为一国元首，林肯却并不是程序设定的主要演讲人。当时美国最有名的演说家艾弗芮特用了几个月时间来准备他的演讲稿，在仪式上滔滔不绝讲了两个小时。林肯上去只讲了两分钟。艾弗芮特的两小时演讲很快没人记得了，林肯的两分钟演说却成了世代传诵的名篇，改变了历史进程。所以说，情况真是很有意思。于是有人认为，演讲术是民主最危险的敌人，因为它靠的是蛊惑人心。然而美国人最喜欢的就是它了，华盛顿、杰弗逊和林肯都是无可争辩的杰出演讲家。在这个表演场上，人类的命运被决定了。演讲家拥有令人生畏的能力，他们单凭言词就能煽动广大人民，去做不计后果的事情。在这点上，林肯与希特勒并无不同。后来人们普遍接受了美国人的观念，认为只要具有能言善辩、巧舌如簧的天赋就能够治理国家。民主的本质就是两片嘴唇加一条舌头。美国历史就是一部雄辩的历史，或者说一部语言的历史。然而，现在，关于葛底斯堡曾经发生的事情，除了纽曼尾巴里还储存一些数据，早已无人记得那个名叫林肯的男人到底讲了些什么。

我们看到，葛底斯堡城中热闹而混乱。街头设立了各个派别的联络站，大张旗鼓圈夺地盘。高音喇叭在“嗡嗡”乱叫，听不清嚷些什么。身穿仿中式长袍或复旧式西服的人们打着蓝底白字标语，乌云一样席地游走，疾呼口号。我们打听半天，非常失望，没有人知道中央政府办事处在哪里，更没有人见到纽曼的父亲。

这里的街头也张贴着纽曼的画像，但一些戴蓝袖标的人们，正在用一个年轻人的画像把它们覆盖。我们不知这年轻人是谁。难道他竟能取代纽曼？这让人心生狐疑。

纽曼害怕被认出来，不敢去人多的地方。但我们又很饿。我便出去下棋赚钱。我赢取了一些食物，但没有料想的那么多。这儿的美国人好像对围棋不再感兴趣了，来找我下棋的人比较少。似乎一场新的变化正在酝酿，美国人的心思如水乱溢，又要搞别的名堂。我们待了两天，也没有打听到纽曼父亲的下落。

第三天，我刚刚在街头摆下棋摊，身后忽然传来巨大声浪。我扭头看去，只见成队的军人和机器人大踏步游行，一遍又一遍高喊口号：

“打倒艾米丽！”

“杀死艾米丽！”

“艾米丽是卖国贼！”

啊，艾米丽，那不是美国总统吗？中国围棋代表团刚到美国时，她还接见过我们呢。我还期待着能再见她一面，让她帮一个忙，送我回中国去。

我急忙收了棋摊，躲到路边，注目观察，看见大群的市民牵着孩子，笑嘻嘻跟着游行队伍在走。我赶忙去叫纽曼。我们好奇地跟过去。只见大家拥进一个体育场。看台上已是人山人海。我们找了一个角落坐下，想看看究竟是怎么一回事。

体育场北看台上搭了一个简陋的主席台，上面正襟危坐好几排人，有老有少，俱很深沉。不一会儿，士兵押着一个五花大绑的女人走上台来，她正是艾米丽总统。

一个男人宣布大会开始。然后，另一个男人通报了艾米丽的罪行，包括：对洪灾救助不力；对南方分裂派太温和；只顾发展经济而不顾道德水平下降；崇洋媚外，与中国和新苏维埃暗中签订卖国条款；个人生活腐化糜烂……等等。另外，华盛顿的毁灭也与她有关。实际上，她早就知道有人要诱发人工地震，却不采取防范措施，还把恐怖分子请进城来协助维持治安。

我听了心里乱跳。我一直觉得，艾米丽不是个坏人。但没有想到她这么糟糕。真是知人知面不知心。唉，到底是美国呀。但这些罪行是怎么暴露的呢？是谁发现的呢？跟着，有人好像提到了纽曼。

“就是这个艾米丽，还异想天开，企图找一个患精神病的转基因人来帮助治理美国。她居然说那人的尾巴里储存着美国文化的所有信息，把它们弄出来，美国就有救了。这是对我国人民智力的侮辱！难道我们今天的悲惨处境，不正是可恶的美国文化造成的吗？打倒艾米丽！”

“打倒艾米丽！打倒艾米丽！”整个体育场的人们跟着排山倒海般呼喊起来，谁也没有质疑这里面的虚实真假。

纽曼很是害怕：“咱们走吧。”

我朝四周看看：“出不去了。”

军人和机器人已把守住各个出口。我们只好继续待在原地。还好，没有人注意到我们。

跟着，被组织来的群众和证人逐个上台来，控诉艾米丽的罪行。他们有的声色俱厉地斥责，有的狠狠打她耳光，有的朝她狂吐唾沫。那女人低着头，蓬头垢面，一声不吭。

“她害死了我丈夫！还我家艾布拉姆斯的命来！”一个女人在控诉。

“慢慢来，她如何害的？”审判团的一个人饶有兴趣问。

“她宣布美国要实行全民读书计划，而不是从‘阿曼多’那儿获取信息。这要了我丈夫的命！他一辈子待在网上，哪会那个呀。”

女人呼天抢地。下面又喊起激愤的口号。

又有一个男人说，艾米丽的舅舅和弟弟利用特权，在洪水到来时靠垄断救援船，大发横财，还收受了逃难者的贿赂。

审判官制止他们继续控诉，说：“现在宣判：根据美国宪法第八修正案第七十八条、第一百二十一条、第一百五十七条和第二百零四条，判处前美国总统希拉里·艾米丽死刑。立即执行！”

全场掌声雷动。两个军人走过来，把面无人色的艾米丽拉走。这时她靠自己的力气几乎站不住了。全场欢声一片，观众们做起美丽的人浪。

我心情沉重。我没有想到艾米丽是这样一个人。她欺骗了中国围棋代表团，伤害了中国人民的感情。但我又不愿意看到她是这么一个结局。她还摸过我的头呢，几个月前她还那么年轻好看，现在却变成了一个憔悴不堪、任人摆布的小老太婆。我回想起在"诺亚方舟"上，铃木是怎么欺负我的，便对艾米丽产生了同情。

艾米丽被几个人高马大的男人像拉牲口一样拉了出去。很快，枪声"嘭嘭嘭"响了。

随后，举行了新总统宣誓就职仪式。新总统是一个年轻人，二十岁出头。他就是街头画像上的那个人。他后面站了一排老人。

"经过集体评议，我们认为比格特先生不是转基因人和克隆人。"一个老人宣布，"他就任美国总统最合适不过了。这是我们刚刚决定的。"原来，连选举也废除了。也许，他们觉得那样效率太低。这却不仅仅是因为美国处于目前的特殊情况下，而是旧有的一切要推倒重来。

另一老人说："我们推出的，是能够代表美国未来的新人。"

又一老人说："他将带领美国走向复兴，创造崭新的文明。"

再一老人说："让我们与过去一刀两断吧，不背任何包袱。"

新总统比格特发表了就职演说：

"我发誓：恢复二十世纪的民主自由制度。捍卫国家独立。反对分裂主义。一切为了人民。"

他结结巴巴，像背台词，说得很不自信，还跟老人讲的有矛盾。他还是个学生吧。

群众中有人问："你对'阿曼多'的态度呢？"

这年轻人一下不知所措，回过头去看老人们。

那些老人先互相嘀咕一阵，又对比格特耳语。但这家伙好像没有听懂，又重复询问他们。老人们很着急，拼命做着手势。一个白发垂肩的家伙，干脆拄了拐棍，走到前台，亲自对大家说：

“总统的意思是，对涉及美国过去三百年的是非，我们将起草一个决议。”

人们才好像比较满意了。之后再没有人提到“阿曼多”。

这时，南边的出口处忽然发生了混乱。原来是其他派别的人马冲了进来。

“劫场啦！”有人喊。

拥入体育场的这些人，是一色的印第安民兵打扮，他们立即同政府军交上火，还没忘记呼喊口号：

“我们要五无主义！”

“不自由，毋宁死！”

“民族至上！主权优先！”

体育场大乱。群众争相逃命，许多人在践踏中痛苦死去。老人则带着新总统钻入地下掩体。我和纽曼在混乱中往外跑，好不容易才逃出去。刚到街上，就发现一队人马紧追我们而来。认出来了，是我们在俄克拉荷马城见过的侏儒。我们被侏儒逮住。

我们被带到一个太阳能汽车制造厂的废墟。装配车间里坐着一百多个侏儒，每人头上都裹着纯棉白布毛巾。这跟我那晚在波士顿街头遇到的小人儿并非同类。一名像是头目的人骑在一辆吊车上，得意扬扬打量纽曼的尾巴。

“他怎么老看我屁股？”纽曼紧张地小声对我说。

“冷静。可能只是好奇吧。”

“他们那么多人，半天都消费不完，我可应付不了。”

“镇定。不要显露慌张。”

那头目说：“你就是那个大尾巴纽曼吗？”

“是。”纽曼答。

“这位呢？”

“我是纽曼的朋友。”我说。

“他是中国人。你们不要乱来。”纽曼说。

“我还以为是谁呢。原来是中国人。”

“哼。”我不屑地别过头。

“知道找你们有什么事吗？”头目又问。

“要吮吸多少，我尽管奉送。”纽曼忙不迭道。

头目笑了：“我们才没有这么小家子气呢。我们是请你来当精神领袖的。以你的号召力，美国人民都会跟我们走的。”

我低声对纽曼说：“我说准了吧。”

“说准了什么？”

“你忘啦，我说你的尾巴比换饭吃更有用啊。”

“可是连艾米丽总统都被处决了。”

头目说：“怎么样嘛？你们商量好没有？”

“这万万行不得。”纽曼直摇头。

“有什么不可以呢？听说你才是新人类的曙光啊。那个乳臭未干的小子比格特只是傀儡。”

“我是真的不行啊。”

“没错，你是新人类。我们也是。我们都行！这个国家需要脱胎换骨。”

头目急不可耐向我们解释，他们是俄克拉荷马州原廷克尔空军基地水污染受害者的后裔。他们在五年前发明了风车秘术，用来解决能源短缺和信仰匮乏问题，现在全国有三十万信徒。但他们缺少一位精神领袖，也就是能够带领他们去到圣地的大师。

“自打有人类以来，这个世界已经经历九九八十一次周期性变化。”头目说，“现在，又来到了变化的前夜。地球的状况正在整体下滑。受银河系大四季周期的影响，它很快就要发生爆炸。‘嘭’‘嘭’。这是星系级别的事件，不仅仅是美国的问题。我们十分着急，想把时间表推迟三十年，再长一些就更好。听说你是有这个本事的。美国人都在传说你的尾巴里面储藏着释放人类潜能的法宝，它能把我们升级为一种新生命。你就是我们寻找的大师啊。大师，可不是随随便便的称谓哟。”

“饶了我吧。我真的不会这个。”纽曼说，“我不是什么大师，我阻止不了地球爆炸。”

“不用急嘛，你可以慢慢想想。这关系到重建信念和再造身体。如果实在不愿意，那么还有另一种选择——我们就割掉你的尾巴。”

“这、这更不行！”

“这也不行，那也不行，要怎么才行？还是割掉吧，这样谁也得不到它。到时候，我们就叫‘割尾巴派’啊，就可以向天下宣告：美国文化是经我们手割掉的！美国文化不能挽救美国啊。任何文化都不能挽救美国，只有风车秘术才能办到！”

侏儒们“咯咯”笑起来，欢喜得前俯后仰，似一伙不倒翁，还不停朝我和纽曼眨巴眼，好像乐于见到我们掉入一个圈套。

“还是答应做领袖吧。”我有些害怕，悄声对纽曼说。

“不行啊。我天生不会这个。”

头目见纽曼这副样子，倒也没有多说什么，只是下令把我们关进一间黑屋，说留给一个小时进行考虑。

在囚室里，我和纽曼不知所措。

“怎么办？”纽曼说，“看样子，他们真要割尾巴。我看见那家伙身后的椅子上挂有一把电锯。”

“他们在吓唬你。纽曼，你也许可以考虑一下试做领袖。这没有什么不行的。”我真的有些急了，“纽曼，你要明白，在这个时代，谁都能做领袖的。谁统治谁都是一样。你不统治别人，别人就要统治你。人人权欲熏心哪，灾难来临之前都装得道貌岸然。权力，这种东西说起来挺唬人，其实不就是那么一回事吗？谁拿在手里，谁就与众不同。哪个不想呼风唤雨呢？别看平时都很低调。乱世出英雄哩，各个朝代都如此，你以为美国就能免俗吗？可惜啊，我没有尾巴。”

我说出这番话，连自己也吃惊。这还是因为有铃木军团的经历垫底吧，我毕竟亲眼见过据说是灵杖的东西，我窥见了人性的秘密。但是，我对自己说的，也没有把握。也许，我只是有点儿私心：纽曼做了领袖，我就可以跟着得势。纽曼听了，却仍然是一副无精打采的样子，没有做出任何表示。

时间飞快过去。侏儒们很快就要进来。我们正束手无策，这时，房屋外面传来一道雄浑悠长、中气十足的声音，像是冬眠醒来的动物在伸腰吼叫，竟能穿透厚厚墙壁，把我们撼得摇来晃去。随即，响起一声爆炸，房间一侧顿时崩出一个大洞。朝外看去，只见侏儒们屁滚尿流，四散逃命。

“霍金转移！”纽曼惊呼。

回答他的是一阵狂笑：“我儿，并非霍金转移，只不过是硝酸甘炸药而已！”

纽曼的父亲就站在眼前。

纽曼终于找到了他的爸爸。这老爷子用原始而朴素的硝酸甘炸药，救了他儿子和他儿子的朋友。

先知化装成一匹用履带行走的木铁合制马，不停发出一阵阵响亮的喷鼻和嘶鸣。看见儿子脱险，他的真身从马壳中脱出。这人身躯矮矬，亮铮铮的一个光头。他用活泼的眼光看着我们。

“啊哈，你们来得正是时候，我正发愁没有听众。我要宣布一个真正的科学发现！我刚刚找到了宇宙弦的负能量圈。它的存在将导致时空在七度弯曲时坍缩成超婴儿宇宙。那时如果没有外星高等智慧出手相助，世界便真要完蛋。这太要紧了！所以我们目前最迫切的任务是寻找外星人，从他们那里获得万有的终极真理！”

他手舞足蹈，揪着儿子的耳朵，把他的头按进木铁马。

“看见那超婴儿宇宙了吗？它是不是很可怕也很可爱？”

他又拽住我的脑袋，强迫我也去体验。我感到一阵头晕目眩，一大锅星星在马肚子里的一台全息投影仪前狂乱旋转，比吸收美国文化还要令人难受。

“如果能制止坍缩，我们就可以不用去火星，也不用建造地心城市。我们可以生活在空气中，只需要用引力把人弯曲在足够小的时空尺度内。”

“那我们如何吃东西呢？”纽曼不安地问。

“还吃什么东西？直接从虚空中获取能量，不就行了！”

“我可担心……”

“还担心什么？再不用害怕洪水、战争、饥荒了。没有国家，没有政府，没有军队，也不靠风车秘术。”

“也许，鸟儿会把我们呼吸进去的。”

“这个嘛，我当然会设计一种程序，让鸟儿又把我们从毛孔中蒸发出来。这完全根据生物物理学第七定律。当然，它离终极真理还有很大差距。”

什么先知啊，这完全是个疯子，我想。他跟侏儒没有本质区别。我对纽曼的父亲很失望。但纽曼仍是一副敬畏的神情。他不会相信自己的父亲已经疯了。

“爸爸，咱们还是先谈谈最紧迫的问题吧。”

“难道我说的还不是最紧迫的问题吗？终极真理！”

“是，你说的是。但还有一个同样紧迫的问题。”

纽曼讲述了尾巴带来的烦恼。他说他希望一劳永逸解决这个问题。他的疯爸爸听了，喷出“骇儿”“骇儿”的大笑。

“我儿，我早知道你要来找我的。可是，你要我怎么办呢？”

“我的尾巴使我无论走到哪里都遇到麻烦。有什么办法能让我活得安宁一些吗，啊？”

“他是谁？”纽曼的父亲忽然扭头看了看我。

“我是唐龙，中国人。”我挺了挺胸，说。

“我不认识他。”他又转向纽曼，“孩子，尾巴是一定要保留的，虽然难看了一些。我付出了多少心血呀。”

“爸爸，我想到盖茨的乌托村去生活。因此，尾巴的用处就不大了。”

“可是，储存在里面的美国记忆怎么办呢？这是‘阿曼多’崩溃后的唯一希望呀。你这小子，还有没有一点儿社会责任感啊？”

“那是你装进去的，还是请你收回吧。而且，当时你也只是说拿它换食物，没有讲什么社会责任呀。”

“不行，不行，万万不行。别忘了我们是澳大利亚移民。我们可不能让美国人看不起呀！”

他们说的这些话，令我感到十分烦乱，只觉得世界在一片混沌之中挣扎。这样下去，我也要疯。我便插话：“你可以试一试嘛。你这样做，不也是没有责任感么？父亲应该首先对自己的孩子负责啊。”

“你到底是谁？你怎么敢这么对我说话？”纽曼的父亲恼怒地盯住我，似乎忘记了刚才还把我的头按进木铁马肚子，并问过我的身份。

“中国人，唐龙。”我说。

“唐龙？没听说过。你是中国人？哦，中国人。”

他稍微集中精神，仿佛想起什么，才客气下来。

“不要以为我不知道中国哟。”他说，“我清楚得很。那是一个了不起的国家。”

“对，你说得不错。”

“四大发明，都是真的？”看来，他还是知道一些。

我把指南针拿出来给他看。

“这是真正的中国原装，喏，还是古董呢。”

他摸了又摸，瞅了又瞅，啧啧有声，对我有了好脸色。

“大叔，如果你帮纽曼大哥出个主意，解决他的问题，这指南针就送你了。”

真送给他我还实在不忍心。这是苏珊赠我的信物。但纽曼太可怜了，我决心先帮助这孩子。我们一路上结下了友情。另外，美国虽然给我带来坏运气，但我却从纽曼这里，感染了新人类的气息，并开始重新认识自己。

纽曼的父亲拿着指南针端详一阵，爱不释手，最后又还予我。他挠挠光头说："这么珍贵的东西，送给我这样的人的确不太合适。"

"没有关系。"我假惺惺继续往前递，离他的手总有几寸距离。

"不不不！这万万使不得。"他连推带搡，似乎真的急了。这人真是无法理喻。

"那你一定帮纽曼想想办法吧。"我把指南针收回兜里。

"他的尾巴？我只管制造，不管以后。我把这孩子交付给美国了。"他好像颇为难。

"可他现在很痛苦呀。我也替他犯愁哩。"

纽曼父亲面色凝重地思考了一会儿，说：

"既然连中国人都为我的孩子着急，那么，我告诉你们，也许，可以去光明城试一试。"

"光明城？"

"俄罗斯移民尼古拉二世在美国崩溃前夕建造的生态城市。整个用封闭大棚，也叫生物圈七号。新苏维埃共和国成立之后，尼古拉在回国之际，把它转交给生物智能人哈桑管理经营。现在，它可能掌握在一个名叫克林顿的人手中。他是美国人中的一个叛逆者。"

"真的有办法吗？"纽曼问。

"光明城的居民，是这个国家少数还知道自己是谁的人。因此，应该会有办法。等你在那儿办完事后，就来找我吧。我儿，我会为你做那个一劳永逸的手术的。"

说完，他做了一个鬼脸，跳进大马，扬蹄而去。这人也太怪异了。这个世界，分明是怪人和疯子的天堂。然而，想到苏珊给我的指南针在关键时刻发挥了作用，我仿佛又体悟到了人生的价值。

我和纽曼又掉头西行，前往光明城。它位于内华达沙漠。这儿原是美国的一个核试验基地，距离曾经的赌城拉斯维加斯不远。光明城市政当局对我们的到来非常重视，克林顿市长接见了我们。这是一个学者模样的中年人，长相扁圆，像只甲鱼，脑袋有身子三分之一那样大，梳了不止一条辫子，成簇披在脑后。他用深埋在粉色肉缝里的小眼睛紧紧注视纽曼的尾巴，连声称奇。

“你父亲在精神失常之前，与我们交往甚密。”他口无遮拦，对纽曼夸夸而谈，“你父亲帮助我们解决了从沙漠中取水的难题。他现在这样，可惜了。你的问题不要着急。先住下来再说。你父亲对我们是有恩的。”

克林顿市长随即让秘书在市政府招待所为我们订了一个双人标间。我们歇息一会儿，洗了一个热水澡，吃了一些水果，然后，市长就坐着电瓶车过来了，邀请我们参观市容。

光明城整个罩在一个巨大无朋的玻璃棚子里面，依靠太阳光提供照明和能源，到处栽种着花花绿绿的遗传工程植物，棚子便是一个自给自足的生态系统。这里的建筑物都是两层楼的明清式别墅，街道不宽，砌着石板，市民步行或骑自行车，没有汽车。行人皆着明黄色宽松袍服，梳着考究的辫子，打着五颜六色的领带，穿着尖头皮鞋，一个个笑容可掬，彬彬有礼，见了面互相作揖。有人还戴着圆圆的黑边儿眼镜！沿街随处可见公立图书馆和私立学校，乃至民办公助的书店，柜台上陈列着罕见的纸书。城中不见一处商店，更没有光怪陆离的夜总会。克林顿市长说，一切物质性的东西都是按照需求来分配的。

“这是美国唯一一块没受污染的土地，唯一一块没遭灾难的土地。各个派别的领导人也都尊重我们选择的道路，尽管他们不一定十分理解。”克林顿说。

市长秘书是一个矮个子的白胖年轻人，他插话：“我们正在进行一项伟大的实验。在这里，从市长到市民，都是知识分子。城市是由知识分子来治理的。这种人在美国已是凤毛麟角。”

克林顿喘着粗气说：“我们希望呈现在这里的一切，便是美国的未来。当初我们的祖先搞‘五月花’社会改革试验，也是这么开始的。他们受到迫害，才来到这块土地定居。这一如我们现在的情况。我们要从沙漠中重新崛起。”

“你们也受到了迫害？”我问。

“是的，美国人仇恨知识。”

“全市有多少人？”

“五千五百人。”

“这么说，已经解决人口问题了？”

“你是说计划生育吗？”市长似乎有点儿紧张。

“我不知道该不该这么讲。”

“实际上，大家都很自觉，不愿多生。这是一座人人有理想的城市。”市长仿佛不想深谈这个问题，大概嫌我和纽曼太年轻，连女人都没碰过。

“这里如此美好，为什么难民不来投奔呢？”

“我们使用了一种新发明。它叫思想改造器，能发射影响人脑活动的微波。这其实也是你父亲的专利。它就安装在我们的大棚顶上。控制范围达三百平方公里。难民如果跨越沙漠前来，受到思想改造器的作用，大脑中的离子便会发生异动，他们顿时震撼于我们的高尚精神境界，从而自惭形秽，退避三舍，投奔别处去了。当然，你们是例外，因为纽曼的父亲对我们有恩。在你们通过时，我们临时关闭了机器。”

“这跟‘思想毒’不是一回事吗？”

“完全不同。我们并不使人们的大脑瘫痪，而只是提升他们的精神境界。我们的城市是靠操行和知识立足的。”

克林顿说，他准备在适当时候，把光明城模式向全美推广。今后，整个美国都要成为这样。但在目前，因为社会还混乱无章，人们认知和道德水准也不一样，暂时还需要把光明城与外界隔离开来，不可能接纳大批难民。他希望美国人民能够谅解。

“我们要创造一个万劫不坏的模式。这事儿完全办成，可能要等到下个世纪中叶。那时候，美国就有救了。”他信心十足地说。我想，我活不了那么长时间。

克林顿一边与客人交谈，一边发布市长令。秘书把命令传下去，远处有人点燃烽火。市长见我们不解，便说：

“我们十年前就不使用网络了。这是我们免于毁灭的重要原因。哈，哈。”

我吃惊地看到，烽火映出大棚外面沙漠中的一段长城，上面敌楼耸峙，外形与北京八达岭长城几可乱真。我向克林顿市长投去问询的目光。他说：

“这并不是我们仿造的。我们在筑造光明城时，在沙漠中发现了这些长城，碳十四研究表明，它们已有四万年的历史了。不知道是谁兴建的它们……”

然后，克林顿市长陪同我们参观了城市纪念馆。

馆中陈列了生物圈七号的缩微模型。讲解员说，全市实行禁欲主义（所以人口基本不增长）、保守主义、大乘佛教、计划经济、平均分配等政策。我们还看到了在盖茨那里见过的种植园，但这儿的更庞大精致，并且以集体农庄的形式，正在生机勃勃迅速扩展。相比之下，盖茨的乌托村就有点儿小家子气了。

市长说："光明城最重要的事情是教育。我们有一条基本原则，那就是让孩子们对未来充满信心，要让他们系统学习各种知识。纽曼，你来得正好。我们可以对美国文化进行批判性继承了。你的尾巴就是样本。"

时间过得真快，不知不觉，到了吃饭时辰。市长陪同我们进餐，秘书则去安排解决纽曼的尾巴问题。

饭桌上，纽曼一直蹙着眉头。市长吃力地转动大脑袋，疑惑地频频顾盼。我小声对纽曼说："别那样嘛。这儿的人，不就是新人类吗？看样子，美国真的就要复兴了。你应该高兴才是。"

纽曼嘟哝："我的预感不太好。这城市有股邪气。未来的美国不像这样子。"

"你是说它有危险吗？"

"唉，我也说不清楚。"

秘书很快回来了。光明市的办事效率，是我在美国所见最高的。秘书说："经过慎重研究，市科学办公室决定拨出一笔经费帮助你们。虽然我们对美国文化并不十分赞同，但光明市仍将实行人道主义，保护基本人权。"

市长在一边斯文地点头，乌青的大嘴里塞满五颜六色的食物，像一个从古代复生的反刍动物。

“具体怎么操作呢？”纽曼惶惶问。

“我们准备把你尾巴中的美国文化用最先进的手段复制出来。这样，人们便不会为争夺它打个头破血流了。你就安全了。大家购买复制品就行了嘛。你就可以靠出售复制品获得食物，甚至货币，因为你拥有版权呐。这在光明市是受法律保护的。”

“复制品？”

“确切来讲，我们将出版《纽曼文集》。”

为了使我们放心，待大家吃饱，克林顿市长又带我们参观城中的造纸厂。这是北美唯一的造纸厂。它完全仿照二十世纪的模式，气势雄壮地运转，发出“呼隆呼隆”的悦耳噪音。怪不得这里保存着世界上其他地方业已消失的书籍出版业。

“光明城拥有充分的出版自由，就跟上个世纪一样，出版我认可和批准的书。”市长自豪地对我们解释，“有了《纽曼文集》，光明城就能成为美国的复兴基地。除了道德，我们的力量主要来自知识。”

“到底什么是知识呢？”

“噢，知识，就是对事物纯洁和正确的看法。它曾是美国人拥有过的最强大力量，后来却被可耻放弃了。美国人不再信知识，而信军工复合体。整个国家建立在这个基础上。美国搞到后来只会生产武器，其他的都不会制造了，生活日用品什么的，不从中国进口，人就活不下去。美国人在求知上是如此的无精打采，这使我们的前辈看上去倒成了文化奇才。美国的文化土壤变得无比贫瘠。你们一定知道，知识比想象力更重要。但这场灾难毁灭的，正是这个国家所剩无几的最后一点儿知识。孩子们，你们听说过吧，除了知识和学问，世上没有其他任何力量能在人们的精神和心灵中，在人们的思想、想象、见解和信仰中建立起统治和权威……哦，《纽曼文集》保留了许多原始知识。当然，我们要出版的，是它的删节本。”克林顿说到这里，踌躇满志下令加快印刷机的转速。

“一路上，我们听了看了那么多跟美国复兴有关的新鲜事。现在看来，你们这儿才比较像回事啊。”我感慨，却为围棋最终没有成为拯救美国的第一工具而心情复杂。虽然也授予博士学位，但下围棋的人却不被叫作知识分子。长远看这有些问题。我不太明白中国为什么要这样做，到了美国，才知道中国还有许多不为人知的东西。

“能够得到来自礼仪之邦、文明之乡的中国客人的称赞，是本城的莫大殊荣。我最崇敬的就是贵国的孔夫子，他在两千年前就发明了一整套教育体系……而在美国，我们没有与他旗鼓相当的人物，富兰克林、华盛顿、汉密尔顿、杰弗逊、林肯，那都上不得台面。”克林顿市长嗟叹。

我忽然想起自己体内的围棋基因，但我这时并没有自豪的感觉。我还是担心我属于“不算数”的人。我人生的前十六年生活在中国，而中国的很多事情，我并没有深入的了解。

秘书补充道，由于资源紧张，一版印数可能不会很多，但以后会再版。

市长巨大的体腔中发出一阵深沉的隆隆共鸣：“光明城将把这个重大消息向全世界公布。”

“用烽火的形式吗？”我渴盼地问，心里惦着那些长城。它们的建造样式和选址使我从一个未曾有过的角度去认识中国。

克林顿迟缓地笑了，没有正面回答，只是说："这部书必定会成为经典。我仿佛看到未来的一幕。在美国所有大学、中学和小学，孩子们都在高声背诵《纽曼文集》。这是唯一的官方指定教材。至于其他版本，要统统销毁。"

纽曼却阴沉着脸，好像并不怎么高兴。

出书那天，我心情激动，睡不着觉。纽曼也同样辗转难眠，并烦躁不安。我便拉他步出招待所，悄悄离开生物圈七号，来到城外沙丘上。我们坐着等待观看月落。沙漠像海潮一样簇拥着我们。我思绪翻转，想到，我本来是要去找我的同胞的，是要回国的，未料却在美国大地上马不停蹄游历，从东到西，从西到东，又从东再到西，遭遇各种各样奇异古怪的人和事。掐指算来，已有两个多月。

此时，只见星空如同棋盘，"哗"地在天上展开。它们一鼓作气发出强光，就好像偌大的宇宙正处于鼎盛之世，遍及所有时空的万丈辉煌刺得我们泪水直流，把沙地上的仙人掌都打湿了。

"让我们落泪的，是无数的太阳啊，它们还在燃烧。它们附近的行星上，一定也住着生物。"我撑手做了一个眼帘，出神看了一会儿，说。

"他们也下棋吗？"

"也许下吧。棋这种东西，跟数学一样，估计是宇宙语。星际间的文明，可以用它来进行交流。"

"他们不会也在看着我们吧？"

"哦，大概是吧。"我死死盯着那些待在宇宙另一侧的星星，好像要与那儿不知名的生物的目光对上，"不知他们长得什么模样。"我想，那上面是不是也有两个少年呢？

“可能像我。丑八怪呗。”

“你可不丑……纽曼！你长得多有味道呀。”

“唉，什么都是你说的。”

“不过，那些生物有可能死了。只剩下华丽凄凉的白骨和雕栏玉砌了。别看每颗星星那么明亮，但它们或许是死寂的，甚至是空无的。没有生物注目它们，因此，它们就不存在。”

“外星人死的时候，搞明白了他们自己是谁吗？”

“这很难说啊。”

“那么，今后，我们该怎么办？”

“不知道。”

“你还要去找你的同胞吗？”

“其实，有的话没有给你讲。我一直担心，也许找不到了。中国大概不要我了。我这副难民一般的样子回去，会令他们嫌弃的。你知道吧，这是一个很骄傲的民族，眼里揉不得沙子。唉，我也说不清楚。我很矛盾。”

“不会的。”纽曼安慰道，“从你的身上，我感到中国人很友善啊。你那伟大的祖国是印第安人的发源地。你的同胞一定会欢迎你的。他们会说，啊，唐龙，你终于回来了，你在美国受苦了。我早说过，在这灾难的世界上，中国是一个例外。”

“唉，是啊，哪怕明明知道不一定能回得去，也要往那个方向走，就像被磁铁吸引了一样。人生太纠结了。你呢？真的要回到盖茨那里吗？”

“其实我也不清楚我的真实想法。回不回去，现在又拿不定主意了。”

“你还是去吧。你父亲说好了要给你做手术，你就可以没有大尾巴的拖累了。”

“一想真的不要它了，又很是忐忑不安。”

“你可真是呀，比我还麻烦。”

“你想，当时，连侏儒们都未能割掉它，连那么多次遇险都没有失去它，现在，却要连根儿拔除。虽然美国文化已被删节后复制出来，印刷在纸上，不用尾巴也能保存和传播，但是，唉，我的预感真的很不好。我觉得，还有更大的动乱要来。就算藏身到盖茨那儿，也躲不开。落基山那么高峻巍峨，也挡它不住，连落基山都要被夷为平地。唉，我会死的……现在各地有那么多的派别和组织，乱糟糟的，大家都有自己的主张，互相不服气，整天吵吵嚷嚷，侏儒人，科学家，光明城，新总统，还有我爸爸那样的怪人。国家太大了就有这些问题。不出事还好，一出事就是天大的麻烦，补不起来的。谁能找到一个统一的想法，让这世界安定下来呢？还是一切已迟，根本没有了办法，这条巨船倾覆时，要把上面的所有人带着沉没呢？”

我想了一想，觉得他说得挺诚实，也怪恐怖。但这跟我有什么关系呢？也许，这要取决于我最终能不能回到中国……我对纽曼说：“你让我想到闻铂欣讲的一个故事。名列建安七子之首的孔融，是东汉有名的文臣。古书《三字经》中‘融四岁，能让梨’的孔融说的就是他。据说他为人耿介不捐，素为把持朝政的曹操所憎恨。一次，曹操找了个‘莫须有’的罪过，把他抓起来。这时孔融的九岁儿子和七岁女儿正在下围棋，有人劝他们赶快逃命，兄妹俩回答：‘覆巢之下，安有完卵？’意思就是，‘哪里有毁掉鸟窝，鸟蛋还能平安无事的呢？’两人安安静静下完一局棋，也被抓走，和父亲一起被杀掉了。”

我说完，一阵心惊肉跳。这时，我想到无垠沙漠中幽隐的长城，感到身上寒冷不已，就抱住双臂，又去看星星，发现它们似一个个鬼魂，在天幕上孤独地游来游去，无家可归。宇宙中无数的世界，此刻是安宁还是动荡、是活着还是死了呢？

“有没有什么人或事，使你在行走的路上停下来呢？”我问纽曼，好像是要打破这难受的死寂。

“还不曾遇上呢。”

“女人也不能令你停下来吗？”没有外人，我心跳着提出这个大胆的问题，自己也有些双颊发烧，脑海里浮现苏珊的模样，还有韩国人和印度人在波士顿海堤上疯狂做爱的情形。那好像是很久很久以前的事了。

“女人？”

我在黑暗中觉察到纽曼羞于启齿的自卑。我问得也许太过冒失。

“纽曼，你其实拥有一种别样的吸引力。你不要小瞧自己呀。”我慌不择词说。

“你不用安慰我。我不会找女人的。”纽曼不高兴地说，“那样恶心的东西。再说，你说的女人，其实是指十五岁以上、三十五岁以下、身体没有缺陷、五官端正、腋下无毛的那种两脚动物吧？”他说着就像防备什么似的把自己的躯干团了起来。

我吓了一跳。我们不再说话。我只好再去观望星空，浏览过去的一切。星星都是来自遥远时代的图像。这是因为光线每秒只能走三十万公里的缘故。所以连最近的星星，实际距离也大得不可思议。我能看到的，都是它们过去的模样。到达我面前的亿万个时代，因为星星的远近，而各有不同，有的竟也互相重叠。哦，它们的确已经死去很久了，我看到的是满天尸首。

不远处有一处公墓，上千尊墓碑，静静从沙地里探出头，在星星下面默想沉思，乍眼看去，活灵活现，明媚生动。它们那满足的样子，就像是刚刚送走出游的吸血僵尸。是什么样的人竟把公墓修在沙漠里呢？再远一些地方，生物圈七号的大棚微微发出荧光，如同一头搁浅的巨鲸，肚皮朝上，在洒满星光的滩涂上昏睡不醒。这时，月亮似乎正在变大，像卡通片中的人脸。我想起美国人上个世纪曾代表人类在那里率先登陆，全球轰动。但现在时过境迁，连留在上面的遗迹也被后人清除了。

忽然，月球边缘似乎闪亮一下。我问纽曼看见辉光没有。他说没有，但他知道那儿建有人类的基地。

“我去过那地方。虹湾。”我说，带着夸耀的语气，“你知道吧，中国人民解放军在月球两极驻有部队，守卫那儿珍稀的水资源。”

“你真幸福。是在‘阿曼多’时代吧？旅行费用是天文数字呀。”

“我们是公费。”

“还是做中国人好。下辈子我也要做中国人。”

“下辈子？有吗？到底做什么，谁说得准呢？也许又要来个天翻地覆吧。”不知怎么搞的，刹那间我又愁绪满腹。

“你这话说得太悲观，怎么像美国人呀。”

“这是很可能发生的事情。比方说，现在，月球上中国人最多，但谁还记得其实是美国人最早登上月球的呢？你们的联邦政府，先前很厉害呀，懂得集中力量办大事，全国一齐搞原子弹，全国一齐搞‘阿波罗’！真了不起呀，月球那玩意儿，自古以来只有神话中的人物上去过。但后来你们一下子就不行了。是你们先上了月球，然而月球却被中国人后来居上占领了。你们想到了吗？因此，谁又真能预言未来呢？接下来的一秒钟要发生什么，完全无法确定！”

说这话时，我又想起灵杖。它原来是个骗局。我已经不相信任何预言以及讲述预言的先知。我也已经不相信未来。

纽曼沉默了。这时，像要印证我的话，天空中一大片耀眼的光芒把群星淹没。这突如其来的变故使我六神无主。

一个圆形的发光大盘缓缓在头顶旋转。它比满月还要大，像太阳一样亮，下部吐出绿色的火焰，银色的中央结构给人一种无比坚固的感觉。圆盘发出交流电般的嗡嗡声。我和纽曼以为它要降落下来，做出恭迎的姿势。但它没有停顿，也没有下降，而是慢慢从头顶上方飞过，向东移行而去。然后，微颤一下，便猛然消失了。

它飞走后，四周涌出盲人摸象般的黑暗。过了好一阵，才有一颗星星凸现出来。我认得那是火星。我已经比较熟悉它。它赤色的光芒像蜡烛焰点，飘零着不知要向世人述说什么，却直截了当投射在美国大地上。随着火星的出场，更多星星回来了。宇宙平静得像是假造出来的一泓高原湖水，仿佛它的疆土上什么事情也不曾发生。我们经历的瞬息万变和动荡起落，只不过是自我欺骗。我和纽曼久久望着光盘消失的方向，惊愕得说不出话。

“那是什么？它从哪里来，又要到哪里去？”

“不知道。”

“是啊，不知道！”

我们寂然良久，慢慢倦意上来，便手拉手，在野地里躺倒，相拥睡去。过了一会儿，我醒来，看见天还黑着，月亮正在节节下落。火星不见了。眼球似的露珠遍地冒出来，滴淌着寒湿而紫色的泪，把我和纽曼的身体都哭湿了。沙漠中的露珠一定是死人们的尸液凝结而成的。

忽然，我看见几米外的沙堆后面隐藏着一张熟悉的脸庞，正鬼鬼祟祟朝我们偷窥。

是伊朗人“鬼角”。我还以为自己在做梦呢。

“终于找到你了！”他冲我嚎叫，纵身跳出来。纽曼听见，也睁开眼，站起身。

“趴下！”我冲他喊了一声。

“什么？”纽曼没听明白，还四处寻找什么。火星抛来的一串电磁波正好投掷在他的脸上，被他的鼻翼分割成一个晕状的十字，正如一把长戟。

来不及了。伊朗人开了枪。我避让过去，定向能束却击倒了纽曼。我看见那大尾巴高高甩荡一下，重重拍在沙地上，溅出大串的墨绿色血液，一股腥味扑面而来。我想纽曼父亲将来为这孩子做手术时，大概也不会流这么多血吧。

“纽曼！”我尖叫。

没有声音。纽曼一动不动，好像死了。这时，“鬼角”狞笑着，慢吞吞朝我走来。我恐惧而愤怒，却无处可逃，怔了片刻，“呀”地嘶喊一声，不顾一切扑向伊朗人。他大概没料到我在关键时刻敢于拼命，在慌乱中没有射准第二枪。我把他摁倒在地，双手卡住他的脖子。我们在草地上翻滚，一时难分胜负。但随着时间流逝，“鬼角”渐占上风。我手足麻木，呼吸困难，神志不清。

就在这时，忽然传来一声巨响。满天红光像松针一样洒落。我和“鬼角”都被震昏。不知过了多久，我醒转来，看见伊朗人躺在一边，仍然昏迷。天空中一道道光芒交错扫射，好像火星被撕裂后形成的。光明城的穹形顶棚燃着大火，纷纷坍落。纽曼则不见了。不远处似有马儿啸啸，其声凄厉如战斗号角。

战争风云

六月上旬，新总统比格特正式宣誓就职，美国人心中复燃期盼之火。不少人跃跃欲试，准备重整山河。

陪都葛底斯堡成了军民尤其灾民向往的中心。人们对新政府寄予厚望，相信它一定能恢复秩序，发展经济，解决饥荒和信仰问题。新总统将要大赦天下的说法，一时也广为流传。

年轻而有朝气的比格特总统，在老人们的帮助下，也的确采取了一系列措施，一定程度制止了局势的继续恶化。

在一些州，建立了人工邮政体系，局部恢复了能源供应，实行航空租借法案，鼓励农业生产，在政府部门设立军管会，并部分重建了传统的新闻机构。

总统还发出呼吁，敦促统一派和分裂派和谈。在一份倡议书中，他鼓吹消除分歧，实行一国多制。

新政府实行的措施，有着旧文化、旧体制、旧做法的影子，却宣称俱是新的，与过去没有分毫联系。

这些政策似乎赢得了人心，热爱和平的人士纷纷响应。对立各方甚至在六月下旬尝试进行接触。和平建国的报道，出现在第一份以纸张形式复刊的《今日美国》上。该报是由光明城资助出版的。

然而，好景仅仅维持不到一个月，短暂的希望便破灭了。军中强硬派开始左右时局。他们认为，美国需要的是革命而不是改良，非战争不能解决美国的前途问题。

分裂还是统一？这重新成了美国人民热烈辩论的头号话题。虽然，那时许多人都饿着肚子，衣不蔽体。

战争的阴云笼罩在美国上空。早先要求独立的各州，又蠢蠢欲动。

叛乱的骨干是那些近年从与拉美的地下贸易中获益的州，包括亚利桑那、新墨西哥、得克萨斯、路易斯安那、密西西比、亚拉巴马、佐治亚、佛罗里达。它们希望在独立后加入拉丁美洲自由贸易区。

另外还有太平洋沿岸的加利福尼亚、俄勒冈、华盛顿等州。传统上，它们早就与东亚有着密切往来，现在又从夏威夷的先例上看到自己的未来，纷纷渴望脱离美国，要成为亚太经济体的一分子。

中部的堪萨斯和密苏里，以及北部的蒙大拿，也积极拥护独立。另有一些州实际上已在叛军控制之下。

夏初，南北方的武装力量开始秘密集结。

在北方，国防军和卫戍部队构成捍卫国家完整的主体。

南方（准确来讲，这已不完全是一个地域概念）则是由武装民兵组成的联合军。

这些组织的主力有：

蒙大拿民兵。成立于兰迪·韦弗（“白人至上”理论的先驱者之一）去世以后。现有人员九万人。拥有生产机器士兵的秘密工厂。

蝰蛇民兵。它在上个世纪被捣毁的基础上全面恢复。拥有人员十一万人。总部在亚利桑那州的菲尼克斯。

自由之子。传统势力影响范围在加利福尼亚。现在近五万名成员分布在整个西海岸，控制了高新技术产业。

南部民族。长期在佛罗里达和佐治亚一带进行秘密军事训练。其领导人巴顿是联合军的总指挥。

佐治亚共和国民兵。有十五万人。

蓝卫军。声势最为浩大的势力。有战斗人员近三十万名。在十八个州有支持者。

在亚特兰大，成立了分裂派的大本营。根据之前的蒙哥马利会议精神，南方各州要团结一致，合力战胜北方，才能最终赢取独立。

六月二十四日，北方控制下的国防部宣布比格特总统失踪，随后，又发出总统已被南方武装人员绑架的指控。亚特兰大方面发表声明否认，并指责北方把大批灾民驱向南方，刻意制造更大规模的全国性混乱。

随后几天，在中部几个州发生了小规模冲突。而总统也确实去向不明。

国家群龙无首，战争一触即发。周边邻国，拭目以待。一些大国发出紧急呼吁，希望美国自我克制，并表示要派出特使，协助美国处理乱局。但为时已晚。

美国东部时间七月四日凌晨一点三十分，美国历史上第二次南北战争爆发。

战斗在中部、西部和南部打响。北方军队首先向南方军队发起进攻。

“阿曼多”崩溃了，军队的信息战能力也随之丧失。按后世史学家的话来说，“战斗变得原始起来”。

浮游在太空中的空间航母平台，在缺乏地基和月基作战系统精确引导的情况下，盲目搜寻目标。这种大型空间作战装备，由机器人操纵，配备定向能武器，并能随时释放出小型攻击卫星，摧毁对手的装置。

因此，在惯性思维的作用下，南北两军首先打起争夺制天制空权的战斗。双方航空航天兵不惜代价。空间站被击中爆炸，流星般坠落，激起满天闪光，映红广阔大地。

由于没有划定战区，误击随时发生，一些外国的卫星和飞船成了牺牲品。最不幸的是拉格朗日点附近的几座太空城。它们在一阵阵爆炸中消失了。

人类从二十一世纪二十年代起向空间移民，目前已有三十多万人生活在太空。许多人原想远离地面的纷争动荡，过上天堂一般的生活，最后却在劫难逃。

很快发现，离开了“阿曼多”，从天上也解决不了问题。于是，更为激烈的战斗在陆地展开。早已发展成熟的定向能、电磁炮和传统制导武器向敌军的主要集结点攻击。由于缺乏信息搜集和反馈体系的支持，它们往往错失目标，造成大量平民伤亡。好在特种部队很快出动，插入敌后。

为了阻碍激光的传输和军队的推进，南北双方都在局部地区使用了气象武器。一时大雾弥漫，暴雨瓢泼，朗朗夏日降下鹅毛大雪。但这并不仅仅是为了在物理层面破坏敌军行动，更主要的，还在于摧毁对方士气。恶劣的天气使敌人情绪低落，无心恋战。

大西洋上爆发了激烈海战。潜艇唱起主角，水面舰艇配合。这是改装后的新式潜艇，既会隐身，又可登陆，还能跃出海面像飞鱼般做短时飞行。这很快成了一道著名风景，艺术家手拿画笔，齐聚海边，兴奋地写生临摹。

在战斗中，北方实际投入一百零三万人，其中地面部队八十九万人，包括七千名机器士兵。南方投入八十六万人。

七月四日天亮后，北军地面部队平均突入南军阵地五十公里。战争一夜之间制造的新难民，达到五百万人。平民死亡人数是军人的十五倍。

北京时间七月五日中午，中国的实相首都因为美国南北战争爆发，变得格外繁忙。

在北京西郊，秘密存在的备用电讯网开始工作。它使用的是二十世纪技术。虽然笨一些慢一些，却扎实耐用，相对安全。战争爆发的消息，正是通过它传向各个首脑部门的。

王主席有关危机将接踵而来的预感被证实。作为危机对策委员会主任，几个月来，主席一直忙于恢复由于“阿曼多”崩溃而陷入紊乱的经济体系。但随着世界信息组织措施的失败，信息冰河期的来临，一切变得更加捉摸不定。狼来了狼来了，说了半个多世纪，现在终于成了现实。

“阿曼多”崩溃后，作为世界上最具实力的大国领导人，王主席收到了各国要求提供援助的请求。中国政府当然不会袖手旁观。在做了大量人道主义工作之后，除了美国等少数国家，全球形势已逐步趋于好转。然而，美国南北战争的忽然爆发，把一切又打乱了。世界复被带到一个新的混乱节骨眼儿上。

为此，政治局召开紧急会议。

对于美国目前进行的这场战争，这一代中国的干部们比较陌生。他们熟悉和拿手的是信息战。从最新获得的监视图像上看，美国的情况糟透了。城镇一片废墟，乡村也在冒烟。南北两军杀红了眼。战斗正以一种“反数字化”的方式展开。

根据国防部的报告，拉格朗日点附近的“人类”号国际太空城遭到美国人的交叉攻击，爆炸为碎片。一万一千三百名居民罹难，包括三千两百三十八名中国人。另有几座太空城遭到不同程度的破坏，其中，日本人的“樱花”号太空城完全不能使用了，正在向地面慢慢坠落。

有五颗中国卫星被误击摧毁，包括两颗太阳能输电卫星。因此，中共中央、国务院和中央军委已于凌晨下达紧急命令，除执行特别任务的航天器外，停止所有民用载人飞行和卫星发射，其中，包括地月、地火定期班船。中央军委已指示解放军进入一级战斗准备，航空航天兵展开战斗巡逻，对有危害中国太空人员和财产企图的不明目标进行坚决打击。外交部则对美国提出了严重抗议。

“这样下去，怕要形成世界大战呢，至少在大气层外是这样吧。”王主席焦灼地对与会者说。

战争就其性质来讲不同于恐怖主义活动。虽然“阿曼多”崩溃了，但作为国家力量而存在的常规高性能武器并未被销毁，它们具有强大的机械威力。如果战争延伸出国境——实际上已经在大气层外出现了这种情况——后果将不堪设想。

要不要动用武装力量，对美国本土进行还击呢？

但这会是第三次世界大战的开始吗？

需要考虑的是，在二十一世纪，国界的概念已经模糊了。

围绕这个话题，大家展开讨论——

“因为没有了核武器，怎么打，世界也不会毁灭吧。解放军有能力在世界任何地方同时打赢五场局部常规战争。美国，小菜一碟，最多三天就可以占领其全境。”

“也难说。‘阿曼多’还在的情况下，也许可以吧。但现在这样子打起来，你们看见没有，完全不按路数来。因为丧失了信息战能力，就好像池塘没了水，军队成了旱鸭子。美国人要乱拳打死老师傅哟。”

“这没有关系。解放军什么时候怕过呢？我们比美国弱十倍的时候，都敢和他们打呢。”

“然而，美国民间是否还私藏有核武器呢？很久以来就有这个传说。我从不相信核武器真的全部销毁了。”

“这个倒是值得忧虑啊。有情报表明，在过去五年中，北美大陆有一点七吨铀失踪。简直无声无息。”

“美国本来就是一个战争狂人。对付疯子，还是得小心。要防止他狗急跳墙。”

对于是否出兵美国本土，大部分人表示要谨慎，先看看再说。但是，对于美国武装攻击中国的太空领土的行为，则应坚决予以惩罚性还击，动用我强大的航空航天军打掉美国的那点儿不成气候的太空部队。

但这并不是问题的全部。王主席早有一种预感。“阿曼多”的崩溃只是前奏。它预示着世界真正的动荡和全人类大劫难的来临。也许，这就是传说已久的世界末日？没有超常的心理准备是不行的。好在，对于这一点，中国可以说有着充分估计。“自力更生”系统就是在这种背景下研制出来的。

“先谈谈最现实的威胁吧。”王主席说。

“太空和月球上的中国目标，随着我国航空航天兵加强保卫和还击，以及对方力量的迅速消耗，被误击的可能性将会下降，外层空间的战斗估计很快会平息下来。空间是决定我们未来命运的关键，这方面我们早有充分的物质和思想准备。”国防部李部长说。

“还有一个迫在眉睫的问题。在三月份的洪水时，许多美国人还只是逃往本国内地的城市。但现在，估计有一亿难民将溢出国境，其中大部分将越过太平洋前往亚洲。”外交部刘部长指出。

浩瀚的太平洋上，布满灾民的黑压压船只，以及在水中挣扎的无数头颅和肢体——王主席眼前出现了这样的景象。他不觉一阵心悸。王主席出生于二十一世纪初期。当时，爱国主义正在神州大地形成热潮。年轻人既对美国和西方各国创造的物质文明和精神文明感到向往，也从中学历史课上，深深记住了美国等列强侵略中国、强迫中国签订不平等条约的耻辱往事。当年，殖民者们正是横跨大洋而来的。现在，他们还会以这种方式来“做客”。想到这里，王主席的心情就很纠结。

国防部李部长说：“除了航空航天兵已进入实战状态外，我已命令各大军区进入一级战备状态，尤其是海军。水面舰队和海底铁道部队，在运送中国难民后，再次返回蓝水，监视可能进入中国领海的不明船只。我们还派出了另一支特混舰队前往美国海域，沿着它的西海岸巡逻。”

“台湾特别行政区已在赶制难民棚。每个海滩都要争取摆上一批。这完全是出于国际人道主义的考虑。”民政部朱部长说。

“目前，居留香港的美国人有多少？”陈总理问。

“两万左右吧。”外交部刘部长说。香港有一个“扬基街”，平时就令人头疼。

“要做好那儿的维稳工作。”

“是。这就去办。”

“其他国家的反应怎样？”

“欧洲已经慌了手脚。‘阿曼多’崩溃使那儿受到惨重损失。如果大批美国难民越过大西洋在西欧登陆，必然雪上加霜。这会形成多米诺骨牌效应。英国、法国和德国都有分崩离析的可能。再波及东欧和中亚，就麻烦了。”

“如果真是这样，那也只好做最坏的打算了。我要跟新苏维埃共和国总统和联合国秘书长通话。”

听到王主席这么说，许多人不约而同想到，还是要让联合国行动起来吧。在“阿曼多”崩溃后，联合国的作用就慢慢恢复了。大家的意见，又逐渐统一到军事行动上来。可以考虑促成联合国通过决议，动用维和部队干预美国。这支蓝盔部队目前是世界上最精锐、最强大的军事力量之一，是一支装备先进的二十万人常备军，平时集中在新苏维埃的西伯利亚荒原进行训练。

应中国和新苏维埃的请求，联合国安理会于七月六日在日内瓦召开紧急会议。中国、新苏维埃和一些国家提交了决议草案，敦促美国立即停止内战。但是，这个决议遭到美国驻联合国代表的否决。

美国人对“大国操纵联合国干涉美国内政”提出强烈抗议，并称如果联合国派遣蓝盔部队“入侵美国”，美国将坚决捍卫国家主权和领土完整，并保留对侵略者采取进一步措施的权利。

看到美国人这样，中国、新苏维埃共和国驻联合国代表冷笑了。

——摘自信息中间商伍金赤列的手记《信息冰河》

战争爆发的当天凌晨，我被北军的一支地面部队俘虏。这支浩浩荡荡的部队正试图通过大盐湖沙漠，准备攻占内华达州，并由此向加利福尼亚的高科技复兴中心突击。

我因为肤色特别，被当作南军的奸细。有消息说，南军使用了亚洲人做军事参谋和间谍。

捕获我的侦察兵把我交给一名下士看管。我被带进一辆抖动不停的运兵车。从车内的显示屏上，可以观察到三百六十度范围内的战场情况。我看见，红光闪烁，战斗正酣。车里有十几个人，正在射击或者躲在角落里哆嗦。

“你、你真的是给叛军干事儿的？”有点儿结巴的下士好奇地问。他嘴角流着口水，看上去像个白痴。

“我不懂你说的。”我讨厌地把头别过去。我还在为纽曼难过，也为这突如其来的剧变而沮丧。

“你就不、不要谦虚啦。其实也是没、没有关系的。你知道为什么吗？”

“为什么？”

“山、山姆喜欢亚洲人。”

“山姆是谁？”

“待、待会儿你会见到他、他的。”他炫耀地卖着关子。

“你们是谁？为什么要打仗？”

“你连这也不、不、不知道？”

“是啊。打的什么仗呢？”

“你不、不、不知道美国正在发生一场革、革命吗？”

长得像树桩一样的下士激动地说，却被自己的话噎住。他只好狠狠瞪我一眼，不再言语，而去观察战场情况。我心里咒道：你快死吧！

车内显示屏几度使我误会重新回到了网络世界。但是，这显然是一种旧时代的简陋遥感装置，而与“阿曼多”无关。军队中的大多数装备，都很原始。车辆仿佛是从坟墓中拖出来的。四周传来机器的“轧轧”声，让我感到好笑。我仿佛置身于一个二十世纪的巨大加工车间里面。

我并没有太过害怕。我这几个月经历了很多事，几番死里逃生。昨晚纽曼身上溅出的墨绿色鲜血，还在我脑海里燃烧。这使我对一切杀伐麻木起来。因此，在这炮火连天的时刻，我居然还摸了摸衣袋。围棋子、阮文杰的尸布、指南针和关于老房子历史的纸条，都还安好如初。我不由得有了几分踏实感。

但这忽然降临的战争，似乎在性质和规模上都与铃木军团打的那些仗大不相同。

我想起伊朗人和韩国人说的，在真正的新世纪来临之前，还会有大的震荡。现在，它正在来临吗？

早晨天亮时，我听见四周有巨大的声音，但看不见形体。过了一阵，才偶尔见到有物体在雾霭中时隐时现。我看见这是一支镍基－碳纳米管部队。

各种型号的战斗单元在虫子般蠕动。队列中央是一台硕大无比的乌龟一样的东西。这是一种拥有巨大防护能力的攻击平台。我在“阿曼多”的末梢中曾见识过它，它被称作“陆地鲸鱼”。

“陆地鲸鱼”四周，由陆地战斗单元、运兵车和氢动力无人驾驶飞行器组成护卫队。它们形成一支滚滚向前的机甲洪流。

此时，这支队伍正在碾过一座城市。遍地是亮晶晶的碎片，还有稀烂的瓜果，淌出绿油油的黏汁。地上躺满穿着紧身礼服的尸体。他们脸上有一千个的不相信。

一切似曾相识。万劫不坏的世界楷模光明城已在瞬间毁灭。

观测屏上出现了像是书籍的实物。没有疑问，是《纽曼文集》。作战单元野蛮地从上面碾压过去。书本发出无力的呻吟。

到太阳变得晃眼时，这支队伍遭到远程截击。震动表明这不是电子虚拟。这又一次使我意识到“阿曼多”已经不再保护人类。

定向能束和电磁炮弹不断从不明方向射来。它们大部被磁防护屏和能量罩阻挡。北军使用了铷原子热云雾，使敌军的激光光束的速度从每秒三十万公里降到每秒二十米。但一些武器仍突破截击，弹丸击中战斗单元，使之化为残骸。从中爬出的乘员，也躯体缺损，冒着焦烟。士兵中有五分之一是智能机器人。

好不容易冲破截击，部队掠越一些小镇。但还没有见到大城市。在战斗的间歇神奇地出现了大批逃难百姓。他们铺天盖地，汹涌而来，负伤抱残，呼号连连，有的还念叨纽曼或者比格特的名字。

部队不理睬他们，径直向前。只见沿途平民和士兵的尸骸越来越多，无人收捡。哦，这是真正的战争。而铃木军团与非洲人的对峙，则是小孩子游戏。

中午时分，部队遭到一支游击队的近距离袭击。这是我第一次见到南方民兵。他们戴着蓝色袖标，顶着亮晶晶的灰白头盔，依靠个人助推器像鬼影一样在沙丘间游动，一边用轻武器射击。

北军战士不费吹灰之力便用次声波大炮使对手个个晕倒。然后，部队驶出沙漠地带，进入一段溪流淙淙的峡谷。此时和风轻送，树木葳蕤，郁郁葱葱，周围的景色一时间变得美妙无比。

下士开始轻吟一首谣曲：“‘阿曼多’女神，征战如游戏，一曲光子舞，如入无人境。如有‘阿曼多’，本无此血腥。”这时他却口齿清楚了。

夕阳西下，战事稍缓。部队停歇下来，士兵们爬到车外休息，进食玛那。防空武器和抗能束屏障支开来。

“陆地鲸鱼”高耸而阔大的金属圆顶在缓慢转动，呈现出完整的机械轮廓，有一种复古的意韵。我却感到，仿佛进入未来世界。

下士也扔给我几块玛那。没有人跟我说话，大家俱很疲惫的样子。

这时，一辆气垫战车开过来。士兵们起立敬礼。车上坐着一位上校。上校也向大家敬礼。

这时他看见了没穿战斗服的我。

“这个小孩是哪来的？”

下士一下来了精神，回答说这是途中俘虏的一个外国人。“他、他发现了部队行踪。我们怀、怀疑他是敌人的奸细。但我们没有枪、枪毙他，因、因为知道对你可能有用。”

上校说：“做得对。”走到我面前，问：“中国人？”他伸手狠狠捏了捏我的腮帮。

我疼得咬牙切齿，畏怯地小声说：“是。”我想，他会不会像那些白人一样，把我当场杀掉呢？

“我一眼就看出来了，你是中国人。瞧你那小模样。你是从太平洋那边来的吧。为什么要帮助敌人呢？”

“我没有帮助敌人。我是难民。”

“可他们说你是奸细。我要枪毙你，干不干？”他支着下巴，一本正经问我。

“为什么？我犯了什么错误？”

我壮起胆子，愤愤不平对这个美国人说，心里却绝望地想，这下完了。

“不为什么。这是战争。”他踹我一脚，把我踢倒在地。

“放了我！我要回去！”

上校见我打滚哭喊，便得意地嬉笑了。

“我跟你说着玩的。你留下来吧。加入我们，不要再跟着敌人了。”他老鹰捉小鸡似的把我拎起来。

“我没有跟过谁。”我心虚地说。

“不要废话了。你有什么特长？”

我想了想，说：“我只会下围棋。”

“围棋？这可不能算是特长。我听说中国人都会下围棋。”

“我是他们中下得比较好的。这是中国强大起来的原因。”

周围的士兵听见此话，一齐乐了。上校若有所思，歪头考虑一阵，说：“很好。”他又问我会不会说中国的方言。

“当然，我会上海话。”

上校脸上忽然呈现彬彬有礼的表情。这使我愈发莫名其妙。

上校的名字叫作山姆。山姆是一个白人。他体形高大，犹如巨人，岩石般的面颊上布满横纹和麻点，像一座被冰川冲刷过的火山。他头戴钢盔，身穿铠甲，雄赳赳气昂昂，显得力大无穷。山姆是这支北军部队的指挥官。他的战斗岗位和休息之处就在那个庞大的“陆地鲸鱼”里面。

看见山姆带进一个黄皮肤孩子，“陆地鲸鱼”中的军官们面面相觑，不知这位性情怪异的上司又要玩什么鬼把戏。

山姆对军官们说：“还记得怀特·林吗？”

“怎么不记得呢。那可是我们美国陆军的骄傲啊。”大家恍然大悟一般齐声说，唯恐被长官看出自己的无知。

山姆对我说：“多年前，怀特·林是这支部队里的一位士兵。特殊的是，他是中国军队的交换士兵。交换士兵知道吗？在美国还强大时，我们的部队每年都要迎来世界各地送来交流的军人，我们的人也到别的国家去。这样，双方的军人可以互相学习。怀特·林便是这样一位。他是从中国陆军第三十八集团军交换来的。”

“我不是士兵。”我说。

“闭嘴。我在说你的同胞。怀特·林是雷锋的化身。他是二〇一五年来美国的。这个东方人真是好战士呀，他足智多谋，吃苦耐劳，助人为乐，甘挑重担。他相信决定战争胜负的是人而不是武器，更不是网络和信息。他给全军带来了好运。但真是可惜，他后来在关岛反毒品作战中牺牲了。美国政府还为他塑了一座雕像，就在华盛顿。”

“真是可惜。”大家异口同声附和。

我想，我在华盛顿没有见着这样一座雕像。我只见过朝鲜战争纪念碑遗址。

山姆朗声说：“现在，我又带回一位中国人。他虽然是个孩子，可是看样子十分聪明伶俐，关键的是，他是地地道道的中国人。而且他说他还会下围棋，会说上海话。有他在部队，我们一定能逢凶化吉，战无不胜，完成美国革命。”

军官们赶紧热烈鼓掌，似乎对我表示欢迎。我一时觉得，美军中的白人，与社会上的白人，仿佛有所不同。

“给他找一套军服吧。”山姆说。

有人便拿来一套军服。这是一身盔甲。上面有血迹和弹孔。我想可能是从死人身上剥下来的。

我稀里糊涂被迫加入了美国北军。我在上海的父母，在把我从试管里领出来时，是不会想到有这么一天的。

山姆二〇二六年出生于旧金山一个城市农业师家庭。美国农业危机使这个家庭受到严重打击。山姆四岁时，父母自杀身亡。山姆由姐姐带大。他由于性格孤僻，不善交际，至今未婚。山姆从小就显示出与人不同的个性，比如，不喜欢网络，对步行感兴趣，爱好穿东方式衣服。中学毕业后，他考入哈佛大学东方学系。他靠姐姐出卖肉体为他支付学费。但山姆却不好好念书，成了一名肄业生。然后，他决定服兵役，因为他忽然记起自己的祖上曾参加过朝鲜战争、越南战争和海湾战争。在军营里，他仍然言行怪异，与战友们格格不入，常常爆发冲突。但他喜欢独自琢磨，常常冒出奇思妙想。他的一些战术点子获得了上司赏识。山姆不久被提升为班长。作为交流军官，山姆又被送到新加坡步兵学校学习。在那里，他逐渐建立起自己的理念。

他觉得美国社会气数已尽，正在走进死胡同。他认为，只有通过战争，才能重新建立强大统一的美国，实现正义和平等。他把美国想象成一个具有集体意识而进化的能量单元，每个个体都是国家的细胞，他们与集体意识进行互相对话，从而产生行动，产生思想形式，产生动因和效果，这些细胞只有通过类似于军队的管理模式，才能高效率组织起来，而不致成为一盘散沙。他相信，美国军队首先不是到海外打仗，而是要解决国内问题。美国只有靠军人才能实行有效治理。为此，必须进行一场革命。革命的手段就是战争。革命成功之后，新人类将代替“阿曼多”和普通人。他提出，军队必须提前为此做好准备，包括打一场不依赖网络的战争。山姆坚信，陆军最终将复归这个星球的霸主地位，一切军事问题都要通过地面作战来解决。在当时，这被很多人认为是天方夜谭。

山姆说的那位中国士兵怀特·林，的确是有的。他的事迹曾轰动美国。他被评为二〇三九年美国十大杰出外籍青年，受到总统的表彰。这引起了争议，甚至成为后来排华浪潮的起因之一。怀特·林死后，山姆痛苦地思考了很久，想了很多问题。那时他还是一名上尉。

还在年少时，山姆就曾站在海岸边，想象大洋彼岸是个什么样子。后来，他从怀特·林的身上，看到了一个强大国家的身影。他嫉妒而羡慕，也产生了不平不忿之心。如今，在硝烟弥漫的内战战场上，忽然发现了奇迹般降临的中国少年，山姆便以为这是天赐的礼物。

战争结束之后，我曾试图在中美两国搜寻有关怀特·林的资料，但只获得了一些片断的信息，比如：

“这位矮个子的中国人把他故乡的文化带到美国。我们对此隔膜已久。看来只有通过军队才能办成这事……”

“这位来自中国湖南省的青年对农业生产怀有深厚的感情。他首先在美军中倡导农垦……”

“……是我们从未见过的最温和却又最坚强的中国人。他对各种机械很熟悉。他总是强调亲自动手。但他似乎对‘阿曼多’嗤之以鼻。”

“他迷恋陆军步兵基本功，包括轻武器精确射击、手榴弹投掷和徒手搏击……”

“他让士兵们结成血缘般的兄弟关系。”

“他尝试在美军中建立俱乐部式的平行组织和学习小组，培育强大的精神力量，他强调胆量和勇气的作用。”

“他教人们学习湖南方言，使大家从网络世界造成的语言障碍中解脱出来。这具有禅宗意味……”

……

许多陈述的下面，被不知什么人加了着重号。还有一些，我现在不记得了。

怀特·林使人回想到那些在历史上对美国做过特殊贡献的中国移民，从开凿矿山、修筑铁路、引进新品种水果和推广中医药，到参与家政服务、兴办零售业、从事制造业和做出重大科学发明，华人都当之无愧，无可替代。

进入二十一世纪后，在越来越对亚裔人持有敌意的美国社会，怀特·林却奇迹般赢得了官兵们的尊敬，也许跟军队中较少意识形态的羁束有关吧。

在我以后的梦中，出现最多的，除了苏珊，便是“陆地鲸鱼”。它无疑是这世界上最令人敬畏的超级玩具。我怀疑它曾是早期“阿曼多”的一个试验节点，但被放弃。作为一个次中心元，它本不应出现在今天的战场。它待在博物馆里也许更合适。事实上，曾有许多人认为它属于上个世纪甚至史前。这是一头机械恐龙。它身上有强烈的油腥味儿。它长满甲胄一样的丛丛武器。它块头太大。它无法用来填充虚拟空间。在创造它的时候，就有许多反对意见。难以设想，在“阿曼多”时代，会出现这样不合常理的工业化装备。它那高峻宏阔的形体，被许多官兵笑话为活动靶子。但它还是在一些陆军顽固分子的坚持下，被研制出来，列装部队主战装备。

当时还是列兵的山姆，是“陆地鲸鱼”的狂热拥戴者。

二十一世纪上半叶，战争理论已从“网络中心”发展至“游戏程序”。该理论认为，通过“阿曼多”，便能用信息模拟方式解决任何武力争端。战争一旦爆发，可以在一秒钟之内通过精确计算决定胜负，甚至能做到不死一个人，就将对手制服。在这样的背景下，军队的数量，逐渐下调到极限。

但另一派认为，量子论决定了精确计算的不可能。人们对网络的依赖是脆弱的。战争的本质仍然是占领、杀伐和流血，这在什么时候都不会被弃之不顾。需要一种与之相匹配、相适应的作战形式。该理论与游戏程序理论，一度相持不下，终于在美国国防部的保守派那里占据上风。它意味着传统攻击平台仍将扮演重要角色，最终胜负还要靠地面行动来决定。

“陆地鲸鱼”这样令人生畏的巨无霸，便是这时出现的。现在证明，它并不是一件无用或失败的作品。尤其在“阿曼多”消失后的环境下，它一旦进入战场核心，就能发挥令敌人闻风丧胆的巨大威力。

用原子能推动的“陆地鲸鱼”，能够产生巨量磁场、辐射和铷原子云，具有强大的生存能力。它是一个纯粹的无机体，而不像二十一世纪的许多东西均携带人工智能。“阿曼多”出问题后，人工智能更被认为不可靠。

“陆地鲸鱼”虽然庞大，行动起来却可以做到无声无息，能够随时隐身和忽然现身，因此更加威猛畏怖。它在前进时，前方半公里内会产生空气激波，龙卷风一样折断树木，摧毁房屋，搅烂人体。

谁也说不清“陆地鲸鱼”的设计思想最终受到了什么灵感的启迪。它碾碎了各种争议，连国防部也接受了它。有消息说，主设计师是一名预测到“阿曼多”终要崩溃的人。

实际上，世界上仅仅是美国武装部队保有这种装备。作为作战武器，它的实用性仍有待检验，所以只造出了少数几台。然而，在“阿曼多”崩溃后，它终于显示出战场上的核心地位，它不仅令敌人惧怕，而且对于凝聚和鼓舞己方士气，也具有一锤定音作用。这或许才是它最大的价值。如果没有这种装备，其他的战斗单元就会成为无主游神，非信息化战场将失去灵魂。

因此，旧时代的幽灵赫然重现了。也可以说，自从有战争起，这种东西压根儿就没有打算消失吧。

山姆说：“从石器时代到现在，战争的形态其实从来没有变过。那些宣称什么军事革命的，都只是看到了表面现象。战争所要做的一切，无非是投掷、命中和防阻。弓箭、火枪子弹也好，制导炮弹、激光武器也好，盾牌、堑壕也好，碉堡、坦克也好，干的都是同样一件事情。这里面不存在任何涉及本质变化。最后，还要靠人头落地来说明问题。”

这是我日渐成熟的过程中，从美国人那里学到的又一个真理：在大多数情况下，守旧比起创新，更能使人立于不败之地。因为旧的才是经过检验而有效的。这也颠覆了人们对美国的习惯性看法。这个国家其实是靠走保守路线才存续到今天的。

在山姆部队继续西进的途中，那个长得像树桩的口吃下士被流弹打死了。我曾诅咒他会死亡，却没有想到，这么快便成了现实。我有些不适。不过，在当今美国，一个人活着或死去，已经不值得引发任何稀奇和震惊。

军官尼文被委派来照顾我的生活。

山姆很快隐身到“冥窟”中去了。

“冥窟”是上校在“陆地鲸鱼”中的指挥所，由一个宇宙飞船的救生舱改建而成，仅能容纳一到两人。设置“冥窟”的考虑是：万一

“陆地鲸鱼”全毁，它还能保存下来，使指挥官的安全得到保障。

然而，这样一来，我只能看见其他军官在作战舱室内忙碌。而山姆上校，好像土拨鼠一般遁迹了。

金属壁面上的环形大屏幕，显示出附近一带地形，以及友军和敌军的情况。但更远的事物就看不见了，因为毕竟失去了“阿曼多”的导航指引。

各种灯光在频频闪烁，蜂鸣器不断作响，空调保持了恒温，“陆地鲸鱼”倒像一艘太空船，在完成星球大战的任务。它营造的却是中生代弱肉强食的气氛。

这种军械令我感到一种全新的真实，也就是只有大人才能创造和把握的真实。这与孩子们在波士顿挖壕沟和玩弹弓不可同日而语。

铃木如果见到这个，应该气馁了吧。

作为围棋神童的我，已是无话可说。

我忽然意识到，在替代了“阿曼多”的“陆地鲸鱼”面前，亚洲是否又一次被置于中心和主流之外了呢？美国白人真的会凭借“陆地鲸鱼”这样的怪物，重新主宰世界吗？

尼文也是一个白人。就是他给我搞来了那身军服。这是一套重达二十公斤的装甲，穿上后却能依靠它上面的助推装置行动自如。

“小鬼，你这就算入伍了。真够幸运。现在兵荒马乱，你一副亚洲面孔，在外面瞎跑，美国人会吃掉你。没办法啊，山姆上校喜欢你。但记住那句老话：子弹不长眼睛。”尼文对我说。

“我见过子弹的。”我不服气地说，“我觉得，它们有时倒挺长眼睛的。指哪打哪！”

“小鬼，你真会说话。怪不得老鬼喜欢你。”

尼文用劲捏了捏我的耳朵，我痛得尖叫一声。这时我注意到，尼文的眼睛像两条死去的蚯蚓。他狭窄的额头上抛出一片青黑色。我从中又一次看到死神的影子。这是尼文在未来的结局吗？或许，不过是我本人的镜像？

尼文也颤抖一下，把细长的目光移开。他显得有点儿慌乱。他从我眼中，大概看到了与我年龄不相称的东西。

“陆地鲸鱼”上共有五位军官，其中一名是半机械人，实际上是植物人与机械的合成体。跟二十一世纪的所有半机械人一样，他智能不够发达，却能在恶劣环境中敏捷行动，有着超常的反应和处理能力。

这些军官分别担负情报、控制、武备、思想和后勤任务，根据山姆的命令，通过“陆地鲸鱼”指挥整个部队，实行的是一套别出心裁的军事体制。

军官们有时说一种我听不懂的话。尼文告诉我，这是老式计算机语言、英语和古藏语的混成语。

“这便是艾科迈克语。山姆创造了这种语言，率先在我军推广。待革命成功后，它将成为世界通用语，在创造新的美国文明和世界文明的过程中，发挥不可替代的作用。”尼文振振有词向我解释。

“新的文明？”

“也就是后机械文明。”

山姆在上大学时开始尝试创造艾科迈克语。他认为未来的美国文明需要一种全新的交流工具。如果没有新的语言，美国的生活方式、文化和信仰体系，就无法复兴。

这种新式语言不同于纯粹的英语，也不同于“阿曼多”环境下的任何人工语言。山姆认为，以上两种语言都是导致美国衰落的原因。特别是英语，进入二十一世纪后，它一直在走向肤浅、油滑和没落，而汉语却变得流行。

山姆从东方文字复杂的拼音和象形系统中汲取灵感，开始创造艾科迈克语。

他的第一篇论文发表在网络第七百九十一末梢，却几乎没有引起注意。然而哈佛大学的爱好者组织却发展很快，并在其他学校引起共鸣。

二〇四五年，极端学生组织第一次要求教师在课堂和网络上使用艾科迈克语授课。这遭到拒绝。学生们于是罢课、游行。这引起了社会的普遍反感，并受到政府压制。那时，美国已闭关锁国，对这种带有异质特征的语言，十分警惕。

山姆和迷友们转而在网络上使用艾语讨论国家的前途命运，其中一些话题非常敏感，招致联邦调查局的介入调查。一些成员被抓进监狱。但这反而促使了艾语的加速发展，到后来，美国特工要看懂艾语，已变得非常困难。

但随着山姆离开哈佛大学，以及美国政府加大打击力度，艾语的中坚力量逐渐涣散，只有少数人还在坚持研究和传播。他们每年在一个秘密网络地址定期碰头，影响力却没有以前那么大了。

山姆在总结经验教训后，决心在军中重新推广这种语言。他认为，比起学校和市民社会，军队可能才能为艾科迈克语提供更好的生长土壤。

在军中，可以利用权力来推广，士兵们必须不折不扣执行命令。

另外，还能借口保密原则，使这种新语言不致遭到清除。毕竟，这是战争，艾科迈克语起到了相当于密码的作用，一如美军曾在第二次世界大战中使用印第安人的部落语言进行通信联络。

山姆深谙语言的力量。他相信，语言能自动消灭异己，把无关事物排除于圈外，从而巩固团结，并加速大脑进化。正是几百万年前语言的出现，才使得猿变成了人。

我却一时看不出艾语与后机械文明有什么关系。比起围棋，语言更厉害吗？那是一种什么样的文明呢？它与梦幻社会的不同点到底在哪里？

我来到军营后，山姆开始在艾语中加入上海话的语法规则。

若说到从军的感受，就是部队的一切行动均有章法。而铃木军团则不是这样，那儿随意性太大。

尼文告诫我，除了必须学好艾科迈克语，还要遵守军中的各种规章制度。

“在美国军队，虽然有一套总的规则，但每支部队根据具体情况，还制定了自己的特殊条令。不然，大家都一样了，怎么能比较出谁的战斗力更强呢？这是上校要求的。”

在向辽阔西部进军的途中，我被要求学习这些条令。

它们包括：

每天清晨吟唱军歌《我在暧昧的美利坚》；

每天早饭前学习和背诵山姆的教导；

每天早饭后宣誓效忠长官；

士兵们独善其身，授受不亲；

士兵们互助友爱，亲如一家；

与活人保持距离，防止奸细；

对死者进行掩埋，禁止焚尸；

吸毒者死；

手淫者死；

鸡奸克隆人者死；

战前可以喝一百毫升马丁尼酒，但不得吃配腌小章鱼；

一颗子弹消灭一个敌人；

……

我感到，这的确是一支纪律严明、作风硬朗的部队。它几乎就是一个秩序井然的国度和充满教养的大学。新文明看样子正在这儿诞生。据说，这里面有着怀特·林的遗风。

违反条令的士兵，常常被公开处死，有的由山姆亲自执行。他颇热衷剥夺人的生命。这一幕，我后来亲眼见过不少。而在铃木军团，则不是这样。铃木没有制定严格的规章，铃木只设私刑。

相形之下，山姆为未来做的准备更为充分，他尽力祛除赌博的成分。而铃木毕竟还只是一个孩子。他寄望灵杖带来的运气，却几乎没有在完善组织和制度上下功夫。

可是，仅仅作为一名上校，率领一支力量有限的部队，山姆怎么能按照自己的想法实现新的美国梦呢？

他将如何完成“美国革命”呢？他怎样才能实现新旧文明的交替呢？

在这场血腥战斗中，山姆虽然有“冥窟”防身，却也随时有可能死去。那样，就一切完了。

我希望从尼文那里得到答案，他却总是含糊其词。

这天，山姆部队开始了对盐湖城的攻击。

一大早，地形逐渐变得崎岖而险阻。军官们神情紧张起来。

屏幕上没有显示出更多信息。但可以猜到，军官们头盔里的通信器里，一定忙乱得不可开交。他们不断发出命令：

“打开防护屏。一级响应。”

“跟踪五号空域。”

“全向隐身。”

“高速跃进。”

“锁定炮位。”

不一会儿，我看见大屏幕上出现几个黑点。它们很快变大，像巨型的肯尼迪鸟。但只有一秒钟，又都消失了。

军官中那个名叫“植物”的半机械人，呆滞片刻，随即又恢复活力。这时，“陆地鲸鱼”全身发生巨大的震颤，然后停住。

上校从“冥窟”里探出半截身子，对我说：“孩子，跟我出去透透气吧。”

他带我坐上气垫车，在作战单元之间行驶。空气中有一股焦臭味。我看见有几台作战单元正冒出浓烟。士兵们从舱室中拖出死人残躯。

山姆着迷地看着尸体，笑道，它们是在一分钟之前遭遇突袭的。我却不知道已经发生了攻击。原来，正规战就是这样。

与“陆地鲸鱼”不同，离体的作战单元，是军中的薄弱环节。它们往往最先受到敌人的猛烈打击。

“有人说‘阿曼多’如果还在的话，又会怎样呢？是不是就能提前预警了呢？但世界本就是无常呀。我不相信任何一种假设。”山姆指着被摧毁的作战单元对我说，“它们的结局早已命中注定。该死的就得死。”

不远处还有另外几堆残骸。它们却不是我军的作战单元。一位军官向上校报告：“共击毁突袭的南军飞行器八架。五架是用电磁炮击落的，三架被激光武器打中。我们共损失三个作战单元。”

山姆发出轻蔑的笑声：“他们竟敢偷袭。咎由自取。”

“是啊，他们的确是一群疯子，飞蛾扑火。”军官们附和。

我们驶近飞行器残骸。山姆指着里面的尸体对我说：“看看。死人没有区别，不管他们是革命者，还是反革命。”

忽然，他变了脸色。

一名军官凑近他的耳朵说：“是南军雇佣的古巴人。”

山姆挥挥手，像要把什么讨厌的东西赶走。

这时，我听见一种奇怪声音。我循声转头看去。尼文却走过来，扭着我的耳朵，把我拽回来。

我分明听见了久违的女人的声音。这使我想到苏珊。

就在那一瞬间，我看见了几名身材婀娜的士兵。虽然裹着战斗服，也可以看出是女人。她们也钻出作战单元，来观看被击毁的南军飞行器。

她们显出快活的样子，拍着手，交头接耳，就像小鸟从笼中放出。

男兵们却像见到魔鬼，统统背转身去。

此时，只有我还在看。于是，尼文又一把扯着我的耳朵，把我拉拽到一个作战单元的后面。这样，我只能听见她们“叽叽喳喳”的声音，却见不到她们的身影。她们说的也是艾科迈克语，为这种语言平添一种光滑而肉感的优美。

晚上，我才有机会问尼文。

“我们是不是有些惧怕古巴人？”

“是呀，他们不是一般的部队。”

“为什么呢？”

“他们驯养机械蚁。”

“机械蚁？”

“一种能够破坏我军装备的装备。”

我又问了一些军事常识方面的问题，绕了半天，才到达我真正想问的问题。

“那些女人是干什么的？”我装着不经意地问，心头却一阵发热。

“是军中的女兵队呀。”

“为什么要有女兵呢？她们很会打仗吗？”我不禁又想到了苏珊。她是一个聪明能干的女孩，也是一名勇敢的战士。我一想到她，便有一种难以遏制的伤感和冲动。

对女兵队的兴趣，于是陡然增加，然而，身体中却充满毁灭感。

“哦，山姆说了，女人是后机械文明社会中的一种图腾。如同你，也是一种图腾。你们的存在，改变了战场上的意识环境，从而影响未来。”

原来，竟是把我作为图腾而留下的么？第一次从尼文口中听到这个说法，我不由得吓了一跳。

我大致知道这个词的含义。所谓图腾，是原始社会的一种崇拜物。怪不得，他们对我都那么恭敬谨慎，而看到女兵时，也都若见忌物一样背转脸去。由古至今而流传下来的基因，像听到召唤似的，又一次在我身体里焕发出腥臭而奇妙的气味。

尼文好像觉得说漏了嘴。“哦，这个，山姆本不让对你说的。你该干什么还干什么，不要老想自己是什么图腾。那玩意儿我也说不清楚。它是最神秘的。”他躲躲闪闪说。但我的感觉是，尼文似乎是为了有意讨好我，才说出来的。

“什么又是意识环境呢？”

“那是一种场。世界上的一切受意识环境的指引。意识具有能量，在冥冥中感染甚至支配人的行为，也对武器的运动轨迹产生影响。山姆说，所有的胜败，最终都是由意识环境决定的。它的亚原子配方需要不断调整。金属、非金属、生物、非生物、不同种族和性别的人，它们、他们和她们身体上散发的光晕，都作用于意识环境。”

我又想到灵杖。这里面有某种相通的神秘东西。但灵杖似不需要我这样的活人来为它作配方，至少铃木没有做出这方面的指示。我要慢慢琢磨，才能理解山姆倡导的新文明。它的某些方面，有些接近于中国的风水或招魂法术。然而，围棋是否也是构成这种场的一个元素呢？我好像迷失在了物质与精神交错崎岖着而幽暗曲折起来的峡谷中。

“如何才能知道需要什么配方呢？”

“全凭山姆的直觉。”

“山姆的直觉？”

“只有他能体悟到我们需要什么样的一种人机协调，或者说阴阳平衡。这是后机械文明的核心。这是山姆在大学念书时，天天逃课，把自己关在宿舍里，苦苦思考出来的道理。说得哲学一点，这是对十八世纪开始的机械文明社会的螺旋式超越或者扬弃，也就是由水和风车而至煤和铁、再重新通过电和石油抵达未来的新型文明。”尼文这么说，好像他是山姆的得意门生。

“我一点也听不懂啊。”

“也就是说，形势上看，跟古技术一样，实质上却属于更高级的。哦，不懂的话，不要紧，跟上部队就行。打几仗，就会明白的。”

这天晚上，南军又实施了新的攻击。我因为恐惧而睡不着觉，不禁回想起中国围棋代表团刚到华盛顿的那个不眠之夜。我改变着对自己使命的认识。我们是来拯救美国的，还是来融入一种新文明的呢？好不容易睡着后，我做起破损歪扭的新梦。

部队的晨课多了一项内容。我们全体集合，在合唱军歌和背诵山姆教导后，开始为战死的女兵举行葬礼。

一共有两名女兵在昨晚南军的偷袭中死去。她们被裹装在黑色尸袋里，连同被击毁的战车，置放在空荡的沙地上。

黑色塑料口袋掩饰不了它内部人体的曲线，烈士娇嫩肉躯上的防护服大概被剥了个精光。她们一定正紧闭俏丽的眼睛，长长的睫毛下垂，赤身裸体睡在里面吧。这使我浮想联翩。

山姆带着大家念了一段语录。大意是称颂新文明如何美好庄严，而女兵的魂灵将引导我们走完革命的艰辛光荣路程。

我偷偷扭头，试图寻找活着的女兵，却没有看见。只是似乎在一片艾科迈克语的念诵声中，夹杂着异性清脆动听的声音。她们也在为同类的战损而“啾唧”应鸣呢。

太阳的光线十分耀眼，像瀑布泻来。我不能直视它。此时我希望戴上铃木喜爱的染色隐形眼镜。这样我与世界会有一些间隔，从而避开危险。忽然，四周一下静杳下来。

粉红色的激光在云层上缓缓涂画出两名女兵死前的仪容。这些高能粒子束在战斗中是用来杀人的，现在却真诚地扮演起艺术家的角色。据说，女兵只有在这时，才能让战友们一睹她们的真相。而在平时，这些美丽的尤物并不允许从战斗服中现身。或许，这正是为了保持“图腾”的神秘性吧。

我咬紧牙关，看了过去，见这是两个长得英武精神、标致漂亮的女孩，年纪跟我差不多大，洋溢着袅娜与妖艳。其中一个是亚裔人。

男兵不出声看着，他们年轻的目光在朝阳下熊熊燃烧，散发灼热。然后，两名男兵用铁锹挖了一个坑，把她们“啪啪”扔进去，浅浅掩埋。很快，地面堆垒起两座小丘。这是我第一次看见土葬的仪式。这种葬法在中国早已不沿用。这个过程多少显得有些寒碜，却充满优雅。

据说，女兵冲锋队的设置，仅仅山姆部队中才有。

肌肤吹弹即破的女兵与巨大金属恐龙似的“陆地鲸鱼”，构成一种奇妙的映衬及协调关系，这便是产生意识环境的泵机。山姆上校正是用了她们的新鲜血液，来祭奠无言的机器怪物，使之更具超自然的魔力，让战争的幻象进入疯迷而浓烈的境界。这也就是后机械文明的真谛吧。山姆在创造历史。

而我后来了解到，这竟是根据了怀特·林的理论。怀特·林曾经建议，根据宇宙整合原理，一支常胜军，应该是阴阳和合的。

只有山姆和“植物”知道军中到底有多少女兵。她们管理着相应的战斗单元以及激光炮和电磁炮，平时以它们为亲密伴侣。

征招的女兵，据说尽为容貌姣好、身体矫健者，年龄在十五岁至十八岁之间。她们被禁止与男兵来往。她们总是独立行动，驻营也分开，只接受上校的直接指挥。她们亦令我想到“清官”游戏中，伺候在铃木身边的“陪客”。

作为“图腾”，这无疑是部队中的一个特殊部分，犹如上校招纳我一样，体现了美国具有的真正开放性。女兵队的存在，一直维持到南北战争结束之后。在此期间，我从来没有与她们中的某个人有过单独接触。这是幸运还是遗憾呢？

她们只是一道若有若无、时现时没的风景，在战斗单元周围幽静悬浮，仅在关键时刻绚烂绽放。男兵们那种被包围和欲突围的矛盾心情，一旦释放出来，便形成了新文明氛围下的强大战斗力。

对于战死的女兵，如果有时间的话，总要举行隆重葬礼。

不露面孔的女兵，即便死后，仿佛也还在带队冲锋，对于鼓舞士气，具有立竿见影的效用。

山姆部队的女兵来自全国各地。据说她们无不希望从作战中获得身心满足。她们愿意为上校战死，在他的注视下成为烈士。她们受着后机械文明的诱惑，也热爱艾科迈克语。她们以此弥补“阿曼多”崩溃后，生活中的无尽空虚，并寻求精神上的启蒙。她们使战争愈发性感，而战争也使她们更为俏丽。她们将在新文明的建设中发挥关键作用。

虽然，女兵每天都在战死，但女兵总是能够源源不断得到补充。征兵工作由“植物”负责。

但是，慢慢我也听说了一些令人惊异的事情。据说，上校每过一段时间，便要和女兵队的某一成员发生“那种关系”。但这样的往来通常维持不了很久，最多三个晚上。然后，上校便会命令这位女兵带队冲锋，迅速战死。

这种说法是偶尔在无线电联络中，由于两个士兵聊天串线，而被我听见的。他们讲到上校与女兵如何如何：

“嘘，这事可不能随便议论。”

“嘻嘻。”

“笑什么？”

“我笑，是因为悲痛啊。”

“为什么呀？”

“我只在下葬的时候，才能看她们一眼哩。”

他们充溢着情欲和嫉妒的声音渐渐小去。但他们的谈话在我心中激起了强烈的不满足感。我非常诧异，因为在山姆体制下，随便议论长官是不被允许的。以前，曾有人因此违规而受惩。条令中便有“戒妄语”一条。但这两人却居然通过战备无线电，无所顾忌谈论这种事情。

山姆部队中，似乎还隐藏着许多我不知情的东西，就像这个国家充满中世纪一般的神秘。

战斗之余，我往往偷窥女兵们驾驶的战斗单元，想象这镍基－碳纳米管后面那些柔软之躯，对这军中习俗，产生了大大的不解和深深的恋栈。

对于自己一天天临近的成人阶段，我满怀向往和恐惧。这在二十世纪叫作青春期。在二十一世纪中叶，男孩子的青春期比以前更早到来。我在异国他乡，不得不孤立而无助地面对体内苏醒的这种难受感觉，这真是一段绝望的经历，却使我进一步认识到自己是个什么样的人。

我会不时想到苏珊。我常常把她送给我的指南针拿出来端详。我惊异地发现它总是指向“陆地鲸鱼”。

苏珊有些像军中女兵，却又有自己的特点。关键的是，铃木那里没有重型机械，没有新式语言。因此女人的性感总是随着环境的变化而浮动。也许，这才是我无法被铃木军团吸引而留下来的原因吧。

铃木军团现在又在哪里呢？那些孩子们还活着吗？

自来山姆部队后，我几乎无所事事。我不知上校要我具体干点什么。在铃木军团，我还做过寻找隐形眼镜的工作呢。在这里，所谓“图腾”，便是这么游手好闲傻待着，什么也不干吗？女兵们还要冲锋陷阵呢。也许，山姆是在让我等待时机。想到这个，我就既兴奋又害怕。

官兵们对我倒是挺恭敬。虽然，在不时爆发的战斗中，也会有死亡的阴影笼罩，但更让我不习惯的，还是这军中的诡异气氛。

我常常也为学习艾科迈克语而感到头疼，它的难度的确很大，是人类已知的最难的一种语言，远超汉语。但经过努力，我的艾语能力也在一天天明显提高，这很大程度上是因为山姆决定在艾语中加入上海话成分。不久，我已经能用艾语与山姆作简单对话。

虽然如此，我却不愿久待。我觉得新文明与我没有太大关系。在山姆部队的最初一段时间里，我不断提醒自己，我是要去寻找同胞的，我是要回到祖国的。作为“图腾”，我也很恐惧像女兵那样被装进黑口袋。

“我还是想离开。”一天，我看见山姆情绪不错，便对他说。

“为什么？”

我说了我是如何来到美国，又如何与围棋队分离，然后又如何在各地寻找中国人。但我没提铃木军团。

“疯话。到处都在打仗，哪里还有中国人？”

“我不是做军人的料，我想走啊。”

“知道为什么留下你么？”

“怀特·林啊……”

“说对了一半。我告诉你吧，你是一种特殊的……”

“图腾？”

“啊，你怎么知道的？”

“尼文告诉我了。”

“他妈的，这家伙就是管不住自己的嘴！也好，既然知道了，就不要走。留下来帮助美国复兴吧。”

“我不是美国人。我对贵国的统一或分裂都不关心。”

“你以为我这样做，就是出于自私的目的吗？你以为我仅仅是为了我的国家吗？”他好像忽然光火起来，用指关节在我头上狠敲一下，“这是为了信仰！另外，我觉得，留下来其实对你的成长有好处。年轻人，你将有远大前程。”

“有什么好处呢？有什么前程呢？我怎么没有看到？”我羞恼地摸着额头肿起的包。

“听我说，孩子。你是中国人。你要知道，你们几千年来，打过多少仗。中国人和美国人是两个最热爱战争的民族。这方面，你们是老师，我们是学生。你们发明了火药。你们有伟大的兵法家孙子。你们创造了人海战术。你们早在两千年前的战国时期，就达到了人与金属的美妙结合。这从出土文物上可以得到证明。那是矛和盾的时代。你们在明朝就拥有世界上最大的舰队。我们才三百年，我们在全世界杀的人，加在一起还没有你们一个朝代杀的人多。你们十九世纪的太平天国战争，杀死了至少五千万人，相当于全国人口的四分之一。你应该了解这些，掌握其中奥妙。它们并不是美国的特产。归根到底，只有中国人自己才熟悉这些。你们是在分裂和统一的进程中不断征战，变得强大的……”

“我不懂历史。”在山姆极为严肃的讲述面前，我感到自己在微微抽搐，“从小到大，我做的唯一一件事，就是下棋。你说的那些，我统统不知道。”

“但你现在不是知道了吗！傻小子，下棋，那只是让你热身用的。围棋里面都是打仗的道理。你的老师深谋远虑，他们知道你总有一天会投身真正的战争，做一名勇敢的士兵。历史是会重演的。你的老师是在为未来培养人才。你难道不为你的祖国操心吗？你难道不忧虑有一天中国也会变得跟美国一样吗？”

在这瞬息万变的战场上，山姆连自己明天是死是活还不能确定，却忽然对中国的未来夸夸其谈，他的语言中有一种不合常理的逻辑，听起来让人哭笑不得，却又显出一种孤独的真实。我心里不禁慌乱起来。

“不是有新文明吗？”

“它还只是一个影子，需要我们一起来创造。所以，要好好学习。”

“学什么呢？艾科迈克语？”

“还有这个呢。”山姆说着，做了个瞄准姿势，“嘿，就像这样。”

“这我倒会。”是的，我记得，苏珊教过我。

他让我试试。我掏出弹弓，比画两下。这是苏珊教给我的标准射击姿势。遗憾的是我的手枪已经丢失。

“姿势还对。但有点儿女人气。另外，这玩意儿杀不死人的。”

山姆调侃地看了看我的弹弓。当着上校的面，我忽然不服气起来。我说：

“杀不死人？谁能肯定？那要看我高不高兴。”

说罢，我拉开弹弓，对准山姆额头，他愣了一愣，随即大笑。我有些心虚，收好弹弓，拿过山姆的匕首，挥舞两下，刺进一棵小树。

我松开手，匕首从树身露出半截，“嚯嚯”颤动，一股白色浆汁顺着稚嫩的树干缓缓流淌下来，把脚下的一小片土地浸湿，使它变得丰润艳美。我看呆了，半天不能言语。

“这样就对了。我第一眼就看出你有天赋。但你受了毒害，被‘阿曼多’耽误了。”山姆兴奋地说，把刀从树上拔出来，拿到嘴边舔了舔，又用它在我的手背上划了一下。像那棵小树的情况一样，鲜血欢笑着流出来。看着这血，我一下记起，在逃离波士顿时，我曾击伤阻路的动物，现在，我又杀伤了植物。

“我不知道。”我忍住钻心疼痛，心想，要是山姆见到八一军体大队的老师们，就不会这么说了。他得五体投地在他们面前跪下吧。

“留下来吧，你会成为一名好战士的。你不是要找中国人吗？不愿意参与美国复兴，你就为未来的中国而活着吧。你能肯定今天中国的强大与和平会永恒吗？你能肯定贵国的围棋手有一天不会变成冲锋陷阵的战士吗？”

“怀特·林？”我像做梦一样说。

“呵呵，只说对了一半。”

也许，山姆只是希望我将来回去传播艾科迈克语。如今全球华人有二十五亿，占了世界人口的四分之一，是普及艾语的最大市场。那也是一场战争——艾语对汉语，而且是改变这世界的最后攻坚战。所以，在山姆看来，中国一定得好好存在着，不能毁灭，至少要等待美国革命的成功。

远处又传来隆隆的炮声。下一场大战就要爆发。山姆又闪身躲进“冥窟”。我敲了敲外壁，听见壳上发出编钟的声音。我曾在圆明园的一家京剧夜总会中听过这种声音，它在穿越时空的过程中遗留下传染

付集群进攻的粘胶型失能剂。匿身“冥窟”的山姆引导来了特种作战飞行器，打败了非同一般的敌人。

然而，遍布陆地和水面的粘胶也阻止了山姆部队的继续推进。

这天，南北两军在湖的两岸形成相持。谁都不知道怎么办才好。我的头盔里又响起那两个士兵聊天串线的声音。

“听说这一拨敌人是最凶狠的。”

“是啊，是这样的。”

“为什么不用最厉害的炸弹把盐湖城彻底炸毁呢？”

“什么是最厉害的炸弹呢？”

“我听说……”声音小了下去，“噢，我也不甚清楚。”

“敌人钻到了地下。他们准备把地铁改造为先进武器。”

“什么时候才能结束这一切？”

“快了。昨晚我看见火星了。”

“蚂蚁会把我们灭绝，并代替我们成为新文明的主人吗？”

“这我也不知道啊。”

“为什么一定要攻打盐湖城？”

“听说，它最早是由耶稣教的叛逆者摩门教徒建造的。”

“这与我们有什么关系呢？”

“是啊，有什么关系呢？这也是我想问你的问题。”

“……”

在紧张的战斗间隙，我最想偷听男兵讲述女兵的佚事，或者直接接收到女兵之间的无线电交谈，却始终没有如愿。她们要保持神秘至死。而男兵们已在谈论战争的结束了。这实在是让人泄气。

这天晚上，山姆把我带上战场附近的一座山头，我们俯瞰脚下的大盐湖。它像一个长眠的黑洞。天上所有星光都被它吸了进去，在里面鱼儿一样缓缓游动，越游越慢，好像要丧失内在的动能。白天涉水的人、战斗机器、智能蚂蚁俱已沉入湖底，在那里安睡。这湖看了让人好生绝望。

山姆对我说："它是更新世大冰期时，一个名叫邦纳维尔湖的大湖留下的遗迹。一百万年前，邦纳维尔湖的面积广达五万平方公里。我们现在看到的是一百万年后的东西。至今，大盐湖仍是西半球最大的盐水湖。但它将在百年后消失。我们看到的一切，包括我们自己，都将要消失。消失之后，谁也记不得你曾经是谁。"

"那么，为什么还要打这场战争呢？"

"跟湖要消失一样，也是被注定的，由不得我们。"

"这很奇特……但也许今后，消失的湖还会重现，就在原地，跟今天一模一样。"

"也有可能吧。"山姆沉思片刻，把嘴唇收缩起来，做成牵牛花状，"但是，我再告诉你一个秘密吧——若说到为什么要打仗，其实跟大盐湖的消失也没有直接关系。"

"那是为什么呢？"

"因为美国一直就是一个封建国家啊。"

"什么意思？"

"只有封建国家才喜欢打仗哟……说起来，自有人类以来，世界上几乎所有国家都有过皇帝。后来一些国家发生革命，赶走皇帝，继之以组织，但组织本身又成了皇帝。美国的组织形式有自己的特色，让我说予你听。这儿人人都是皇帝，人人君权神授，人人觉得自己最了不起。这么多的牛人集合起来，或者说合众起来，就形成一个最大的封建王国，一个皇帝集合体。以前是朕即国家，现在是国家即朕。它号称搞的是民主，不过是一种最厉害的专制，我称之为人人民主专制，是有史以来最高级别的专制。啧，好厉害哟。皇帝集合体只认定一个死理：‘自由至上’——此即上帝的旨意。它像所有封建国家一样，相信‘天定命运’，实行‘天下国家’模式，就是说，整个世界都是我家美国的。美国人信的，其他国家不信不行。如果你信别的，那么，就别怪我们不客气。我们必然义愤填膺，群起攻之。你的自由不能妨碍我的自由，而我的自由可以干涉你的自由。你来朝贡我、你与我结盟可以，你搞独立、搞自己的一套那就不行。美国于是实行起地球上最大的中央集权。美国总统是全世界最有权力的君主。全世界只有美国总统知道什么是善、什么是恶，并代表上帝对全球各地的各种是非曲直做出裁决，标准是听不听话。美国总统如果说哪个国家邪恶，也就是说，这个国家不听美国的话了，那么，这个国家就死定了。美国总统一声令下，就可以在世界随便哪个地方发动一场战争，把几万、几十万男女送进战场和坟墓。美国总统靠一个小小的、不超过十人的臣僚班子来决定国家和世界事务，实行少数人对多数人的专制。在这皇帝集合体中，总统是皇帝中的皇帝。他宣称不仅仅要保护这个国家和它的臣民，还要保护它那独一无二的意识形态和政治体制，以及它的史无前例的自由——比如派兵到某个国家去抓一个不听话的人到美国来审判。没错，就靠这个，美国在二十世纪爬到了权力的巅峰，俯视众氓和群雄，那时它建立起横跨五大洲的美利坚王朝。实至名归，这是一个真正的帝国。只是，领主、骑士变成了大公司和大舰队。大公司用金钱收买世界，大舰队用炮弹挟持世界。大舰队的存在支持大公司的发展，大公司的发展回馈大舰队的存在，最后令环球各国的统治者无不把他们的子女统统送到美国来留学——哦，不，来朝圣，不管他们以前信什么，现在都成了美利坚皇帝集合体最听话的顺民，首先是为大企业没日没夜打工，工休时间则统统趴在计算机上，扒下裤子，翘起屁股，乖乖等待老板来操。哦，这些跨国公司的老板也是皇帝哟。至于总统先生本人，他更是想操谁就操谁，全国三亿人，男的女的，他高兴了，愿意怎么上就怎么上。举个例吧，像肯尼迪总统，从白宫小女生、女秘书到黑社会老大的情妇，从脱衣舞娘、女画家到玛丽莲·梦露，他不是都上过么？但谁胆敢说要推翻这王朝，谁就会被当作恐怖分子抓起来。美国是世界上最大的监狱，不光关押肉体，而且囚禁心灵。总之，做帝国做到了这个份儿上，美国人便不再只是简单地夺取几亩土地，而是全番垄断了石油、电力、金融、资本、信息，更主宰了智力、精神、意志、思想和灵魂。在十八世纪，我们是在马背上放箭射杀敌人，到了二十世纪，我们是从飞机上发射导弹消灭敌人，在电脑前操纵美元搞垮敌人，在电视上传播英语降服敌人。这没有什么区别。哦，若说有区别，那就是专制得更全面、更彻底，让你心服口服，无话可说。”

“唉，这没有多大意思。”我看着山姆的阔嘴一张一合，就像一台努力转动的破损录音机。不知为什么，我觉得山姆说的这些，我早已熟悉，只是一直埋藏在大脑深处，成了潜意识而从没有让我自主感知到。

“没有多大意思？”他微微震怒一般，冷酷地看了我一眼，“那么，我再告诉你一个秘密吧：世界上所有国家都是封建国家！这件事情，全球也只有不出十个人知道。”

我结结巴巴问：“是骷髅会的人么？”

“这我不能说。它比骷髅会更高级。总之，世界上所有的国家都是封建国家。这让解释这个世界的所有理论——革命的也好，改良的也好——统统失效，因为这些理论没有一个是针对封建国家来设计的。伟大的导师们都被蒙蔽了。但你管它什么国家呢？国家与国家已经没有本质区别。活着就好。归根结底，生命是短暂的。一百万年只是一瞬。谁都不知道有没有下辈子，只好抓紧时间啰，先解决活命的问题吧，再拼了命来玩耍。在眨眼即逝的人生中，既然理论已经失效，那么，打仗，便是人唯一能做的事情，也是最好玩的事情。不是跟别人打，就是跟自己打。打不赢你连个逑也得不到。不会打仗的国家不是好国家，不会打仗的人不是合格的人。”

我觉得山姆似乎在把一种东西复还成它的原样。但那是什么呢？他语焉不详，其间藏有矛盾，充斥着不可测知的或然率。我痛苦地想，没有这么简单吧。难道中国不远万里派遣围棋代表团来到美国，就是为了拯救一个封建国家？而中国又算什么呢？靠打仗就能解决一切问题吗？但我眼前忽然出现了光明城被碾得稀烂的一幕。

山姆给我讲了一个故事。他说，中国历史上曾有一个叫刘邦的将军。他和另一位将军项羽达成协议，商定谁先占领敌人的都城，谁就为王。结果，刘将军先进了城，但他贪恋宫中美女，而误了正事。他害怕项将军来杀他，于是在谋士的劝说下，卷铺盖逃出城。结果便是，后来入城的项羽，反而称了王。刘将军的懦弱逃跑，则救了他一命。几年后，他卷土重来，杀死项将军，自己做了皇帝。山姆说，这表明战争具有极大的戏剧性。

我没有听太懂。中国公元前二世纪的这个故事，与美国二十一世纪的这场战争，有什么共同处吗？但我已然蒙眬认识到，世界上所有事情都是普遍联系着的，比如，洪水与围棋，围棋与京剧，京剧与“陆地鲸鱼”，“陆地鲸鱼”与山姆，山姆与我，我与杨阿妹和唐平平，杨阿妹和唐平平与上海，上海与北京，北京与华盛顿……终有一天，人们会发现这个长链条中的奥秘。到那时，感知的大门便会彻底打开，一切真实分毫毕现。

这时，“植物”拖着自己的影子爬上山来。山姆便与他坐在一块岩石上，商量起新的作战计划。

他们谈得入迷，就像深陷在一个复杂的棋局中，不管我了。他们真的在地上划起道道，就像帝尧教他儿子丹朱学棋那样。我不禁昏昏欲睡。忽然，我被惊醒。从湖的南岸，混合着带有咸味儿的干燥大风，传来暴风雨似的掌声，经久不息。哦，敌军在做什么呢？听说他们已经被围困得断粮了，天天吃蟑螂和老鼠。我不禁把手伸进衣兜，去触摸那几样从波士顿带来的宝贝。我看到山姆和“植物”停下交谈，伸长脖子，像狼一样久久凝视倒映入湖水深处的一颗赤色星辰，它在皎洁之余裂解成了无数的分形。

次日，山姆把部队拆分做两群，令一支特遣队开抵大盐湖西北部，在湖面搭设浮桥以迷惑敌人；另一支部队则选择在深夜，从水底展开潜渡。

这果然出乎南军的意料。然而，北军士兵刚刚上岸，还没有与守备的敌人交火，却传来意料之外的消息：约翰部队在侧翼发起进攻，并在战斗中使用毒气，南军已在一个小时前全体投降。

这使山姆感到沮丧而失落。军官们都过来安慰他，说正是由于本军的牵制，才给友军创造了机会。但山姆的脸色始终阴云密布。我想，这是否就是刘邦与项羽故事在平行世界中的一个投射呢？先到者反而不能收获果实。

山姆很快钻入女兵的作战单元里去了。山姆与他的异性“图腾”的关系，带给我的是一种水果饱熟的感觉。

我有些厌倦地躺在自己的阴影里。在二十一世纪，有关中国的故事，在世界各地多有流传，这成了时尚的一种，讲述者往往自己也不谙其意。这些故事，在哪儿都有市场，不管是在盐湖城，还是在俄克拉荷马；不管是在美洲，还是在非洲。它具有普适性的特征。但再往以后呢？我不知道会不会是美国的故事。积累三百年，素材足够了吗？不管怎样，我此刻正用艾科迈克语，把这一切记录下来。

盐湖城落入约翰部队的手中，这是北军占领的第一座南军控制的重要城市。该城在二十世纪末和二十一世纪初曾极尽繁荣。这次攻击的最大成果，是使城中古老的宗教建筑遭到彻底毁灭。

北军举行了盛大的入城仪式。大概是为了自我炫耀，约翰邀请山姆上校等友军军官前往观摩。在圣殿广场的废墟间，我看到了被解除了动能装置的蚂蚁和被俘的古巴人。蚂蚁仍然是凶狠的样子，而古巴人则委顿消沉。蚂蚁好像并不知道自己成了俘虏，足钳和触须伸展出去，一副张牙舞爪的气势。它们的主人则躯体残缺，垂头丧气。

在古巴人的身上，人们意外发现了护身符。它的图案是一条盘在火星上的蛇。这在南军中还是第一次看到。什么意思呢？这引起了山姆的警觉。为此，他偷偷带回几名降卒，予以审问，却得到了不同的说辞。

是不是在发放护身符时，南军便有意制造了不同的意义呢？这可是重要的情报。沉湎在庆典喜悦中的约翰部队大概还不知道吧。他们正欢歌抑扬呢。

“在中国，人们很喜欢歧义吗？”山姆好像发现了一个漏洞或污点似的问我，同时给了我一颗从南军那里缴获来的水果糖。

这对于我来说，是一个困难的问题。但我努力搜索记忆，试着回答：

“我们一般只定义一个意思，就如我们一生只做一件事情。意思太多了，就没有办法把大家的想法统一起来。”

“我推断，其实，你们在统一的借口下，更喜欢模棱两可、莫衷一是吧。”山姆用潮湿的手指慢条斯理玩弄护身符。

“这我就不懂得了。”我把水果糖嚼碎，“咕嘟”咽下去。

“可惜怀特·林不在了。他要在，一定知道的。这属于精神的领域……布莱克·唐，你还得加强学习。”他久久沉吟。

我沉默下来，为自己回答不出山姆的问题而深觉羞愧。我既为那位未曾谋面的中国军人感到骄傲，又暗怀嫉妒。

“植物”却阴沉地插话：“也许并没有什么深意吧。”

“怎么说呢？”山姆把目光转向他，皱起眉头。

“南军也在寻找能被各个部队共同接受的图腾。但是，没有找到。所以，众说纷纭，歧义丛生。这个世界上，布满歧义的罗网哟。”

“嗬，嗬，瞧你多会解释。”山姆充满戒心地说，“那么，也好，暂时就这么认为啰。从这上面，我看到了敌人的失败征兆。为什么是被蛇盘住的火星呢？这颗星星又出现了，一定象征着末日不久将至吧。”

“植物”莞尔一笑，没再说什么，转身像一棵病梅般走开。我吃惊地久久凝视这个异形的人。

约翰部队在把盐湖城洗劫一空后，就焚毁了它。山姆部队则担负了向后方押送俘虏的任务。上校并没有把这些古巴人送往目的地，而是统统赶进落基山。他发布命令，利用制冷机，把俘虏全部速冻起来。军中术语叫“冰睡”。

他留下一个连的士兵，准备在大盐湖的周边地区推广艾科迈克语。

山姆还决定在军中饲养一部分仍有活动动力的蚂蚁。据说，这些智能机械具有自我繁殖和学习功能，并能建立起自己的社会组织和社会制度。我感觉，山姆做出了一个影响深远的决定。

不久，北军便放弃了盐湖城，而南军也没有来收复它。盐湖城，成了一个意义不明的符号。我心中，只留下了那正在时间的长河中飞速消逝的大湖的模糊景象。

“昨天，北军攻占了盐湖城。但还看不出南军会马上崩盘。战争也没有升级的迹象。据分析，很可能会出现僵持局面。”在北京，陈总理对王主席说，“但使我们感到奇怪的是，北军攻占的是一座全无意义的城池。”

“全无意义？”

“是的。无论从战略战术上讲，还是从政治经济上讲，占领或坚守它，都对击败对手没有任何意义。”

“那么，为什么有这么一场战斗呢？美国人好奇怪哟。”

“还不清楚。他们的行军路线也毫无章法。这对我们的全球计划，构成了挑战。”

“难道，是有什么更深层次的意义吗？”

“我们正在组织研究。真是不可思议的美国人。”

陈总理拿出一沓情报部门提供的照片。上面是美军血腥作战的图景。两人凑近仔细观察了一阵。

“看出意义来了吗？”

“还是没有。”

“没有意义，这真奇怪。”

“美国人在搞什么鬼啊！我们的父辈当年在那儿留学时，可不是这样。”

“是啊，还有这种像是图腾的徽章。”

中国领导人沉默了，感到这个问题的可怕。在中国，在“阿曼多”时代，人们一般是不考虑意义的，但在“阿曼多”之后，当意义重新成为一个主题时，它却变作难题了。

“需要继续调查。这关系到我们是否要出兵，关系到我国的眼前和长远利益。”

“我怀疑这是一个从外部无法回答的问题。”

“我们还是在外部吗？”

“相对于美国，是的。”

“他们的行为越来越诡秘。似乎有什么阴谋。我的感觉是，美国人不仅仅是在打一场内战。”

“不仅仅打一场内战？那么，是打什么呢？”

“是呀，打什么呢？”

“如果‘阿曼多’在，也许能回答这个问题。”

“可是，它不在了。”

“我猜测，美国人是在玩一场游戏。”

“游戏？”

两人相视良久，似乎觉得时间正在倒流，回到了各自的童年时光。那时，他们乐得把街机打爆。最后，他们只好把这个深奥的问题暂时放开，转到下一个话题。

“就算是游戏也好啊，但现在的实际问题是，已经出现了第一批战争难民。”

陈总理又变魔术般拿出几张照片。上面拍摄的是美国的难民队伍。他们像一股股巨大的烟尘，正在越过加拿大、魁北克、安大略、大不列颠哥伦比亚等国的边境。另一些难民进入墨西哥，与那里的军警发生了冲突。

加利福尼亚海边，大批难民在蜂拥上船。

难民先遣队在夏威夷登陆，遭到了驻军的驱逐。双方在海滩上激烈打斗。

难民船队正在太平洋上继续向西前进。电子侦察船传回来的图像表明，一些已越过了关岛。

“目前，逃向海外的美国人已达到一千八百万。数字还在上升。”

“要用海军阻止他们在中国登陆吗？”

“考虑到《联合国难民公约》……”

“唉。与美国驻华使馆交涉的情况怎么样？”

“使馆已经完全瘫痪了。”

“新苏维埃那边有什么消息呢？”

“总统似乎又不主张派兵到美国了。俄国人大概觉得美国已经没有多大油水。”

“一想到美国人民正在受苦受难呢，我就过意不去。我们上小学时都是背诵过《独立宣言》和《葛底斯堡演说》英文原文的，唉……华裔还有多少呢？”

“大部分人在排华浪潮发生时便已回国。还剩下一些，洪水时也大都死亡或返回了。”

“我认为，最好的办法，还是继续催促联合国派遣世界维和部队，尽快把美国局势控制下来，使之不要恶化。”

“难办呀。虽说联合国的作用在‘阿曼多’之后恢复了，但到了关键时刻，许多国家都为自己私利考虑，而不是像中国一样，是为了太阳系的利益着想。当年，不少国家都受过美国人的欺负，现在恨不得这个国家从地球上消失算了。”陈总理心想，还是我们大度。他自己的一个前辈远房亲戚，就是在上个世纪末美国袭击中国驻南斯拉夫大使馆时牺牲的。

“不过，从全人类的未来出发，这样下去是不行的。为什么不能超出国家和民族的历史恩怨呢？”

二十一世纪的中国领导人，更多从地球和宇宙的角度出发考虑问题。他们觉得应该把美国的存亡纳入一个更宏大的时空框架。

中国人对此充满信心，特别是考虑到中华文明可以成为这个框架的参照系。但操作起来还有一些具体问题需要解决，比如说，要不要向美国出口“自力更生”系统。

“说起来容易……但不能老是站在外部看啊。”

“那就先查清楚是否还有困在美国的中国人吧，特别是前段时间派出的那些访问团。”

“是啊，他们是为了帮助美国复兴而派出去的。我们并没有只动口不动手，相反，我们一直在拯救美国。从历史上看，这个国家总是让人心有戚戚。噢，我手上有一份名单。有名望、有影响的中国人都在上面。实际上，洪水暴发时，便迅速做出了反应。大部分人已经被救援回国。但还有少数人尚未找到。我怀疑，可能已经罹难。”

就在那张名单上，王主席看到了唐龙的名字。

如同上个世纪的领导人大多喜欢京剧，这个世纪的领导人都很热爱围棋。他们跟国手有私交。

“如果这人万一遭遇不幸，那真是我泱泱文明的一大损失呀。”

“也是世界文明的严重损失啊……他叫‘龙子’。龙的传人。”

——摘自信息中间商伍金赤列的手记《信息冰河》

在占领和放弃盐湖城后，战争继续向纵深扩展。

北军对南军位于科罗拉多大峡谷中的战略基地进行了空中轰炸。但在地面战斗中，却逐渐出现僵局。南方采取了更为传统的作战方法：游击战与正规战结合，并利用地下工事抗击，令那些先进装备无计可施。

刚开始时，双方都想打速决战。而现在看来，根本就错了。到八月初，双方大的地面战役基本停止。有一大堆令人头疼的后勤问题需要首先解决。因为技术上无法支持，外层空间的争夺也平息下来。双方都已没有能力发射新的飞船和卫星。

山姆部队更改了既定作战计划，决定向东北方向退却，进入南达科他州，在拉什莫尔山下扎营，补充给养。同时进入休整状态的还有约翰部队和阿里部队。到处弥漫着一种战斗间歇期的懒洋洋氛围。这就像台风眼过境一样。重伤员在不断死去，军中的各种仪式则照常举行。

在这样的情形下，我做起有关围棋的梦。我梦见我与一个老人下棋。此人实在很老了，胡子垂吊在干瘪的腹部。他布设了一个奇怪定式。他使用的棋子，是美国国旗和中国国旗上的星星。

下棋时，四周的风景在不停变化。它们渐显模糊，越来越红。我们头顶的树木在一根根朽烂。有的树洞中露出深藏的陶盆和石器，还有人类的白骨。

我醒来时，大汗淋漓。我这时听见一阵怪声。我四处张望，却不知声音从何而来。一低头，才发现竟是口袋里发出来的。李铸城拾得的棋子在自己跳舞呢。

我担心这梦成为现实，不料竟很快应验。

这天，尼文忽然通知我去见山姆。

“布莱克·唐，我记得你的特长是下棋。”山姆一见我便这么说。

“那是以前的事了。”我吃惊地说。心里想着那个梦。棋子又在口袋里蹦跳。幽灵在身边徘徊。

“战争进入到僵持阶段，现在，为了革命成功，需要发挥你的特长。”

我愣住。体内那消失已久的张力一下复涌上来。我把手捂住肚子，犹豫不决。

“你怎么了？”山姆问。

“没有什么。”

“你脸色很不好啊。”

“我很久没有下棋了。我恐怕不会了。”

“怎么可能呢，你是中国人呀。”

“我也说不清楚。我好像连定式都记不得了。”

“可别这么说。上校让你下，是看得起你。你就下吧。”“植物”在一边阴沉地说。

“怎么样嘛？”尼文也说。

“为什么一定要这时下围棋呢？”

“是这样的，我做了一个梦。梦见有个中国老人说，该下棋了。你们有个‘龙子’啊。”山姆说。

“什么老人？”我很紧张。

“很奇怪的一个人，胡子都长到肚子上了。他身边的树洞里，装满化石。是中国老人啊。”

“这样啊……”

“是啊，莫非是天意？”

“既然如此，那么，我试一试吧。”我心情复杂地说。

“那就太好了。是这样的，我听说友军中有一些官兵会下棋。好像是在筹办世界围棋锦标赛时，为了欢迎中国人，他们曾被当局组织起来学棋。我想办一个棋赛，请他们来下。”

“这样好呀。”

“你有什么建议呢？”

“我听命就是。”

我心潮起伏。我想，所有的幸运和灾难，难道真的是围棋带来的吗？

铃木说，日本的政治家都下棋去了，不理国事，围棋毁灭了日本。余潜风领队说，要用围棋拯救美国人的灵魂。然而在棋赛进行到关键的时刻，我和队友们却被洪水围困在了纽约的世贸中心。德国棋手鲁斯死了。我们的便衣也死了。还有好多人死了。李铸城在波士顿发现了尸骨与棋。许多孩子死了。随后，纽曼下棋换取玛那。他也死了。现在，棋的幽灵又出现在了山姆部队这儿。

我不明白山姆的用意，也对我的未来感到忧心。但我不敢违背他的吩咐。他终于想到要启用我这个“图腾”了。我只得打起精神，去做下棋的准备。

这天晚上，棋手们果真陆续来到。有的仍身着军服，有的则换上了平民的袍服。山姆一一介绍："这是阿里，业余五段；这是约翰，业余六段；这是施拉姆，专业初段加。"他们都是友邻部队的。

我听后大为吃惊。一夜之中，美国军队中竟冒出了这么些高手！以前怎么从没听说过？他们真是为了迎接世界围棋锦标赛，而临时学棋的么？

当初说用围棋拯救美国人的灵魂，看来并不准确。他们本身是有能耐的，他们已经在学棋了，在自救了。他们只是隐瞒了自己的技艺。看来我们的情报有误。闻九段加和便衣们白死了。

可是，这些人是怎么学会围棋的呢？这毕竟不可理喻，因为即便美国人对围棋发生了兴趣，要让他们统统学会下棋，却并不是一件容易的事情。这就像要他们全体放弃橄榄球而去打乒乓球一样。

我把手伸向衣袋，摸到在波士顿拾得的围棋子。它们与我的指关节互相作弄，"格格"直响。我眼前出现了废墟中的那两具尸骨。我仿佛看到，他们的灵魂，附着在了阿里、约翰和施拉姆身上。然而，山姆呢？没听说他会下围棋。他年轻时学习的是东方文化，竟然不会下围棋？他只是在诡黠地冲我微笑。

我站着一动不动，眼前冒出一股黑气。我进而看到了先古的国手们，穿着涂迷彩的白色长袍，飘逸飞升，从故国的森森墓地中运动出来，行向世界各个大洲，一手拿枪，一手拿棋，嘴里不停宣讲着什么。这时我听见山姆告诉客人们：

"都知道了吧，这位便是来自中国的世界冠军唐龙。现在叫布莱克·唐。他是我军的明星战士哟！"

大家一齐鼓掌。掌声像是从漆黑沤臭的深井中涌出的地下水。我脚下一软，便"咣"地坐下，右手自动摸向棋子。棋子给人一种苍老腥恶的感觉。有人对我说："是从战场上专门找来的中国云子咧，据说是世界围棋锦标赛上失落的，经过了洪水的冲刷洗礼。为了把它们弄到手，我们牺牲了一个连的士兵。"

我似听非听。没想到竟在美国内战的前线下起棋来，而且是与白天里刚杀了人的军官和士兵们下。我窘迫地好像钻入一个非现实的幻界。我记起与我的老师——三名中国军人——下棋的种种情形。好像，那时便为今天埋下了伏笔。

不管怎样，我整整衣襟，笃定坐稳。军官和士兵们饿狼般争相扑向棋盘，并为争夺与我对弈的资格，爆发了严重的厮打。

我是头一回见着这种疯狂难抑的场面，不觉更加拘谨，旋即又变得亢奋，仿佛找回了昔日的感觉，泪水也止不住一股股奔涌出眼眶。浑身是血的官兵们才停下来，围了一圈认真观察我，体谅而邪恶地长笑。

没有更多话要说，我们开始投子。

美国军人不在乎输赢，只要能连续在棋盘上布子，便像中了头彩。山姆不下棋，只在一旁冷笑观战。待人下高兴了，他便建议他们使用艾科迈克语。大家被打动了，答应回到军中，就立即推行此种语言，还要从山姆军中带走教员。

这天晚上，我一连下了六盘。第七盘却被南军的偷袭打断。他们不允许北军娱乐——更有可能是眼红。

南军很快被驱退了，有惊无险。我却睡不着。我走出营盘，在拉什莫尔山下徘徊。山上四位美国总统的花岗岩雕像，耷拉着马一样的长脸，阴晴不定，好像在无声哭泣。山石之间，隐伏着不少青磷白骨。忽见有火光圆似箕，有无数人影绕火围坐，其中一二人跳跃往来。再凝神视之，则都消没不见。

我忽然看到一个衣衫不整的人，从女兵的作战单元里钻出来。

这是尼文。

我们打了一个照面。尼文陡然变了脸色。

尼文拔出激光枪对准我。我“呀”了一声，伸手攥紧围棋子。但他马上把枪收了回去。

我们不说话，便这么死死盯着。

“你穿这身衣服倒挺合身呢。”最后，尼文冷不防媚笑起来。

“不是你给我找的吗。”我打起精神，回以一笑。

“是上校派你来跟踪我的吗？”

“不是。”

“你都看见什么了？”

“我什么也没看见。”

没想到自己会对着尼文这么说话，我不禁掩口。尼文知道我重新开始下棋了吗？

我和尼文各自拐了个弯，一左一右朝相反方向走去。中途，还不时回头看看对方，心中充满戒备。

我不禁为我们的相遇而后怕。我想要不要把这事报告上校。最后，决定不报告。从这时起，我开始觉得尼文是一个真正危险的人物。

正是这样，在我恢复下棋的这天晚上，我察觉了军中的这一个秘密：尼文暗地里侵犯或攫取上校的专属权力。

但这仅仅是背后的手脚，见不得人的。而光天化日之下，营地的日子已经过得像是一个和平国家的生活，皆大欢喜。上校是“国王”，军官是“臣僚”，士兵是“打手”，女兵队是“后宫”。各种娱乐活动频繁举行。上校在女兵那儿出入更勤，一点儿也不在乎别人的议论。而他大概不知道尼文的私下染指吧。

与友军的关系也像国与国之间。每天互有宴请，举办晚会，互赠礼品，沉浸在迎来送往的繁文缛节中。这里面，最少不得的，是围棋的核心地位。

在以前的战斗中，经常发生部队叛变的事情。不时有南军投向北军，而北军投向南军。但自从围棋推广起来后，至少在北军方面，投降的个案便骤然大幅下降。山姆因为倡导和推广围棋，在北军中的地位迅速上升。

我扮演的是宫中艺人角色。对这个身份，我颇觉矛盾。此已与在中国下棋不同。但那时的围棋是怎样呢？说实话我已记不太清。围棋是一杯白开水，还是一杯鸡尾酒？它可以有无穷含义和无尽想象，还是指向单一而毫不复杂？这些我已无法辨识。我克服了心理障碍，亦很快沉湎其中。早先沉积在腹内的毒素，又不以人的意志为转移地挥发出来。我好像又返回世贸中心的楼上，却比那时更加疯狂。我仿佛转换到了京剧中的人生。

我在棋盘上如痴如醉，尽展舞姿，扶摇直上，乘云御龙。很快，我的棋艺，已全军闻名。有一些高手，从很远的地方赶来，比如有的来自新罕布什尔州，有的来自新泽西州，一定要与我对弈。甚至，有一天，南军的十几位棋手，乔装成平民，来要求下棋，结果被尼文识破，统统成了俘虏，他们却喜不自禁，觉得人生从此圆满。他们扮演的无疑是一种更加潇洒的角色。以这种方式落网的南军官兵，与日俱增。许多人觉得，不久的将来，不废我们一兵一卒，他们就要被彻底降服。战争将在棋盘上结束。

有时，也有特殊人士出场。比如，这天，山姆对我说：

“这段时间，你的表现很不错嘛。我要嘉奖你。下一步，我们要把这项运动推向更高层次。明天，有一位大人物要来，你要跟他下三盘。做一下准备吧。”

所谓的大人物，便是美国国防部长兼北军司令。他直到最近才听说我的事迹。据说，他为此还责怪了上校：“为什么不早汇报啊？”

“因为我军的传统是不尚炫耀。怀特·林教导我们要低调一些。”

“这是多么美好的一种品质呀。你叫什么名字？”

“拉兹曼·山姆！”上校自豪地报出自己的名字，并趁机一五一十大谈起他的经历和抱负。

部长听得专注，显然被感动了，于是，搁下战事不管，从葛底斯堡乘专机飞来，要与我下棋。

他竟然也是高手。不知跟谁学的棋。这三盘下得我直呼莫名。事毕，部长大叫痛快，称我是又一个怀特·林。

“你为美国军队注入了活力。你知道我们为什么热爱围棋吗？”

“不知道。”

“我也不知道！”

他爽朗地放声大笑，像以前的艾米丽总统或余潜风领队那样，在我的头顶摸了摸。他决定在一线部队住下，不准备返回司令部了，这样就可以与我天天下棋。

棋毕，山姆与我便陪部长出外观赏山野风景，并进行狩猎活动。这一带活跃着老鼠、花鼠、松鼠、臭鼬、豪猪、浣熊、海狸、郊狼、大角山羊和野猫等哺乳动物。山姆总能把猎物驱赶到部长枪下，让他将它们一枪爆头。但有时，子弹错失目标，便会打到美国总统雕像的鼻子上或眼睛里。逐日下来，总统们变成了大麻子。

晚上，我们通常会举行庆祝酒会，模拟美国复国之日，实行君主立宪体制，军人占据政府要职。大家喝得醉醺醺的，军服都脱掉了，换上裙子和长袍，好像东方古代的服饰。还有人扮成机器人。这时，长官和士兵也没了区别。

到了后半夜，气氛更加炽烈欢腾，不可收拾。山姆嬉笑着，请示部长后，开始对手下“封官行赏”。我被封为“文娱大臣”。

“这便是‘阿曼多’结束后的新时代么？这就是你们说的新文明么？”满脸通红的部长头一次经历这种场面，亢奋地抓起棋子不停抛向人群。这时，山姆便在他耳边说了几句悄悄话。部长频频点头，又捂嘴窃笑，把棋子塞进口中咀嚼。大家也都跟着笑起来。山姆显出心中有数的样子，亲密地挽住部长的胳膊。尼文则不动声色。而“植物”不知什么时候已经悄悄离开了。

不久，北军营地里的这些乐事，也被南军学去，并在他们的军营里传遍。他们不用再扮成平民来我们这儿自投罗网做俘虏了。对此我们也不在乎。棋风弥漫一时，比打仗杀人还要来劲。美国内战进入一个更高的层次。

我不禁想到，几个月前，刚来美国时，我们这一行中国人，曾试图传播围棋文化，弘扬围棋精神，拯救美国文明，那是多么费劲啊，做起来困难重重，末了，自己还陷入绝境，死的死，散的散。我与纽曼横越美国，与人下棋，也多遭凌辱。但是，现在，美国军队里，却人人争下围棋，乐此不疲，终至高潮。青出于蓝胜于蓝，不过如此。

但围棋文化与后机械文明的关系，我却一直没有理清。

我更弄不懂的，是另一个特别现象：山姆部队除我外，没有一人下棋。这方面有着纪律的严格约束。“下棋者死”，根据最新条令，山姆不允许手下的官兵参与比赛。我们只是邀请友邻部队的人来下。我气宇轩昂，代表山姆部队出场，一人足以抵挡他们全部，杀得对手落花流水。而战友们则聚在一边围看。他们旁观者清，很快看出端倪。而友军将士无不当局者迷。

这种醉生梦死的活动，一直持续了一个多月。因为战事重新吃紧，才稍缓了。这段时间里，一些知名的军中棋手，如约翰、阿里和施拉姆，均因各种原因意外亡故：或暴病，或坠崖，或自杀。军中术语称为“棋死”。它后面的潜在法则是什么呢？感觉像是一个阴谋。山姆用围棋布下陷阱，以此报复了友军，为自己未能率先亲自攻占盐湖城雪了耻。

我却以为，这些，大概只是偶然事件吧。为什么要把它们想得过于复杂呢？围棋应该还是简单的，并无那样神秘。

随着围棋的传播，好像一下扫清了障碍，艾科迈克语真正流行起来。

新一轮战事开始前，山姆部队已成为全军楷模。在这支部队中，将士们共同营造了良好的意识环境。

它有四大支柱：围棋、艾科迈克语、女兵和我。

这样一种环境，似乎是在刻意的努力下形成的，却给人以极其自然、水到渠成之感。仿佛“阿曼多”之后，这个局面迟早要蔚为大观。

在此期间，我在军中的地位发生了变化。我拥有了一定的支配权。上校除了让尼文继续照顾我，还为我配备了一名勤务兵。

军官们对我也更加恭敬。讨好我的人一天天增多。遇到什么麻烦事，都来找我，请求我帮忙解决。其中也有向我行贿的。

然而，时间长了，大家都变得懒散。部队中滋生了严重的腐败现象。大家表面还尊敬着上校，私下里却不以为然，偷偷做冒犯他的事。士兵们什么都干：吸毒，鸡奸，斗殴，喝马丁尼酒并吃配腌小章鱼……军中规则每一条都有人破坏。同时，又在大面上，执行得完美无缺——至少看上去如此。他们观棋不语，却学会了瞒天过海。

尼文继续偷偷与女兵们往来，他就好这个。我觉得他或许会在这上面栽跟头。他却没有丝毫顾忌和惧惮。

是的，这一切逃不过我的眼睛，却能把上校迷瞒。但山姆或许是视而不见呢？他实在是一个装聋作哑的高手！军中荡漾着欢愉的气氛，这愈发使人陶醉。同时，我也感到，山姆部队的官兵们其实都在做他们认为是最真诚的事情。这好像回到了美国刚刚开国时的岁月。

这时，“植物”冷漠的背影，便越来越经常地在我脑海中树影般摇曳了。大家都来讨好我，唯有这家伙若即若离。他这种态度令我有些恼火，却又不便发泄。

作为人，他出生于二〇一五年；作为再生人，他出生于二〇五二年。这是在他在一场车祸中被撞成植物人之后。

但脑神经移植手术和机械修复术成功了，使他重新“活”了过来。

我认为，在整个部队中，“植物”是有深度的人。他时常凝神注视我，但并不像尼文一样与我有说有笑。他的眼光是邃密而智慧的，就好像那里面隐藏了一个小宇宙。

我们有过一次短暂对话，那是在最后的战斗到来之前。

“这一切到底是怎么回事呢？”我走到他身旁，忽然问。我预感到他似乎一直在等待与我交谈的这一刻，不如我采取主动。

“下棋的人，会产生一种虚拟战斗感。这填补了‘阿曼多’消失后的空白。他们以为是在与棋盘上的敌人作战哪。”他说。

啊，难道，“植物”竟然认为，军中棋手的增多，是“阿曼多”后遗症的表现？而整个美国内战，不过是发生在源于中国的围棋棋盘上？

“大概，是一种病症吧。说到部队，整个由‘阿曼多’时代的遗民组成。在梦幻社会，人类大脑海绵体已经变异。进入实相世界，一旦遇上刺激，就这样了。今后还会表现得更加明显。”他一本正经解释，却好像满怀怨念。

“你说是病症吗？那死掉的家伙在报复我们吗？我是否也感染上了呢？”

“人人不得幸免。”

“那么，山姆这样做，是否在以毒攻毒呢？只有他认识到了问题的严重性！”我想着山姆说的“热身”。

我没有料到，“阿曼多”的影响仍然没有逝去。就像在戏谑我，“植物”讪笑了，那种笑透出真正的人类所不具备的黑暗。他没有直接回答，就仿佛刚才说的统统不算数，是逗我玩的。

“除了围棋，你就没有别的信仰吗？”他问。

“什么？信仰？”我诧谔地抚住胸口，想到拉什莫尔山上的鬼火。

“朝鲜战争中的中国士兵，作为杀死上校先人的人灵魂，在布莱克·唐身上附体呢。”

“什么意思啊！”

他妖魅地笑了笑，转而问我有没有想过未来的新人种。

“我见过自称为新人类的人。”我想说的是纽曼。

“你见过吗？不太可能吧。这些人还像水中妖怪一样屏住呼吸潜伏着，等待最佳时机。”

“但那家伙真的有些像哟。”

“你看上校像吗？”

“这个不好说。”

“那你看我像吗？”

我惶悸打量他。他的机械臂像落日一样闪烁，他的额头却布满人类特有的皱纹，缝隙中渗出褐色的黏液，中生代爬虫一样丑陋。

“你倒有点像呐。”

我其实想问的是：地狱真的存在吗？

“我还不是咧。属于我们这类人的新文明，乐观估计，最早也要在下个世纪中叶才能到来。”

“三〇六六年吗？我等不到了。那时可能连大盐湖都消失了。”我悲凉地说，“你不属于后机械文明？我还以为你就代表着呢。”

“嫌慢的话，其实也不用等上一百年。有件事情，不久就会发生。现在还是秘密。”他没有正面回答，只是斜吊眼睛，用催眠般的语调幽缓说。

这时，火星爬上了拉什莫尔山，从美国最伟大的总统们的头上，投过来炼狱一样的寒冽光色。我眼睁睁注视着被鬼火围聚的那四个脑袋，觉得他们都是凭空想象出来的，作为真实的人，他们从来没有在这世上存在过片刻。

亚洲之星

战事又吃紧了。这回是南军发动反攻。北军几支部队被击溃。但没有充足证据表明，败局的肇因是这段时期北军过分耽于娱乐活动，而疏忽了军事斗争准备。

山姆部队也遭到很大损失。在军营棋局间流连忘返的国防部长兼北军总司令被打死。我们只好暂时中止棋赛，全军后撤。

我记得那一天，沿密苏里河，部队在南军用气象武器制造的大雨中向北狼狈行军。雨像尼亚加拉瀑布一样层叠坠落，似乎整个天空在坍塌。事实上，天的确是塌了，至少在美国这一块。这连带把世界的形状弄散了，恰如大家紊乱的言行和心情。在草原上，不少战斗单元陷入泥淖，好似软弱无助的甲虫，连同里面的士兵，就这样遭到遗弃。与前一段时间的祥和欢快相比，我们似乎眨眼间掉入一个陌生时空。世道的变迁，回想起来，比梦境要真实。

山姆却喜不自禁，通过无线电，对大家解说："这就对了，这就对了！正因为预知了溃败和死亡即将来临，我们才提前享受了娱乐！而逃跑呢，则是为了不久后的反败为胜，做准备的啊——就像刘邦将军那样！"

因此，尽情在围棋盘上驰骋的鬼魂们，可以不带遗憾地安息了。我想山姆大概是这个意思吧。但他真的提早知晓了什么吗？我觉得要预知未来，似乎已越来越不可能。对于未来的盲目寄望，成了福地创生之前人类最大的误区。但是，尽管知道这是陷阱，还要义无反顾走进去。

在雷德河谷，我们遇上伏击。“嗖嗖”的金属弹流从灌木丛后面汹涌飞至，交织在氢氧澎湃的雨幕中，只是把腐败的精力和罪恶倾泻，犹如蛆虫画师的手笔。基本上是老式炮弹和枪弹。发射定向能束的敌人少之又少，构成此场遭遇战的一个特点。只有 TNT 的爆炸、悲惨、压抑和疲惫不堪，在这里真正有某种死气沉沉的不祥之兆的东西。仿佛敌人来自一个暗无天日的古老时代。这便造成一种假象：我们在遭遇时间而不是南军。而时间总是强大得超出掌控，能够把英雄和美人统统歼灭。

“是游击队呀！”

有人用艾语恐怖叫唤，听上去好像吸血鬼才使用的语言。奏乐一般的爆炸霎时淹没了这落单的声音。

不过，整个战斗却因此洋溢起画意诗情。湿漉漉的机械和弹雨，混同成为人与自然和谐相处的优雅景致，水幕愈发迷蒙，清碧异常，轻柔而缓慢下来，纱绸一样映衬血肉横飞，就像在放映一部上个世纪的胶片电影。在我们周遭，是永远经掠不完的灌木和荒草，如同墨绿色的女墙和深褐色的缎带，眼花缭乱扑面而来，要把兵士们完美地活埋其中。我们既然看不见敌人，便只见枪口和炮口的闪亮。不久发现，我军官兵一半惊恐，一半为迷人的风光而陶醉。

于是，部队不顾牺牲，痴恋地反复冲锋，这时，又降下冰雹，阴寒凝聚。我们难以突出重围。只好令女兵组成敢死队，展开漫然的攻击，不一会儿便遗尸累累，遍地落英，在大雨和雹阵中，血水交杂，绵软濡湿，甲肉洞开。有许多的阵亡者，是被自己人射中的。在人类的尸骸之间，又倒毙着无数北美野牛和麋鹿，它们的内脏流满草地。关键时刻，山姆钻出“冥窟”，嗥叫着亲自指挥。他的长长声音，就好像我在波士顿海堤上，听到的李铸城与卡玛拉的嘶鸣，如明月初升，光照大地。我们遭遇的敌人并不是一支大军，却似是有史以来最厉害的。山姆部队的溃散发生了，并一发不可收拾，意识环境什么的，尽皆失效。这就好似棋局的中盘逆转。笨重的履带辗过女兵和野牛的尸体，肉浆反复不停地翻卷。大概，本就无心恋战吧，官兵们都渴望早些结束。革命和统一的口号，都沉寂了。

“要是怀特·林在就好了。”像金龟子一样攀附在“冥窟”上的山姆，却似乎沉浸入美妙而奇特的遐想。

“可是，不是有布莱克·唐么？”尼文递过话头，他就好似一名置身战场之外的冷眼旁观者。

我狠狠瞪了这家伙一眼。尼文只是阴笑。山姆怔住，把我仔细打量一番。

“对，布莱克·唐。亚洲之星！我们的图腾。你过来。需要你的时候到了！”

山姆一边嚷叫，一边击掌，就好像他脑中的黑暗顽疾总爆发了。

尼文闻言，扑过来擒住我，把我绑在一根测距杆上。他不顾危险，把“陆地鲸鱼”的一个顶盖打开，将戳着我的测距杆撑出车外。声浪一下得以放大。狂风、暴雨和冰雹“哗啦啦”击打在我的身上。清新的空气涨潮般灌入咽喉和脑海。我立即被充足的氧气冲击得窒息了过去。神志昏迷中，我觉得“陆地鲸鱼”与“诺亚方舟”叠印为了一体。我正被绑在大船的桅杆上，船儿劈波斩浪，疾速向前，海风要把我的整张脸皮吹去，把我的头盖骨刮得四分五裂，脑浆“噼噼啪啪”争先恐后涌出来，化作恶臭的泡沫喷射飞溅。

我很快被爆炸声震醒。四周的战斗单元一个接一个爆裂开来，像猛兽怒号。士兵被抛出舱外，断肢残臂，当空舞蹈，天女散花，血沫倾泻，飞溅到我的脸上，焕发出热腥味儿，令人心骇而亢奋，又不胜凄楚。有男兵的血，也有女兵的血，在大雨和冰雹的洪流中，混同一体而不能分辨。一个崭新的海洋正在形成。

一颗炮弹直接击中“陆地鲸鱼”的磁防护屏，随即弹开并在空中炸裂。湿漉漉的碎片“日日”地从我身边飞掠而过。我挣扎着想躲开，却没有用。我看见好多血淋淋的人从战斗单元中探出头来，隔着赤红色的雨雾惊讶地朝我观看。有人大叫：“布莱克·唐，好样的！”又有炮弹在附近爆响撕开。我再次被震晕。

再醒来时，我发现自己并没有死去。奇异的是，畏缩的战斗单元都从泥淖中慢慢爬了出来，逃掉的北军士兵重新集结起来，好像时间开始反演。潮涌的现场笼罩着一层复活节的气氛。从暴雨和狂雹构筑的墙体中穿过，部队出人意料展开反攻。

枪炮的巨响在耳边一声声小了下去。它们可笑地滑向虚无。周围事物的运动开始变慢，似乎我们进入了宇宙中另一个参照系统。连光的速度也在改变。南军狙击手的移动十分滑稽，就像是一群左顾右盼的海牛。一股真正的英雄豪气骤然胀满我的全身。我颤抖，我发硬，我疼痛，我又回到棋盘前，久违的张力重新出现，在它的作用下，身体仿佛一颗炸弹，就要射向敌人。

我好像看到了八一军体大队的老师。他们虚胖的、佛陀般的笑脸，在云端浮动，城府颇深地朝我注视，投下回光返照的期待眼神。我仿佛身处太空中的地牢。我似乎看到了星际舰队。群星在身边旋转，互相吞食。但属于我方的一颗星星，势力渐大，脱颖而出。那是火星吗？

我仿佛回到儿童时代。那时，我常常在梦中去接近怪物。它们从黄浦江中升起，舞动巨爪，要毁灭上海。我就像哪吒三太子一样，去干掉它们，但那时我的武器是棋子，而不是火箭炮。父母在后面恐惧地惊叫，却总也追不上我。我忽然惊醒，浑身浸在汗河中，却兴奋异常。现在的情形，不就与那梦境一样吗？

死就死吧，又有什么呢？一个突如其来的声音传入耳蜗。像是阮文杰在说话，像是纽曼在说话，像是所有死去的人在说话，我感到腹中的张力，一节节向上猛蹿。我仿佛才记起自己是谁。我终于从漫无目的的游逛中醒来，确定了自己的目标。我挺出胸膛，拱起尾闾，像梦中怪物一样把双手做成利爪。正在这时，又一颗炸弹突破防护屏，在“陆地鲸鱼”的装甲层上炸开，离我是那么的迫近，却竟然没有伤我一根毫毛。我好像置换了金刚之身，刀枪不入、百毒不侵。

“中国人来了！”

头盔中，传来山姆的嚎叫。这使我全身骨肉交错拧紧，人好像变成一台机器。

“你们难道不怕吗？东方妖魔来了！牛魔王、白骨精来了！”

我身不由己，放声大喊，想象自己的样子一定分外吓人。这时，“植物”对我说过的话在脑海中回响：

“朝鲜战争中的中国士兵，作为杀死上校先人的人灵魂，在布莱克·唐身上附体呢。”

我不顾一切率领全军将士向敌阵冲去。我觉得自己好像换了一个人。奇怪的是，在我的桀桀怪叫中，南军忽然停止了射击。梦醒一般，霎时一切安静下来。放眼望去，却不见一个敌人。他们金蝉脱壳了。雨和雹也刹那间停息。天色忽然晴霁，掷出万道霞光，如若无尽莲花，又似童话绽放。天空是宝蓝色的，不含一分杂质，极高处浮现了一枚拖着许多轻盈白烟的庞大火星，形体超过满月，顿时银辉遍野。

随后，在打扫战场时，我们连一具敌人的尸体也没有找到。

我猜想敌人是谁。一种奇妙的预感抓住了我。

这天夜晚，我做了一个始料未及的梦。面对棋盘，我一点也不知道该怎么投子了。我不再会下棋，我失去了下棋的技能！我急得大哭。这时，我似乎听见有人在梦境之外切切唤我的名字。我匆忙醒来，从睡袋中爬出，身轻如燕，在“陆地鲸鱼”中摸索漫游，一边回想刚才的怪梦，心中格外清楚却惶然，不知道有什么事情发生了。各种机械在低声轰鸣，奏响一首主题晦涩的歌曲，又如昼间的阵亡者在抽泣。

那个呼喊我的声音就在前方，我却觅它不得，抓它不到。

除了围棋，我还有什么信仰呢？

我摸索着走进中微子通讯室。值班军官惊讶地看着我，慌张中向我敬了一个礼。我木偶般向他摆摆手。我似乎是要使用通讯设备，但走到机器前，又停下了。

“你有什么吩咐？”军官紧张地问。我想他也一定看到了我白天的战斗姿态，并把这一幕牢牢记在心间。

我轻蔑地瞥他一眼，什么也没说。我讪笑着去看那些金属的通讯装置。在我眼中，此刻它们变得像是一堆玩具。我随手拿起一架键盘，皱眉看它一阵，感到滑稽。然后我按下其中一键。我在尝试一种不太熟悉的方式。这使我忐忑。

军官慌乱地说："布莱克·唐，你、你这样做要违反条令的呀。"

我慢慢转过头，双眼歪斜，对他好像说了一句什么。大意是，你难道没有经历白天的战斗吗？你难道没有看见我的表现吗？你难道没有发现连一具敌尸都找不到吗？在我邪氛四射的目光下，军官面露惧色，步步后退，蹑足而出。我模糊意识到，他要去叫人。随他吧。

这样，就只剩下我一人待在中微子通讯室。我感到失落。然后，我尝试继续操纵。键盘么？这是老玩意儿了。几年前，我在北大见习过旧式键盘的操纵法。据说上个世纪连声控计算机都没有呢。灵巧的手指，才是万物的主宰。这是进化赐予人类的礼物，而人类又利用它实现了进化。登上"陆地鲸鱼"后，我就注意到这里竟然有键盘，弥散出返璞归真的气息。"陆地鲸鱼"是一种奇异的混合体。它承认旧物的价值。它越来越表现出连接过去与未来的架势。

但我失望了。在我手中，超距通讯能力终究没有形成。我下惯围棋的手，已不适于使用键盘。

值班军官踉跄奔跑回来，身后跟着山姆。

山姆睡眼惺忪道："你在干什么？南军会察觉我们的！"

我一下从罕有的梦游症中挣脱出来。我告诉山姆，我在梦中听见了一个远方的呼唤。

"我怀疑它来自中国。他们在寻觅我。"我身体大震，一头扑进山姆怀中。

"可怜的孩子，这里所有的通讯设备，它们的联系能力不超过两百公里。"山姆半推半就把我抱住。他怀中涌荡着成年男人特有的臭气。

“不，我的确听到了呼唤！”

“那是你的幻觉吧。”

“他们在找我！他们要惩罚我！我不会下棋了！”我“哇哇”大叫。山姆松开我，抽手狠狠打了我一个嘴巴。

我骤然醒来，脑海中形成一片灿烂。啊，“阿曼多”已经崩溃。在铃木那里，我就知道了这个消息。这是永不可挽回的事实。可是，我却仍想要凭靠它。这是残留的可怕妄想啊。我的脚后跟还停驻在梦幻社会。因此，中国寻找我的招魂声，真的可能是幻听吧。我觉得自己实在可悲，又对冥冥中的神秘生发出向往及畏怖。我害怕山姆再说什么。但他没有继续指责我，而是换上一副和颜悦色，安慰我道：

“好了好了。回去睡觉吧。什么中国人在找？没有的事。你是在美国北军中呢。记得白天的战斗吗？你的表现太神武了，你已经找回自己！”他忽然平地跃起，在半空中来回猛抽两下脚，模仿我作战的样子。

“白天啊，那也像是做梦呢。”我一阵反胃，“好了，我要回去睡觉了。今天最累最困。”

“你太优异了！我看到就在北美这片土地上，一颗亚洲之星冉冉升起。”山姆神魂颠倒降到地上，僵尸般推搡我一下。

“今后，你们可不要再这样做了啊。”我说，身体仍在抽搐，耳畔仿佛又传来炸弹掠过的呼啸。

山姆不再说什么，只是安静下来，退到一个角落，像妖王一样，环抱双臂，沉思着久久打量我。

余下的时间里，我睡得死沉。我再没有梦游。南军也没有乘夜偷袭。在火星烟雾腾腾的光幕掩护下，部队成功逃逸出了缩紧的包围圈。

那支偷袭我们的游击队，好像就此消失无踪。

早晨我醒来时，发现山姆坐在我身边，爱惜地看着我。随后，他把我拖起，带出“陆地鲸鱼”，来到草原上。旭日正在上升，遍地露珠晶莹。一群野牛在附近站着，安静吃草。士兵们在和野兔逗玩，湿漉漉的空气中充满笑声。

“布莱克·唐，你已经抛弃了你的外壳和矫饰，因此，现在，可以与你讨论战争的艺术了。”山姆用力握着我的手，肃穆地说。不知怎么的，他竟有些像个学生。

他转头凝视橙色的朝阳道：“打仗本是大人的游戏，是一种玩耍，古已有之。你虽然是一个孩子，却继承了这样的天性。”

“跟围棋相似吧。在最激烈的关头，要使人窒息的，很难受却也很刺激。最重要的是保持镇静，哪怕屠刀架在脖子上。”我想到八一军体大队的老师，以及放置在棋室角落的氧气瓶。

我告诉山姆一个故事，这最初是闻铂欣给我讲的。东晋时期，爆发了一场以少胜多的著名战争——淝水之战。东晋以八万人马，打败号称百万人马的前秦八十万大军。当捷报传回建康时，谢安正跟朋友下棋，他随意看过奏文后，便搁置一旁，继续下棋，似乎一切皆在意料之中。友人相问，他只是淡淡说了一句：“小儿辈大破贼。”意思是，没什么，只是小孩子们把敌人打败了。意色举止，不异于常。

山姆说：“我也知道你们的一个故事。魏晋‘竹林七贤’之一的阮籍，是有名的文学家和思想家。一天。他正与朋友下棋，家人风风火火跑来报告，‘老夫人过世了！’朋友慌忙起身，催他赶紧回去料理母亲的后事。阮籍却非要将那盘棋下完不可。双方又博弈了两个多时辰才终局。这种事情，只有中国人做得出来呀。”

“是的。”我心中暗暗得意。

这时，一些赤蛱蝶飞过来，在阳光中就像透明的仙子。几只松鸡和蜥蜴从脚下的草丛间活泼跑过。草原如同无尽的地毯，空气中饱含香气。士兵们都放下武器，互相打闹追逐跑远了，一个个在晨雾中消失无踪。

“还记得克劳塞维茨说过的话吗？一支军队，如果它在极猛烈的炮火下仍能保持正常的秩序，永远不为想象中的危险所吓倒，而在真正的危险面前也寸步不让，如果它在胜利时感到自豪，在失败的困境中仍能服从命令，不丧失对指挥官的尊重和信赖，如果它在困苦和劳累中能像运动员锻炼肌肉一样增强自己体力，把这种劳累看作是制胜的手段，而不看成是倒霉晦气，如果它只抱有保持军人荣誉这样一个唯一的简短信条，因而能经常不忘上述一切义务和美德，那么，它就是一支富有武德的军队。现在，我们军队中有了会下围棋的东方少年，这样的美德终于恢复了！怀特·林和布莱克·唐，为美国带来了无坚不摧的精神武器！”

“可是，为什么不让我们自己的士兵下呢？”我指的是山姆部队。

“因为已经有了你呀。布莱克·唐，你就是部队的杰出代表。由于你在，我们的整体棋力已达到最强，哪里还用得着普通士兵参与呢？他们在边上看一看，就被深深感染了。如果人人都下，那就过头了，就要越过死亡线了。”

我觉得，山姆说到的“死亡”，还算真实无妄，我已在战斗中切身体会到了。我也许活不多久了。

我回想起，在北大上学时，老师也讲过类似的道理。围棋是一门深奥的艺术，是宇宙中最高级别的战争，虽然只是黑白色，不见赤血，但其残酷性，非一般打仗可比。棋盘上盘旋着无可比拟的伎俩。当一位棋手杀伐过重时，他便在给自己掘墓了，他的终结之日很快便要来临。这就是过犹不及的道理。然而，山姆是怎么知道这些的呢？他一个美国人，也具备了中国棋手那样细腻深幽而复杂诡谲的心灵么？

刹那间，我感到阴谋的存在。山姆很聪明，他是要我做军中死神的替身吧。然而，在华人中普及艾语的计划，不就会流产么？这时，太阳已经升高，开始向茫茫草原投下死亡一般的炎热。士兵们都恐惧地跑了回来。

像是猜中我的心思，山姆不介意地笑了，说：“你还在想昨天的战斗呀。其实，我并没有要你去死的意思，虽然，当时的确置你于死亡的边缘。是尼文建议这样做的么。后来我也有些后怕。不过，我打赌你是不会死的，因为你的同胞怀特·林已经提前代你死了。这番经历对你有极大好处。我早说过，是你的国家将来需要这个。怎么，你不相信么？咱们走着瞧吧。”

山姆坚信，我的表现，并非受着强迫，不过是我更深层次的游戏天赋的自然流露，它在掩藏许久之后，正在重新展呈出来。美国仅仅提供了一些环境和条件。我正在冲破围棋构成的外形之壳，孵育出真正的新生命。成长中的我的能力还远远没有达到极限，所以，死神是敬畏我的，是小心翼翼与我保持距离的，甚至是保护我的。它在面对从自我迷思中苏醒过来的中国人时，是要三思而后行的。我会在死神真的逼近时，反以狰狞之相，把它吓得逃之夭夭。我不会遇到任何危险，因此，不必担心死，也不用讳言死呀。从这方面讲，我倒是超越了怀特·林。

在美国的草原上，我和山姆梦呓一般展开对话。我从中感到了与杨阿妹和唐平平说话时从未有过的愉悦和兴奋。我的父母是俗人，而山姆已脱离低级趣味，有着非凡的精神。我对他怀有敬畏，甚于对余潜风和闻铂欣的崇拜。还有尼文和“植物”，均是特立独行者。只有在大动荡的时代，在混乱无形的土地上，才会产生这样的奇人吧。相比之下，中国确已陷入漫长的平庸。它大概是繁荣稳定太久了，欠缺了战斗和鲜血的洗礼，同时我觉得它也离我更加遥远。地理和心灵上都是如此。那么，我还有必要听从那个召唤而回去吗？我回去是要乞求中国的接纳，还是要拯救它呢？

身边的草原忽然有一种将要熊熊燃烧起来的感觉。山姆匆匆抓住我的手，把我带回“陆地鲸鱼”。

这时，神奇的现象接踵出现。好像就是在那场战斗后，我感到自己的精神和身体都在发生变化。不久，我发现我竟然长结实了，长高了。我每顿要吃大量玛那，我也爱上了战场上的血污。我要把死人的液体涂抹在脸上、身上，才感到踏实和欣悦。我成了军中护法神，日日禀受士兵们的膜拜。他们相信，只要我出现在战场，胜利便会笃定到来。

但是，有一件重大的事情发生了。自那场战斗后，我忽然失去了下围棋的本领。我做的梦，成了现实。

随着南军被驱退，军中棋赛得到恢复。在与友军的新一轮对阵中，我输得一塌糊涂。对手们欢呼，以为自己棋力上升，居然战胜了中国的“龙子”，这可是了不得的兆象！更多的人则认为是我故意让予他们。

个中原委，只有我才知晓，但我没有对任何人说。我似乎是大病一场。我强迫自己冷静对待这个情况。但尼文还是注意到了我的变化。

“他们快要毁灭了。”有一天，他神态诡秘地对我说，“而你，正被解放出来。”

“解放出来？”

“是呀，从套着你的绳索中解放出来。”

“绳索？”

“也就是围棋那玩意儿呀。那是个暗无天日的地牢。你一直在试图挣出它，都未必能真的做到。每次看似摆脱，其实还想着重新捡起它来。现在，这一天终于来临了。你把它还给了军队。如今，你的表现，真正称得上大度和松弛了，你的所作所为，彻底超脱了。你要感谢我呀，我天天照顾你，在关键时刻，还把你绑在测距杆上，送出‘陆地鲸鱼’，使你元神出窍。这才让你记起自己究竟是谁。你不感谢我这个知己，又该感谢谁呢？你将来会有大成就的，不是甘于久居这壳中的人哪，到那时可别忘了我啊。”

尼文“嘁嘁”笑着，显得阴阳怪气。我明白了，他已察觉我丧失棋力的秘密。他今后要以此要挟我吗？我不喜欢这个人。我觉得，尼文把我送出“陆地鲸鱼”，其实是想置我于死地，却不料反而成就了我。但他在说了这番毒药般的怪话后很长一段时间，并没有采取进一步的行动。他还在等待什么呢？尼文显得更加可怕。然而当我反复思忖他说的话时，我又觉得是对的。纽约世贸中心的洪水为我打开了一个新天地，铃木军团为我提供了丰富的基础性练习，但它们还没有把我真正解放出来。只待我有了更深入的实战修行，才进入那个至高无上的境界。围棋不过是个随时可以抛弃的形式吧，或者尼文说的“壳”，一旦离开它，真正的我就诞生了。

我失去棋力后，南军又开始反攻。我不会下棋了，却对战争更加着迷，特别痴恋它那随着天气和心情而变化的形式化美感。也许，我早年获得的棋力，已经在不知不觉中全盘转化为了战斗力。这本是我的天性，我以前却不知晓。而那晚梦中的呼唤，却不再传来。我几乎彻底忘怀了回国的使命。在战场上，我越来越频繁充当主角，成了灵魂似的人物。一旦我鬼怪一般冉冉升出“陆地鲸鱼”，立时全军士气大振，奋不顾身，英勇向前。敌人的精神瞬间崩溃。难道真有魂魄附体这种事么？我无以名状地猜疑，慢慢也相信这就是事实。

“怀特·林！”有一次，一位初次见面的友军军官伸手指着我，讶异地说，“我怎么看他像怀特·林！这不可能。”

“他是布莱克·唐啊。”山姆谲笑纠正。

“绝对不是！我见过怀特·林。他复活了！”

山姆笑得更灿然了。

这个消息很快传遍全军。

这时，上校便让我尝试指挥一支小分队。他还把“冥窟”借我使用。

我的再度升华是在八月中旬的一个晚上。这时我们已向西进入黄石公园，驻扎在峡谷之间。在璀璨星光下，部队又一次遭到偷袭。当时，一场露天棋赛刚刚结束，战士们还在棋盘边冥思，仰望银河默然发呆。南军的空降兵忽然从天而降，陨石雨一般飘洒在人群中间。在美丽的景色衬托下，一阵枪械的对射之后，爆发了白刃战。

我冲在最前面，深入敌群，被团团围住。我兴奋不已，浑身像着了火。忽然，身边的将士都被打倒，只剩下我一人。我杀出重围。我脱离了“陆地鲸鱼”和众人，忽感不安。我不知道山姆是否已经战死。

敌人暂停射击，却跑出一名士兵，朝我追来，那模样甚是欢乐。急切之下，我奔向附近一座山岗，就像要回归自然。我躲藏在一匹嶙峋的火山岩后面。敌人的身体闪射银光，蜥蜴一般迅速攀爬上来，头盔上的扫描仪转动着搜寻目标，胳膊上的定向能枪随时要发射。

我心中默默对敌兵说：快回去吧，快回去吧，我不会下棋了，我不会下棋了，我不是以前的唐龙了，你杀我有何用！

这一瞬间，我感受到死亡本身包含的虚无。在成为军中护法神后，我并不曾有过这种感觉。然而随着孤零零的敌兵步步逼近，它却像火星的光焰一样洒布在我心中，这非比寻常。我腹中又一阵灼痛。

但我很快克服了窘迫和绝望。中国军人老师的面容在眼前呈现了。我仿佛又站回“陆地鲸鱼”的甲板，看着敌人虫子似的在四周血浆飞溅，肾上腺素在体内沸腾。我觉得所有的战友都在看我，就像以前围棋代表团的队友那样，满怀不安而殷切的期待。敌人终于来到了跟前，就站在我藏身的山石边，喘气声都能清晰听见。我猛然跃出，往其肚腹上刺出一刀。对方竟猝不及防，“哎呀”一声惨叫，朝后倒下。我也连带着扑跌在地，手里还紧紧握住染血的刀柄。

这时，我才体味到，我的刺刀进入肉体的感觉有些异样。难道人体也会有不同吗？这是一种让人神魂迷醉的感觉，屠杀的丑恶是不存在的。仿佛不是刺入人体，而是进入一层柔软无物的海绵，没有阻滞和迟疑。一股清新的快感开闸的水一样涌入我的脑海。我失去了下棋的能力，我原来捏着棋子的手，现在正握着刺刀。我冲动地用力把利刃又搅了一搅。敌人又惨叫连连，那声音竟是无比美妙，犹如翠鸟的啼叫。

我低头去看刀锋进入的地方。混合着战斗服的碎块，赤色的血液和褐色的内脏正在汩汩渗透出来，挟带着鹅黄色的脂肪。再往身体里面看去，那儿黑洞洞、黏糊糊的，什么也看不清楚。像一个盗墓贼，我把刀更深插下去，在各个空间试探。我的脑子中忽然一片空白。理智失去了。这时随便过来一个敌人，都会轻易把我杀死。然而，即便如此，我也毫不顾及。

这是我第一次手刃敌人。想当时，我用枪射击动物，都心跳不止，这回，却感觉十分自然柔顺，而那种头昏脑涨的刺激，却远甚目睹受伤动物远遁。它比棋盘上的生死大战更加迷人。我仿佛终于体会到了铃木施刑在我身上时，日本人感受到的无穷快乐。

我像剥除人皮一样，揭下南军士兵头盔。敌人是一个年轻漂亮的女人，一双大眼睛还没来得及合上，肉感而紫色的嘴唇不停翕动，似在低吟："别杀我，让我活下去吧！"

对此我没有思想准备。但我迅速镇静下来。我拔出刀，又使劲往下"扑哧"刺去，一下，两下，三下……鲜血和内脏喷溅到我的身上、脸上。周遭的间歇泉"哗""哗"齐射向夜空。我感到下体灼热，硬了起来。这时，我心中生发出一种十分真切的感觉：我的确长大了。这是我为自己悄悄举行的成人仪式吧。这样一种想法，似是凭空而来，或者说，并不是我要去这么想的。

敌人就像是上天专门送给我的一件礼物，乖觉地不再动弹。我在尸体边坐下，好像要守卫她，防止别人来侵占和掠夺。我试探着触了触她的身体，感到它正在往外散逸一层淡淡的热气，强烈的腥味中夹杂着一股低回的温香。我无力地闭上眼睛，试图使冲到头顶的血液沉没。喷向天空的热泉降下大雨，到处湿漉漉的。不远处的厮杀声忽然暴涨，听上去像在为我鼓掌。我的身体才若死人一样缓缓变软下去。

不知过了许久，我如梦醒般睁开眼，看见死去女兵的双目，正在蛤一样合上，最后只剩下瞳间的一缝微光。此前，它们大概一直平静地直视我，并没有怨恨，只是很懂事的样子。对方似乎临死也不相信我是个孩子。她的整张脸被泪水浸湿了，显得像大海中的贝类。“你可不能怪我啊。”我喃喃对她说，“我们部队也死了不少女兵。你要怕死，就不该来参加战斗的。你一定也是主动要求来的吧？你终于如愿以偿了。”

我永远忘不了女人在战斗中表现出的勇气和敏锐。但她们毕竟是女人。她们留给我的是一场惊心动魄而绚烂如虹的梦幻，唯其如是，她们的死才那么的性感……我在潮湿的星光之下久久坐着，假想如果刚才是她杀了我会怎样，不禁又一次亢奋。慢慢感到有些冷了，我才从女尸边不舍起身，踉跄走回去，脑海中仍在燃烧着刚才的一幕。这时，这场短兵相接的战斗已经草草收场。袭击我们的敌人竟然全被打死了。我军士兵像一队队快活的蚂蚁，正忙碌着搬运尸体。他们见我的神态有异，都停下手中活计，在山姆的带领下，里一圈外一圈把我围上，投来询问的目光。

我问上校：“我第一次杀人了。我杀死了一个女人。对方是否也有女兵队？或者，这只是偶然出现的女兵？”

“哦，啊，噢……”上校不置可否，说了些无关痛痒的话搪塞，就好像他此刻也满腹心事。

实际上，南军的这支伞兵，全部由女兵组成。她们好像来自天上的某颗行星。这说明，目前，南北两军中的男人不够用了。正像围棋盘上，必然要有阴阳黑白，棋手才能凝聚神气，奋勇精神，不断提升棋力，我也正是通过吞噬女兵的血肉，才获得了终极战力。我为自己这番如此重要的经历竟然没有引起山姆的太多关注而心存郁结，然而，山姆或许是故意冷淡的吧。他深谙不能让一个成长中的战士过于得意的道理。

这时，围成铁桶般的士兵，哂了一声，便都散去了，剩下我一人伫立在银河之下。又一组温泉巨响着喷出炽烈的蒸汽，冲天的烟柱与星光相接为一体了。像被顶起来一样，火星高居所有星星之上。

我又想到苏珊。我有段时间没想这女人了。但这时我却那么思念她。她是否也加入了南军或北军的某一支部队呢？甚至，她是否就在刚才那场战斗中英勇牺牲了呢？我询问打扫战场的士兵，却没有得到这方面的消息。他们正在把敌人的尸体剥得精光，一只只倒挂在扭叶松上，并坐在她们垂落的长发下喝起掺血的酒来，群星都流淌在夜光杯中。我又想，不知现在中国怎样了，唐蛟会不会也参军了，并赤裸着被陌生的少年或成年男性杀死。我还只是在小时候见过妹妹那不曾发育的身体。

过了一会儿，喝醉的友军士兵仿佛想起什么，又跌撞着一群群拥聚过来，大声叫着我的名字，原来，是要找我下棋。

就在这天夜晚，我在似梦似醒之间，再次听到似乎有人呼唤我。我却没有一点儿回答的欲望。

又过了几天，山姆找到我，诡秘地对我说：

“你是否听说过灵杖的事？”

我吓了一跳。自打来到山姆部队后，这是第一次听人提起此事。后来细想，灵杖问题也许深深埋藏在了山姆的意识深处。甚至，他可能比铃木还在乎这个。看来，这件事情真的楔入了美国人的心灵，连山姆也相信了政府的宣传吗？我不禁大失所望。

“这事，我只对你说。”山姆小心翼翼道，“因为你已经是杀过人的人了。”

难道山姆真的相信我是神灵附体了么？

“我们最近得到了关于灵杖的消息。传说已被一群孩子获取。不知是否是真的。”

“灵杖是什么呢？”我假装糊涂。

“一种预测工具。士气并不能决定一切，还要有外力协助。谁得到了灵杖，谁就拥有了美国的未来。我们要推广艾科迈克语，就需要灵杖的支持。”

“真的有这种东西吗？”

“这当然只是一个传说，很多美国人都知道。它是可以被我们利用的。”

山姆抚着下巴，陷入暧昧的沉思。我很想直截了当告诉他，那不过是一个骗局。

“最近老打胜仗，但不祥的预感却也越来越强。”山姆道，“我们需要进一步充实部队的力量。”

我觉得，山姆心中弥布着对于某种事端无以释怀的恐惧。他一直在掩饰这种情绪。这会是我带来的吗？我觉出苦楚的好笑。因为山姆跟铃木是完全不能相比的。我对将要创造的新文明产生了疑虑。

“灵杖，如果被敌人得到，就会被他们利用，从而造成很大威胁。那玩意儿，是对围棋的挑战吧。”山姆说。

“这个很难讲呀……如果我们得到灵杖，是否就要放弃已有的图腾呢？”我忽然有了一种“失业”的危机感，虽然，我已不会下棋。

但这个，山姆还不知道吧。

“唔……”山姆摇了摇头。

“我认为，灵杖并不存在。”我近乎残忍地对山姆说。

“你害怕失去图腾的资格吗？”

“不……‘阿曼多’崩溃了，没有人知道怎么使用灵杖。所以，它实际上并不存在。”

“也许，你说得有几分道理。未来被算计得太过精确，这并不好。但我仍然有强烈的危机感呀。”山姆脸上绽放出了婴儿一样的可怖神情。

这令我重新不安。我的棋力丧失后，山姆忽然提到灵杖，这是一个什么样的预兆呢？我在军中的地位还能保住么？或许不是这么简单吧。

在随后的战斗中，部队并没有发现灵杖，却缴获了一副围棋和一份棋谱。从棋谱的内容看，竟是我与鲁斯在洪水围困的世贸大楼上下的那一局，当时是韩国人郑奉洪记的谱。这是国手级的人物才能领悟其意的棋局。我军友邻部队的那些普通而粗俗的游戏者，怎么可能拥有这样的棋谱呢？

这勾起我的好奇。南军中竟有这般人物？他是谁呢？棋谱是通过什么途径流传到这里来的呢？我意识到，美国这个国家，还藏有很多不为人知的秘密。我甚至心悸地想，围棋会不会其实是发源于美国的呢？这种想法让我觉得大逆不道。

我本人业已淡忘棋术，却因此对仍在下棋的人更加关注。这仍是缘于一种对形式感的惯性般热爱吧，却并非黏附在骨腔内壁上的嫉妒。

然而，在这残酷的环境中，棋谱的主人是否已经战死了呢？

我心中不禁涌起这样一种寄望：天下的围棋手统统死光了，那才好呢。

于是，趁人不注意，我把这份弥足珍贵的棋谱毁坏了。

许多年后，还有人在寻找这份棋谱。据说它无意中契合了宇宙格局的秘密，关系到终极真理一类的东西。因此，又导致了一场类以于寻找灵杖的混战，天下再复大乱，但那是后话了。这与你们的福地无关。

没有时间多想这些不切实际的事情，新的大战爆发了。两军对垒之间，头顶上方又一次出现大批的肯尼迪鸟。它们状如浮云，遮天蔽日，正在往不知名的地方迁移。那一定是它们的新世界。对阵双方皆停下战斗，千军万马呆呆朝空中看去。

鸟群忽然集中，朝太阳冲去，造成日食。群星像被一口吐了出来，满天鲜活无忌地闪现。两军士兵恐怖地发一声喊，各自退到十公里以外。

第二天，发生了新的大地震。这场里氏八级地震不是人工诱发的，而完全是自然界独立的创作。它摧毁了中西部几座城市，并使战争的进程再度延迟。

这犹如幕间休息。我想，该有什么事要发生了。

我们休息了半个月，才在焦急中好不容易等到战斗的重新开始。这天，山姆找到我，说："在对方阵营中也发现了亚洲人。"

"亚洲人？是中国人吗？"

"不知道是不是中国人。所以，才找你来呀。"他显得亢奋。

我复想到南军中出现的围棋和棋谱。我宁愿认为，这件事与东方人有关。

"怎么知道他们是亚洲人呢？"

"是'植物'最先发现的。不同的人种，因为体质和基因的差异，会在周围环境中散发不同谱的辉光，可以称作外气呀。'植物'作为特殊的生命体，是能够测知的。”

“那又有什么关系呢？”

“他们的存在使我忧心忡忡啊。这或许要打破力量的平衡，使士气流向对敌人有利的一边。”

我才了悟到，像对灵杖一样，在旧金山长大的山姆，对亚洲怀有一种下意识的恐惧。这堪称叶公好龙。也许，正是出于这样的心理，他才把我收留下来，作为军中之魂吧。这真正是一种二律背反。我才从深一层的地方开始去了解美国人。

说起来，在大军团作战的背景下，几个亚洲人能起什么作用呢？看来，上校的脑子里的确是有病灶了，一种美式的病灶。他目睹我在战场上神一般的表现，又把怀特・林的记忆叠加，便产生了这样的思想纠葛。然而，我却觉得，是我的不期而至，误导了山姆。

山姆认为，存在着一种普遍附体在亚洲人身上的宇宙魔力。在远古，亚洲人与大自然便有一种神秘的沟通。他们从不依赖人格化的宗教，并能够自主察觉到冥冥中的存在——所谓的众妙之门。

这种固执的想法，没有任何科学上的依据。但是，的确存在一些特异现象，很是让人产生遐想。这些现象从上个世纪末开始，明显多了起来。比如，在东亚和南亚大量涌现的特异功能人和以千万人数为单位的信仰团体。

另外，大批考古实物的出土，证明古代亚洲人比想象中更为发达，特别是，本世纪初在长江中下游地区发现了五百万年前的直立人化石。

亚洲中心论在世界主流知识圈变得流行起来，逐渐替代了二十一世纪前期占主导地位的人类非洲起源说。这竟引发了这两大洲之间的敌意和对抗。

“我们面对的这支南军，可能是我见过的最聪明的一群人。没有办法捕获他们呀。有一次在大雨中袭击我们、打死国防部长的，也是他们吧。唐龙，你能想想办法吗？我认为，你与他们在心灵上是可以沟通的！”山姆瞳孔放大地说着。

“上校，你这样说，让我很为难呀。”

“哦，求你一试，也是命令。如果你能使他们加入我军阵营，就会对未来有利，对你也有好处。我并不想看到两颗亚洲之星并列升起。它们在彼此接近的轨道上运行，因为牛顿定律的作用，最终将碰撞在一起而毁灭。”

这话触动了我。我想到，那些人里面或许真有中国人呢。说不定，我失散的队友也在其中呢。美国北军与南军对阵，实则是中国人与中国人在战斗！出于一种怪迂的心理，我便答应了山姆的请求。

“好吧。我试一试。”

这么说，一方面还因为我已接受了被赋予的新名：“布莱克・唐”和“东方妖魔”。这使我没有在失去棋力之后自我毁灭。“龙子”和“神童”，便成了陈腐的词汇。我将以新的身份重新确认自己——我必须要见到血，哪怕南军中的新对手是中国人，我昔日的队友。

另外，我也希望试验一下，我的能力到底能达到什么地步。我的潜意识说，唐龙啊，你可不能令你的白人命名者失望啊。

在“植物”那里，我看到了他记录到的敌人外气辉光图像——红外线与生物磁场的综合图。对手大概只有十几人，而不是料想的一支大军。

图像显示了他们的移动轨迹。他们也在黄石公园一带活动，感觉上，在帮助南军作战，却又好像不隶属于南军的任何一支部队。

奇怪的是，我只要安静下来，闭上眼，便似乎真能觉察到他们的存在，我甚至能感知到他们下一步会往什么方向移行。他们像无序的粒子，遵循布朗运动的法则，但其中又隐隐含有规律。

我真的与他们心心相印？山姆对我做出的结论难道是正确的？这引发了我对自己的好奇。如尼文所言，我究竟是个什么人呢？这个问题，来美国前没有想过。

失掉了下棋的能力，但身上某种可以称作超感官知觉的潜能却被唤醒。这使我惊疑且喜悦，难以置信。

“那么，就让我去找他们吧。但一旦遭到对方攻击，需要部队立即支援！”我向山姆提出请求。

“没有问题。”上校欣慰地点了点头。

我又一次离开集体，开始寻找与我发生着神秘联系的事物。根据辉光图像的导引和我的直觉，我终于接近了目标。

很快，弄清了他们的身份。

这是由于狗的出现。在那群人的队伍中，忽然传来我熟悉的狗叫声。

那是我留给苏珊的狗。

竟是铃木他们!

不知道为什么他们会来到这里，而且也加入了美国人的南北战争。

铃木的出现，激发了我复杂的情绪反应。另外……苏珊！我犹豫了。但最后我还是决定采取行动。我已不是当初那个只会下棋的唐龙，我已很有力量，我不再惧怕铃木，我可以跟他面对面较量。

我回来向山姆禀报：

“对手是神经质的，他们以攻击为乐事，采用现代和原始方式交织的作战技术。并非是真正的南军啊。”

“他们也是游戏者吗？”

“可以这么说吧。”

“游戏者，游戏者！”山姆撕扯着自己的军服吼叫，就好像在莫名的险恶中看到崭新的光明境界。

“他们只是一群孩子。”

“孩子？”

“跟我差不多大吧。”

“会不会就是传说中窃取灵杖的那一群呢？”上校眼中荡涤出汹汹光亮。

我心里“咯噔”一下，说：

“我想不会吧？要那样，就不好玩儿了。”

“怎么就不好玩儿呢？他们可以给你当玩伴呢。布莱克，真有你的。好啦，好啦，我不多说了。一切由你全权行动。”

山姆派出一支特战部队，由我率领前出，去抓捕铃木他们。

擒获这帮家伙比想象中容易，因为我曾经是他们中一员，多少熟悉其活动规律。他们对我的意外出现，则疏于防范。他们把营地扎在一座峡谷中的古长城废墟脚下。我带人把他们包了饺子。

俘虏们戴着战斗头盔，一时分不出谁是谁。似乎有女人叫了一声。狗则欢快扑上来，绕着我两腿打转。

人群中有人退却一步，想跑哪。我直觉到是铃木。我跃上前，揭掉他的头盔，也揭掉我自己的。我和铃木对视了足足三分钟。我想，你也有今天哪。

总之，就这样，我借助山姆的力量，天神一般降临到他们面前。

"哗！"孩子们全都惊叫起来。不少人也揭掉自己的头盔。我寻找苏珊，却一下没有找到。我有些着急。

铃木是一副恐惧的样子，完全没有了以前的神气。

"都在么？"我凑到铃木跟前，几乎和他鼻子碰鼻子。

"啊，有一半人开小差逃掉了。到底统不起来呀。"

我有些泄气。

"灵杖呢？"我压低声息，用威胁的口吻说。

"丢失了。"

"我不信。"

"真的。不信问他们。"

其余人纷纷点头。我心中涌起巨大的失望。

"围棋是怎么回事？"我只好退而求其次。

"什么围棋？"

"装什么装，你们一定下围棋了。"

"没有。"

"胡说。"

"没有就是没有。你知道我从来反对玩儿这个。"铃木哀怨地说。

"我抽你！"

我心慌着吼出自己也难以置信的话语。铃木吓得退后一步，脸色发青，打起哆嗦。

我想笑，但没能笑出来。我迷惑不已。那么，南军中的围棋，来自何方呢？正如山姆对灵杖的恐惧一样，失去下棋能力的我明显感到，围棋正在构成最大的威胁。这引发的是一种起源意义上的恐慌，却又暗示出进化的新路径。我去找李铸城。他惊喜交集看着我，一时竟说不出话。

这时，有人说："跟铃木说没用。他已不是头儿。"

是苏珊的声音。我转眼看她。几个月不见，她出落得更漂亮了。

"这几个月，去哪里了？干什么了？"我把苏珊拉到一边，问她。

"你走后，铃木大发雷霆，要调查内奸。他的自尊心受了极大伤害。这当然是没有结果的。他不甘心，就派人追杀你。那时我很担心。但显然没有成功。你还好么？"

"我跟'鬼角'有过一场遭遇战。当时很危险。有人做了我的替死鬼。你们怎样？"

"我们与新出现的南美人帮派打了几仗，都输了。随后，开始迁移。我们来到麦迪逊。那是一座美丽的城市，有一座桥，曾经很出名。"

"不容易啊。"

"我们住下来，继续给白佬制造麻烦。这座城里还残存警察。我们就把目标转向警察。他们是白佬中的垃圾，是最坏的美国人，平时以压榨平民百姓为生。这段时间，过得还算有意义。只是，我心里老是放不下你。"

"你看，我不是好好的么。"

"不久，我们发现铃木的灵杖是假的。它什么也不能测知，只能吓唬人。我们要求寻找真正的灵杖。铃木不干。'鬼角'便带领大家把他罢免了。"

"灵杖没有丢？"

"我们把它掩埋在了一个地方，就像埋一个死人。"

"哦。"我似乎松了一口气。

“新头领是‘鬼角’。他带领大家向密西西比河转移。我们又乘上一艘新的船，顺流南下，这时战争爆发了。我们一路观赏战斗，有机会就挑逗南北两军，不觉间便来到这儿。没想到遇上你！”

“‘鬼角’当了头儿呀。他大概老早就有了篡位之念吧。”我仍旧忘不了他的追杀，心里颇是愤恨。只是，一时我想不好，应该怎样报复他。

“真没有想到，你也在打仗。”苏珊感慨。

“现在想来，在你们那儿，还真有好处，至少学会了怎么打仗。”

“你杀过人了吗？”

“杀了。”

“感觉好吗？”

“这个呀，一句话很难讲清。”我嗓子有些发干，眼前浮现出死去的女兵模样。我忽然觉得，那个被我刺得千疮百孔的姑娘有些像苏珊。这种幻觉使我感到不祥。我努力把它压制下去。我决定不再提杀人这事。

“你还想回国么？”苏珊也换了个话题。

“唔……”

“唐龙，你有些变了。”

“叫我布莱克。我改名字了。”

“布莱克？”她疑惑地看着我。

“是他们给我取的。布莱克·唐。你今后叫我的新名字吧。”

“听上去的确很黑暗……我都不敢认你了。”

“你却还是那样子哦。”

“是吗？其实，我也变了。”

“你变得更好看了。”

我夸赞道。她立时露出女儿家羞涩的神态。我们的目光碰到一起，随即移开。我担心我今后的梦中，会出现血淋淋的苏珊。

“哎，对了，你们到底下了围棋没下？”我又去提那个烦人而阴郁的话题。

“你不是也问了铃木吗？他说的是实话。你对下棋还是念念不忘。是不是经常下呢？”

我不想告诉她，我已丧失棋力。不过，这倒正是我要证实他们是否还在下棋的一个主要原因。如果他们中有人下棋，这将把我置于何种地步呢？听了苏珊的话，我才放心一些。我也没说回不回国的事。这个问题，最好不要提起。

“我打仗的本领提高了。说起来，基本技术还是你教的呢。”我做出感激的样子，眼巴巴瞧着苏珊。

“这样我就放心了。”

她的话令我心头一热。我沉默一会儿，说：“苏珊，我们又见面了。我们不要分开了。”

“我也这么想啊。”

我还有很多话要跟她讲，却一时不知从何说起。我就离开苏珊，又去找李铸城。韩国人对重逢也十分高兴。他证实，在铃木军团——确切来讲，“鬼角”军团中，的确无人下棋。他当然想下棋，却没有机会。棋子都被我带走了，我人也走了。李铸城讲的这些，令我重新感到失落。

然后，我去找伊朗人。“鬼角”见了我，无法躲开，尴尬笑着，不像是个首领。我却笑不出来。

“不错呀，听说你当头儿了。”

“嘿嘿，混着呗。”

“我问你，你为什么要杀纽曼？”

“纽曼？”

“对，纽曼。我的好朋友。本来，他可能成为未来社会最伟大的实验思想家。”

“我不知道你在说些什么。”

“战争爆发的那天晚上，在光明城边上。你忘记了？”

“哦，那是误伤吧。”

“哼，幸亏是误伤。你本来是想杀我吧？”

“这不能怪我啊。是铃木让干的。那时我们都听铃木的。”伊朗人有些害怕，“唐，你要做什么呢？”

“这么说，怪不得你了。算在战争的份上吧。但你的罪行仍然无法饶恕。知道吗，你扼杀了美国文化。后果极其严重哟。”

这时我犹豫起来。然后我在他胸口狠狠揍了一拳。他没有还手。我心中的怨气一下消解了不少。如果是在加入山姆部队之前遇上他，我又会怎样对待他呢？

我宽恕了“鬼角”。而我以前在棋盘上，总是不把对手逼到死地，绝不罢休。

那么，南军中的棋坛高手，来自何方呢？我仍然固执觉得，他应该是一个亚洲人，一个至今尚未现身的神秘亚洲人。

我把这个疑问求证于“植物”。他也深感困惑。而就他本人而言，再没有侦察到亚洲人身上弥散出的神秘辉光。

我警告伊朗人，不准透露有关灵杖的任何消息，哪怕说它是假的。我怕山姆知道了会有想法，而我控制不了这个。

捕获了亚洲人，山姆十分高兴，积压在他心上的某些危卵般的悬念，好像敌军的尸体一样被火化掉了。

他又有了好情绪，下令把“鬼角”军团改编成与女兵队相辅相成的少年队，并委任我当头儿，伊朗人做副手。按照山姆的要求，我们这群亚洲孩子不用直接参加战斗，而是专职从事迎来送往的礼仪活动。我们很快行动起来。结果，搞得十分成功。东方人大概天生具有这方面的才能。

另外，山姆还在少年队中选拔一些人，组成一支围棋队。我认真考虑一下，决定任命李铸城为总教练。

山姆部队的官兵仍不被允许下棋。但是，围棋队是对外交往的窗口，其任务是与友军维持微妙关系。这件事情，我一个人已经对付不了。山姆大概也看出来了。此时的我必须知难而退，超脱出来。

李铸城这孩子的确优秀，非常投入，带领大家重新活跃了军中文体。他还发明了围棋的新下法，看样子，韩国人真要接替我了。我又不禁嫉妒。他可别太得意了哦。

“这就是传说中的文工团哪。当初，怀特·林有过这种构想。可惜他死得太早，来不及付诸实施。”山姆说。

“文工团？”我觉得这大概又是一个跟新文明有关的说法。

“你不知道文工团？你可不要气我啊。”

我不知道他说的是否就是八一军体大队。我的一些老师已经做到将军了。

“有了文工团，艾语就更好普及了。”山姆说。我耳边忽然响起了铃木的口哨声，它像毒液一样浸入我的淋巴。

此时，我经常在北军中巡视。令我高兴的是，孩子们没有辜负山姆和我，均表现十分出色。大伙儿根据不同部队的特点，搞出无穷无尽的娱乐新花样。我则不时召集大家，讨论更好的玩法。我仿照铃木“新闻发布会”模式，迅速把新经验普及推广。

这里面，只有铃木干得糟糕，我不得不把他从基层部队调回来。他的棋不行，游戏的灵感似乎也丧失了。

但我发现了他的一项特殊本领：一直潜藏的文学天才。这是铃木离开领导岗位后，逐渐表现出来的。

他热爱做俳句及和歌。兹引一首为证：

田纳西，

湖水盈盈照岩石。

血如丝。

我颇有感触，也对铃木生出一分佩服，而表面上，我并不有所表露。我强迫症一般想到，日本民族或许并没有在世界上消亡，虽然他们接连失去了本土、网络和太空的领地。在未来，我最需要小心而妥善处理的，也许是与铃木的关系。

总之，一切进行得很顺利。唯一的一次危机，是风闻苏珊要被山姆调去女兵队。后来弄清楚了，这是尼文的诡计。他见我在军中办得好事，连获信任，心生嫉妒，便向山姆提出建议：

“有个名叫苏珊的亚裔姑娘，长得不错，尤为善战，如果在女兵队，必定是好苗子。”

我听说后，非常着急，急忙找到山姆，对他说：

“这个苏珊我知道。”

“怎么了？”

“她是文工团的骨干呢，可不能随便抽调呀。”

“哼，女兵队目前就需要一名这样的骨干，有中国血统的。”

“可是，她并不是……处女。”

“你怎么知道？你跟她睡过？”山姆疑惑地盯着我。

“她跟铃木……”

“有意思哟。”山姆略带尴尬地笑道，“你是不是看上她啦？要真看上了，就赏给你。你这‘图腾’就可以修炼得更厉害啦。”

“别……”

“那么，是没有看上啰？”

“啊，不，看上了。”我嗫嚅，“但我更是为了你好。你得警惕尼文这个人呐。”

我一五一十告诉山姆，尼文与女兵们有染。我说得有鼻子有眼，不由山姆不起疑心。随后，我又表示愿意用手下一个叫卡玛拉的印裔姑娘替换苏珊，补充女兵队。

山姆像是很认真地思考一会儿，便对我的忠诚表示赞赏。“真妙，你想出了用印度人替换中国人的主意，这是围棋的什么招数？”他嬉笑着捅了捅我的肋骨，“那么，苏珊是你的了。”

我把此事告诉苏珊，她却并不领情。原来，她是向往加入女兵队的。我告诉她，去那儿的女人，都是些疯魔，要参加恶战，必死无疑。她说：“我怎么会死？我喜欢那样的生活。”我没有告诉她卡玛拉的事情，以及我为了留下她，对山姆承诺我要睡她。但我一想到这里，身体便不觉间硬了起来。

“唉，你不能让我为你担惊受怕呀。”我忍耐住腹中的压力，焦灼地说。

“唐龙——对不起，我不习惯叫你布莱克——这么说，我该谢谢你啰？”

“没什么，是我要报答你。没有你当初帮助我，我怎么会有今天！”我表现得诚心诚意。

“你都对上校说什么了？”

“哦，我对他说，你更适合在我手下做公关嘛。现在需要把友军的娱乐气氛搞得更像回事哟！”我头脑晕乎乎的，不知道自己在说些什么。

“上校同意了？”

“嗯，最初也没有。他说，要给我找一个好莱坞女星。我说，不用了，苏珊就是最亮的明星。”

苏珊这才“扑哧”笑了，脸色由阴转晴，恻隐地瞅着我，一边使劲拢着头发。头发有什么好拢呢？我紧张地闻着从她身体上传输来的气息，心想，尼文为什么一定要点苏珊的名呢？他发现我跟她有什么猫腻啦？可是，事实上什么也没有啊。

我几乎要冲动地去捉住她的手。但我最后仍然胆怯和犹惧起来。

苏珊忽然提出一个建议：我应该离开军队，回中国去。这使我很尴尬。我已有很久不想此事了。

“你怎么会有这个想法？当初你还劝我不要离开铃木那里呢。你说波士顿就是大家的乐园。”

“不一样了。也就是你走之后，我老在这么想。不知为什么，我一个人时，常常想你讲的那些关于北京和上海的故事。越想就越让人心里抓挠。你这人真坏，总是说中国这样好那样好。后来，美国又打仗了，波士顿也没有成为乐园。它也被炸毁了。我觉得，勉强把你留在美国，会害了你。”

“可是，苏珊，我现在不能走啊。”

“为什么？”

“我也说不清为什么。我好像已经习惯待在这里了。”我不敢说我已不会下围棋。这样回到中国，会很难堪的。那里的人们肯定无法认同。如今的中国人根本无法体会在美国待过的人的心情。他们没有这样的经历。

“别这样啊，你的祖国会接纳你的。一切是个习惯问题。只是这个过程，及其种种变化，速度太快了吧。就像当年的美国，它从蒸汽、电力时代，火箭似的跑到信息、梦幻时代，它独自用几十年时间，走完别人五百年、五千年的路。像中国，就连多民族融合，也花了漫长的五千年，可是美国三百年不到就完成了。这最初给人以很不舒服的感觉，但很快人们就习以为常了，觉得不就应该如此嘛，否则这个国家怎么能称作美利坚合众国呢。过去的一两百年，中国不也在重复这个过程吗？中国其实跟美国最相像了，兄弟俩似的。大家肯定会坦然接受你的变化，因为你来过美国了嘛。”

“可是，这正是令我害怕之处。”

“但美国眼下才真正让人害怕哟，那些美丽的危险，你都已亲眼目睹。说不定，明天就有一颗流弹飞来，把你打死。我知道你很痴迷这个，但你就不怕令我伤心么？你不能让我为你担惊受怕呀。另外，很多人嫉妒你呢。他们本来就不喜欢亚洲人。只有山姆罩住你，但他心里对你也不是没有顾忌。因此，他能保护你多久呢？他可是白佬。

白佬终归还是敌人。他们现在是自己人打自己人，但这必然是暂时的。他们最后还是要跟我们摊牌的。他们一旦把新文明建成了，就会把我们轰出去。”

“苏珊，想不到你竟也会胆小起来。”我感到自己正在不可阻止地变软下去。

“不是胆小。你有没有想过，你这是为谁而献身呢？真是为了美国复兴吗？那却不是你的国家。你误入歧途了。”

“可那是你的国家呢。”

“你真是这样想的吗？”她像一把枪一样笔直地看定我。

“不，不为谁，只是为我自己。”我一下慌张了，说出了潜伏在心中的想法，不禁惊诧莫名，“因为我在这里找到了一个能够不受管束的游戏天地，找到了我的本真和童贞，找到了我丢失的天性，找到了青春少年的感觉。以前我并没有这么兴奋和快活过。苏珊，这跟你想要加入女兵队，大概是一样的心情吧。你是想要战死吗？你没考虑我吗？”

我严肃地冲着面前的女孩说，也不管她爱不爱听。

“你真的是变了。”她陌生地紧瞅着我。

“是的，因为我不会下棋了。我必须用新的方式活着！”我终于把那事脱口说出，就好像把自己从绞索上放下来。

“你不会下棋了？！”

“别这样看着我嘛。我什么时候骗过你呢？”我难过地低下头。我想着苏珊在麻省理工学院那儿看到我的招贴画时的兴奋劲儿。

我们都不说话了。半晌，我又把头抬起来。我们像陌路人一样冷冷对视一阵。苏珊忽然抽了我一个耳光。

“你真糊涂。以前，你是这么说的么？你这样还怎么回中国呢？”

她掩面哭起来，猛地转身跑掉。

我的脸又热又胀。我这才稍有醒悟，呆若木鸡站着，腋窝和裤裆都湿了。也许，我需要好好想想这是怎么一回事。

我认为，不知从什么时候起，她就开始把我当作中国的国手来崇拜了。我代表着她心目中那个遥远的强盛之国。现在，随着我的棋力的消失，这样的一个中国不存在了。

我大概伤着她了。我还是无法走进这个亚裔美国女孩的内心。

不久，传来了卡玛拉牺牲的消息。她被拖了回来，已经不成样子。南军在她死后还对她的尸体进行了蹂躏，破坏了她的腹部以下，似乎是对我那次手刃他们女兵的报复。在葬礼上，李铸城亲手把残缺不全的女烈士掩埋了，而她的身体已事先被山姆详细探究。韩国人从此变了一个人，每天清晨，也欣喜而羞赧地在脸颊上涂抹鲜血。对此，我早有预料，并不惊诧。苏珊大恸，很久不跟我说话。

卡玛拉阵亡后，部队向南方进军，又遭遇了数次激战。因为战死者太多，兵员不够，少年队也被派去参加一线战斗，暂时停止了下棋和其他游戏。生死之搏中，亚裔孩子不辱使命，展呈出善战本色，把棋盘上的技能发挥得淋漓尽致，且歌且舞，杀红了眼，令敌人以为遇到公墓中爬出的鬼。战斗结束后，我们受到表彰。只有铃木表现不好，临阵退缩。

少年队内部召开一个会议。有人提出枪毙铃木。在山姆部队，处死逃兵，本是条令的要求。

对此提议，我一开始感到很兴奋，但真要做出裁决时，却犹豫起来。我思想激烈斗争着。我已不怕杀人，但要杀死铃木，却颇不安，心情复杂……最后，我放了他一马。在最后关头，我想到自己是由铃木下令，从洪水中救上船的。不管他曾对我怎样，我能活到今天，是因为铃木。

我只是用“清官”游戏报复了铃木。这次，是我充任“皇帝”，而铃木被五花大绑在木桩上。施出的具体刑罚，要比铃木对待我，稍微严厉一点点。我让“鬼角”割掉了他的两只耳朵。我没有割掉他那玩意儿，已经非常宽宏大量。我觉得报了仇。我甚至也觉得为很多的中国人报了仇。一劳永逸，就这样简单。

多谢美国，它把这块风水宝地借给了我。

施以私刑的事，没有让山姆和尼文知道。

自此后，我对铃木的怨恨渐然冰消雪融。

又有一天，部队再度缴获了南军的围棋。这使我受到很大冲击。我复记起当初来美国的使命，还有信息中间商对中国围棋代表团提出的那些问题。我也想到苏珊有关返回中国的提醒和劝告。我真的忘记了祖国吗？嗨，那些二阶光学五星红旗！

这时，却发生了铃木再次当逃兵的事情，这使我无法沉下心来思考自己面对的问题。我得先处理这事。我无法再包庇他。按照军中条令，等待他的将是极刑。但我一想到上次割掉了他的耳朵，就不情愿杀他了。我觉得耳朵里面寄寓有日本人的灵魂。

另外，我认为铃木跟卡玛拉是不一样的。是铃木的俳句打动我了么？或者，东亚人与南亚人，在血统上毕竟是有亲疏的么？光是长相就决定了很多事情。亚洲人其实并不是同一种人，他们之间的差异比北美人和欧洲人都要大。铃木军团也好，“鬼角”军团也好，最终是要散掉的。然而，就在这样的情形下，亚洲人的纪元却要开始了。这在人的思绪中沉淀下了认命而架空的预期。

于是，我准备再一次违背条令，偷偷放过铃木。与铃木彻底和解的冲动，压倒了其他想法。我同时知道自己这样做，其实并没有十足的道理，更多来自于非理性的惑乱。

在铃木离开时，我们相约在军营附近一条小河畔相聚。这时我想到自己从波士顿的潜逃，那时铃木还派来“鬼角”追杀我呢。我的气度使铃木深感惭愧，也令我自己难以置信。不过我得意起来，心想这算得上是我对他最严厉的惩罚了，比割耳朵厉害得多。他一生都得背负这个包袱，今后遇到任何一个中国人，他都抬不起头来。

这么一想，我又觉得自己做的事是极符合逻辑的，这是漫长历史的预定，不知算在什么因果报应的头上。

无话找话地聊了一会儿后，我把心中那个掖藏许久的问题提了出来：

“铃木，说实话，你是否和苏珊干过那种事？”

“哪种事？”他歪着脑袋，无辜地看着我，缺了两只耳朵的人，像个外星生物。可是奇怪的是，他竟然仍能听见我说话。

“就是李铸城与卡玛拉干的那事呀。”

“李铸城和卡玛拉怎么啦？”

“你真的不明白么？”

“噢，我知道。”他羞怯地低下头。

“说，干过没有？”

“唐龙，你真会开玩笑啊。”

“老实回答我，干过吗？”

“没有啊。”

“还骗我？”

“我是真不敢哪。”

铃木缩起身子，像一只刚刚出生的郊狼，虽然对这世界充满天生的仇恨，却无力反抗。我盯着他的形体看了好一会儿。

“我还以为你干过呢。”末了，我泄气了。而我本来应该欢呼雀跃才是，给他留下一个永恒的胜利者印象。

“因为都说她是我的‘妃子’吗？其实我什么也没有做呀。”

“是吧，是吧。”

“从血统上讲，她其实是中国人。我一直在心底惧怕着中国人呐，好像欠了你们好多钱似的，就像此刻这样。”铃木偷偷看我的脸色，就好像我是一个复活过来的讨债鬼。

“那、那你可真傻哟。”

我不明白自己说了些什么，这大概并不是傻不傻的问题。我也难以判断铃木所言是真是假，我只是盼望他口中能吐出点儿东西来，随便什么都成。这样，或能抚平我半年来波动的心绪。我在想象中，为铃木遗憾，又为自己窃喜。但这种窃喜，又有什么根据呢？真相究竟是怎样的呢？我能从苏珊那儿问出来吗？

这时，远方传来粗犷的炮火声。我似乎还听见，夹杂着清脆的围棋落子声，以及手风琴的奏鸣。

“唐龙，你和她挺要好的。怎么不干她一下呢。”铃木说。

“这个，我们年纪还太小了吧。”我恼恨铃木这么说。

“嗬，中国人，你太谦虚了。在美国，孩子们早就干这种事了。在你们国内，也是这样吧？”

“才不是的！我们的文化和教育体制不允许。中国，是文明的国度！”

战场上的杀伐声更加迫近。我想，铃木，你快些走吧。

“但你现在是美国人了。”铃木却好像不依不饶，“我早看出来，你比我还要美国化哩——你就是未来的美国人，这你想过吗？”

“怎么会呢，我来美国才几个月……”

“几个月就足够了。后来者居上嘛。总之，大概是因为中国还牢牢保持着它古代的那些优点，才做到这个的吧。你们经历过美国正在经历的——这本来应该是日本来做的，但是日本不存在了。”他凄凉地说。

“你不可能知道中国都有什么优点。”我一边倾听战斗的声音，一边快速说，“中国，是一个很大的国家，大得普通人无法想象。它的历史文化十分悠久，悠久得很多东西连我们都不知道。所以，你一个日本人，没有了自己的国家，又哪里晓得呢？虽然，你们继承了我们的一些东西，但那只是皮毛哪。我们都应该好好温习历史。”我已言不由衷，其实我并不知道铃木指的是什么，我也不怎么了解我的祖国。这是一个让人困惑的问题。而我的一番话分明带上了山姆的说教口吻。我很不喜欢自己这样。

“别让我太羡慕太困惑哟。”

“铃木，快走，你找你的同胞去吧。那样比较好一些。”我又痛苦地犹疑起来，是否真要与曾经侮辱过我的日本人彻底和解。

“我不行了。我这样的人，耳朵被中国人割掉了，我的民族是不会要的。再说，我的国家的确没了。‘樱花’号空间站已经坠毁。”

“那你打算怎么办呢？”我目不转睛瞅着这丧失了未来的怪物。

“当初有那么多雄心勃勃的打算，唉，现在看来真是荒唐得很。我也不想重组铃木军团了。没有必要。山本五十六大将战死后，谁又能再造太平洋战争中的联合舰队呢？我准备去南美。据说，那里正在迎来大发展。许多亚洲人在那里参加建设。我要去经商，我要去赚钱。南美将是世界的下一个经济增长点。”

“经济增长点？铃木，你应该去从事文学。这个职业，听说在上个世纪曾经很流行。现在需要恢复。报纸、图书已经恢复了，这我都看到了。南美那个地方呀，很不可思议，是文学的真正故乡。有志青年要往那里去。经济算什么？它只是军事的衍生品！文学很可能才是继围棋之后，下一场流行的运动。对于你这样怀有审美敏感的人来说，最适合了。那片土地上有人类未来的曙光。”

“未来吗？”他齿冷一下，“也许吧。反正，我再不想打仗了。”

“其实，我也不想打仗，只是有一种惯性在压逼我。有些东西还没有释放完。”

铃木吹起口哨。他对我说，这是一首古代的俳句：

阴云挂长天，
依然似可如往昔：
施雨至人间。

我迟疑道：“铃木，我们应该交个朋友。”在口哨声中，我眼前仿佛出现了日本人在阴冥晦灭的大雨中浇得湿缩的样子。

“交个朋友？”他仿佛不相信地说，“你不恨我了？”

“我不恨你了。”

我气息含混地说。我们试探着伸出手，怯怯击了一下掌。为这个结果，我似乎很是高兴，也好像有些悔憾。我又看了看他那并非人类般的头颅。

“轰隆！”一颗炮弹在我们的身边爆炸了。

铃木走后不久，北南军又在科罗拉多大峡谷一带激战。少年队作为预备队，再次顶上去，并很快打起主力。

在战场上，我和苏珊并肩对敌，互相支援。我们的关系很快就在生死关头修复了。

伊朗人和韩国人表现英勇，立了战功。尤其李铸城，简直杀疯了，把南军尸体的生殖器也逐一阉割。

大峡谷之战，使亚洲少年军名传遐迩。终于，美国副总统在玻璃桥上召见了我们。他即将宣誓就任总统——如果比格特总统再有一个星期找不到的话。这是一个菲律宾血统的美国人，上将军衔。在火红的奇峰异谷之间，他一边和国防部长兼北军总司令对弈，一边扭头对我说：

“你就是来自中国的‘东方妖魔’么？”

“是的。他们也叫我‘亚洲之星’哟。”

“你的事迹我都听说了。”

“这其实是山姆上校的功劳。”

“啊，山姆，他也名扬四海了。我准备提拔他。他沾了你的光哟。”

他投下一子，然后站起，逐一与少年队所有孩子握手。这让我想到艾米丽接见中国围棋代表团的一幕。是的，一切那么的相似。

“看来，真的是亚洲的世纪啊。你们忍辱负重留了下来，是美利坚合众国的幸事。”他发自肺腑说，“我们正在走向伟大的复兴。”他又恋恋不舍转眼去看棋盘。那儿似乎进入了打劫的阶段。然后，他从裤子口袋里摸出一个勋章，挂在我的脖子上。那上面的图案，是毒蛇盘绕的火星。

这时，我看到他穿的军装没有洗干净，上面布满干涸的血污，就像涂了精华的迷彩，像极了脚下的风景。他好像就是由这大峡谷化出的一个生物。

同时受到奖励的，还有一批“志愿兵”，都是外国人，包括夏威夷人、魁北克人。

此后不久，山姆上校成了山姆准将。

部队继续转战。在接下来的数次战斗中，北军皆胜。但少年队却再没有上佳表现。不知这与副总统的接见和嘉奖有没有关系。我怀疑，此事有可能直接引发了大家的自满情绪，损害了意识环境和战斗力。

并且，文工团中开始不断出现死亡。

在黑岩沙漠战役中，马来西亚人穆迪被打死了。

然后轮到韩国人李铸城。他是在米德湖饮了敌人投毒的水后身亡的。这事使我六十年后还耿耿于怀。

哈萨克斯坦兄弟失踪了。后来找到了他们被大卸八块的尸体。

……

一段时间里，我很是沮丧和颓废。山姆便安慰我：

“这些，都是战争中很自然的事情。该走的你留不住。不过，请放心，过不多久，我就要结束这场战争。”

“结束战争？不打仗了？”我虽然想控制住自己，但仍然大惊失色。

“是啊，我现在是准将了，我有更大权力了。”他胡乱挥舞双手，像要驱赶什么魔障。

“准将就能结束战争么？”

“哼，准将算什么！有一天，我还要以美国总统的身份访问贵国呢。”

“总统不是已有了人选么？”我诧异地瞧着山姆，想确定他是否疯了。文工团的死亡或许让他受到刺激。

“难道，我不能做美国总统么？难道，我不能去中国么？”他站直身体，近乎残酷地把肚子用力向上凸起，就像一只做过变形手术的大个头蟾蜍，“别忘了，我们要建立新文明。美国总统，至少得会说艾科迈克语呀，否则，还是换汤不换药，有什么意思。贵国领导人会看不起的。”

我刚开始还以为他是在跟我开玩笑。但我很快意识到，这貌似玩笑的后面，有一股近乎无敌的认真执拗劲头。

在攻克中国湖海军城武器试验中心后，士兵在附近的死谷中捉到一个中国老人。他老得都看不出多大年纪了，满脸金钱斑闪耀，像森林中忽然出现一段爬满蛆虫的苍藤。士兵说，发现他的时候，别的难民都逃走了，或者死了，唯有他还待在那里，坐在一堆枯骨上自个儿玩耍。要不是老得走不动了，就是对这个地界怀有什么特殊兴趣。

山姆对此事极为重视，带着尼文、“植物”和我去见他。老人英语不好，于是，我担任了翻译。不会说英语的人，多半是上个世纪的遗民。

老人童颜鹤发，用一种火山岩浆般的眼光平静注视访客，一点儿没有因为战争而受到惊吓的样子。我因为终于见到中国人，很是兴奋和紧张。

“你叫什么名字？”山姆问。

“周小军。”

“多大年纪？”

“再有一个月，就一百岁啦。”

嗬，出生于一九六六年，整整一个世纪啊。这把人吓了一跳。山姆和我都看出他是上个世纪的人，但没想到有这么老。我们的提问变得谨小慎微。

“你是什么时候来美国的？”

“说来早了。那是我二十岁的时候吧。我来美国读书哩。”名叫周小军的老人记忆清晰。

“在哪所学校呢？”

“芝加哥大学。那时还没有‘阿曼多’呢。但我没有读完书。因为没有奖学金，只好去打工。这一打工，就不想再读了。”

“这样的人当时很多吗？”

“大多数中国留学生，都一边打工，一边坚持把书念完。不这样不行呀，好不容易来到美国。为了脸面，撑也要撑下去哟。”

“那你为什么不念书了呢？”

“所以说我是不争气的中国人呢。”

“这反倒好了。其实，念书没有用。因为美国迟早要崩溃。往往是那些混得好的人在危机来到时，率先自杀了。”尼文面无生气地插了一句，说得大家仿佛不好意思起来。周小军老人却像一只古猿一样“咕咕”笑了。

“你为什么不逃走呢？别的难民都逃走了。”尼文又问。

“我这一辈子，可以说是从各种各样的灾难中打着滚儿过来的。有中国的灾难，也有美国的灾难。回头看来，都彼此彼此，没啥区别。大饥荒，大动乱，经济萧条和族裔冲突，我都没有逃。现在为什么要逃呢？倒是那些试图东躲西藏的人，那些逞强与逆境抗争的人，像这位说的那样，反而死了。所以，战争越是打得热火朝天，我越是听天由命，这样我的心才能像湖水一样波澜不惊呀。你们看，我不是活得好好的吗！”

“是呀，活得好好的……活了一个世纪的人，一定把什么都看清楚了吧？这场战争，很无聊是吧？”山姆又道。

“啊呀，这位长官呀，带兵打仗的人，怎么能这样说呢？战争哪里会无聊呢？是故意考我的吧？要说无聊的，应该是我啊，这么大一把年纪，还赖在这世界上。”

“如今科技比你出生那时发达了，人活到百岁不稀奇。不过，听你的口气，好像是说这个世界越来越糟糕了。”尼文说。

“科技与我有什么关系？我活到今天，靠的是自我调养。世事万千，从不在我心中留下鸿爪。我不生气，也不动怒。这是中国传统的养生秘诀。以前我只知大概，但来到美国后，经历了一些事情，才最终弄通彻了。要是待在中国，说不定已经死了。”

“死了吗？你真幽默呀。但还是想听听你的看法，特别是对战争结局的预测。以你百年人生的经验，总会有一些感触吧？”

“这位将军，你是问美国为何会走到这一步吗？”

“你可以随便说说嘛，没有关系的。我最想听中国人的见解。”

“你们不是有了很多解释吗？什么金融体系崩溃啦，民主制度败坏啦，创新能力衰退啦，纠错机制失灵啦，宗教意识淡化啦，等等。”

“但这些都没抓住要害啊。”

“天就要黑啦。”老人慢慢抬起卵石样的头颅，像要给人留下深刻印象似的，忽然往上看去，“星星又会出来。火星将升上中天，再落下去。这种事情，千百万年来都是如此。”

“你的意思是……”山姆紧张地伸出手，若要去抓住老人，却半途停下。

“历史就是重复自身。周而复始，分久必合，庄家轮流坐啊。”

“啊，我懂，我懂。这是中国的传统哲学嘛。”

“好比‘阿曼多’的崩溃。为什么呢？都说是恐怖分子破坏。然而，为什么一定要破坏呢？这其实源于‘阿曼多’自己发出的指令。它要有东西来干掉它。说穿了，是一种自杀行为。它成了‘世界之心’，成了第一，成了最厉害的，自己就害怕了，就危险了。它有能力在几天之内把人类带入石器时代，这让它惶惶不安，每天紧绷着神经。它在后期把自己变成了一个防卫端，一个时刻准备用来对付自己的武器。它害了抑郁症，不可救药，病入膏肓，活不下去了。这就跟美国一样，第一次世界大战后，你们强大了，就再也不可能自由、独立地行动了。你们每做一件事，都要考虑并针对世界上别人在做什么。你们幸福而无忧无虑的日子，那时就已走到尽头。所以，光有恐怖主义，而没有‘阿曼多’自残，光有外因，而没有内因，不可能毁坏这么成熟而复杂的机体啊。”

“自杀……这种精妙的推论，只能来自东方。”山姆迷醉地发出嗟叹，翻出白眼，吐出舌头，装作上吊而死的样子，“只可惜了网络上那些蓬勃发展、走向中兴的国家。”

“唉，它们本来都是一些虚幻，绝不能当真的。”尼文在一旁说。

“人和万物，都会有老死的一天。”老人说，“‘阿曼多’在我们看来正是壮年，可是在它自己的时间表中，已经衰老了。微循环系统于是发出了自杀的指令。”

“是这样啊。我们平时用的日历，靠不住呐。”

“然而，进一步看，这个指令，又并非‘阿曼多’所能构思出来。它跟宇宙这个大系统有关。在冥冥中，还存在另一个时间表。‘阿曼多’这家伙啊，跟我们一样，也不过是那台总机器的一个忠实却被动的执行者吧。它只是给自己的死找到了一个勉强的理由。事物都是要回到原点的。”

我们听了，都不由自主摸摸鼻尖。这是在死谷中的一个盆地，已经是零海拔以下。附近皆是高高低低的沙丘，远处分布着连绵的荒山野岭，渺无人迹，孤独而荒凉。天显得极高而稀薄，有一种浓繁的神志昏迷感。遍地白骨之间，一丛丛干枯的红色灌木破碎散布，在阳光的斜照下，给沙地留下纷乱鬼魅的投影，热气在翻卷着蒸腾，好像很快也要老去。动物都藏起来了，连鸟也不飞过。凹地处偶见长出一棵舞蹈般的约书亚树和一簇骆驼刺。百万年的地表板结着，像是湖水干涸后的特征，显露出没有文明的贫瘠。我们似若置身火星。仿佛某种近似意义般的飞物在心中闪烁一下，便迅疾消逝。

“这真是一个让人难以活下去的世界啊。”山姆说。

“要说难以活下去，那就多了。我出生时，刚好一百年前，中国也在发生一场大乱。它的疯狂程度，不亚于美国现在吧。八亿人，像自杀的旅鼠一样，齐步走到了悬崖边。无法想象大家后来是怎么活下去的。有时我甚至觉得他们其实都已死了。如今的一切，包括我自己，只是‘阿曼多’为了娱己，造出的游戏幻景。整整一个世纪后，现在轮到了美国，就好像有什么幽灵般的东西在附体呢。俗话讲，正是天意吧。”周小军与山姆越说越起劲，却一直对我这个翻译很冷漠，就好像我是一个额外增生出来的疣瘤般物体。

“天意不可测，还是谈谈地上的事情吧。这场战争，你看胜负如何？”山姆还是想有个具体的确切答案。

“哪里会有什么胜负！南北军都要输掉。覆巢之下，安有完卵？不过，有人想要渔翁得利呀。”老人说得坦白直率，像是不经意扫了山姆一眼，“但是，那人也没有料到，一切不由他掌握。他的时间表太过随意，无法跟宇宙的时间表合拍啊。”

“真、真有意思。你说的到底是什么人呢？”山姆显得有些慌乱。

“这我哪里知道呢。但那人自己心里最明白。”

“如果他一定要坚持去做呢？”

“他应该放弃有为，及时引身而退。”

“有为？”山姆生硬地做出不解的表情。

“植物”在全过程中只是安安静静倾听，没有插一句话，除了偶尔从牙缝间泄漏出一丝土灰色的浅笑。尼文则皱紧眉头。

山姆请周小军吃了一餐饭。不好意思，我们只有玛那。但老人胃口很好，把几盘玛那吃得精光。我们看呆了。他的模样根本不像一个人，而好似一头河马在进食，发出雷霆般的巨响。这么大岁数的人了，胃口这么好，饭量这么大，令山姆感喟，说老人像是中国古代的廉颇将军。他展现的仅仅是身体的奇迹，使他的思想相形失色。这个情况，我们没有预料到。我想，他再活半个世纪大概都没有问题。他终将成精。最重要的是，他是以自然而然的状态活着的，没有依靠任何基因工程或者酶工程。

席间，周小军仿佛只是无意中说起，他仍旧保留着中国国籍。山姆听了，显露出被食物呛住般的惘然。

“为什么要这样做呢？”

“这可不是因为我预测到了美国要衰落，中国将成世界第一。那时到美国来的人，能办绿卡的都办了。我是太没能耐。所以，现在还是非法移民呢。”

“绿卡”？“非法移民”？这样的词汇，令我们大眼瞪小眼，心中生发出陌生、暧昧、绝望和恐惧。

周小军没做解释，只顾着狼吞虎咽。他一边吃一边不停放着响屁。山姆终于喷出歇斯底里的大笑。

“不管怎么说，那你还是早就为回中国准备好了通行证啰？”他双手抱住肚子，委顿地对老人说。

“为什么一定要回去呢？就因为它今天强大了？”

这回，轮到中国人脸上流露出不可理喻的神色。我忽然发现他的表情整个就像做梦人那样。

山姆、尼文和我都苦苦思索周小军反问的问题，却不得要领。只有“植物”若有所悟点了点头。

一场大战之后，我和苏珊仍然活着，但已筋疲力尽。一天晚上，我们爬上附近的一座长城，相偎坐在滔滔不绝的火星光焰下，像一对在深水中生活的原始人。我把百岁中国老人的事情说给苏珊听。她的呼吸一下变得急促而滞重。

“他说得有道理，虽然，许多我听不太懂。”她说。

“他的每句话都很有逻辑，但合在一起，我却觉得他疯了。”我说。

“是你们疯了吧。”她像要防卫一般道。

“也许，你说得对。”

“什么？”

“是离开这里的时候了。”我说了一句同样出乎我意料的话。我说完后，就用手掩住口齿，仿佛吞咽下一只老鼠。

她默不作声，慢慢抬起双手，把脸捂住。我似乎感受到了女人复杂而微妙的心情，嗓子眼里不停冒出酸涩。

“都死了。”过了一会儿，她的嘴唇在指缝中动了动。

“哦。”

“铃木带来的原班人马，都死了。”

“也许，他们变成了星星。听人说，人便是与天上的星星对应的。”

我浑身寒栗，像要逃避什么，抬头去看星空。它仍然跟棋盘一样，在混沌中显现了秩序分明的布局。可是，谁是天上对弈的棋手呢？我想起来，我曾跟纽曼也这样枯坐着仰望星空。我们最不清楚的，就是这些无以尽数的星星的究竟。

有一天，我会不会也变成天上的一颗棋子呢？

一颗棋子就是一个世界。

每一个世界都不同，却又是相似的。

但它们为什么会存在？

这时，我吓了一跳。

一轮巨大的银色光盘正从南方浮游过来，活像幽灵。不明飞行物在我们的头顶上方盘旋一周后，做了个直角拐弯，向东方飞去。

我和苏珊既恐惧，又好奇，久久不能出声。我想到那晚跟纽曼在一起时，也看到了这个怪物。当时，它飞走后，战争便爆发了。

那么，现在，它预兆着什么呢？

“战争快要结束了。”我说。

“真的么？”

我无可明状点点头，入迷地望着不明飞行物消失的方向，好像那也是我所来自或将要抵达的去处。

“它是从哪里来的呢？”

“也许是从火星上来的吧。”我怆然看看那星宿，它与地球的平均距离有一亿多公里，“传说在火星一万米的岩层下，还生活着上古的火星人。由于技术的局限，人类的火星基地尚不能侦测到他们的存在。”

“我不相信。火星人为什么要来美国呢？连正常的人类都不来这儿了。”

“火星人为什么不能来美国？这难道不是美国人一直期盼的么？也许，美国人弃绝人类，搞孤立主义，是因为他们只愿意跟外星人打交道。在这方面，他们发疯般写过很多令人窒息的幻想小说，并拍过大量匪夷所思的电影。地球上只有美国人做过这样的事情。”这都是纽曼告诉我的。

“这真是太奇怪了。”

“只能说是见怪不怪吧……今天看见的，可不要告诉别人哟。”

我感觉到苏珊在颤抖。“你冷么？”我问，一边试探着把手伸过去。她稍稍用力就一把把它握住了。这是除了杨阿妹妈妈外，我第一次以实相方式，把手放在一个女人的手中。苏珊的手温润而柔软。我气血上涌，一阵眩晕。

再过一个半月，我就满十七岁了。到了那时，按照二十一世纪人类的习惯，距我真正成年，还有一年的时间。但我觉得自己早已老气横秋。

未来的阴影

不知不觉，美国南北战争进入第三个月。没有人想到，战争竟会持续如此长的时间。仗打了这么久，连《孙子兵法》的规定也违背了。孙子说："夫兵久而国利者，未之有也。"其中奥妙，美国人并不懂得。毕竟，王朝的历史太过短暂。可怜的他们只能在三百年里寻找智慧和答案。

但不管怎样，他们也要重走我们曾走过的路，经历我们曾经历的事。任何一样过程到最后都要重来一遍。

这时已是秋天。金风送爽，如刀似剑。在美国的各处风景名胜，旌旗翻卷，人心亢奋。一切就像拍电影一样。整个国家屏住呼吸。

僵持一段时间后，北军和南军终于在田纳西和密西西比河一带展开会战。这很像是旧时战争的翻版，尤其是南军平均每三人手持一册《一九九一年海湾战争指南》。但这其实又并不是那样一场战争。他们拿着这本书，主要是为了给自己找回一些自信。战争的形式似乎倒转至二十世纪中叶。不，它还在继续后退，退到十九世纪中叶，又退到十八世纪中叶。士兵们踩着鹅卵石和人骨头，摇头晃脑奔跑，手里舞弄刀枪。这个秋天是用人血染红的。

我们这些孩子也在不停跑动，两条小腿飞快交替，手中拿着围棋子，叮叮当当，享受着肉体焕发的活力。

“美洲大陆上，人们又一次自己动手打起了自己人！”有人边跑边说。

“什么呀，至少三百年前那一次是大陆军打英国军吧，反抗残酷无义的殖民主义统治哟。”另一人喘着气说。

“哦，不，他们都是白人，都是英国人！他们读同一本《圣经》，信同一个上帝！”我扭头一看，是缅甸孩子在说话。在波士顿，他曾经说过中国人吃人，引起了我的注意。

“你叫什么？”我这才问。

“貌珀。”苏珊说，“你应该早知道他的名字叫貌珀。”

“哦。貌珀……他还没被打死呀。”

“问题其实就是，”叫貌珀的孩子像个小精灵一样，毫不胆怯地看着我的眼睛说，“英国人对英国人为何如此凶狠？亲人残杀，血流成河，这里面原因何在？为什么信基督的人要跟信基督的人过不去？哦，他们在演讲中说了，那是为了信仰，对上帝倡导的正义的信仰，为了这个无尽的爱，做任何事情，可以不择手段！”

是的，貌珀说过，中国人曾经吃人。若有虎豹在身后追赶，我撒丫子跑得更快了。

“他们的上帝早已分裂成了两位……”一个阿富汗孩子笑道。

“其实，不就是有些人叛离祖国，偷渡到了另一个大陆后，就不愿意向自己的国家纳税了么？”貌珀轻松地发出纤弱而虚无的声音，“纳税，这本是天经地义的事情。不就是三便士的茶税么？他们难道不知道世界上还有许多国家，比如我们缅甸，公民们哪怕承担着更沉重的赋税，忍受着更严酷的迫害，甚至被抓进监牢、砍掉脑袋、五马分尸，却仍然痴心不改忠于祖国和政府，分文不少按时纳税吗？美国人为什么就可以例外呢？”

“为什么？”苏珊不安地问。这时不远处传来爆炸声。

“因为美国的开国元勋们，都是大地主、大奴隶主哇！”貌珀在爆炸声中提高嗓音，“他们可不是普通人。纳那几个小小的税钱，对他们来说又算什么？他们的目标无非是土地。他们在攫取领土方面有着赤裸裸的个人利益，我这绝不是夸大其词。土地才是最贵的，普通的逃亡者消费不起！华盛顿并非唯一在俄亥俄河谷获得好处的美国国家创立者。杰弗逊通过继承遗产也成了一个土地投机客。富兰克林则是那群寻求在俄亥俄河谷得到特许权的贪婪殖民者的代言人。而这些土地，原本统统属于印第安人。发动独立战争的主要意图便是要把印第安人的土地夺过来，因为当时美洲殖民者的祖国大英帝国鬼迷心窍，把兴趣放在了建立海洋帝国上，它颁布了一项别出心裁的条例，支持印第安人保有原住土地，结果惹恼了北美大陆贪得无厌的大地产商们。”

“历史的真相原来是这样哟。”孩子们走马灯般转换着脚丫齐声说。

“不，这还不是全部的真相呢。”缅甸人跑得更加欢畅，全身湿蒙蒙的，显得胸有成竹。

“全部的真相又是什么呢？”

“告诉你们吧，”貌珀低声道，“他们不光喜欢土地，还喜欢女人！或者说，他们喜欢土地，其实是因为喜欢女人。女人只中意拥有土地和在土地上建有别墅的男人。这个秘密全球只有不超过十个人知道。美国人的开国之仗，打的就是性自由，这是历史的一个大秘密。美国人——或者美国的统治者们——寻求的解放从来都是性解放。干这种事总是要打着自由与平等的旗号吧？他们来到新大陆，一下惊呆了：人这么少，地这么广，天这么高，没有了英国那个小破岛上的压抑，他们强占土地后，就感到身体憋得慌，有股欲望需要释放。简单来讲，他们要操！”

我不禁下意识摸了摸自己的肚子，侧头看了苏珊一眼。她的脸蛋儿微红。我们并肩跑向一条不归路。前方的枪炮声愈发清晰可闻。

貌珀的笑声断续传来：“所以，《独立宣言》列举的英国政府的一条条罪状，充满随心所欲、夸大其词和险恶用意。这就是男人跟男人的战争。谁能操，谁不能操呀！总之，美国就是这样建立的。它诞生在一张淫荡而昂贵的床上。”

“我理解了。”叙利亚孩子说，“难怪一进国会山，就看到华盛顿跟十五个裸体女人在一起的油画呢。”

“那时白人睡黑人，却不给黑人性方面的平等和自由。”老挝孩子说。

“后来，白人互相之间又不服气了。”貌珀说，“为了睡什么样的女人，北方男人和南方男人便开始决斗。英国维多利亚女王看不下去，就派出一支特混舰队越洋渡海前来干涉，支持南方男人的诉求，不料这些兵舰却被资本家林肯用放大镜聚焦太阳光一气儿给烧得灰飞烟灭。大英帝国的衰落便是从这会儿开始的。他们在鸦片战争中收获的果实最终都转交给了美国人。”

“这些情况后来被乔治·奥威尔写进了《一九八四》。”斯里兰卡孩子说。

“红人——印第安人，不，他们实际上是黄种人——更被置于性解放者的视线之外，被当作一个低劣物种而被断子绝孙。林肯本人就是屠杀印第安人的凶手哟。”阿富汗孩子说。

“不过黑人直到今天也没有获得真正的平等和自由哇，他们不是被强制改造了染色体吗？于是变成了恶心的白人。因此，在美国，黑人实际上也像印第安人一样被灭绝了。”印尼孩子说。

“所以，战争就没个完么！”貌珀说。

我不禁对飞速奔跑而口若悬河的貌珀刮目相看，他不愧是亚洲赠予美国的又一件特别礼物，我为以前没有深入了解他而痛惜。我又想，美国的逻辑总是把人搞得稀里糊涂。短短三百年就这样乱七八糟，你让那些历史更长的文明情何以堪？他们可是生育了更多的后代。貌珀说得对，正是基于以上原因，美国迟早还要走向内战，因为这群分裂主义者的后裔跟他们的祖宗先人一样，也是一群精于实用哲学的两面派。

哦，不需要三百年，不需要五千年，更不需要四万年，而只需要半年，十六岁的我似乎就已获得了思考的能力。正是这种本领让我恐惧。我要想我究竟要做什么。我转眼又看看苏珊。我感觉我的身体又要硬了，并且再也不会软下来。

九月二日，北军野战部队发动了一次突袭，几乎把措手不及的南军赶进田纳西河。多名高级将领阵亡。河水几乎被尸体阻塞，水面持久地以人油为燃料焚烧着大火。

紧接着，来自佐治亚的南军增援部队一度迫使北军返回田纳西河北岸，但这支援军随即被蜂拥而来的北军预备队包了饺子。

一鼓作气，北军集中优势兵力，在范弗里特将军率领下，发起新一轮攻击。南军吸取教训，组织起顽强的抵抗，寸土不让，阵地上甚至一度拼起刺刀。

根据史册的记载，“战斗是那样的残酷，士兵们在尝试用血肉之躯无法做到的事情，场面仿佛让人乘坐时间机器回到了使用石器的野蛮时代——除了田纳西河上空遍布激光和电磁炮射过的闪光，还多少令人感到有所慰藉。一摞摞的尸体在大雾中顺流而下，好像真正的世界末日终于莅临。”

史册便是这么说的，不容置疑。

这是美国第二次南北战争中最大的一次战役。是役，北军战死十五万人，南军战死三十万人。这差不多成了战争的分水岭：南军在田纳西河一带堵截北军的计划破产了。

南军惨败，将士欲哭无泪，虽然他们传统的、强大的宣传攻势仍在继续。但北军不吃这套，他们打疯了，要的只是敌人的首级和生殖器。

南军被迫撤回密西西比科林思一带，在那里重新构筑起工事。北军乘胜追击，包围了科林思城。乏味的攻城战斗很快开始。南军仅仅稍作抵抗，便丢下几千具尸体，退入佐治亚州北部。骄奢的北军在科林思进行屠城，杀死七万平民，并在杀人之前把女人先行奸污。

西线的北军也取得了决定性胜利。在内华达沙漠，北军成功摧毁了南军的五个战略补给基地。驰援的南军遭到伏击，被迅速击溃。

北军还突入加利福尼亚，把以硅谷为中心的南军高科技复兴中心夷为平地。这几乎使南军丧失了继续作战的信心。

海军也发挥了很大作用。一支北军水效器分队成功沿密西西比河推进到新奥尔良，并于次日占领该城。在坚守两天后，与一支登陆部队会合，控制了周边地区。

整个佛罗里达也像一枚熟透的果实，落入了北军之手。

将士和民众因为这场战争，又哭又笑。自从国家衰落以来，美国人很久没有经历这样的激动人心的盛大场面了。这也许真的将使这个国家走上复兴之路。人们还记得，美国历史上的繁荣昌盛，都是打仗打出来的。母亲和妻子把自家男人送上战场，而她们则在纽曼的画像前，双膝跪倒，重新开始久违的祈祷。

美国变成了一片焦土。在鲜血、脑浆、耳朵和肠子飞舞的空隙里，豪迈雄壮而感人肺腑的歌曲，比如《星条旗永不落》和《扬基·都德尔》，再次响彻云霄。南北两军伴随音乐展开战役，在小号、军乐鼓、小提琴、吉他和横笛的奏鸣中，秩序井然完成进攻、防御和撤退的步骤。

“可找到感觉了！”曾经亲眼见证美国在强盛时期如何打仗的七十岁以上老人说。他们按捺不住，纷纷从军，效忠自己喜爱的将领，汇聚在理想的旗帜下。于是，部队里面，除了女兵队、少年队之外，又组成了老人队。这使得战争进一步有了灵魂。

史册对战术的评价也很高：人的因素发挥了比武器更大的作用。

但说到底，也许又不是人。史册说：谁更像野兽，谁就能取胜。

这话说得太直白了，让人怀疑史册的真实性。

但哪怕是伪造的，也的确是光荣的记载啊。

九月十日，双方尝试和谈。但南方代表因为北方提出的条件过于苛刻，拂袖而去。指挥官巴顿将军说：“我们是为了信仰而战！”的确是这样的，美利坚历史上的每一次战争，无不是为了信仰，包括消灭印第安人。

谈判破裂后，为了达到崇高目的，北军经过周密的安排部署，决定攻击南军总部亚特兰大。这是一个战略要地，也是一座历史文化名城，建于十九世纪三十年代，三十年后毁于战火，后得重建。

亚特兰大战役实际上成了决定性的一战。其时，南军已把整个城市变成一座武装到牙齿的堡垒。所能搜集到的离子炮、激光炮、火箭炮和迫击炮填充了各处要塞，这些要塞是由写字楼、加工厂、夜总会和按摩房改建的。士兵们像冬眠苏醒过来的蛇蜴一样群集在里面，静待炮火的降临。

北军的总攻由李将军指挥。部队从田纳西州和佛罗里达州两面夹击。阿巴拉契亚山麓台地一带的争夺战尤为激烈。高技术装备已经起不到什么作用。士兵们都打红了眼。他们把自己变成燃烧的弹药，一队队跳出战车，簇拥着扑向敌人，同归于尽。阵地上死伤枕藉，惨叫连连，又欢笑不断。

史册说，这再次证明美国人是真正热爱战争的民族。自从立国以来，他们就没有停止过打仗。他们是在全世界打仗打得最多的一群人，越打他们就越是勃起。正如开国元勋汉密尔顿所说："在我们的胸膛中激荡着的是火热和具有破坏力的激情，其中充满更为强大的控制欲，而不是温和与仁慈的和平观念。"因此，说美国兵怕死，那是以讹传讹，是在侮辱这群男子汉，就如同说他们不敢跟女人上床。回顾一下历史吧，小的战争比如美墨战争、美西战争和美菲战争，就不提了，因为哪怕是在十九世纪剿杀印第安人这样的总是被史册略去不计的微型战争中，美国政府也满腔热情把五千名士兵送进了坟墓。这非常值，只用五千人，就让土著人口减少了几千万，放弃了几百万平方公里的土地。来看看大的战争吧，美国人何曾畏惧过牺牲：独立战争，死二十二万人；南北战争，死六十二万人；第一次世界大战，死十一万人；第二次世界大战，死四十万人；朝鲜战争，死五万四千人；越南战争，死五万七千人……每一次，他们都宣称为信仰而战，为理想而战，为驱逐暴政、专制而战，为赢取自由、独立而战。也就是说，从理论上和实践上，出发点和落脚点，无不是要捍卫人民的性自由权利。三百年来，美国人在美洲、欧洲、亚洲打仗，到从未见过、素不相识的地方打仗，把妨碍美国人过性生活的人干掉，从自家英国人杀起，再杀墨西哥人、印第安人、西班牙人、菲律宾人、德国人、意大利人、南斯拉夫人、日本人、朝鲜人、中国人、越南人、老挝人、柬埔寨人、阿富汗人、伊拉克人、叙利亚人、利比亚人、黎巴嫩人、危地马拉人、多米尼加人、格林纳达人、尼加拉瓜人、巴拿马人、海地人、索马里人……然后，他们就把阴茎深深插入对手尸体的新鲜伤口里，就像用吸管吸可口可乐一样，摄取死亡的基因，纳汇战争的气血，以此守护那伟大而崇高的理想信念。战争就是性幻想的实现形式。今天，美国内战战场上出现了怀特·林或布莱克·唐的魅影，那是一点儿也不必大惊小怪的。否则以美国区区三百年的历史，怎么能够取得如此辉煌的胜利呢。骄傲自大的美国人其实也是一个虚心学习、善于吸收的民族。

在这样的伟大传统的感召下，北军集中精华突击力量，于九月十九日实施空降。这是一支机器人部队。它们与守军在城中展开巷战。结果机器人反而被人类歼灭。南军往它们身上浇上可口可乐，使其电子元件顷刻失灵。

但是另一支北军部队占领了市郊起落场，并不为人知地通过一段尚未封闭的地铁隧道进入市区。南军因为忙于和机器人打巷战，没有注意到他们。北军偷袭了可口可乐公司，把它夷为平地。这同时是为了激怒南军，使其丧失理智。南军果然中计，倾巢而出。北军趁机炸毁桃树广场旅店，攻入州议会大厦，迫使巴顿将军率领他的指挥部退入有线电视新闻网总部旧址。

虽然这支北军部队因为人数太少，很快被负隅顽抗拼死一搏的南军消灭，它却为后续部队赢得了宝贵时间。

更多的士兵潮水一般拥进城来。对有线电视新闻网大楼的攻击持续了一整天，这壮观的场面引起了全世界的关注。国际舆论呼吁：赶快停战吧，保护这处著名的文化遗产啊！但高歌猛进的北军用纳米机器战士摧毁了大楼外面的能量防护罩。随后，五颗电磁炮弹穿过空洞，几乎把大楼整个摧毁。南军总指挥巴顿将军当场阵亡。

南军本来以为，躲进古迹里面，或会得到庇佑，却不料还是这样的结果。唉，他们想得还是太简单。这不是拍电视。

不过，南军一线部队的残余士兵，仍拒不投降。奇怪的是，他们的勇气和精神没有丝毫减弱。他们大概是学过围棋的人吧。他们一边手淫一边扣动扳机，意气风发向敌人射击。

南军回光返照一般的反击是由潜入北方的一支游击队发动的。这是一次出人意料的非对称作战。游击队化装成北军，袭击了位于马里兰州的安纳波利斯海军学院，并几乎完全毁灭了巴尔的摩这座唯一保留着十七世纪风貌的城市，还捕获了巴尔的摩乌鸦队的橄榄球员作为人质。

这支部队立即掉头向南进攻。南军成了北军，北军成了南军。所有至此时仍保持着幽默感的美国人一瞬间都笑了。

在这宏大背景的映衬下，我虽是山姆部队少年队的头头，却又一次成了一个不被注目的人物。

二〇六六年十月一日零时十八分，太空中残存的几颗卫星观察到亚特兰大和美国军队主要集结地出现了巨大的闪光和蘑菇云。

据测定，几乎同一时刻，在美国东部、北部、中部、西部和南部的多个州——包括弗吉尼亚州、明尼苏达州、田纳西州、亚利桑那州、佐治亚州、得克萨斯州、佛罗里达州，一共爆炸了十颗原子弹，当量分别在五百万吨到一千五百万吨之间。

瞬间死亡人数达到两千三百万，有军人也有平民。放射性尘埃飘入墨西哥、古巴和加拿大等邻国领空。

十次爆炸都是地面爆炸。据分析，很可能是事先埋设的大当量核地雷。

初初看来，既不是南军干的，也不像北军所为，因为双方的残余部队均在爆炸中受到致命打击。没有这样对自己下狠手的吧，难道是想玉石俱焚吗？

南北两军的战斗骤然中止。哪一方都没有能力继续打下去了。周小军的预言竟以这样的方式兑现。这个中国人早知道了！

然而，此时，美国大地上却冒出了一支几乎毫发无损的军队。首领是一位叫拉兹曼·山姆的准将。核爆炸当天，他在拉斯维加斯任命自己为美国临时大总统，组建军政府。他以这种方式脱颖而出。

随后，他宣布和平时代到来，并在全国实行戒严，抢救伤员，安顿平民，采取措施控制核污染。他还下令对核恐怖主义者进行追查，缉拿引爆原子弹的元凶。他说这打开了通往新文明的大门。

但人们很快注意到，山姆部队必定事先对核攻击有所预知，士兵们统统躲避在了“陆地鲸鱼”和有五防设施的战斗单元中。军政府所有人员穿上了防护服。于是，有了核袭击便是这支部队所为的传闻。他们既打了南军，也打了北军。这真是很有意思。

“山姆在贼喊捉贼！”《今日美国》的一篇社论说。山姆立即下令查封了这家重新开张不久的报馆，并不经审判便对总编辑执行死刑。但是，美国各地很快弥漫开来对山姆的怀疑情绪，一个反对山姆的全国性组织宣告成立。人们群情激愤，纷纷扬言要找山姆算账。他们声称找到了灵杖，灵杖告诉他们，未来引导美国复兴的领袖，不是山姆，而是一个名叫约翰·康纳的人。

山姆只当了五天不安稳的总统，这也便不奇怪了。

十月五日，在走进“陆地鲸鱼”中的总统临时办公室时，他被一粒正面飞来的围棋子击中额头，扑倒在地，当场昏死。随后人们在办公桌后面发现了一把支起的弹弓，连接着一根不仔细看就看不见的细铁丝。山姆进门时，身体碰着铁丝，触发了射击。

事后调查获得的结论是，弹弓属于山姆军中的少年队。但具体是谁干的，难以查证。据认为是核灾难遇难者亲属的指使。

唉，美国历史上最伟大的总统往往都最不幸，之前的林肯和肯尼迪便是例子。

山姆的大脑受了致命伤。他在血淋淋的战场上都没事，却在和平到来之际被一粒由弹弓发射的小小围棋子打成这样。我陪着重伤的将军度过最后的时光。这时，我们本应该谈论谁是凶手，事实上却无以名状讲起那个百岁中国人。

“我现在才真正明白啦。”山姆神采奕奕，一点儿不像个要死的人。

“明白什么啦？”

“他为什么能在乱世活下去啊。”

“为什么呢？”

“他能及时身退啊。他早有先见之明。如果当年他要真读了个学位，说不定就能在美国谋到好的差事呢，说不定就能成为一位华人政界或商界巨头呢，那样一来，他很可能就已经在排华浪潮中被杀死啰。”

“是啊。他的孩子，就会成为铃木那样的流浪孤儿了。”

“我为什么没有向他学习呢？嚯，我连他一半的岁数都活不到！”

“情况不一样嘛。你是美国总统嘛。嗯，别说这话了。你的伤没事，会好起来的。”我竭尽全力安慰山姆。

“有一件事情，没想清楚。他把啥啥的都看明白了，为什么却一直待在美国，不回中国去呢？”

“这个啊，当时不是也问了他么？可他没有回答！”我想，我自己不是也没有回中国去吗？这是一个最最复杂而不可言说的问题。谁要把它思虑清楚了，那他就是神了。

“总之，他在美国待的时间好长，比普通美国人一辈子还要长哟。”

“据说，凡是去到中国的外国人，待的时间都不会长。但奇怪的是，美国的情况恰恰相反呐。”

“噢，还忘了问一件事情：他是否会下围棋？”

“咦，好奇怪呀，当时谁也没有想到问这个。”

“啊，应该会吧。出生在上个世纪的中国人。”

“他为什么不自己主动说呢？”

“是啊，他为什么不自己主动说呢？也许，他疯了……”

“哦，他疯了……”

“活了一百年啊，他找过多少女人？他有没有留下后代？”山姆做了个猥亵的手势。

“这个呀……”

“我也来试说一说美国毁灭的原因吧。”山姆顽固而不甘心地说。

“那是什么呢？”

“每个国家都有自己的起源故事，唯独美国没有。美国的起源不是故事，而是新闻，一串串精光赤条的大事记，由于距今太近，每一件事情都写得有鼻子有眼，时间地点人物原因经过，太清楚了。历史怎么能这样清楚呢？怎么能这样具体呢？这就为它的迅速过时埋下了伏笔。于是，支持美国建国的那股动力，很快遇上了对抗的力量，它拒绝承认先贤们写下的东西，觉得左看右看都不像那么回事。这就是系统内部的逆流，最初的激情时刻一旦过去就走了。美国于是陷入野蛮和暴力的噩运。不像中国呀，你们有先见之明，你们的起源，统统是一大堆神话，而不是新闻，云山雾罩，风生水起，黄帝呀，炎帝呀，女娲呀，神农呀，拿出来就把人震住，永远不会过时，永远具有力量，永远包含答案。因此，美国天生有着致命伤哟，所以人们才说它的历史不可靠。相反，中国历史没有命门，它是可靠的。外国人为什么在中国待不长呢？回答十分明确！”山姆脸上露出狡黠的神色。

“这个，有什么关系吗？”

“你装糊涂呀。”

我没有装糊涂，只是感到思维有点儿要掉链子，跟不上山姆的趟。我觉得，山姆似乎并不是在说美国的历史太短暂。这只是表象。他从来就跟别人的想法不一样。他说的是另外一回事，还是与女兵队有关吧，他却巧妙把它转化为了历史问题，这太机智了！难道那颗围棋子真是打伤了他的脑部，而不是命中另一个要害部位吗？美国究竟在什么地方，还要向中国学习？哦，神话？哦，性交？嗯，好像都不是。或者，是中国需要向美国学习？学习怎么写新闻？宇称不守恒关系导致的迷乱令我头大。这需要你们福地的人们去细细思量。所以，好好完成量子化转世吧，不要辜负你们的时光。我个人倒是觉得，记载得清楚和具体，那不是很好吗？新闻怎么就会不可靠呢？同样厚的一本史书，美国的十分详细，一是一二是二；中国的庞杂得只剩下个粗线条大概，没有一个权威说得明白，谁都可以拿它来做文章，做成什么文章都无妨。想到这里，我的心绪忽然被一大团悲戚迷罩住。那些时空中的长城统统舞起龙灯。

山姆的眼珠子一遍遍快速乱动，像两颗围棋子，看着真有点儿恐怖。由此可见他的伤势的确严重。这让他的思维模式改变了。他能看到别人看不到的事物。

在山姆的要求下，我们下了一盘围棋。两人都是棋盲，因此，反倒下得随心所欲，自由自在，天马行空，无拘无束，只求在棋盘上摆满棋子，至于什么定势，什么手筋，什么布局，什么棋形，全不放在心上，拿着棋子儿往上面扔就是。多么简单啊。倒好像什么也没有下似的，空无一物，仅剩棋盘，不，连棋盘也没有了。收官时，这棋的模样，我现在还记得，美极了，回想起来，倒像是摆出了宇宙的机理。

下完棋，山姆面带羞涩，有话要对我说。

“布莱克·唐，你猜，刚才下棋时，我想到了什么？”

“你想到了什么？”

“我呀，又想到了你们中国的一个故事！你猜它说的是什么？它说的是，南朝宋明帝时有位官员名叫王景文，是个很能干的人。宋文帝非常器重王景文，还为宋明帝娶了他的妹妹。但宋明帝临死之际，对王景文非常不放心，担心自己死后，皇后临朝，王景文不会甘心称臣。宋明帝便遣使送药赐王景文死。诏书送到时，王景文正与朋友下棋。他看完诏书，将其压在棋盘下，神色自若继续下棋。一局终了，王景文从容收拾好棋子，取出诏书，端起毒酒，举杯对朋友说，‘我要走了，这杯酒不能劝你喝了。’言罢，一饮而尽。哈哈，他就这么走啦。”

我知道这个故事，在国内，闻铂欣曾给我们年轻棋手讲过。山姆不愧在哈佛研习过东方学。但他这是想要表达什么意思呢？美国总统面带阴晦而自嘲的笑意。

“你已经长大啦，布莱克·唐。”

“我差点儿才十七岁呢。”

“十七岁不小了。在完蛋前的美国，十七岁是大人了。”

“那我应该做些什么呢？”我猜他是不是要让我去找女人。

“你应该去做更重要的事。我已经不能做了。”

“你别那么说啊，你的身体会好起来的。”

“我不行啦。唉，这事儿很难，但希望你……”

“女兵？”

“不，希望你能继续按照我的方式拯救美国。”

“拯救美国呀。”我有些哭笑不得，“你的方式？噢，还是让别人去做吧。让活下来的美国人去做吧。我年纪太小，恐怕做不好本该由大人去做的事。”

“我就要被老天赐的毒酒召唤走啦，去见那些死去的帝王啦——华盛顿，杰弗逊，林肯，罗斯福，里根……秦始皇，汉武帝，唐太宗，康熙，乾隆……但你也得死。不过，只有中国才能救美国，只有中国才能理解美国的道统。这两个国家其实最有默契。你知道系统自相似性吧？”

这似乎又把我送回今年的那个春天。那时，我和中国围棋代表团，肩负拯救美国的重任，不远万里来到这个从未见过、素不相识的国家。

但它还是垮掉了。山姆说的这话，这半年里我听多了，听腻了。想不到，美国临时大总统也落入俗套。没有比这更悲哀的事了。我已不是早先的那个唐龙，这他知道的呀，我已不会下棋，我怎么会死！然而，我又觉得山姆或许别有深意。他不仅仅要我来继承他，跟随他的尸身而去。他提到的那种默契，或者系统自相似性，我似乎也能感到。我听到一个像是来自未来的声音在耳边说：这个星球上只有中国和美国，才是有使命感的国家。

“还是找别人吧！”也许，是“使命感”这个巨大而空洞的词语使我心烦意乱起来，我就不由自主推脱。

山姆着急解释，唯有我能将艾科迈克语普及到太阳系。语言，今后一切要靠语言。只要有了语言，万物终将延续。

“世界史就是一部语言史。”他说，“在未来新世界，说的比做的重要。”

我觉得山姆在呓语，心中悠然扩展出淤黑的涟漪。

他又道：“听我说，这并不需要什么特别的本事。我告诉你一个秘密。世界上还有五百颗原子弹，是以前的人偷偷留下来的。它们掩埋在五大洲一些重要地区。今后谁不听话，就以此要挟。尼文不知道它们在哪里。这个秘密藏在‘植物’的大脑中。你要与他结盟。你要跟他说艾科迈克语。那就是起爆密码。有了这五百颗原子弹，什么事都好办。所有人都得听你的。你就成了皇帝。嗳，你怎么不说话？”

“我……”

我想到山姆曾经预言，他将终止战争。而终止战争的最好办法，似乎还是战争本身，别的都谈不上，没有资格呀。这个道理，常常被人有意无意忘却。难道中国也要凭此来拯救美国和世界吗？从围棋到原子弹，这一步迈得真够大。我想到中国的文字，它的“武”字，是由“止”“戈”二字拼成的。然而，问题在于，它就要被艾语替代了。我一时不知说什么才好。在国内时，八一军体大队的老师还没有给我上到有关课程，我就跑到美国来了。

“你放手去干吧。别人我都不信任。”山姆忧郁而期待地注视我，用艾语说。

“我怀疑是尼文谋害的你。”我转而说起我认为本该说的事情，像是一心要帮助山姆查明真凶，惩罚罪犯，为他报仇。山姆为什么没有疑心到可能是我呢？他还满腔信任让我待在他的身边，并把使用原子弹的权力交到我手中。但他自己为什么不在就任临时大总统时宣布，他拥有五百颗原子弹？

“没有证据，可不要乱讲哦。”美国总统夸张而憋屈地做着鬼脸，好似一个正在潜水泅渡的人。

“他一直就对你阳奉阴违嘛。”

“那也不致加害于我啊。”

“肯定是的！”

“谁做的，有那么重要吗？”

“可是，尼文也会杀我的！”

“那你就先杀了他嘛。”

“我做不到啊。我不会下棋了。”

山姆像个孩子似的无邪笑了，仿佛这正是他等待了好久想要听到的。他鼓着座头鲸一样的苍白眼睛，仿佛准备说点儿什么，却幽幽说不出来。我害怕他忽然死了。我心中有一个疑问，我必须亲口听他解答。

“真的是你下令引爆原子弹的吗？”

他微微摇头。

“是谁呢？”

他奋力举起左手，用食指在空中画了一个图形。那是用艾科迈克语写出的“植物”两个字。然后他就咽气了。

这半年来，我虽然见过许多死人，这回却怔住了。山姆忽然死了。他脸上漂游着渴盼和遗憾交织的气韵。他似乎还有话没有向我交代。我若有所思凝视尸体。此时的他显得既熟悉又陌生，并且好像变得年轻起来。这就是那个与我在战场上相处数月的白种男人么？“陆地鲸鱼”的指令长？艾语的发明人？上校？将军？美国总统？

“来人啊！”我极度不安地大叫。

无人应答。

这时，山姆脸上一块没死透的肌肉铮铮跳动一下。我看见他眉心中央钻出一股短促而浓郁的黑气，顺着“陆地鲸鱼”的镍基－碳纳米管走道悠然飘走，在出门的一刹那，迟疑片刻，便断然离去。

我目送这股黑气升上虚空，没入大气，深感迷惑。我想到“阿曼多”的死亡。这是要去地狱还是天堂呢？世界上有地狱和天堂吗？这个发人深省的问题需要重新思考，虽然大家都有意无意不再说它。但事物并不如此简单，宇宙并不是我们看到的那样。我三步并做两步跑出去。待我叫了人回来，山姆的尸体却不见了。四处寻觅，也没有找到。

山姆死后，我陷入矛盾。我也企图按照他的遗嘱，收拾部队。但很快发现，这完全超出我的能力。军人们已不受节制，纷纷逃亡。他们不再尊崇布莱克·唐。他们对美国，他们对革命，他们对未来，根本没有效忠的意志和想法。山姆创造的体制和组织溃于一旦。

尽管做了最大努力，我也未能找到“植物”。传说他在混乱中离去了。他并没有如我猜测的那样试图控制部队。相反，他像中国老人周小军一样引退了，从这个世界上不留痕迹消失了。他是个聪明人。我逐渐相信，“植物”引爆原子弹的说法，应该不虚。因为实际上山姆是在听了他的建议后，才决定在全军采取防护措施的。但是，这并没有获得最终的可靠旁证。

山姆是在什么时候才知道“植物”的秘密的呢？总之，在做了这么惊天动地的一件大事后，“植物”悄无声息离开了。我想起那天他在一旁倾听周小军谈话时，面带的若有所悟的神色。那可不是普通人类的表情。

一天清晨，我在军营旁发现了一座新坟。似乎有谁偷偷把山姆埋葬了。

为了防止发生连锁反应和升级，应美军新任司令官尼文的邀请，联合国维和部队终于进行干预，拯救美国。看起来，联合国的势力已经完全恢复。安理会的决议说：“这毕竟是有近三百年历史的一个国家，不能让它退回石器时代。”话语虽这么简短，但似乎把什么都说到了。三百年，美国人创造了人类现代文明的大部分核心东西，它们尚未成为化石。但这里面的问题也很大。要把它们逐一清理，恐怕至少需要一个世纪。

由于各地仍有叛乱，散兵游勇不断烧杀抢掠，恐怖活动依然肆虐，而且发疯的美国人非常之多，联合国维和部队不得不在美国本土使用神经病毒和精神抑制武器。这样才把局势逐渐控制下来。

尼文和联合国秘书长拉里共同宣布了山姆的罪状。他们说，现已查明山姆是核爆炸的制造者。他死有余辜，遗臭万年。

我猜想这是尼文的临时军人政府寻求合法性的一个计谋。尼文是山姆之死的最大受益者。他要把屎盆子扣在不会说话的死人头上。但他们怎么不说是山姆终止了战争呢？这些美国人多么虚伪呀，在自己的国家被炸烂后还要乱搞。所以说，为什么一定要拯救他们呢？为什么不让这个国家直接退回石器时代呢？上帝他老人家如果还健在的话，也会同意这么做吧。

消除核污染的行动由联合国维和部队揭开序幕。这是在履行国际人道主义职责。预计清理被毁灭的城市及其周边地区要花至少三十年时间。重建则是很久后的事情了。从同情的角度考虑，新城市还会沿用以前的名字。也就是说，美国人仍将拥有华盛顿和纽约。但它们要交给联合国托管。美国被划分为十三个专属区，由联合国委托不同国家代行治理。美国块头太大，不这样切割开来，今后还会有麻烦。

这都是发生在福地创立之前的事情。我详细向你们讲述这些，是因为我们缆绳一样的历史最终还是被无情割断了。你们也许会把我说的这些事情当真，进行深入研究；也许不当真，只是一笑了之。但是，都没有关系。它只是历史的一种可能性。根据量子转世论，有好多种历史可供我们选择。对于你们而言，这也一视同仁。选择权在我们自个儿手中，所以一定要格外慎重。一旦做出决定，不管怎样都得走下去，而未来却立即变得不可测知了。

让我继续往下讲吧。把艾语翻译成你们熟悉的语言，不是一件容易的事情。

女兵队、老人队随后被取消。少年队也遣散了。我被革去职务。有传闻说，尼文政府将在原少年队成员中追查袭击山姆的凶手。他到处散布一个说法，称打死山姆的弹弓是少年队成员设置的。

这是一个极其险恶的阴谋。我认为，他把目标对准了我，他要一劳永逸剪除我，不留后患。是害怕我继承了山姆的遗嘱，真的掌握了原子弹吗？总之，他要秋后算账。这真是个权欲熏心的典型美国人。但当尼文开始动作时，我与苏珊和狗已经及时离开军队，行进在了逃亡路上。回头来看，我发觉自己这半年来始终处于实相旅行中。这在我短促的生命里是罕有的。无论是在北京还是上海，我都绝没有想到会是这样。因此，你们必须相信，剧变每一秒钟都可能来临，除了提前做好准备，别无他法。正是不停的奔波使我长大成人，令我开始思考活着的意义，并最终明白了活着本来就没有什么意义，而人要在这无意义的世界上努力活下去，这是一件不得不去做的事情。生而为人最了不起的，那就是他要用极大的勇气，以知其不可为而为之的心情，去面对并度过自己的短暂一生。人生用一个字就可以概括：熬。这不是一件容易的事情。很多人熬不过去就自杀了。不知道宇宙中还有没有像人类这样可怜的生物。外星人又是怎么熬过来的。

临行前，我和苏珊来到山姆的墓前祭奠。他的墓便是他的"冥窟"。半截埋在土下，半截露出地面。在他的壳上，那个神秘的掘墓者镌了如下铭文：

拉兹曼·山姆

美国第五十八届总统

他在试图联结过去与未来时不幸身亡

看着简陋的坟茔，我感觉不到这是一位总统。那么，这家伙算是什么呢？我想不出恰当的表达。也许他还是做一位带兵打仗的上校或将军更合适一些，这样的话他说不定现在还活着呢。

“美国为什么会衰落呢？因为它的历程太短而不足以构建神话吗？”我学着山姆的样子，自言自语。

“哦，也许，这的确是一个很大的阴谋，我是听缅甸人说的。”苏珊说，“他分析，美国的衰落是故意的，它使出全身解数作践自己，令自己溃败离乱，目的就是为了诱惑中国发展起来。它让你成为第一，你便落入一个最大的圈套，进入死地了。没有比这更有远见的战略考量了。美国的衰亡，证明了它真正的强大。这才是无懈可击的神话。”

我很惊讶，意识得这里面有不可辩驳的内在逻辑。但是，需要费这么大的周折吗？我又觉得苏珊说的很好笑，她也信缅甸人了。这女孩已被战争搅昏头。但这或许就是人们要拯救美国的真正理由？难道最终的目的竟是要让美国重新成为第一？如此我们才不会灭亡？我听见围棋子又在口袋里跳动起来，并互相发生激烈碰撞。

这时，我注意到墓志铭上没有写明山姆的出生年月和死期。这好像暗示山姆生活在一个没有时间的世界中。这样的生活实在是超出了人类的想象力。因此，联结过去与未来，这又怎么说呢？或许并没有过去和未来。这是只能用量子力学理论才能进行分析的事情。

但在壳的另一侧镌上了山姆发明艾科迈克语的全过程，包括一张详细的时间表，记录了每一个重要节点。啊，时间重新出现了，出现在它不该出现的地方，这让人毛骨悚然，并感到自嘲般的巨大迷幻。量子力学真的对吗？铭文则是用英语和艾语分别书写的。文章在结尾处，预言艾语将要消亡。

这个预言后来应验了。山姆死时，艾语人口已达三万，但他死后，艾语便逐渐被人遗忘了。它没有被任何一个国家或组织采纳。这与山姆料想的未来完全不同。艾语并没有成为改变世界的工具。但奇怪的是，我直到耄耋之年仍能流利读写这种语言。一些外星生物学家因此对我很感兴趣，企图探究我的“真实来历”。而我却在等待写完这个故事之后，不再使用语言的那一天的到来。语言不过是思维的符号。以思维捕捉思维，终无法超越相对，以致堕入迷误。多少年来我们一直在说话，实际上早已忘记了语言。

我和苏珊离开山姆的坟墓后，为要到哪里去，发生了争执。我想去找那些原子弹。但苏珊坚持要我回国。她认为成了世界第一的中国正面临危险，我的任务，就是回去救它。实际上，我这半年来，都在思考，我真正的使命是什么。那么，现在有了结论吗？最后，我还是听从苏珊，决定去寻找中国维和部队，在他们的帮助下回国。对此我内心有着激烈冲突。究竟哪个才是我的天赋使命呢？

由于核污染严重，我们一直不敢脱掉从山姆军中带出的防护服。当然，我们给狗也披上一件防护服。它真正成了我们的患难朋友。它对这样的结果好像也感到比较满意，一路上与我们形影不离。

我想，正是从军的这段经历，为我和苏珊逃离险境提供了方便。我们更加机警、无畏和果断了。我们可以在遇到阻碍时立即杀人，而不会有丝毫犹豫。唯一不对劲的是，我辜负了山姆，没有执行他的遗愿，去与“植物”结成联盟，掌控那五百颗原子弹。不过，这事也没有最后确定。谁也不敢说明天一定会怎样。说不定“植物”正在找我呢。

寂寞的美国大地被核冬天笼罩，暗淡荒凉。草木摧残，生命凋零，连太阳的颜色也改变了。不，其实是根本看不到阳光。路旁和河流中随处可见黑漆漆的死尸，以及车辆和机械的残骸。受伤和饥饿的人们像蝗虫一样乱窜。听说有的地方发生了人吃人的事情。在许多案例中，怀孕的母亲为了活下去，剖开自己的腹部，把子宫中的胎儿掏出来吃掉。野生动物也在随处游荡，找人来吃。难民和动物都没有防护装备，受到核辐射的污染，纷纷死去，或发生变异。这块大陆上今后大概会进化出一些奇特的生物。

这些全是真的，比起上半年的大洪水和大地震，情状更加凄厉，但在我看来也实属自然。只能说这是一个习惯问题，世界上很多民族都善于忍受灾难，美国又怎能例外。我和苏珊一路上更加小心翼翼，武器一刻不离身。

已经在一些地方能见到联合国士兵了。他们忘我地清除核爆炸的放射性污染，积极向灾民发放救济物资，也不停开枪把偷盗抢劫的匪徒打死。我和苏珊见到他们，便打听哪里有中国人。不巧的是，我们最初碰见的都是新苏维埃共和国的军人。

他们告诉我们:“向东吧，那里灾情严重，有中国人。”

他们给了我们面包和香肠。这是难得一见的新式食物。我们早已饥肠辘辘，此时心花怒放，力量倍增。吃了东西，我们便向东行。我记不得这是第几次，在美国大地上穿梭了。晚上，我与苏珊宿在野地。她睡得总是很香甜，好像什么事也没有发生，大概是长期的流浪和打仗生活让她能够这样吧。我则冷得睡不着。这时，我便默默在一旁注视她。她虽然戴着防护面具，但我也能感觉到，她虽然瘦了，却更加俏丽动人。这时，我多么想俯下身，在她的脸蛋上亲吻一下呀。但我没有勇气这么做。到目前为止我们仅仅拉过手。我浮想联翩，又惆怅不已。这时，火星的光芒便穿透核污染的重重墨云，洒落在我们的头上肩上，跟无数的枫叶似的。

我忽然听见边上有动静，原来，是匪徒又来试图袭击我们，要抢走食物和装备。我叫醒苏珊，一齐阻止，把他们打退，但是我的防护服却被流弹撕破一个口子。苏珊便把她的防护服脱下来，换给我穿。我请求她收回，最后却只能接受。苏珊又一次救了我的命。

在白天，苏珊有时也会用欣赏和怜爱的目光注视我。她说："你的确长成男子汉了。记得在那艘船上第一次见到你时，你除了下棋，什么也不会。现在，你除了下棋不会外，其他的都会了。"我听了这话，便一整天在感伤中陶醉。她这时要我去做任何事情，我都会去做的。但我又觉得，我并没有长成真正的男子汉，我只是变作了一个怪物，与养育我的土地已格格不入，与祖国再难相认，更谈不上为她做什么。但苏珊却说我一定要回去才成。也许她有道理。

这天，在阿肯色河畔，我们发现了纽曼的墓碑。墓碑是用钛合金做的。纽曼的名字赫然在目。碑上镌有他独具一格的形象。这墓或许是他的疯子爸爸修的吧？我不禁落下眼泪。我告诉苏珊此人的来历以及跟我的一段因缘。我说，纽曼本来是可望成为新人类的。苏珊听了感慨万千。

"竟然有这种人哪，我都不知道。太可惜了。"她说。

"是的。他也许比铃木和山姆都更值得活在这世上。"我心想，每个人看上去都可以改变世界，但每个人的命运又都被世界注定。这里面的原因十分浅显却又极为深奥。

"美国的复兴，因为这家伙的死亡，不知要推迟多久呢。"

"说这种话呀。你到底是在美国长大的啊。你是香蕉人么？"我刹那间怀疑起她劝我回国的动机。

"对不起。以后，我一定要忘了美国。我是向往着上海的呀。"她像偷吃了鱼儿的小猫一样忐忑瞅着我。

“那倒不必，真的。”

我在纽曼墓前供奉了一点儿食物。当初，我们就是为了吃一口玛那，而出卖棋艺和美国文化的。现在想来大可不必。可在那时，却千真万确，不这么做就不行。你得先活着。我在美国活下来了，而且吸取了丰厚营养，长高了，长结实了，还获得了思考的能力，这真是奇迹。

纽曼的墓上，已长起高密的杂草，比别处的更为丰茂。我想，一定是受了大尾巴的滋养吧，草木会感恩的。美国文化也找到了它的归宿，那就是阴湿的地下。

我想，他那科学家爸爸现在又在哪里呢？会不会也被原子弹炸死了？那可不妙，说不定他已发现宇宙的真正秘密了。

我对着坟墓默默说：地下的新人类，你安息吧。请你在永恒的黑暗中创造你的自由国度吧。

离开埋葬纽曼的地方，又漫游了七天七夜，在密苏里州，我们终于遇到中国军人。这是一支来自台湾特别行政区的海军陆战队。他们承担了道路抢险和能源恢复任务。见到同胞，我和苏珊两腿一软，瘫倒在地。几名士兵立即把我们送进医疗车，用一台六字诀放射器进行紧急治疗，又泡方便面给我们吃，才把我们救了过来。一位个子不高、模样精干的上校看望了我们。

“其实，我们也一直在找你们。”他说，“北京在每支部队中发放了一份滞留美国的中国人名单。”

他拿出一张打印纸给我看。名单详细得不能再详细。上面果真有我的名字。天哪，祖国一直没有忘记我！我受宠若惊，热泪盈眶，却又惊惶不安。我看见，我的名字后面，还注明了我的身份和特长。这真是让人无话可说。

“是为了找到我们，才来美国的吗？”

“这只是一部分理由。根本上，还是要救美国。”

“为什么？”我觉得兜了一个大圈后，一切好像又回到原点。

“我们相信，它虽然衰落了，但仍是一个伟大的国家。当然，不是说它创造了多少物质文明成就，而是经过这半年的研究，从三百年前它的建国者发布的告白和言论中，终于看出端倪。这些文辞表面上好像跟幻觉一样，大而无当，被自身的冲突遮住视线，被现实严重扭曲，甚至起草人也大多行径卑劣、言行不一，但它们仍然保留了一些闪光和悟性的种子。它们阐发的抽象真理，虽然没有完全兑现，却适用于所有时代的所有人。什么是人性？这种自相矛盾的东西，不就是人性嘛。对于发生在美国的一切，我们有着共鸣。这个星球上只有中国和美国，才是有使命感的国家哟。”

“啊，这是台湾人的想法吗？”我好像做梦的虫子一般，嘴里发出“唧唧”的滑稽声音，不禁又想到系统自相似性。但上校没有提到性解放的问题。

“不，当今中国的主流舆论都这么看呐。”他说。

我觉得很不可思议，怀疑这又是什么神话的素材。我不想跟上校讨论这个非凡而危险的话题，就向他打听围棋代表团的其他人，打听中国的情况。上校说，当初来美参赛的其他一些棋手也找到了。中国的情况很好，请放心吧。伟大的祖国没有遭到任何袭击。核爆炸全部发生在美国，对中国不构成直接影响。中国这次一共派出十万名官兵参加联合国维和部队，是人数最多的。“阿曼多”已不可能恢复。清华大学的神经科学家在脑电超长距离直接通讯方面取得了重大进展。不久，我们就可以让自己的想法直接进入别人的大脑了。人类个体的区分将不复存在，也就是说，一百亿地球人将成为一个人。

“是用尾巴么？”

“尾巴？什么尾巴？”

“我是说……”

我粗略地把纽曼的事情讲了一遍。上校听后“嘎嘎”乐了。

他摇了摇头上的辫子，说：“我们不需要尾巴。那种东西呀，比较原始，会带来意想不到的灾难哪。”

我一拍脑袋，说：“嗨，也是的，中国怎么会有灾难呢。我这笨啊。唉，在美国待得太久了。”

“新的伟大时代就要来临。”台湾人激动地用闽南腔调的普通话对我宣布。

我想起关于后机械文明的说法。我向上校讲述了自己的所见所闻。上校听后，脸上露出费解的表情。

“‘后机械文明’？我怎么没有听说过？那与我们规划中的未来可不一样。另外它与曾经出现过的信息文明有何区别？关键问题是，他们要用这个文明来做什么？我得赶快把你说的情况向上级汇报。”

我说，不用了，山姆已经死了。但台湾人却没有注意听我说。他显出焦虑的样子，好像肩负着重大的职责，从而试图表明他是一名十分忠诚于祖国的军官。我这时又想起另一件事情。我犹豫是否要向上校报告，世界上还藏匿有五百颗原子弹，山姆准备把它们交给我来负责。我觉得，如果我坦白了这个，中国就会宽恕我失去棋力的罪过，从而与我相认。但这时他们说要给我的狗喂食。这事儿便搁下了。

上校把我的名字告诉了总部。那边很快派来人员。我一眼看见了围棋代表团的余潜风领队。原来，世贸中心倒塌时，大船发生爆炸后，他也和幸存的队员们四处逃生，历经千辛万苦，设法回到了中国。现在，他们又来美国了，统统穿着军装，正在联合国维和部队中开办围棋班，教导广大官兵学棋。这一回，围棋似乎真的在救援及重建美国的过程中发挥了重要作用。但我不曾亲身经历，没有发言权。你们自己查阅有关史料吧。

闻铂欣、米遇春和其他一些前辈则不幸身亡了。曹克己还活着，但失去一条腿，坐上了轮椅，后来又嫁接了一段仿生腿。现在的他看上去倒有些像是“植物”。曹九段逢人便说，美国的这场嬗变，早在他预料之中。他对《周易》更感兴趣了，说未来的答案都写在了这本书中。我瞅着此书，从那阴阳鱼上，发现有灵杖的影子。与队友们的重逢使我百感交集。我怎么跟余潜风说自己丧失了棋力呢？“龙子”已不复存在。好在他们闭口不提围棋，更没有叫我也去教那些蓝盔战士下棋。

余潜风见我变成熟了，又高兴，又伤感。“给你父母通个话吧。”他说，“他们想死你了。”

“怎么才能联络上呢？”我不知道该对他们说些什么。

“知道‘电话’吗？我们正利用海底电缆进行古典式通讯。这一点还是办得到的。很多旧事物都在大行其道，复古成了如今的主流。你知道‘自力更生’系统吗？”

父母在上海接了“电话”。他们一听我的声音就哭了。我也哭了。半年了，我终于听到来自中国本土的声音。我第一次真切感受到家人的存在并不虚妄。苏珊在旁边看着，也直抹眼泪。

苏珊准备跟我一道去中国。这时，我们总要想起李铸城、阮文杰、卡玛拉、穆迪……当然，还有那些仍然活着的孩子，包括铃木。

“不能抛下他们。应该把活着的人带走。”苏珊说，“大伙儿的故乡在亚洲。当年，我的爷爷奶奶总爱讲一句古怪的成语，译成中文就是‘叶落归根’，虽然他们最终也未能回得去，却把希望寄托在了我的身上。现在，我要实现他们的梦想。”

我对于苏珊的任何想法，都表示赞同。她是个心地善良、瞻前顾后的好女孩。我觉得能把她带回中国，也是件好事，这是我前世修来的福分，也是这场动荡给予我的物质和精神奖励。总之，别的孩子另说，但苏珊是一定要去中国的。苏珊因为把她穿的防护服换给我，而受到核辐射，加上她以前负过伤，身体变得不好了，也需要到中国去治疗。

值得期待的是，也许，真的是亚洲人的纪元了。想起来，多么的不容易。这是地球上一个最辽阔而又最多姿的区域，它有着全球一半以上的人口和超过一半的世界历史经历，承载了世界上最古老的文明传统，代表全人类历史中最重要、最丰富、最多彩的篇章。现在，一切环绕在以中国为中心的这片广袤土地上。

铃木说过的话又在耳畔响起：亚洲是最大的洲，那里有世界上最高的山峰……世界上最重要的宗教都产生于亚洲……亚洲才是“世界之心”。

人类文明的第一次实战核爆炸发生在亚洲，而现今的亚洲却未被战争风云席卷，保持着繁荣稳定，人民安居乐业……但是，今后，所有人就要成为一个人了，这使我在欣悦中感到隐隐悲凉。这与颠覆中国的阴谋有关吗？

在联合国救援小组的帮助下，我们联络上了部分原铃木军团的成员。他们大都表示愿意回到亚洲，有的还提出要定居中国。只有貌珀和艾哈迈德不愿回去。

缅甸人说：“我不想回去，我害怕。”

伊朗人说：“不管美国人曾经对我的祖辈和我怎样不好，这毕竟才是我成长的土地。我不能在它需要重建时离开它。虽然，我的老家在亚洲，但整个地球，也是我的家。美国之所以弄成今天这样，就在于它的躯体内伊斯兰元素不足。我们已经惩罚白人了。我们不应该像美国人那样小气。”

这话说得其他人很惭愧，恨不得打个地洞钻进去。没有想到“鬼角”竟会这么说。我不想听到这是从伊朗人口中讲出来的，却觉得他强化了一种情感，并且有些道理。我猜他也许是要弥补毁灭美国文化的过失。这只有伟大波斯文明的现代继承者才能做到。我对“鬼角”的最后一点忌恨，也于此时彻底消解了。

我们没有找到铃木。有消息说他正行走在通往南美的旅途中。还有消息说他已经在巴西的中国空间电能与文明传播公司找到了工作。但最后却传来了他的死讯。

这是一位科威特孩子讲的。他说，他在流浪中，认识了一个日本人，准备去南美。根据这孩子描述的特征，该人无疑正是铃木。他们两人商定一同去南美找工作，却在途中遇上了核爆炸。

“他受了伤，身上的皮肤都掉下来了。那时漫天下着黑雨，好像世界末日。他非常痛苦和绝望。他是自杀的，对准自己的脑袋开了一枪。他不愿意等死。”科威特孩子说。

“他死之前说过什么话吗？”

“他直叫口渴，还要什么隐形眼镜。他害怕见鬼。不戴隐形眼镜，就满眼都是鬼。我告诉他，哪里会有鬼呢？但他说就是有，每个活人身后都跟着一个鬼！”

“鬼？”

“是的，谁都逃不掉呀。”

周围的空气中似乎有什么东西在颤动。我不安地朝身后看了看。我又问：

“他向你交代什么后事了吗？”

“没有。”

“他也没有提到谁的名字？比如，苏珊？唐？”

“没有。”

“那么，一定讲到灵杖了吧？”

“也没有。灵杖，那是什么呀？”

我有些失望。铃木最终还是被原子弹炸死了。他的时间表竟是这样安排的么？我不禁黯然神伤。苏珊毕竟与铃木有过一段交往，眼圈红了。

联合国维和部队安排了我们这群孩子的回程。由于清除核冬天，整个内层空间禁止民用飞行，因此，我们将乘坐磁悬浮海底列车，经由太平洋回国。这时，我才意识到自己的难民身份，不禁对此趟“使命之旅”感到犹疑。苏珊却不停为我打气。

我们又向西穿越美国，最后辗转到旧金山。它是加利福尼亚最大的城市。加利福尼亚是两百年前美国人从墨西哥人手里强夺来的一片土地。它的样子很像沉没前的日本，甚至比日本还要大一些。旧金山一直是美国通往太平洋和远东的门户，它给人的感觉，则有些像纽约和波士顿。如今，它是一个难民转运中心，负责向亚洲疏散人口。磁悬浮列车的车站就设在这儿。城中的坡路上随处可见蓝盔部队士兵，他们大多是亚洲人，灿烂云彩一样悠游不停。他们修复了有轨电车，每个人喝得醉醺醺的，全副武装，乘在车上，半个身子探出车门，目光如炬，轧轧地四处巡逻，好像天使，见着行为可疑的美国人就开枪击毙。于是，在尸骸遍地的城市中，人们重新有了安全感。

"旧金山，我的祖辈曾在这里生活啊。"苏珊说。她脸色苍白，气息虚弱。

的确，这曾是华人在美国最大的移民区和聚居区。苏珊想去觅寻她的祖辈居住和生活过的地方，却未能找到。我们在唐人街参观了一个华人自建的城市博物馆。

博物馆展出的史料显示，两百多年前，很多华人作为苦力，被贩卖到这里来挖金矿、修铁路。他们来的时候，被称作"猪仔"，船舱里塞得满满的，通常到达旧金山时，全船有五分之一的人死去。他们还被美国人强行剪去辫子。他们还被脱光衣服以完成入境检查。他们中许多人通不过移民官挑剔刻薄的盘诘，被关押在旧金山天使岛的候审木屋，走投无路而自杀。一些人写下遗诗刻在板壁上，有数百首之多。一首写道："国弱被人多辱慢，俨然畜类任摧残。"他们得到的待遇，比黑人还不如。当然了，苏珊祖父的祖父，却不是这些人中的一员。他是负责帮助美国人收购和运送他们的。他押送"猪仔"来到美国，随后定居下来。他在华人中的地位，就像白人之于黑人。铁路不久修完了，华工却连庆典现场都不被允许进去。然后他们失业了，就去打鱼。他们捕到的鲍鱼常常被白人抢走。由于排华法案的实施，他们连鱼也不能打了，就到城里开洗衣店。但白人憎恶他们，认为他们吝啬、寒酸、气味难闻而奴性十足。但他们的后代仍然含辛茹苦生存了下来，并努力把自己变为美国人。他们成功做到了。华人像昆虫一样，具有强大的生存能力。他们开起餐馆、百货店、屠宰铺、水果店、妓院、赌场和鸦片烟馆，并成立了自己的社团，再后来，有的人在美国政府当了官，有的人成了亿万富翁，有的人还得了诺贝尔奖，其中一位获奖者甚至参加了第三十九任美国总统竞选，并且成功当选。在他的任上，美国与中国签署了建交公报。苏珊的祖辈也是混得不错的，他们没有开洗衣店和杂货铺，而是做了旧金山唐人街黑社会的大佬，向移民到这儿来的同胞收取保护费，走私并售卖毒品和武器，经营性交易，还与三K党结盟，向美国总统竞选提供政治献金。这座博物馆就是苏珊家族出资建立的。但二十一世纪的新一轮排华浪潮后，华人便离开了。现在，他们又准备回来了。像伊朗人一样，华人也打算把美国当作自己的家园，而不是弃绝它。然而，我却要踏上返回中国的不归之旅。

出发前有一点儿自由活动时间。我和苏珊来到圣弗兰西斯科湾看金门大桥。赤红色的桥梁像一条巨龙横卧。战争和地震都没能把它摧毁。一小群肯尼迪鸟在蓝雾中盘旋，如同补天的精灵。虽说旧金山曾是分裂主义势力最强势的地区之一，它却没有直接遭受核袭击，而仅仅受到一定程度的污染影响。我想，这跟它是山姆的故乡，有什么关系吗？

“你看那桥，那山，那水。世界又恢复了和谐。”我听见有观光者说。

是一对白人男青年，紧紧依偎。他们像是多年没出来观赏风景了，非常激动。我觉得那话说得还算中听，但内容太单薄空乏。他们亲热的样子也很笨拙，就像实习生一样。经过这番折腾，美国人变得更土气了。这个国家的前途仍然堪忧。

我再去看大桥。这时，景色开始变幻。一会儿雾霭，一会儿云海。飘逸的桥梁在其间若有若无，蛟龙的模样却更加活灵活现。它就跟获得了智慧似的。然后，我的眼光掠过大桥和它之外的防波堤，投向光焰四射、魔镜一般的太平洋。

我想象山姆小的时候，就站在这里，傻乎乎去猜想海那边是什么样的世界。每个人的童年，对他一生的影响，到底有多大呢？这是一个宇宙级的谜。这种有关起源或者来源的问题其实不是人类应该思考的。人类想多了就会发疯，最后把自己变成神话而毁灭掉。

有个叫尼克松的人也是加利福尼亚人。他比山姆走得更远，干脆去到了海那边。他属于为数不多的去过中国的人。但后来他把自己毁灭了。

还有个旧金山人，叫杰克·伦敦，他搭乘捕海豹船越过大洋远航到了日本和朝鲜，但他的命也不好，在四十岁时，便把自己毁灭了。

我觉得如岛屿般浮在远方地平线外的亚洲，成了一团迷雾。

忽然，金门大桥腾空而起，舞上天庭，盘旋不已，刹那间，径向大海方向飞去，很快不见了，天际只留下一道淡淡的血光。

我，苏珊，还有那对白人男孩，看得目瞪口呆。

次日，我们结队来到停泊海底列车的港口。在准备乘坐电梯下到站台时，队列中发生了骚动。有人说天空中有不明飞行物。我和苏珊抬头看去。在东方的海天之际，果真有两个暗淡的银色盘状物体在高速飞行。我打赌这绝对不是磁喷流飞行器，更不是肯尼迪鸟。它们在人们的视野中停留了大约两分钟，便兀然消失了。

我的狗在飞碟出现时，吠了起来，我和苏珊怎么也制止不住它。

不明飞行物的阴影是美国给我留下的最后印象。也许，在下一个纪元开始时，外星人将在地球人的生活中扮演重要角色。有关这方面的传说，已经流行了一个多世纪。

海底列车起动，以八百公里的时速，在太平洋底，向西驶去。车窗外面，透明的高分子隧道显现出迷人的水中景色，令人惊诧无比。这是完全不同的另一个世界，乘客们对它还相当陌生，但有一天我们也许会在这儿生活。

更让人难以置信的是，我们在海底也发现了长城，它随着山脉一起绵延起伏，看不到尽头。

中途，我们在夏威夷共和国上岸换车。夏威夷是一个新兴的国家，它两年前就从美国独立出去了，才没有玉石俱焚。它的经济增长率现在名列世界第二。但人民的总体素质还不是很高，尤其是精神文明方面。大街上时刻能见到横穿马路和随地吐痰的人。特权车可以随意违反交通规则而不受处罚。

我们在岛上待了两天半。我们先游玩檀香山，再参观珍珠港。我们目击了一个多世纪前日本使美国蒙受耻辱的遗迹，它们被作为文物完好保存下来。如今这两个强大的国家都已土崩瓦解，成了记忆。

我们还去了毛伊岛。导游是当地土人后代，一路上唠叨不休，向我们讲述这座岛屿的历史。原来，这儿曾有过夏威夷王国的国都。该王国在十九世纪末被美国人用阴谋推翻了，合并成了美国的一个州。在美国人统治期间，毛伊岛是世界上最受欢迎的旅游目的地之一。文豪马克·吐温曾说：“我本来打算在毛伊岛上度一个星期假，却待了五周。我从没有在一个地方待得如此愉悦，或是离开时如此地依依不舍。在毛伊岛上，我从未想过生意上的事情、感伤、人类的痛苦、烦恼、悲伤或疲惫。这一切的回忆将会伴我一生。”但是，美国人却把这样一块宝贵的土地弄丢了。他们不读马克·吐温了。也没有美国人来度假了。宾至如归的却是我们。

旅游车沿着盘山公路向哈莱阿卡拉山顶爬去。植物分层变化十分明显，展呈出生命的多样性。我们看到了一种叫作“银剑”的高山花草在盛开。越往上走就越寒冷。我们在山顶的死火山口附近停下。到处是黑色的乱石，荒寂无人，好像离开地球，站在月球上一样。这时我从观光望远镜中忽然看见火山口底部有不明物体移动。我以为是眼花了，但再看一遍，的确有东西。

“那是什么？”我说。心里有些发慌。

“看不清楚。”苏珊说，“它们在动呢。”

我把望远镜给她。她认真看了一会儿，说：“像是一些小动物。还长着脚。”她又把望远镜交还我。

我看过去，见那些小家伙，流沙一样在动，很快跑掉了。这玩意儿看起来分外眼熟。但太远了，还是看不确切。

导游激动地说：“你们很幸运。当地居民传说有一种奇怪的动物在此间活动，它们经常破坏太阳能电站，就好像在锲而不舍执行一项任务。那是一种蚂蚁似的生物，但又跟普通蚂蚁不同。它们力大无比，好像还有智慧。另外，还传说有一个奇怪的人，跟这些蚂蚁生活在一起。他是机械与人的混合物。当然了，这只是传说。有亚洲大陆的科学家来考察过，他们的结论是，啥也没有，都是当地人胡思乱想出来的。哼，要我说，那些科学家才是白痴呢。”

我和苏珊听了，面面相觑。我当时就想下到火山口去，但苏珊把我拉住了。我想，世界上难道只剩下五百颗原子弹吗？

列车继续行驶，经过中苏合建的巨型海底城市，并在这儿临时停靠。海底城的市委书记和市长迎接了我们。

“孩子们，你们受苦了。”市委书记是北京人，市长是莫斯科人。他们设宴为我们接风洗尘。

餐桌上摆满海味，有烹龙虾、熬鲨鱼和煮紫菜，却分成了中式和俄式两种口味，完全不可混淆。很久没有吃到这样的美食佳肴了，我满心欢愉。书记疼爱地说：“孩子们，想吃什么就吃什么啊。忘掉玛那吧。”他和市长争相向孩子们推荐各自国家的菜系，使得场面略带火药味。

随后，市长带我们参观了海底城。它依托一座海盆，建在水下四千米处，占地九百平方公里，目前城中居住着三万人。它是一个初具规模的“海洋共同体”。整座城市由抗压金属球和复合管道连接而成，工作、生活和娱乐设施一应俱全，看上去却像一个战争堡垒，也设置了各种武器。这使我神思摇曳。在经历了半年的陆上动荡后，我想，人类看来真的要去海底生活了。汪洋大海才是我们最后的家园。新文明在这里。我们将驾驭波涛，而非荒野。中国和新苏维埃提前在这里修建了这么一座城市，可谓有先见之明。在我看来，陆地已成了日积月累腐朽罪恶的象征。另外，陆地上还藏匿有原子弹，以及其他更可怕的什么东西。我又想到在夏威夷毛伊岛火山口见到的那些小生物。

这浩瀚的水世界，真的是我们的命中注定的归宿啊。水令我们死，也令我们生。我们来自于水，复还于水。果然就是这样。一切在水车般滚流不息的循环之中。那么，在这陌生而熟悉的海洋深处，今后还将演绎出什么惊心动魄的故事呢？未来若还有战争，那将是真正的海战吧？决定世界命运的必然是海战，而不是天战和陆战。那战争的形态，如今无人能够想象，一定既科幻又现实吧。谁在为此做准备呢？我不安地期待着，对于留在海底，还是返回大陆，复感踌躇。肚子又隐隐作痛起来，但这回或许是吃多了海鲜的缘故。

在海底城，我们好几次听到人们在谈论福地。什么是福地呢？这却来不及询问。

我们继续赶路。列车一头扎进日本海，忽然间气氛变得阴森可怖。我们经过了日本沉没在海底的废墟，它茫漠无际，黑咕隆咚。这里至今仍冤魂麇集，闪射零碎的荧光，在几百个大气压下，再也浮不上水面。然而，整个日本已被中国来的投资者改建成了一个遗址公园，戴着仿生鳃的游客熙熙攘攘，头盔开着聚光灯，在死去的世界中如鱼群穿梭，拍照留念。他们就像参观古罗马斗兽场一样。但我忽然看到，在以黄种人为主体的游客之间，出现了几条陌生的黑人身影，他们那戒惧审慎的样子，令人悚然。我不禁又想起铃木，想起他与哈勃的对话：天皇在海底重建了帝国。我的心思刹那间滴滴答答化成了一泡咸水。

最终，我们平安抵达上海。

上海是世界上最大的城市。这儿像海底城一样，没有战争。从外表上看，它整个像是一座辽阔的原始森林。旧式的钢筋混凝土高层建筑和现代的仿生智能树状建筑连为一体，郁郁葱葱，广漠浩然，透露出历史的沧桑和未来的活力。终于回到故乡，看到中国在世界劫难后仍然保持稳定繁荣，我却没有多么激动。上海的建筑样式使我想到“植物”，心里打了一个冷战。我来这儿做什么呢？

苏珊从未见过这样大的城市，不由自主屏住呼吸。

“上海真让人看了害怕呀。”她说。

“害怕？！”

“是啊。”

“你怎么会有这种古怪的想法？”

“我不知道。它好异类啊。”她像受惊的北美红鹿一样畏葸地瞪着我。似乎，初次踏上中国土地，她感到了很大压力。

“奇怪的感觉。你应该尽快改变美国的思维方式。这是在中国，也就是你的祖国。”我有些不悦地说，心想，苏珊，你可不能给我丢脸哪，我回到这里，已经够尴尬的了。我担心大家用看难民的眼光看我。我不知道国家还会分配一件什么事情给我，让我在余生里做它。什么是我的使命？这悬而未决。我想起我在美国做过的梦。这令我惴惴不安。然而，我又觉得，回到上海后，我可以随便做我想对苏珊做的任何事情了。以前未能对她做的，这时都要做起来。这由我说了算。我就又鼓足勇气去拉她的手。但她几乎没有力气握住我了。她的身体已经很差。她总是感到头昏、恶心，不想吃东西。她走路都有些走不稳当。

刚进上海港，我们就听到人人都在争说福地。似乎，这是一个新近流行的词汇。当地的信息中间商正在出售有关火星上发现智慧生命的消息。这些生命是那颗红色星球上土生土长的，还是从别处来的，尚不清楚。

爸爸妈妈妹妹来迎接我。我看见父母半年中老了不少，不禁黯然神伤。好在，他们依然梳着精巧的辫子，不过，却同时在头顶扎起羽

“那就看看吧。”

这时，火星升上了中天，它剑芒般的光焰神气活现地直射我们身体，使我勇气平添。我哆嗦着去吻苏珊，却全然没有注意到不明飞行物在我们身后投下巨大的阴影。只有狗恐惧地狂吠起来。

图书在版编目（CIP）数据

火星照耀美国 / 韩松著 . -- 南京：江苏凤凰文艺出版社，2018.10

ISBN 978-7-5594-2519-5

Ⅰ . ①火… Ⅱ . ①韩… Ⅲ . ①科学幻想小说－中国－当代 Ⅳ . ① I247.5

中国版本图书馆 CIP 数据核字（2018）第 152447 号

书　　名	火星照耀美国
著　　者	韩　松
责任编辑	黄孝阳　汪　旭
出版发行	江苏凤凰文艺出版社
出版社地址	南京市中央路 165 号，邮编：210009
出版社网址	http: //www.jswenyi.com
印　　刷	鸿博昊天科技有限公司
开　　本	880 × 1230 毫米　1/32
印　　张	16
字　　数	355 千字
版　　次	2018 年 10 月第 1 版　2019 年 7 月第 2 次印刷
标准书号	ISBN 978-7-5594-2519-5
定　　价	78.00 元